한산

한산

태동하는 반격

김동하
장편소설

고즈넉
이엔티

한산

3쇄 발행 2023년 12월 20일

지은이 김동하
펴낸이 배선아
펴낸곳 고즈넉이엔티

출판등록 2017년 3월 13일 제 2022-000078호
주소 서울특별시 마포구 성지 1길 35, 4층
대표전화 02-6269-8166 **팩스** 02-6166-9199
이메일 gozknockent@gozknock.com
홈페이지 www.gozknock.com
블로그 blog.naver.com/gozknock
페이스북 www.facebook.com/gozknock
인스타그램 www.instagram.com/gozknock

ⓒ 김동하, 2023
ISBN 979-11-6316-322-0 03810

무료폰트, 마포 브랜드(김민정 디자이너), Mapo꽃섬
무료폰트, 마포 브랜드(손재선 디자이너), Mapo애민
무료폰트, 마포 브랜드(마기찬 디자이너), Mapo금빛나루
내지이미지 Designed by Freepik, Getty Images Bank

이 책은 전라남도, (재)전라남도문화재단의 후원을 받아 발간되었습니다.

이 전란을 극복할 수 있다는 희망이
조선 팔도로 퍼져나갈 것이다.
그리하여 머지않아 반격의 불씨가 되어줄 것이다.

한산대첩 당시 조선 수군 조직도

✿ 전라좌수영

전라좌수사 이순신

- **오관오포**(五官五捕): 전라좌수영 소속인 다섯 곳의 관과 다섯 곳의 진. 오관은 순천도호부, 낙안군, 보성군, 광양현, 흥양(고흥)현이며 오포는 방답진(여수시 돌산읍), 사도진(고흥군 영남면), 여도진(고흥군 점암면), 발포진(고흥군 도암면), 녹도진(고흥군 도양읍)이다.

조방장 **정걸** — 수군절도사 선배이자 78세 노장

순천부사 **권준** — 전라좌수영 내 실질적인 2인자

광양현감 **어영담** — 남해안 해로의 길잡이

방답첨사 **이순신** — 전라좌수군의 선봉장

사도첨사 **김완** — 한산대첩에서 활약한 유인책

녹도만호 **정운** — 이순신의 심리적 조력자

- **군관 및 훈련원**

훈련봉사 **나대용** — 거북선 건조에 큰 역할을 한 장수

훈련봉사 **변존서** — 이순신 휘하의 군관

송희립 — 정운 휘하의 군관

진무성 — 김완 휘하의 군관

윤사공 — 2차 출전 당시 좌수영의 책임자

이언량 — 귀선의 돌격장

이기남 — 귀선의 돌격장

박이량 — 귀선의 돌격장

경상우수사 원균

옥포만호 이운룡   **남해현령 기효근**

임진왜란이 발발하고 왜군이 부산에 접근하자, 경상좌수사 박홍(朴泓)이 진영을 버리고 달아난다. 이어 적군이 거제로 접근해오자 경상우수사 원균도 전선과 무기를 수장시키고 남해현 앞바다를 떠돈다. 왜군은 왜란 발발 20여 일 만에 도성을 함락하지만 임금이 달아나는 상황을 맞게 되고, 왜군은 호남의 곡창지대를 공략해 군량을 현지 보급할 목적으로 육로와 해로를 병진해 서진을 꾀한다. 이에 옥포만호 이운룡이 전라수군과 힘을 합해 싸우도록 원균을 설득한다. 그리하여 원균의 구원요청을 받은 이순신은 전라좌수군을 이끌고 구원출전에 나서게 된다.

전라관찰사 이광   **전라방어사 곽영**   **광주목사 권율**

- **수사** : 수군절도사의 줄임말, 정3품 당상관의 지방관직으로 수군 지휘권을 가짐.
- **조방장** : 주장을 도와 싸우는 장수.
- **부사** : 정3품의 대도호부사와 종3품의 도호부사를 가리키는 지방의 장관직.
- **현감** : 현에 파견하는 종6품관으로 수령직 중에서는 가장 낮은 관직.
- **첨사** : 각 진영에 속했던 종3품 무관직.
- **만호** : 각 도의 진에 배치된 종4품 무관직.
- **훈련봉사** : 훈련원 종8품직으로 군사들의 무예 훈련과 시험, 병서 습독을 관장함.
- **현령** : 현에 파견하는 종5품관 수령직.
- **관찰사** : 각 도의 으뜸 벼슬, 오늘날의 도지사.
- **방어사** : 각 도에 배속되어 요지를 지키는 병권을 가진 종2품 무관직.
- **목사** : 지방의 행정단위인 12목에 파견되었던 장관.

한산대첩 당시 사용된 전함 및 무기

❀ 귀선 龜船 – 거북선

배를 넘어와 백병전을 벌이는 일본 수군의 전법을 방어하고자 상판을 외갑과 칼송곳으로 덮고, 선두의 돌격대로 활용할 수 있도록 개조했다. 판옥선을 토대로 개조했기에 비교적 빠른 조선이 가능했다. 승선 인원 약 150명.

- **총좌**(銃座): 좌우 총 12개의 총포 구멍.
- **용두**(龍頭): 입 안에 현자총통이 배치되어 있다. 용머리의 아랫부분에는 함교가 있다.
- **충각**(衝角): 적의 배를 들이받아 파괴하기 위해 뱃머리 아래에 단 뾰족한 쇠붙이. 귀선의 충각은 귀신 머리 형태로, 적선의 홀수선 아래를 뚫어 침몰시켰다.
- **개판**(蓋板): 귀선의 상갑판을 덮고 있는 외갑으로, 칼송곳들이 있어 적의 등선을 차단했다.
- **포혈**(砲穴): 함포들이 포신을 내밀고 방포하는 구멍이다.
- **창문 겸 출입문** : 유일한 입구. 안쪽에서 밀어 올려 여는 구조로 손을 떼면 저절로 닫힌다.

거북선의 주된 무기

주로 '총통'이라 불리는 대포가 사용되었다. 대포는 천-지-현-황 순으로 구경의 크기가 크다.

- ◈ **천자총통** : 구경이 가장 큰 대포. 조선의 대포 중 가장 많은 화약이 소모되며 중량도 지자 총통보다 네 배는 더 나갔다. 사거리는 약 900보에서 산탄의 경우 최대 10여 리까지 가능했다.

- ◈ **지자총통** : 사거리 약 800보의 대포. 귀선의 경우 돌격선으로 근거리 포격을 주로 하였기에 지자총통, 현자총통 등이 주력으로 사용됐을 것으로 예상된다.

- ◈ **현자총통** : 용머리에 배치된 현자총통은 주로 근거리에서 적선의 함교를 직접 타격하였을 것으로 예상된다. 사거리 약 800보에, 산탄의 경우 최대 1500보까지 가능했다.

- ◈ **황자총통** : 천지현황 총통 중 가장 작다. 이동하기에 편리했으며 주로 피령전과 산탄류를 방포하는 데 사용했다고 추정된다. 사거리 약 1100보.

판옥선 板屋船 ✸

승선 인원 약 160명. 조선 수군의 주력 전함. 이중갑판으로 하갑판, 상갑판, 장대를 포함해 총 3층의 구조를 하고 있다. 배 밑이 평평한 평저선으로 방향 전환에 용이하며, 상갑판 덕에 전투공간이 넓다는 장점이 있지만 속력이 느리다는 단점이 있다.

- **방패판**(防牌板): 1층 갑판의 겉면을 두른 판. 격군들이 적에게 노출되지 않고 노를 저을 수 있게 한다.
- **청판**(衝角): 2층 갑판. 전투공간으로 사부와 포수들이 탑승했다.
- **장대**(將臺): 배 중심부의 지휘관이 자리한 함교로 3층에 해당한다.

판옥선 수군들의 주된 무기

◆ **천·지·현·황 총통류**

◆ **철익전** : 철로 된 거대한 화살로 외형이 현대의 미사일과 흡사하게 생겼다. 총통으로 쏘았으며 천자총통용은 대장군전, 지자총통용은 장군전으로 불렸다.

◆ **피령전** : 가죽 날개를 단 화살로 여러 발을 한 개의 총통에 넣고 쏘았다.

◆ **화전** : 불화살과 발화탄을 단 화살류를 칭한다.

◆ **신기전** : 공격용보단 신호용으로 사용했다.

◆ **각궁** : 조선의 사부들이 사용한 활.

◆ **쇠뇌** : 보통의 화살의 절반 정도 되는 짧은 화살로, 대나무 대롱인 '통아'에 넣은 뒤 활로 쏘았다. 보통 화살보다 사거리가 두 배가량 길었다.

◆ **비격진천뢰** : 일종의 시한폭탄. 총통으로 적선에 날리면 일정 시간이 흐른 뒤 폭발했다.

◆ **장병겸** : 주로 협선의 전투원들이 쓰던 자루가 긴 낫. 물에 빠진 적을 해치울 때 사용했다.

한산대첩 당시 사용된 전함 및 무기

� 협선 挾船

판옥선의 부속선으로 사용된 소형 군용선. 격군을 포함한 승선 인원이 다섯 명 이내이며, 주로 전 진을 탐망하거나 아군 함선 간의 연락선으로 사용되었다. 전투 시에는 물에 빠진 적들을 제거하거 나 적선에 다가가 화공을 가하는 역할도 수행하였다.

� 왜선 – 안택선 : 아타케부네 安宅船

왜군의 주력 군선으로 승선 인원은 180~200명이었다. 대체로 화려한 외관을 하고 있었으며 갑 판 위로 층루를 2, 3층으로 올린 특징이 있다. 상갑판에 전투원이 탑승하고 하갑판에 노잡이들이 배치됐다. 선체가 길고 배 밑이 뾰족한 형태였다. 또한 선체의 두께가 얇아 기동력이 좋았지만, 선 회 능력과 내구력은 약한 편이었고 함포를 쏘면 반동이 심했다.

✊ 왜선 – 관선 : 세키부네 關船

왜군의 중형 군선으로 승선 인원은 70~100명이었다. 홀쭉한 형태로 가볍고 속력이 빠르단 장점 이 있으나 구조가 취약해 쉽게 부서지는 단점이 있다. 판옥선처럼 2층 구조이긴 하나 층 사이를 덮는 구조가 아니라 높이만 높인 형태이다.

✊ 왜선 – 소조선 : 고바야부네 小早船

왜군의 소형 군선으로 승선 인원은 10~20명이었다. 좌우에 방패판이 없어 방어력이 약하며, 1층 구조이다.

왜군의 주된 사용 무기

◈ **조총** : 일본군의 개인 화기인 화승총. 포루투갈에서 들여온 것을 발전시켰으며 왜군이 전투에서 가장 효과적으로 사용한 무기이다. 재장전을 하는 데 시간이 걸린다는 단점이 있었으나 일본군은 이를 조총수들을 3열로 배치해 교차사격하는 전술로 극복했다.

◈ **불랑기포** : 포루투갈에서 들여온 대포. 포신을 상하로 움직이기 어려운 단점이 있어 해전에서는 효과적이지 않았다.

◈ **장궁** : 활의 길이가 성인의 몸길이를 넘을 정도로 긴 활. 그러나 사거리와 관통력은 조선의 각궁보다 형편없었다.

◈ **왜도** : 왜 수군의 주된 전투방식은 적선에 배를 대고 등선해 백병전을 벌이는 방식이었다. 그래서 승선원 구성도 전투원이 많았다. 왜군은 오랜 전국시대를 겪으며 무사 계급이 지배계층으로 자리 잡았고, 이들은 칼을 직업적으로 다루었기에 검술 실력이 뛰어났다. 일반적인 왜도는 검신이 길어 상대의 팔부터 잘라내는 공격을 하고는 했다. 그러나 조선보다 주물 기술이 발전하지 못해 잘 부러지고는 했다.

8전 전승 해전도

옥포해전부터 한산대첩까지

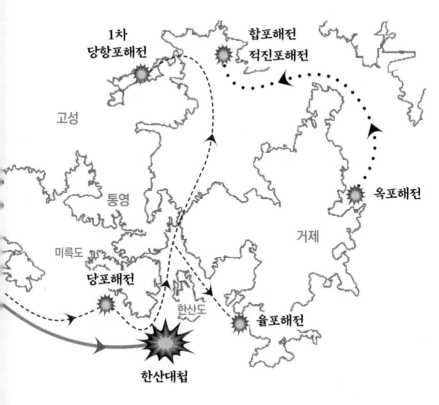

고성

통영

미륵도

거제

1차
당항포해전

합포해전
적진포해전

옥포해전

당포해전

한산도

율포해전

한산대첩

1차 출전

옥포해전 : 왜선 26척 격파
합포해전 : 왜선 5척 격파
적진포해전 : 왜선 11척 격파

2차 출전

사천해전 : 왜선 13척 격파
당포해전 : 왜선 21척 격파, 적장 가메이 코레노리 전사
1차 당항포해전 : 왜선 26척 격파
율포해전 : 왜선 7척 격파, 적장 구루시마 미치유키 자결

3차 출전

한산대첩 : 왜선 47척 격파, 12척 나포

차례

| 일러두기 |

• 이 글은 역사 기록을 기반으로 한 소설입니다.
• 기록을 소설화하였기에 실존인물들 사이에 가상인물이 존재하며,
  실존인물 또한 소설화하는 과정에서 일부 재구성되었음을 밝힙니다.
• 작중에 등장하는 날짜는 시대상에 맞춰 모두 음력입니다.

서(序)
은어(銀魚)

왕의 고개가 반듯하지 않았다. 어가(御駕: 임금이 탄 수레)는 느렸음
에도 흔들림이 잦았다.

어가를 중심에 둔 행렬은 길지 않아 머리와 꼬리가 한눈에 담겼
다. 신하들의 바짓단은 진흙과 먼지로 더러웠고, 걸음은 느렸다.

고을을 지날 때면 굶주린 산짐승 같은 백성들이 모습을 보이고는
했다. 그러면 고개가 기울었던 왕은 턱을 당겨 앞을 주시했다. 말없
이 나아갈 길만 응시했다. 앞은 북방이었다. 왕의 눈동자는 옆을 살
피지 않았고 그리하여 백성이 담기지 않았다. 왕의 시선은 살길을
향해 열려 있었으며 그 길 위에는 아무도 있지 않았다. 그저 초목만
이, 잎이 바늘처럼 뾰족한 평안도의 식목들이 있을 뿐이었다.

'돌아보지 말라.'

왕의 입은 열리지 않았으나 그렇게 말하고 있었다. 왕도를 저버
린 왕은 초라했다. 지킬 것이라 말해놓고 저버렸으니 굴욕적인 몽

진(蒙塵: 임금이 난리를 피해 떠남)이었다.

쪽박을 든 아이 하나가 겁 없이 어가로 다가왔다. 대신 중 하나가 소년을 돌아보고 느릿하게 고개를 저었다. 소년은 수염이 덥수룩한 늙은 벼슬아치의 시선에 걸음을 멈추고 어가를 올려다봤다.

왕의 입술이 슬쩍 벌어지는 게 보였다. 왕의 입에서 빠져나온 건 어명이 아니었다. 왕의 혀가 윗입술을 훑고는 들어갔다. 아이의 어미가 더러운 손으로 아이를 붙잡고 눈을 가렸다. 어미의 눈이 왕의 옆통수를 보았고 다른 백성들도 왕의 그곳을 보았다. 백성은 왕이 겁나지 않았고 다만 왕이 떠나고 올 무엇이 두려웠다.

왕은 간밤에 먹었던 목어(木魚: 도루묵)를 떠올리고 있었다. 몸이 짧고 배가 볼록한 볼품없이 생긴 생선이었으나 토도독 터지는 알 덩어리의 맛이 감칠났다. 그 생선을 일러 앞으로는 은어(銀魚)라 부르도록 하명했다.

어명을 내릴 날이 얼마나 더 남았을지 알 수 없었다. 알 수 없는 건 어가의 종착지도 마찬가지였다. 의주가 끝이면 좋겠지만 다시 강을 건너야 할지도 모른다.

작은 고을을 벗어나자 왕은 다시금 고개가 기울었다. 졸음이 밀려왔다. 정신이 흐릿해지는 가운데 지난날 목을 벤 장수 하나가 머리에 어른거렸다. 부원수 신각(申恪)이었던가. 해유령에서 승리를 거둔 장수였다.

왜란이 터지고 조정에 올라온 무수한 장계들, 그중 처음으로 승전을 담은 것이었다. 그 승전보는 조정에 이르러 패전보로 바뀌었다. 패전의 책임을 묻기 위해 선전관*을 보냈다. 신각이 벤 적의 수

---

* 임금에게 하장을 올리거나 임금이 궤장을 내릴 때 전문을 읽는 임시 관직이나 그 벼슬아치를 이르던 말.

급들이 당도했을 땐 이미 그의 목을 벤 뒤였다. 조선의 왕이 조선의 첫 승전 장수를 죽인 셈이다.

조정 대신들의 당파 싸움이 어제오늘 일이 아니건만 왕은 아무것도 믿을 수 없었다. 더는 믿을 만한 소식이 없었다. 믿고 싶은 소식이 있을 뿐이다. 후자는 아득하기만 했다. 지금으로서는 그저 목어를, 아니 은어를 배불리 먹고 싶었다. 생선의 배에 가득한 알들을 앞니가 아닌 어금니로 으깨어 먹고 싶었다.

어미는 아이의 눈에서 손을 뗐다. 어미의 다른 손에는 감자가 들려 있었다. 달아나는 왕에게 던지고 싶었으나 그럴 수 없었다. 왕이 무서워서가 아니었다. 감자가 무서웠다. 왕이 날아온 감자를 주워갈까 무서웠다. 이윽고 왕의 짧은 행렬은 숲으로 사라졌다. 신하는 왕을 버렸고 왕은 백성을 버렸다. 버릴 게 없는 백성은 목숨을 버려야 했다.

1
이중 첩자

영산강이 유유히 흘렀다. 유려한 강의 굽이가 강을 낀 땅을 비옥하게 일구었다. 강이되 멀리 서해에서 밀고 들어온 짠물이 섞여 숭어와 복어 떼가 헤엄쳐 다녔다. 해서 이곳의 강물 어부들은 민물과 짠물의 고기를 두루 잡을 수 있었다.

장마가 지면 강물이 둑을 넘었고 범람한 강은 주변의 토양을 기름지게 했다. 방죽을 따라 자라는 쪽은 염료의 주재료가 되었다. 강에 접한 드넓은 평야에서는 푸릇한 청보리와 벼가 자랐다. 강가에서는 갈대들이 창끝처럼 번득거렸다. 나라가 전란 중이라지만 아직 영산강이 휘감고 도는 고을들은 평온했다.

열일곱 소년인 무돌은 부쩍 한산해진 나루 위에 서 있었다. 영산나루 아래로 복어 새끼들이 몰려다녔다. 조창*인 영산창이 있어 늘

---

* 배로 실어 나를 곡식을 보관한 곳간.

조운선들이 분주히 드나드는 곳이지만 언제부턴가 배들은 선창(船艙: 선착장)의 새끼줄에 묶여 떠날 줄을 몰랐다. 목적지를 잃은 조운선은 한갓되이 떠 있는 부표에 지나지 않았다.

'한양이 함락되었다는 게 사실일까?'

무돌은 여전히 항간에 떠도는 소식이 믿기지 않았다. 임금이 도성을 버리고 떠났다는 건 더욱 믿기 힘들었다. 피란길에 오른 임금들은 전대에도 있었다지만 막상 자신의 임금이 달아났다는 소식이 들리자 아비가 집을 나간 기분이었다.

이미 경상도와 충청도, 강원도, 경기도가 적의 수중에 넘어갔다는데 용케 이곳 전라도에는 왜적이 보이지 않았다. 그러나 이대로라면 놈들이 전라도를 침략하는 것도 시간문제일 것이다.

"무돌이냐? 거기서 뭣하나?"

무돌은 목소리만 듣고도 단박에 누군지 알 수 있었다. 강물 어부인 이 씨 아재였다.

"아재요. 아재는 징집 안 됐소?"

"팔이 요 모양이니 어디다 쓰겠냐."

이 씨 아재가 하나뿐인 팔로 배와 연결된 새끼줄을 당겼다. 무돌은 잽싸게 곁으로 다가가 거들었다. 이 씨는 외팔 덕분에 수군 징집에 끌려가지 않았고 뱃일을 이어갈 수 있었다. 왜란이 터지면서 사내들 대다수가 징집되어 군영으로 떠났다. 그중에서도 수영(水營: 해군기지)으로 떠나는 자들은 하나같이 사지로 끌려가는 얼굴이었다. 전란이 터지기 전에도 수군에 복무하고 오기만 하면 극심한 노역에 몸이 성치 않았다. 하물며 전란 중이니.

"어지간하면 돌아다니지 마라. 여기도 왜놈들 돌아다닌다는 소문이 돌더라."

"왜놈들이요? 아직 전라도에는 못 들어왔을 텐데요."

"요 물길 타고 왜구들 들어왔던 건 기억하지야? 근래에 세작(細作: 간첩)질하는 놈들이 고깃배 타고 들어와 있다는 말이 있어야."

왜구라는 말에 무돌은 저도 모르게 몸서리를 쳤다.

몇 해 전이었던가, 왜구들이 이 영산창 주변까지 몰려든 적이 있었다. 놈들은 노인, 아녀자 할 것 없이 닥치는 대로 죽이고 약탈해갔다. 이 씨 아재의 팔도 그때 잘린 것이었다.

관군이 나서도 왜구들의 배는 숭어처럼 날래서 따라잡기 힘들었다. 그런 왜구들이 경상도에 저 갈대들만큼이나 수없이 나타났다고 하니 섬뜩했다. 전에 나타난 왜구들은 약탈하고 나면 돌아갔다. 하지만 이번에는 전란이라고 했다. 전란은 나라를 뺏는 것이니 노략질로만 그치지 않을 것이다.

왜놈들을 떠올리는 무돌은 참을 수 없는 분노를 느꼈다. 두려움을 잠식시키는 분노였다. 왜구에 죽임을 당한 이웃들이 눈앞에 어른거렸다. 벗이었던 조이는 왜구들에게 끌려간 뒤 생사를 알 길이 없었다. 무돌은 아비가 중인이나 어미는 노비인 탓에 노비 신분이었다. 그래서 무장이 될 수는 없었다. 그러니 병졸이 돼서라도 꼭 앙갚음하고 싶었다.

"아재요, 왜놈들 눈에 띄면 나한테 꼭 알려주쇼."

무돌이 주먹을 움켜쥐며 말했다.

"아서라. 그놈들 칼 다루는 솜씨가 보통이 아니라더라. 원체 승악한 놈들이라 조선 관군 다섯이 달라붙어도 한 놈을 못 잡는다고 안 하냐."

"겁부터 먹어서는 이길 것도 못 이겨라. 함 두고 보시오."

무돌은 주먹을 불끈 말아 쥐고는 강둑으로 올랐다.

그날 무돌은 똑똑히 보았다. 왜구가 겁에 질려 벌벌 떨던 모습을. 흑산도에서 왜구를 피해 나주로 이주해 온 석삼 아재는 왜구에 대해 잘 알았다. 놈들이 영산창에 나타났을 때 다들 괴이한 생김새에 겁부터 먹고 달아나기 급급했다. 그럴 때 석삼 아재는 양손에 낫을 들고 혼자서 왜구 세 놈을 찍어 죽였다.

무돌은 왜구 한 놈이 살려달라고 엎드려 벌벌 떨던 모습을 잊지 않았다. 그때 석삼 아재가 아니었다면 무돌 또한 산목숨이 아니었을 것이다.

"거 싸돌아다니지 말고 곧장 집으로 가라. 잉."

"내 걱정일랑 마시고 아재나 잘 지내쇼."

에둘러 대답했지만, 무돌은 집이 아닌 전장으로 갈 계획이었다. 임금이 경상도, 충청도, 전라도 삼도에서 근왕병을 모아 도성을 탈환하라는 어명을 내렸다고 했다. 이에 광주에서도 병사를 징집하고 있었다.

무돌의 나이는 열일곱으로 간신히 징집이 가능한 나이였다. 그러나 신분이 발목을 잡았다. 노비는 병사조차 될 수가 없었다.

다른 노비들은 징집당하지 않는다는 사실을 다행으로 여기기도 했으나 무돌은 그렇지 않았다. 양반이든 노비든 마땅히 조선의 백성이질 않은가. 조선 사람 둘 중 하나는 노비일 텐데 그 많은 노비가 병사가 되지 못한다면 어쩌겠는가.

물론 양반가나 재물이 많은 중인의 대립군*으로 징집된 노비들도

---

* 돈을 받고 대신 군역을 치르는 사람.

많다고 들었다. 그러나 무돌은 대립군이 될 기회조차 얻지 못했고 광주 관아의 통인(通引: 심부름꾼)으로 지내야 했다. 아전(衙前: 관청의 하급관리)인 무돌의 아비가 아들놈이 사지로 가는 걸 기를 쓰고 막아냈기 때문이다.

이제 고향에 남은 사람 중에 저와 같은 또래는 찾기 어려웠다. 무돌은 그 사실이 치욕스러웠다. 이렇게 평생을 수치스럽게 사느니 단명하는 한이 있더라도 사내대장부답게 살다 가고 싶었다.

"양반은 싸우다 죽으면 이름 석 자라도 남는다지만 우리 같은 것들은 개죽음이다."

아침 일찍 문안 인사 겸 하직 인사를 올렸을 때, 아비는 철없는 애를 보듯 했다. 아비의 말이 의미하는 바를 모르지 않았다. 그러나 무돌은 최소한 사람 취급은 받으며 살고 싶었고, 그러려고 관아에서 통인 일을 보며 어깨너머로 글도 익혀 왔던 거다.

"개죽음이 될망정 지 죽을 자리는 지가 정하고 싶어라."

혀를 차는 아비 옆에서 어미인 영천 이 씨는 불안한 얼굴로 부자를 바라보았다. 무돌은 어미의 눈을 애써 외면했다. 어미의 눈을 보면 마음이 약해질 것 같았다.

꾸역꾸역 하직 인사를 올리고 집을 나섰다. 다만 떠나기 전에 영산나루를 꼭 한 번 눈에 담고 싶었다. 이미 전라도의 삼도근왕병*은 출병을 한 상태였다. 정규군이 아니라면 의용군으로라도 참전할 작정이었다. 지금이라도 서둘러 뒤를 쫓는다면 도성에 이르기 전까지는 따라잡을 수 있을 터였다.

---

* 도성 수복을 위해 충청도, 경상도, 전라도에서 모은 군사들.

"어라? 저것이 뭔 배다냐?"

무돌은 이 씨 아재의 혼잣말에 그의 시선을 좇았다. 멀리 강 하류의 굽이에서 배 한 척이 보이기 시작했다. 얼른 보기에도 조선의 배와는 생김새가 달랐다.

'설마 왜선인가?'

이 씨 아재와 무돌의 눈동자가 동시에 흔들렸다.

***

"나루가 보입니다."

드디어 목적지인 영산포가 보였다. 바다에서 강에 진입한 지 꼬박 사흘째였다. 강은 물때가 들물일 때만 역류했고 배는 그 역류를 타야 강을 거스를 수 있었다. 그러다 보니 예정보다 이틀이나 더 걸린 것이다.

명나라 사절단의 단장인 진송(秦頌)은 뱃머리로 나와 조선의 산하를 바라보았다. 명의 것들에 비해 산은 높지 않고 강은 넓지 않았다. 숨을 깊이 들이마시자 물비린내와 마른 갈대의 냄새가 폐부에 스몄다. 이 또한 고국의 냄새였다.

진송은 오랜 세월 이날만을 기다려왔다. 이 나라에 다시 돌아올 날을 간절히 고대했다. 그러나 그 마음은 향수가 아니었다. 원망과 증오에 가까웠다. 그가 조선에서 보고자 하는 건 맑은 강물을 뚫고 바닥을 핥아대는 햇빛 따위가 아니었다. 핏빛으로 물든 강과 타오르는 들녘을 기대했다. 오로지 조선이 망하는 꼴을 보기 위해 그 많은 수모를 감내했다.

이미 명에도 조선이 처한 상황이 퍼지고 있었다. 일본의 대군이 부산에 상륙해 위로 진격한 지 불과 이십 일 만에 도성을 점령당했다고 했다. 조선의 임금은 도성과 백성을 버리고 피란길에 올랐다. 조정 대신들과 북쪽으로 향하고 있으며, 계속해서 명에 파병을 요청했다.

명을 치기 위해 조선에게 길을 빌려달라니. 일본이 내세운 정명가도*는 조선도 명도 믿기 힘든 것이었다. 한낱 섬나라 놈들이 조선도 아닌 대륙의 상국(上國)을 치겠다니 가당찮았다. 상종할 가치도 없는 허풍으로 취급됐다.

물론 명도 일찍부터 일본에 첩자를 보내 정보를 수집했다. 그래서 일본이 어쩌면 진짜 전란을 일으킬지도 모른다는 우려가 없지 않았다. 하지만 그런들 조선이 저지선이 되어줄 테니 큰 염려는 없었다. 다만 조선이 이렇게 순식간에 밀릴 거라고는 예상치 못했다.

조선의 운명은 풍전등화였다. 붓의 나라가 칼의 나라를 막아내기란 요원해 보였다. 진송은 어지러운 심경으로 조선의 하늘을 올려다봤다. 무심하게도 하릴없이 맑았다.

'이미 다 기운 판국에 왜 이런 명령을 내린단 말인가.'

배는 순풍을 타고 질주했다. 이제 나루가 선명하게 보였다. 원래는 조운선과 상선들이 분주하게 드나들었을 텐데 한산하기만 했다. 아직 전라도는 무사하다 들었다. 겉보기에만 무사할 뿐 그 속은 알 수 없는 법이다. 진송은 이 고요가 거대한 전투를 앞둔 전운처럼 느껴졌다.

---

* 征明假道. 도요토미 히데요시가 조선 정부에 대하여 중국 명나라를 치는 데 필요한 길을 빌려 달라고 요구한 말.

지금 조선팔도에 숨어 있는 세작이 한둘이겠는가. 조선을 넘어서 명나라 곳곳에도 일본의 세작이 박혀 있었다. 그 세작들은 저마다 섬기는 주군이 달랐다. 모르긴 몰라도 다이코(太閤: 도요토미 히데요시)의 세작보다도 참전 중인 다이묘(大名: 지방 영주)들의 세작이 더 많을 것이다.

다이코는 참전한 다이묘들에게 전적을 따져 점령지를 배분해줄 것을 약속했다. 그러니 다들 조금이라도 더 많은 공을 세워 좋은 영지를 얻으려고 혈안이 된 것이다. 압도적인 전력을 가진 지금 일본 장수들의 유일한 경쟁자는 동료 장수들이었다. 그러니 이곳 전라도에서도 보이지 않는 전란이 벌어지고 있을 것이다.

이미 조선은 국운이 다했다. 그래서 진송은 명나라의 전략적 요충지를 파악하는 데 골몰하고 있었다. 일본군은 조선을 점령하는 대로 명을 칠 것이고, 그때를 준비하고자 했다. 그러던 차에 이런 어처구니없는 지령이 날아든 것이다.

'조선의 전라도로 가라.'

이제 와 굳이 조선으로 건너가라니. 조선의 왕만 잡으면 다 끝나는 상황이었다. 그러니 조선으로 향하라 함은 응당 명의 사신으로 위장해 조선의 왕을 잡으라는 명이어야 했다. 그런데 조선의 왕이 쫓겨 가는 북녘땅이 아니라 정반대인 남녘으로 가라니.

'조선의 수군 지휘관 이순신(李舜臣)에게 접근한 뒤 명을 기다려라.'

밀서의 말미에는 이순신이란 자가 신중하고 경계심이 많은 인물이니 은밀하게 접근하라는 당부가 적혀 있었다. 그 이름도 생소한 자였다. 이순신이란 자가 이 전란에 어떤 위협이 된다는 걸까. 이때만 기다려온 지난 세월을 생각하면 맥빠지는 임무였다.

"시간이 너무 지체됐다. 서둘러 하선을 준비하라!"

진송은 배가 나루에 가까워지자 수하들을 보챘다. 지금부터는 육로로 이동해야 했다. 이동 중에 첩보 활동도 병행해야 하니 시간이 촉박했다.

나루에 배가 닿자마자 하선과 하역이 이뤄졌다. 하역 물품은 많지 않았다. 대부분 먹고 자는 데 필요한 필수품들이었다.

"이거 참, 아무리 전란 중이라 하나 상국의 사신을 마중 나온 관리 하나가 없단 말인가."

진송에 이어 사신단의 이인자 격인 곽서경이 혀를 찼다.

"보아하니 접대는 고사하고 생고생만 하다 돌아가려나 봅니다."

"여기서부터는 따로 움직인다."

"따로라니, 그게 무슨……."

진송의 지시에 곽서경은 영문을 모르겠다는 얼굴을 했다.

"너희는 원래대로 광주 관아와 전라감영에 들러 일선 병마사(兵馬使: 육군 지휘관)들의 동향을 살피거라. 나는 수영으로 간다."

"같이 움직이는 게 아니었습니까?"

"본시 그러려 했으나 기일이 너무 지체됐으니 이편이 낫다."

곽서경의 표정이 일그러졌다. 황제의 명은 조선의 속내를 파악하라는 것이었다. 그리고 그 속내란 왜군이 명으로 들어오는 길을 조선이 암묵적으로 내어준 게 아니냐는 의심이었다.

명이 오랑캐의 공격을 막아내는 첫 번째 전략은 오랑캐로 오랑캐를 치거나, 혹은 조공국으로 오랑캐를 몰아내는 이이제이(以夷制夷)였다. 조선은 조공국으로서 응당 명을 대신해 왜군을 막아내야만 했다. 단장이 황제의 이런 의도를 모를 리 없었다.

"납득할 수 없습니다. 우리 목적은 조선의 수군이 아닌 육군의 동태를 살피는 게 아닙니까!"

"그래서 황제의 명을 대리하는 내 말을 거역하겠다는 것인가?"

진송이 곽서경을 노려보았다. 고스란히 받아내기 어려운 위엄이 서린 눈빛이었다. 기가 질릴 법도 했으나 곽서경은 굽히지 않았다.

"황명을 어기고 있으니, 그 대가를 치러야 할 것입니다."

곽서경이 대항하는 건 단지 진송이 황명대로 움직이지 않기 때문만은 아니었다. 그는 태감으로부터 진송을 감시하라는 밀명을 따로 전달받았다.

"고약하군."

진송이 골치가 아픈지 관자놀이를 짚었다. 웬만하면 그냥 넘어가는 게 낫다 여겼다. 괜히 분란을 일으켜 차질을 빚고 싶지 않았다. 그러나 방치해서 더 커질 문제라면 지금 당장 뿌리를 뽑는 게 나았다.

"태감을 만났다지?"

"그, 그게 무슨 소리요?"

곽서경은 당혹감을 감추지 못했다. 태감을 만난 사실은 태감과 자신 이외에 알 만한 자가 없었다. 그런데 이 자가 어떻게.

"마지막으로 한 번만 더 묻지. 신중하게 고하는 게 좋을 것이다."

곽서경은 진송의 흔들림 없는 눈동자를 보며 그저 떠보는 게 아니라 정말 태감과 나눈 대화를 알고 있을지 모른다는 두려움을 느꼈다. 그러다 문득 다른 생각이 들었다. 배후에 태감이 버티고 있는 걸 알았으니 함부로 할 수는 없지 않겠는가. 그러나 진송의 눈빛이, 흔들림 없이 차가운 눈빛이 불길했다.

"죽은 듯 따를 것이냐, 아니면 이 자리에서 죽을 것이냐."

사위가 얼어붙듯 고요했다. 고요 속에서 짐꾼 몇이 진송을 에워쌌다. 곽서경이 짐꾼으로 위장해 심어둔 직속 수하들이었다.

"이게 네 답인가?"

진송은 마지막까지 고심했다. 태감은 명에서 관직 생활을 하는 내내 눈엣가시였다. 왜국 출신이라며 자신을 유독 탐탁지 않아 했다. 곽서경이 태감에게 따로 지령을 받은 사실도 알고 있었다. 모른 체한 건 긁어 부스럼을 만들고 싶지 않아서였다. 곽서경에게 탈이 생긴다면 태감의 의심을 피할 길이 없을 테니까. 그러나 상황이 이 지경에 이르니 더 이상은 무리였다.

"진송, 당신을 반역자로서 추포하겠소."

곽서경이 외치자 진송을 에워싼 짐꾼들이 품에서 칼과 포승줄을 꺼내 들었다. 진송은 조금도 당황하지 않았다. 도리어 곽서경이 초조해졌다.

"정 그렇다면야 별수 없지. 마침 보는 눈도 없으니 이만 끝내도록 하자. 시작하라!"

어느새 진송을 에워싼 자들을 또 다른 짐꾼들이 에워쌌다.

순식간에 상황이 뒤바뀌었고 망설임이 없는 쪽은 진송이었다. 사실상 싸움이랄 것도 없었다. 일방적인 참살, 내지는 도륙에 가까웠다.

"이, 이봐, 단장! 내 생각이 짧았소."

혼자 남은 곽서경이 뒷걸음질 치며 사정했다. 그러나 그의 뒤를 막아선 짐꾼이 일말의 망설임도 없이 그의 목을 베었다.

진송을 제외한 관복을 입은 자들은 모두 허망하게 목숨을 잃었다. 부단장을 죽였으니 태감의 의심은 더욱 집요해질 것이다. 그렇다고 큰 문제는 아니었다. 조선은 전란 중이었고 부단장은 왜군에게 살해된 것으로 처리하면 될 일이었다.

"시신을 치우고 서둘러 변복하거라."

진송의 명에 짐꾼으로 위장한 살수들이 민첩한 몸놀림으로 시신들을 배 안으로 옮기기 시작했다.

***

갈대밭에 숨어 이 모든 광경을 지켜보던 무돌은 갑작스러운 칼부림에 놀라 엉덩방아를 찧었다. 같은 일행이 아니었던가? 도대체 왜 동료를?

배를 목격하자마자 무돌은 그 배가 조선의 것이 아님을 알아챘다. 영산포에는 명나라뿐 아니라 여러 나라의 배들이 드나들었다. 그때마다 진귀하고 신기한 물건들을 싣고 왔기에 자주 구경을 왔었다. 지금 혈투가 벌어진 배는 돛이 더 많고 배에 칠이 화려한 것으로 보아 명나라의 것이었다.

나라가 난리통인 마당에 상선은 아닐 것이다. 혹 군선인가 짐작도 해봤지만 확실치가 않았다. 문득 왜적들이 약탈한 배를 타고 들어온 건 아닐까 하는 불길한 생각이 들었다. 무돌은 즉시 이 씨에게 관아로 가 수상한 선박에 대해 알리라며 등을 떠밀고 자신은 남았다.

시신들을 이고 배 안으로 사라졌던 자들이 하나둘 다시 모습을 보였다. 무돌은 조금 전에 죽은 자들이 되살아나 돌아오는 것 같은 모습에 눈이 휘둥그레졌다. 그 중 유난히 몸집이 큰 자를 보고 상황을 이해할 수 있었다. 죽은 자들이 돌아온 게 아니라 짐꾼들이 죽은 자들의 관복으로 갈아입은 것이다.

우두머리로 보이는 자가 재차 부하들에게 지시를 했다. 조선말이 아니었으므로 알아들을 수 없었다. 헌데도 무돌의 얼굴에 놀란 기색이 번졌다.

'저건 왜놈들이 쓰는 말 같은데……'

이윽고 놈들이 타고 온 선박에서 불길이 일기 시작했다. 흔적을 지우려는 의도 같았다. 그렇다면 배 안에 단서가 될 만한 게 있을 터였다. 잠시 뒤 나루를 떠나는 자들을 지켜보며 무돌은 고민했다. 놈들의 뒤를 쫓을 것인지 불타는 배에 뛰어들어야 할지 얼른 판단이 서지 않았다. 고민할 시간이 점점 줄어들었다.

바람을 타고 흘러온 고약한 냄새가 코를 찔렀다. 기름을 끼얹었는지 불길이 삽시간에 번지고 있었다. 무돌은 강물에 뛰어들어 몸을 적신 뒤 배에 올랐다.

2
급보

임진년(1592년), 조선 수군은 왜군의 상륙을 막지 못했다. 바다에서 막는 것이 육지에서 막아내기보다 이점이 많음을 알았더라면 전란의 판도는 바뀌었을 것이다. 그러나 임란의 발발과 동시에 경상좌수군은 와해됐고, 경상우수사 원균(元均)은 막기를 포기하고 달아났다. 왜의 대군을 보고 스스로 아군의 전선들을 가라앉혔다. 남긴 전선은 자신이 탈 판옥선 한 척이 전부였다.

상황이 이렇다 보니 전라좌수군의 출전은 아무리 빨라도 늦은 셈이었다. 더군다나 조정의 출동명령서가 내려오는 데는 소모적인 절차가 따랐다.

전라좌수군의 구원 출전은 왜란이 터지고 한 달여가 지난 뒤에야 가능했다. 첫 출전을 앞둔 병사들은 몹시 긴장했고 불안해했다. 내색하지는 않았으나 이순신 또한 그랬다. 그저 그간 전란에 대비해 온 시간이 헛것이 아님을 믿고 나아가는 수밖에 없었다. 첫 전투였던 옥포전을 앞두고 군사들에게 산같이 진중하라 명했던 건 이순신 자신에게 하는 말이기도 했다.

왜군의 전선들은 그들이 두른 갑옷만큼이나 화려했다. 이순신은 그 허세 뒤에 적의 두려움이 있음을 알았다. 화려한 것들은 속이 허하기 마련이고, 화려한 휘장은 불에 타기 쉽다.

이순신의 발포 명령이 떨어지면 포성이 천지를 뒤흔들었다. 금은 보화를 둘렀어도 팔다리가 부러지면 절뚝이는 건 마찬가지다. 왜선의 머리가 날아가고 허리가 부서졌다. 달아나는 적선들은 더 이상 화려하지 않았다.

이순신은 옥포전의 승리에서 수군의 고양된 사기 이상의 것을 얻었다. 화포의 실리를 살리기 위해 채택한 학익진(鶴翼陣) 전술이 성공적으로 먹혀들었다. 그러나 정박한 적선을 상대로 한 학익진이었기에 그 자체로 완성된 전술이라고 속단할 수는 없었다.

옥포의 적을 부수고 동쪽으로 진출하던 길에도 척후장이 왜군의 대선 다섯 척을 발견했다. 바로 추격을 시작해 합포에 이르렀을 때 적은 배를 버리고 육지로 달아났다. 버려진 적선들을 모두 소각했다. 다음 날에는 적진포에 정박 중이던 적선 열세 척 중 열한 척을 불태웠다.

세 번의 전투 모두 일방적인 전투이자 조선군의 실질적인 첫 승리였다.

위이잉.

활시위가 팽팽해지며 활이 울었다. 시위의 반대편에서 화살촉이 파르르 떨었다. 날숨을 뱉던 숨이 멎자 화살촉의 떨림 또한 멎었다.

이순신은 그 찰나를 놓치지 않고 활시위를 놓았다. 활을 떠난 화살은 완만한 포물선을 그리며 날아가 과녁 정중앙에 박혔다.

1차 해전의 승리로 장졸들의 사기는 올라갔으나 그의 마음은 여전히 무거웠다. 예상했던 것보다 적선의 속도가 빨랐다. 많은 적선을 불태웠으나 타고 있던 적을 모두 없애지는 못했다.

뭍으로 달아난 적들은 백성들을 위태롭게 할 것이다. 앞으로는 전투가 벌어지고 나면 적선이 빠져나가는 것까지 대비해 막을 수 있는 방도를 찾아야 한다.

또한 대규모 선단과 대적할 때를 대비한 전술도 필요했다. 사방이 터진 곳에서 벌어질 전투상황도 대비하지 않으면 안 되었다. 무엇보다 마음에 걸리는 건 경상우수군의 수장인 원균과의 관계였다. 원균은 1차 해전 당시부터 이미 숨진 적의 수급을 베는 데 과도하게 열중했다. 승리가 아닌 전과에 몰두하는 그의 행적으로 인해 애꿎은 병사들이 상했다.

원균과의 갈등을 담고 날아간 화살은 과녁의 중심에서 비켜 꽂혔다. 이순신은 차분히 다음 화살을 시위에 걸쳤다. 왜적에 의해 유린당하고 있을 백성들의 모습이 그의 가슴을 짓눌렀다. 임금은 도성을 등졌다. 달아남으로써 시간을 벌었다. 벌어진 시간은 반격의 기회였다. 허나 그 시간만큼 적의 총칼에 목숨을 잃는 백성들 또한 늘어날 것이다.

적이 서해를 노리고 있다는 첩보가 있었다. 적은 이전의 패배로 인해 각성했을 것이다. 진중해질 것이며 강대해질 것이다. 그러나 정작 적이 언제 어디서 나타날지는 알지 못했다.

이순신은 바다의 눈을 가졌으나 육지의 눈은 없었다. 해상에서 적의 진격로를 그려볼 수 있으나 육상의 적은 진로를 예상할 수 없었다. 하여 신중하고 또 신중해야 했다. 단 한 번의 패배도 허락되지 않았다.

다음이 있었다면 수하의 참수를 곤장으로 대신했을지도 모른다. 그러나 다음은 없다. 한 번의 실수, 단 한 번의 패배면 끝이다. 그 패배는 적에게 한려수도*를 열어주고 남해와 서해를 내어주게 될 것이다. 종국에는 조선을 내어주게 될 것이다.

임금은 평양에 이르렀고, 그 뒤를 쫓는 적은 임진강에 모여들고 있다 들었다. 강을 작은 바다로 여기면 지켜낼 것이고 육지로 여기면 막지 못할 것이다. 막지 못한다면 임금은 다시 북녘으로 떠날 터이나 남은 북녘의 조선 강토는 한 뼘뿐이다.

임금이 국경을 넘는 불경한 상상은 감히 할 수 없었다. 그러나 왜군이 조선에 발을 디디기 전에도 조정의 대신들은 '감히'라고 생각했다. 감히 섬나라 놈들이라고 넘겨짚었다. 그 '감히'가 적을 고스란히 들였다.

전황은 장기화의 조짐을 보였다. 속전속결의 계획이 틀어진 적은 이제 전라도에 눈독 들일 것이다. 이 나라 백성들이 기른 곡물이 적의 목구멍으로 들어갈 것이며 허기를 면한 적은 굶주린 이 나라 백성을 해할 것이다.

이순신은 1차 출전을 앞두고 목을 벴던 여도 수군 병졸인 황옥천(黃玉千)을 생각했다. 황옥천에게 경상 앞바다는 저승으로 가는 삼도천이었다. 달아나는 것이 사는 길이라 판단했으리라. 허나 그의 생

---

* 경상남도 거제시 지심도 부근에서 통영, 사천, 남해 등을 거쳐 전라남도 여수에 이르는 물길.

도(生道)를 허락할 수는 없었다.

　제집에 숨어 있던 황옥천을 잡아와 참수했다. 잘린 목을 군졸들이 볼 수 있도록 장대에 매달아 군율의 지엄함을 알렸다. 두려움에 전장을 떠나려는 자들을 붙잡기 위해서는 황옥천의 목이 필요했고, 더 가까운 두려움이 필요했다.

　다시금 흑각궁이 팽팽해졌다. 날아간 화살은 앞서 것보다 상단에 맞았다. 과녁이 적이었다면 목 언저리일 것이다. 전장에서는 칼의 곧음과 활의 유연함이 모두 필요했다. 용단은 지략 속에서 분기되어야 하며 지략에는 용단이 있어야 한다. 부산 앞바다에 집결한 적선들은 본격적으로 서진(西進)을 시작할 것이다. 적들이 조선의 수군을 더 경계하기 전에 기세를 줄여놓아야 했다.

　활집으로 향했던 손이 허공을 집었다. 여섯 순*의 활쏘기가 끝났다. 이순신은 일주일 뒤 전라우수사가 합류하는 대로 2차 출전을 결행하기로 마음먹었다. 적들도 조선 수군의 건재함을 알아차렸으니 그에 대한 방비가 있을 것이다. 방심한 적은 무서울 게 없으나 준비된 적은 다르다. 기습전이었던 1차 해전과 달리 앞으로의 전투는 전면전이 될 양상이었다.

　"영감, 좌수사 영감!"

　이순신은 군관 송희립(宋希立)의 다급한 뜀박질에서 무언가 일이 터졌음을 직감했다.

　"우수사로부터 급보입니다!"

　우수사……. 이순신은 순간적으로 전라우수사 이억기(李億祺)와

---

* 화살을 다섯 발 쏘는 단위. 여섯 순은 총 서른 발이다.

경상우수사 원균을 동시에 떠올렸다. 어느 쪽의 급보든 반가운 것일 리 없으나 경상우수사로부터 온 급보라면 더 긴박한 내용일 것이다.

"뛰지 말게."

이순신이 송희립을 바라보는 주위 병사들의 시선을 의식하며 일렀다. 지휘관의 작은 동요도 병사들에게는 크게 전해지는 법이다.

"보십쇼."

이순신의 군은살 박인 손이 공문을 건네받았다. 원균의 공문을 펼쳐보는 내내 이순신은 고요했다. 그러나 표정과 달리 공문의 내용은 자못 심각한 것이었다.

"군관들을 모아라."

"오는 길에 진해루*로 모이라 일러뒀습니다. 속히 가시지요."

진해루에 모인 군관들과 오관오포의 수령들은 다급한 일이 터졌음을 직감하고 저희끼리 수런거리고 있었다. 그러다 일순 사위가 조용해졌다. 좌수사 이순신이 군관 송희립과 함께 진해루에 오르고 있었다.

"모두 자리하였는가?"

"귀선부대의 돌격장들은 아직 오지 않았습니다."

순천부사 권준(權俊)이 답했다. 권준은 1차 출전 당시 전라감영에 파견 나가 있어 참전하지 못했다가 며칠 전에야 복귀했다. 그는 전라좌수영의 실질적인 이인자였다.

---

* 현 진남관 자리에 있던 건물로 전략회의 등의 장소로 사용되었다.

"귀선병들 훈련을 마무리하는 중이니 곧 참석할 것입니다."

부연 설명을 보태는 훈련봉사 나대용(羅大用)의 얼굴에 수많은 감정이 스쳤다. 이순신은 나대용이 귀선 제작을 총괄하며 고생했던 과정을 잘 알았다. 그가 귀선 제작에 조금의 게으름도 부리지 않음을 알면서도 독촉할 수밖에 없었다. 귀선의 완성이 늦어진다면 그간의 고생이 무위로 돌아감을 아는 탓이었다.

나대용은 이순신의 진심을 곡진하게 받아들였고 귀선은 왜란이 터지기 하루 전날 극적으로 완성되었다. 이후 이순신은 군관 이기남(李奇男)과 이언량(李彦良)을 귀선 돌격장으로 염두에 두고 특훈을 지시해둔 상태였다.

철갑을 두른 귀선은 백병전에 강한 왜군과 대적하는 데 꼭 필요한 군함이었다. 그런 귀선을 1차 출전 당시 투입하지 않은 것은 실전에 도입하기에는 훈련 상태가 여전히 부족했기 때문이었다.

판옥선과 달리 귀선은 사방이 막혀 있어 시야가 제한적이었다. 따라서 포성과 총성이 난무하는 전장에서 일사불란하게 움직이기 위해서는 일반 판옥선의 군졸들보다 강도 높은 훈련이 요구되었다.

병사들의 고단함을 모르는 바 아니나 조선 수군 최고의 기밀 병기를 허투루 쓸 수는 없었다. 다행히 슬슬 훈련의 성과가 나타나고 있었다. 오전에 들렀던 연무장에서 본 귀선병들의 눈은 특공부대라는 자부심과 사명감으로 빛나고 있었다.

이제 귀선병들의 훈련과 귀선을 활용하는 전술도 구상이 마무리된 상태니 앞으로의 전투에서는 본격적으로 운용할 계획이었다. 적과의 전면전이 벌어진다면 돌격선인 귀선의 역할은 실로 막중했다.

"상황이 긴급하니 바로 회의를 시작하겠소."

이순신에게서 공문을 전달받은 순천부사 권준이 공문을 펼쳐 들고 읽기 시작했다. 예사롭지 않은 내용이었다.

요약하면, 선발대로 추정되는 적선 십여 척이 이미 사천포와 곤양 일대를 점거한 상태이며, 곤양의 임시 경상우수영에 주둔하고 있던 원균 수사는 남해의 노량으로 물러나 있다는 말이었다.

이순신은 앞서 읽은 내용을 다시 듣는 셈이면서도 가슴이 철렁했다. 곤양과 사천 일대라면 경상우수군에게는 최후의 보루였다. 그곳이 무너졌다면 이제 왜의 수군은 여수 본영을 직접 노릴 수 있게 된다. 왜의 수군도 그 점을 노렸을 것이다.

더군다나 곤양이면 경상과 호남의 관문인 진주가 지척이었다. 곤양 일대가 적의 손에 들어갔으니 적의 육군이 바다를 통해 진주를 노릴 수 있게 된 셈이다. 심각한 문제였다.

원 수사에게 적과 전면전을 벌이길 기대하지는 않았다. 냉정하게 말해 경상우수군만으로는 한계가 명백한 상황이었다. 군수품이라면 전라좌수영에서 어느 정도 보급해주었다고는 하나 병사들의 훈련은 짧은 시간 동안 원하는 수준의 성과를 내기 어려운 일이었다.

이순신이 원 수사에게 아쉬운 부분은 탐망(探望) 활동의 미흡함이었다. 적과 더 가까운 곳에 있는 건 경상우수군이었다. 독자적으로 전투를 치를 수 없는 형편이라면 탐망선이라도 잘 운용했어야 했다. 여수의 좌수영과는 불과 반나절 거리이니 적이 코앞에 이르기 전에 알았더라면 곤양이 당하기 전에 구원을 나갈 수 있었을 것이다.

공문의 내용을 들은 군관 중 몇이 나직이 신음을 흘렸다. 가장 먼저 입을 연 건 조방장 정걸(丁傑)이었다.

"장군, 뭐 고민할 거 있습니까? 당장 출전하시지요."

여든을 바라보는 나이에도 정걸은 의욕적이었다.

노익장의 결기에 읍진수령과 군관들이 힘차게 고개를 끄덕였다. 1차 해전 당시 출전 여부를 두고 의견이 양분되던 것과는 대조적이었다. 앞서 해전들에서 거둔 압도적인 승리로 모두 기세가 올라 있었다.

즉답을 피하는 이순신을 대신해 권준이 차분히 입을 열었다.

"그 전에 짚고 넘어가야 할 부분이 있습니다."

"무엇이오."

이순신이 이어질 말을 기다렸다. 권준은 매사 신중한 인물이었다. 비록 1차 해전에는 참전하지 못했다지만 오히려 그 덕에 평정심을 유지하고 있는지도 몰랐다.

"아직 왜군은 진주와 함안을 넘지 못하고 있소이다. 그런데 수군 단독으로 이리 빨리 곤양과 사천포에 이르렀다니 이는 혹 우리 좌수영의 수군을 끌어들이려는 계책이 아닐지요. 이전의 전투들로 우리 수군을 대하는 적들의 태도에도 분명 변화가 생겼을 것입니다."

이순신은 권준의 의심이 타당하다고 생각했다. 사천 지역은 바다가 육지 깊이 파고든 만의 형세다. 적함이 조선 수군에게 퇴로를 막힌다면 빠져나가기 힘든 지형이었다. 더군다나 적선의 규모가 십여 척이라 하였으니 조선 수군과 전면전을 벌일 규모도 아니었다. 따라서 유인책일 가능성을 배제할 수 없었다.

"일리가 있소. 적이 매복을 도모하고 있다면 우리 군은 빠져나오기 힘들 것이오."

이순신의 수긍에 정걸이 주먹으로 탁자 위를 내리쳤다.

"그럼 이대로 가만있자는 말입니까? 다른 곳도 아닌 사천이오. 장군도 사천이 좌수영 코앞임을 모르지 않을 게 아니오. 왜놈들이 사천에 진이라도 친다면 이곳 여수는 당장 사정거리 안에 들고 마오."

분기탱천한 노익장의 반응에 권준이 다시금 입을 열었다.

"설마 가만히 앉아 당하자는 말을 하는 것이겠습니까. 다만 출전을 언제 어떻게 할 것이냐 하는 문제지요. 나흘 뒤에 전라우수군이 합류하기로 하였으니 이후 출전하는 것이 어떨까 합니다. 우수군이 합류하여 출전한다면 설사 적이 매복을 준비하고 있다 하더라도 능히 대처할 수 있지 않겠습니까."

"거참, 우리 좌수군만으로도 충분하다니까. 부사께선 앞서 전투에 참전하지 못한 관계로 우리 수군의 역량을 과소평가 하고 있는 게 아니오?"

"어허, 영감! 말이 지나치시오."

잠자코 있던 녹도만호 정운(鄭運)이 주의를 줬다.

정운은 1차 해전 전까지만 해도 내심 이순신을 미덥지 않게 여겼다. 자신이 피나는 노력으로 양성한 정예 녹도군을 좌수사가 정병(精兵: 정예병)으로 인정해주지 않았기 때문이다. 팽팽한 기 싸움이 있었지만 수군 훈련에서 드러난 녹도군의 한계는 명백했다. 육지의 싸움과 바다의 싸움은 확연히 다른 것이었다.

결국 녹도군은 좌수사의 훈련방식으로 재탄생했고, 1차 출전에서 눈부시게 선전했다. 결과적으로 좌수사의 생각이 옳았다. 정운은 자존심이 상하긴 했지만 좌수사를 인정하려고 했다. 그러나 진짜 문제는 본영으로 개선한 이후 터졌다.

목숨을 걸고 적과 싸운 정운에게 상찬이 아닌 문책이 내려진 것이다. 적의 수급을 탐하지 말라던 군율을 어겼다는 게 이유였다.

적진포 해전 당시 정운은 경상우수사 원균과 함께 경쟁적으로 왜군의 수급을 베어 모았다. 전세는 조선 수군이 압도하고 있었고, 적은 달아나기 급급한 상황이었다. 비록 적의 수급을 베는 데 집착하지 말라는 좌수사의 명이 있었으나, 이 정도라면 결코 무리한 행동이라고는 생각되지 않았다. 그런데 곤장이라니.

녹도만호 정운은 곤장을 맞을 때만 해도 이를 갈았다. 부하 장수가 좌수사 본인보다 많은 공을 세우자 이를 시기하는 것이라 여겼다. 몸이 낫는 대로 수하의 군졸들을 데리고 좌수영을 떠날 생각까지 했다.

정운이 곤장을 맞은 다음 날 좌수사가 그의 처소에 들렀다. 꼴도 보기 싫었으나 상관의 방문을 무시할 수는 없었다.

정운과 마주 앉은 좌수사는 말없이 그를 바라만 보았다. 둔부의 살점이 짓뭉개진 정운은 앉아 있는 것조차 죽을 만큼 고통스러웠다. 하지만 자존심이 상해 내색하지 않으려 하다 보니 인상만 잔뜩 구겨졌다.

"많이 아픕니까?"

정운은 누굴 약 올리나 싶은 마음에 대꾸조차 하지 않았다. 좌수사와는 말도 섞기 싫었다.

"많이 서운합니까?"

두 번째 물음에는 억누르고 있던 감정이 울컥 튀어나올 뻔했다.

"그런 것입니다."

이순신의 자문자답에 결국 정운을 참을 수 없었다.

"누구 약 올리십니까? 대체 뭐가 그렇다는 겁니까?"

따지듯 묻는 정운을 이순신은 가만히 바라봤다. 도무지 좌수사의 심중을 헤아릴 수 없었다. 제법 오래 곁을 지켰다지만 여전히 그의 입에서 나올 말은 예측하기가 어려웠다.

"지휘관이란 그런 것입니다. 제 심중에 이는 것들을 일일이 헤아릴 수도 헤아려서도 안 된다는 말입니다."

"허어, 어디 그것이 사람입니까?"

"그렇지요. 사람이 아니겠지요."

두 사람이 마주한 이래 처음으로 이순신이 시선을 돌렸다. 이순신은 거치대에 걸린 정운의 활을 보며 말했다.

"정 만호는 내가 이곳 좌수영에서 가장 신의하는 사람입니다. 헌데 그런 연유로 정 만호를 너무 신경 쓰지 못했다는 생각이 들더이다. 만호의 곤장을 치면서 생각했소. 정작 저 곤장을 맞아야 하는 사람은 나일 텐데. 다만 이곳에는 내 곤장을 쳐주는 이가 없으니 내가 그대를 쳤소."

"이깟 곤장 몇 대 맞은 것쯤 아무것도 아닙니다. 저는 단지……."

정운은 튀어나오려는 말을 겨우 삼켰다. 이미 볼썽사나운 꼴을 하고 있는데 '억울하단' 말 따위로 더할 순 없었다.

"나도 정 만호가 전공을 세우려는 욕심으로 그리 행동했다 생각지는 않소. 적의 칼끝이 목전에 이르렀거늘 만호의 심정과 내 심정이 어찌 다르겠소. 만호와 내가 지키려는 것이 다르지 않길 않소? 그러나 심중을 헤아리는 것은 군왕의 일이요, 군인이 할 일은 오직 군령과 군율을 따르며 힘써 싸우는 것뿐이오. 하여 내 정 만호를 일벌백계하여 군의 기강을 세우려 했소이다."

언제부턴가 정운도 이순신이 쳐다보는 제 활을 보고 있었다. 좌수사와 함께 활터에서 활을 쏘며 나누던 많은 대화가 머릿속에서

엉켰다. 좌수사의 말이 옳다는 걸 모르는 바 아니었다.

군인의 운명이란 시위를 떠난 화살과 같았다. 시위가 명한 대로 날아가 사명을 다하는 존재였다. 허나 좌수사와 그의 심정이 같았다는 말은 틀린 것이었다.

적진포 해전 당시 정운은 경상우수사 원균이 적의 수급을 베는 데 진력하는 모습을 보며 조바심이 들었다. 전라좌수영이 세운 공을 모두 가로채 갈 것 같았다. 해서 자신 또한 무리해 함선을 전진시켰고 상하지 않아도 될 병사들을 상하게 하고 말았다.

"내 과는 언제고 내 방식대로 대가를 치를 것이오. 허나 정 만호의 과는 어제부로 씻겼으니 회복에만 전념하시오."

그 말을 끝으로 이순신은 자리를 떴다. 정운이 본 좌수사는 강직하기가 대쪽 같은 인물이었다. 언제나 그에게서는 태산과 같은 후광이 드리워 있었다. 그런 자의 뒷모습이 처음으로 쓸쓸해 보였다.

잠자코 거치대에 걸린 해도를 바라보던 이순신이 마침내 손을 움직였다.

그의 손에 들린 지시봉이 해도의 한 지점을 가리켰다. 사천포였다. 지시봉은 직선을 그리며 북상했다. 끝이 멈춘 곳은 진주였다. 그러자 눈치 빠른 순천부사 권준이 탄식했다.

"이건…… 설마 진주 공략을 위한 보급로란 말입니까?"

좌수사의 지시봉은 다시 사천으로 내려오더니 이번에는 대각선 아래 위치한 여수로 이어졌다. 전라좌수영의 본영이었다.

"사천포는 이후 우리 수군의, 아니 조선군 전체의 전황을 바꿀 수 있는 거점이 될 것이오. 적이 이 사천 지역을 거점으로 삼는다면 진주를 공략하려는 육군과의 수륙병진을 도모함과 동시에 우리 좌수영 또한 사정거리에 둘 수가 있소. 앞서 우리 조선 수군에게 대패를 경험했음에도 서둘러 행동을 개시한 것으로 보아 왜국 본토로부터 전략적 지시가 떨어졌을 가능성도 있소."

이순신은 잠시 숨을 돌렸다 말을 이었다.

"시간을 지체하면 할수록 사천포의 적세는 커질 것이오."

이미 조정에서 이후 군사작전에 대해 감영과 조정으로 오가는 보고 절차를 생략해도 된다는 허락을 받은 상태였다. 그러니 당장 출전하더라도 절차상 문제 될 건 없었다. 왜적이 사천포에 당도하기 전에 막았더라면 최선이었겠으나 이미 늦은 상황이다. 지금으로서는 한시바삐 사천포의 거점화를 막는 수밖에 없었다. 또한 적의 추격을 받아 경상우수군이 궤멸이라도 한다면 큰일이었다.

"허나 출전하기에는 우려스러운 점이 있습니다."

녹도만호 정운이 무거운 얼굴로 해도 상의 전라좌수영을 응시했다.

"사천포와 우리 본영 간의 거리가 너무 가깝습니다. 적이 먼 바다를 돌아오더라도 하루면 당도할 수 있으니 뒤가 불안하지 않겠습니까?"

정운은 전라좌수군의 가장 불안한 요소를 정확히 꿰뚫고 있었다. 행동대장처럼 나서곤 하던 정운의 발언이라기에는 놀라운 것이었다.

사실 그는 곤장의 후유증으로 몸져누워 있는 동안 줄곧 해도를 펴놓고 나름의 전략을 구상해 왔다. 좌수사는 그에게 과가 씻겼다고 했으나 정운 본인은 그렇게 생각하지 않았다. 과는 오로지 공으로만 씻을 수 있는 것이었다.

이순신 또한 정운이 지적한 부분이 신경 쓰였다. 이억기의 전라우수군이 합류한 상태라면 병력을 양분할 수도 있을 터이나 좌수군만으로는 본대를 나누기가 여의치 않았다.

"지금으로서는 탐망을 최대한 넓게 펼쳐 나아가는 수뿐이오. 어현감, 척후선*으로부터 들어온 보고는 없소?"

"네, 아직까지 특이사항은 없습니다."

광양현감인 어영담(魚泳潭)이 고했다. 정걸과 마찬가지로 어영담도 전장을 누비기에는 적지 않은 나이였으나 좌수영에 꼭 필요한 존재였다. 그는 남해와 경상도 경계의 바다 사정에 해박한 인물로 좌수군의 수로 안내를 책임지고 있었다.

"척후선의 활동 반경을 노량 방면까지 넓혀야겠습니다. 척후선에 일러 원 수사를 만나게 되면 곤양과 사천의 상황도 더 자세히 들어 보라 전하시오."

"알겠습니다."

슬슬 출전일을 결정해야 했다. 만반의 준비 태세를 갖췄다지만 신중을 기해야만 했다. 최적의 때를 정하는 것이 해전의 첫 번째 전략이다. 간조의 때와 해풍의 방향, 파도의 높이, 모든 걸 종합적으로 고려해야 했다.

그때 뒤늦게 귀선돌격장들이 도착했다. 이언량과 이기남, 박이량(朴以良) 세 사람은 하나 같이 범과 맞서도 물러서지 않을 만큼 용맹한 무관들이었다. 또한 충성심이 강해 전장의 선봉에 서기에 적합했다. 헌데 그런 세 사람의 표정이 좋지 않았다.

"무슨 일이라도 있는가?"

눈치 빠른 권준이 물었다. 병사들을 훈련시키다 와서 얼굴이 땀으로 번들거리는 이언량이 답했다.

---

* 적의 형편이나 위치, 주변 지형 따위를 정찰하고 탐색하는 배.

"피란민 한 무리가 수영에 들어오길 간청하고 있습니다."

"어디서 온 거라던가?"

권준이 묻자 이언량이 숨 돌릴 틈도 없이 답했다.

"곤양 등지에서 왔다고 합니다."

곤양이라는 말에 권준이 심각한 얼굴로 좌수사를 돌아보았다.

"곤양이면 경상우수영이 임시로 있던 곳입니다. 원 수사가 노량으로 물러나면서 그 지역 양민들이 적에게 무방비 상태로 노출됐을 테지요."

이순신의 낯빛이 어두워졌다.

"어떡할까요?"

권준의 물음은 피란민들을 받아들일 것인가 하는 것이었다. 1차 해전 당시 왜군들에게서 노획한 식량이 있으니 먹일 음식이 부족하지는 않았다. 다만 피란민 중에 왜의 세작이 섞여 있을지 몰랐다.

"음식과 기거할 곳을 마련해주시오."

"괜찮으시겠습니까? 피란민들 속에 세작이 섞여 있을지 모릅니다. 출전을 코앞에 두고 우리 군의 정보가 샐 수 있습니다."

권준의 목소리에 힘이 들어갔다. 그만큼 위중한 문제라는 의미였다. 다른 군관들 일부도 우려스러운 표정으로 이순신의 결정을 기다렸다.

이순신이라고 그런 우려를 모르진 않았다. 앞서 다른 피란민들을 수용할 때도 같은 문제로 군관들과 의견 충돌이 있었다. 피란민들은 가능한 만큼 수용한다는 원칙을 세웠지만, 상황이 상황인지라 민감한 문제일 수밖에 없었다. 무엇보다 첫 출전을 앞둔 귀선의 존재를 적이 미리 알아채는 일만은 반드시 피해야 했다. 귀선의 철갑에 거적을 씌워두었고 수군이 아닌 자들은 포구에 접근하지 말도록 하고 있으나, 완벽하게 감추는 건 불가능했다.

"장군, 이번만은 부사의 말이 옳습니다. 안타까운 일이긴 하나 동정심에 거사를 그르칠 순 없지 않겠습니까."

군관 송희립 또한 권준과 같은 우려를 표했다.

"귀관들이 염려하는 바를 모르지 않소. 허나 내 원칙에는 변함이 없소. 우리가 군인으로서의 사명을 다하지 못하여 살 곳과 피붙이를 잃은 자들인데 어찌 못 본 척할 수 있겠소. 피란민들을 전부 수용하고, 여의치 않을 시 여기 모인 수령들의 고을에서 보살펴주셨으면 합니다. 다만 허락 없이 영지를 이탈하는 사람이 없도록 경계를 엄히 해야 할 것이오."

평소 생각이 깊고 말을 아끼는 권준의 우려에도 불구하고 이순신의 결정은 변함이 없었다. 그에게 무인은 백성과 백성들의 살 곳을 지키는 존재일 뿐 그 이상도 이하도 아니었다. 백성이 없고는 나라도 있을 수 없었다. 그가 수하들의 곤장을 치고 참형에 처하는 모든 명분이 거기서 나왔다. 애민(愛民)이 없다면 임금과 관료들도 한낱 감투 쓴 허상일 뿐이다.

"내 직접 살피리다."

이순신이 일어서자 회의장의 군관과 수령들도 일시에 일어섰다.

3
삼도근왕군

진송이 이끄는 일행은 막 여수에 들어선 참이었다. 이제 반나절이면 이순신이란 자가 수사로 있는 좌수영 본영에 도달할 수 있었다.

'삼도근왕군이라.'

진송은 이동 중에 틈틈이 조선의 정세를 파악해왔다. 조선의 도성이 점령되고 임금이 몽진 길에 올랐다는 사실이라면 이미 알던 바였다. 철저하게 전란 태세를 갖춰온 일본군 앞에서 지난 이백여 년간 전란을 겪지 못한 조선의 관군들은 속절없이 무너졌다.

더는 희망이 없어야 하는 나라였다. 풍전등화나 마찬가지였다. 그런데 어제 만난 조선의 백성에게서 삼도근왕군에 관한 소식을 들은 것이다. 그 군세가 수만에 달한다고 했다.

'아직 조선에 그만한 병력이 남아 있단 말인가?'

내색하지는 않았으나 진송의 속마음은 조금씩 헝클어지고 있었다. 그를 버린 조국이었다. 연민조차 있을 리 없었다. 그러나 영락없이 자신과 닮은 조선인들을 보자니 가슴 한구석이 편치만은 않았다.

몇 번이나 조선말이 튀어나올 뻔한 걸 겨우 참아냈다. 양반놈들 망하는 꼴이야 기다려 마지않으나 그와 같은 하층민들의 피폐해진 삶을 보노라니 가슴이 서늘했다. 그들에게는 아무런 죄가 없지 않은가.

'여긴 내 나라가 아니다.'

진송은 무뎌지려는 칼날을 다시 갈았다. 조선에 대한 미련이라면 일찌감치 접었다. 더군다나 이제 조선에 그의 혈육은 하나도 남아 있지 않았다. 그의 식솔은 모두 일본 본토에 있었다. 일본이 잘되는 길이 가족이 잘사는 길이었다. 무딘 마음으로 살아왔다면 결코 지금의 자리에 오를 수도 없었다.

"단장님, 척후가 돌아옵니다."

진송이 수하의 말에 돌아보니 앞서 떠난 조선인 복장의 척후조가 돌아오고 있었다. 오랫동안 고도로 훈련된 시노비(しのび: 닌자)들이었다. 사무라이에 준하는 검술 실력자이자 다양한 첩보작전을 수행할 수 있는 능력까지 갖춘 자들로, 일본에서 명나라로 떠나기 전부터 손발을 맞춰온 사이였다. 비록 스무 명의 소수 인원이기는 하나 조선 병사 백여 명은 너끈히 상대할 실력자들이었다.

"해안을 따라 백여 명이 넘는 조선인이 이동 중입니다."

말에서 내린 척후장이 곧바로 보고했다.

"병사들이더냐?"

"아닙니다. 일반 백성들 같은데 행색으로 보아 피란민처럼 보였습니다. 직접 들으시지요."

척후장이 돌아보자 척후병이 탄 말에 포로 한 명이 동승하고 있었다. 아낙으로 보였다.

척후장이 포로를 진송 앞으로 끌고 왔다. 포로는 명나라 복식을 한 자들과 조선인 복식을 한 자들이 일본말을 주고받는 광경에 놀란 눈치였다.

"사, 살려주시오!"

진송은 잠시 곁에 있는 역관을 돌아보았다가 직접 입을 열었다. 그의 입에서 능숙하게 조선말이 흘러나왔다.

"어디로 가는 길이냐?"

"조, 조선 사람입니까? 사, 살려주시오."

아낙이 목숨을 구걸했다. 그러나 그의 입에서 나온 조선말을 들은 이상 살아남긴 어려웠다.

"어디로 가는 길이냐고 물었다."

"전라좌수영으로 가는 길입니다."

"어째서?"

"왜놈들이……."

여자가 말을 하다 말고 척후병들의 눈치를 봤다. 왜인인지, 조선인인지, 그도 아니면 명의 사람들인지 헷갈려서 그럴 것이다. 진송은 가만히 여자의 대답을 기다렸다.

"살던 곳이 공격받았습니다. 살길이 막막하여 피란을 가는 것입니다."

"피란? 피란을 군영으로 간다는 말이냐?"

얼핏 이해가 되지 않았다. 전시에는 군영만큼 위험한 곳도 없었다. 적의 습격에 언제라도 노출된 곳이 군영이지 않은가. 더군다나 지금 같은 상황에 피란민들을 받아들일 여력도 없거니와 자칫 적의 세작이 섞여들 수 있으니 받아줄 리 없었다.

"거짓을 고한다면 살아남지 못할 것이다."

"거짓말이 아닙니다. 좌수영의 장군님이 피란민들을 보살펴준다
는 소문을 듣고 그리로 가는 길입니다."

"혹시 그 장군의 이름을 아느냐?"

"이순신 장군님이라 들었습니다."

진송은 아낙의 입에서 이순신이란 이름이 나오자 짐짓 놀랐다. 냉
철한 자라 했는데, 군영에서 피란민들을 보살핀다니. 그야말로 어
리석은 행태였다. 이런 시국에 병사들만 보전하여 통제하기도 쉽지
않을 터인데 연민에 휩쓸리는 자란 말인가.

진송은 십 년 남짓한 일본 생활을 통해 연민이란 감정이 얼마나
위험천만한 것인지를 누구보다 뼈저리게 깨달았다. 일본의 수많은
다이묘가 적군이 아닌 수하에 의해 죽어나가질 않았던가. 전장에서
필요한 감정은 연민이 아니라 끝없는 의심이었다. 의심하고 또 의
심해야 살아남을 수 있었다.

"네가 살던 곳이 어디냐?"

"경상 곤양입니다."

곤양이라면 전라도와 접경지인 해안 고을이었다. 왜군이 곤양을
점령했다면 이제 이곳 전라좌수영이 반나절 사정거리에 놓인 셈이
었다.

"이순신이란 자에 대해 아는 게 있느냐?"

"장군님이요?"

"아는 대로 말하거라. 쓸만한 정보를 말하면 목숨을 부지할 수 있
을 것이다."

진송은 뒤통수가 따가웠다. 의심하고 또 의심해서 연명해온 삶. 오래된 수하라 한들 이들의 본질은 자객이었다. 비록 수하들이라고는 하나 그의 명만을 받드는 게 아닐 수도 있었다. 더군다나 진송의 몸에는 조선인의 피가 흘렀다. 조금이라도 무딘 마음이 드러나면 그 역시 위험해질 수 있었다.

"모, 모릅니다. 저 같은 사람이 그리 높은 분을 어찌 알겠습니까?"

아낙은 극도의 두려움에 떨고 있었다. 진송은 사람의 속마음을 간파하는 일이라면 이골이 났다. 여자의 떨리는 동공에 깃든 의심. 그녀는 자신을 둘러싼 사내들을 적으로 확신하고 있었다.

"네가 모른다면 다른 피란민을 잡아들이는 수밖에."

진송이 아낙의 불안한 심리를 후벼팠다. 진송의 의도를 간파한 척후장이 당장이라도 피란민들을 쫓아갈 것처럼 자세를 취했다.

"한때……"

여자가 황급히 입을 열었다.

"장군님을 두고 비겁하다고들 했습니다. 경상도 해역이 쑥대밭이 되도록 구원을 안 왔으니까요. 그러다 이젠 다 끝이라 생각했을 때 그분이 왔습니다. 그래봤자 별 기대는 안 했습니다. 조선 수군은 왜군의 상대가 안 된다고들 했으니까요. 그랬는데……"

여자가 목이 메는지 잠시 말을 멈추었다. 그러다 짐짓 눈에 힘을 주고 진송을 올려다봤다.

"장군님이 이끄는 수군은 달랐습니다. 순식간에 왜선들이 불탔고 왜놈들은 애처럼 울면서……"

척후장이 칼을 빼 들었다. 진송은 손을 들어 그의 행동을 제지했다. 척후장은 불길이 일 듯한 눈으로 진송을 바라보다 결국 눈을 내리깔았다.

이순신에 대한 진송의 생각이 바뀌려 했다. 전투에서는 상당한 실력자라는 건가. 잘 이해가 되질 않았다. 신중하고 경계심이 많으나 연민 또한 크다. 그러면서 뛰어난 지휘 능력까지 갖췄다니…….

전시에서는 병사들의 사기를 관리하는 것만큼 중요한 것도 없었다. 이길 수 있고, 살아 돌아갈 수 있다는 확신이야말로 사기를 높이는 최고의 요인이었다. 그런데 제 목숨이 백척간두인 일개 여인조차 이순신이란 이름을 말할 때는 힘이 들어갔다. 만약 이순신이란 자가 몇 번의 승전을 더 거두게 된다면?

이순신을 감시하라는 본토의 지시는 이런 이유 때문인가. 설마 이 한 명의 수군 장수가 전란의 판도를 뒤집을 수도 있다고 우려하는 건가.

그분의 뜻을 지금으로서는 알 수 없었다. 생사를 오가는 고된 훈련 속에서 생각은 그의 것이 아니었다. 오로지 명에 의해 움직일 뿐이었다.

어쨌거나 기우일 것이다. 지금의 일본이 고작 몇 번의 작은 패배를 위기로 받아들이진 않을 테니까. 그보다는 주군의 사심과 관련이 있다고 보는 편이 합리적이었다. 여하튼 현시점에서 이순신이란 자가 걸림돌인 것만은 확실해 보였다.

진송은 아낙에게 머물던 시선을 들어 척후장을 바라봤다.

"이 여자를 납치할 때 다른 피란민들에게 모습을 보였느냐?"

"그럴 리가요. 뒤를 해결하려고 혼자 숲으로 이탈했을 때 슬쩍 잡아온 것입니다."

목격자가 없다면 죽여도 상관없었다.

"네가 보기에 나는 어느 나라 사람처럼 보이느냐?"

진송의 뜬금없는 질문에 아낙은 걷잡을 수 없이 떨었다.

"명, 아니…… 조, 조선 사람으로 보입니다."

바람을 말하는 건가. 그게 아니면 진정 내가 조선인으로 보이는 걸까.

진송이 척후장에게 손을 내밀었다. 척후장이 제 환도를 넘겼다. 진송은 자신에게 물었다. 여자의 대답이 달랐더라면 살려두었을 것인가.

"틀렸다."

아낙의 목이 떨어졌다. 진송은 뜬 눈으로 죽음을 맞이한 아낙의 머리를 내려보며 무심하게 말했다.

"피란민들 속에 세작을 심어야겠다."

척후장은 영문을 모르겠다는 얼굴로 진송을 응시했다.

"그냥 사절단으로 입성하면 되는 일 아니었습니까?"

"계획이 바뀌었다."

본토의 지령은 이순신의 제거가 아니라 감시였다. 물론 해당 지령은 언제든 바뀔 수 있었다. 곤양과 사천 일대가 일본 수군에 점령됐으니 곧 이순신의 병력이 움직일 터였다. 어차피 당장 좌수영에 들어간다고 한들 출전하는 이순신을 밀착해 감시하기는 어려운 일이다. 그럴 바에는 차라리 이순신이 출전하고 난 뒤 입영하는 편이 나았다.

"세작에게 좌수영의 출전일을 파악하라고 전하거라. 우리는 주인이 집을 비우면 들어간다."

"하이!"

비로소 진송의 생각을 알아차린 척후장이 의심을 거두고 대답했다.

"당분간 야숙한다. 적당한 자리를 찾거라."

산속의 밤은 온갖 위험이 도사리는 법이나 이들에게서는 두려움을 찾아볼 수 없었다.

***

왜군이 부산으로 침략한 지 이십 일 만에 한성이 함락됐다. 임금은 북으로 몽진하며 한성 수복을 명했고, 하삼도*의 책임자들은 삼도근왕병을 모아 어명을 이행하고자 했다.

전란의 직격탄을 맞은 경상도의 경우 그 병력이 백여 명에 불과했으나 충청도와 전라도의 군세는 상당했다. 끝이 보이지 않는 행렬이 한성을 향해 북상하고 있었다.

아직까지 전란의 화마가 옮겨붙지 않은 전라도의 병력은 무려 6만에 이르렀다. 전라도 관찰사 이광(李洸)이 이끄는 4만과 전라도 방어사 곽영(郭嶸)의 병력 2만이었다. 따로 진군하던 이광과 곽영의 부대는 온양에서 합류했다. 뒤이어 경상도의 소수 병력과 충청도의 팔천여 명에 이르는 병력까지 합류함으로써 왜란 발발 이후, 아니 조선 건국 이래 최대 규모의 병력이 결집하고 있었다.

삼도근왕군의 총지휘관인 이광은 한시라도 빨리 한성을 수복해 작금의 수모를 속히 씻어내고 싶었다. 그는 지난번에도 전라도 병력을 모아 한성을 사수하러 진군했었다. 그러다 주상이 도성을 떠

---

* 충청, 전라, 경상 3도를 이름.

났다는 청천벽력에 눈물을 머금고 군을 물릴 수밖에 없었다. 이제 왜적들에게 그간 당한 수모를 되갚아줄 때였다.

삼도에서 모인 병력을 돌아보니 왜놈들을 노도처럼 일거에 몰아낼 수 있을 것 같았다. 거기다 남해에서는 이순신이 선전하고 있으니 지금이야말로 한양을 탈환할 적기였다. 더군다나 온양에 이르는 동안 병력은 줄지 않았고 오히려 늘었다. 왜적에 의해 가족과 집을 잃은 피란민들이 복수할 길을 찾아 속속 합류했기 때문이다.

전라도를 벗어나면서부터는 온전한 고을을 찾기가 어려울 지경이었다. 까맣게 타 주저앉은 가옥들과 귀 없는 시신들이 즐비했다. 시신들에 들러붙은 파리떼와 구더기들을 보고는 속을 게워내는 병사들이 적지 않았다. 들리는 건 곡소리요, 시신을 뜯어먹기 위해 어슬렁대는 까마귀들의 우짖음뿐이었다.

오늘로 삼도의 병력이 모두 모였으니 마음 같아서는 당장 진군을 명령하고 싶었다. 하지만 이 앞은 적의 손에 넘어간 지역들이었다. 앞으로의 진군에는 전투가 병행될 수밖에 없었다.

모인 병력이 많은 것은 반가운 일이었으나 진군 속도는 더디기만 했다. 막대한 군량의 조달도 문제가 될 수 있었다. 이런저런 불안 요소들을 불식시키는 상책은 최대한 빠르게 한성을 수복하고 주상을 모시는 것이었다.

"영감, 재고하시지요."

이광의 속전속결 계획을 들은 곽영은 난처한 표정이었다. 광주목사 권율(權慄)이 거들었다.

"저 또한 방어사 영감과 같은 생각입니다. 아군의 병력이 많다고 하나 장기간의 이동으로 몹시 지친 상태입니다. 일단은 기력을 회복하며 적군의 포진부터 정확히 파악할 필요가 있습니다."

같은 전라도 근왕병이라고는 하나 이광은 좌종대*를, 곽영과 권율은 우종대를 이끌고 있었다. 이광은 여기까지 오는 동안 곽영과 권율이 입을 맞췄을지도 모른다고 생각했다. 주상전하가 그 모욕을 겪고 있는데 이런 안일한 자들을 보았나. 이광은 자신의 지휘권을 굳건히 할 필요를 느꼈다.

"어찌 그런 한가한 소릴 하는가. 비록 우리의 병력이 많다고는 하나 적들도 우리를 파악하고 있을 터, 지체하다가는 수성 병력을 늘릴 기회만 주는 셈임을 모르는 겐가."

그러자 권율이 곧장 반박했다.

"일리 있는 말입니다. 허나 전라좌수사가 남해에서 적의 서진을 막아내고 있고 육지에서는 곽재우를 비롯해 도처에서 일어난 의병들이 적을 분산시키고 있습니다. 적들 또한 마냥 한성의 수비 병력을 늘릴 수는 없는 실정이란 말이지요. 또한 비록 아군의 병력이 많다고 하나 냉정히 따져 정병의 수는 많지 않습니다. 두 번은 모을 수 없는 병력임을 아실 터이니 신중을 기울여야 합니다."

생각보다 권율이 강경한 태도로 맞서자 이광이 주먹으로 탁자를 내리쳤다.

"그럼 이대로 적의 눈치나 보고 있자는 말인가?"

"일단 이곳은 주둔지로는 부적합하니 수원의 독성산성을 탈환하여 거점으로 삼으시지요. 우리 군의 병력이 많으니 초조한 건 적입니다. 이후 산성의 수비를 견고히 하면서 형세를 살펴 작전을 펴는

---

* 전군 대열에서 중심을 기준으로 좌우로 대형을 나누어 각각 좌 · 우종대(從隊)라 칭한다.

것이 옳을 것입니다."

이광은 곽영도 아닌 그의 부장 격인 권율의 적극적인 간섭이 탐탁지 않았으나 수원을 먼저 점령하자는 의견에는 일리가 있어 보였다. 적이 수원과 용인, 한양에 주둔하고 있으니 그 중간 지점인 수원을 공략한다면 용인과 한양의 적을 갈라놓을 수 있었다.

"좋소. 그럼 내일 날이 밝는 대로 당장 진군하기로 할 테니 그리 아시오."

그러자 이번에는 곽영이 반박했다.

"그건 무리입니다. 아직 아군의 후미조차 도착하지 못한 걸 모르십니까? 자정에나 이르러야 모든 병사가 도착할 터인데 다음 날 바로 진군하는 것은 무모합니다. 우리의 목적은 적과 싸워 이기는 것이지 그저 적에게 이르는 것이 아니지 않습니까."

곽영의 말은 사실이었다. 삼도근왕병의 상당수는 정병이 아닌 급히 소집된 평범한 양민들이었다. 기본적인 군사훈련조차 받지 못한 병사들이 부지기수였다. 실정이 이렇다 보니 행군 시 대오조차 제대로 갖추지 못했고, 선두와 후미의 대열이 반나절 거리만큼 벌어져 있는 상태였다.

그러니 전 병력이 합류하고 나면 얼마간이라도 휴식을 취하고 전열을 가다듬을 필요가 있었다. 왜적들은 수많은 전투를 겪은 정예병들이니, 숫자만 믿고 오합지졸처럼 굴었다간 되려 급습의 빌미만 제공할 수도 있었다.

"이보시오, 방어사! 적이 주상의 뒤를 쫓고 있는 판국에 가릴 것다 가린다면 이는 불충이 아니고 뭐란 말이오. 이만한 병력을 갖고도 비루먹은 개처럼 움직인다면 훗날 주상의 용안을 어찌 보겠소!"

"영감! 말이 지나치시오."

삽시간에 회의장 가득 냉기가 감돌았다. 이광과 곽영의 언쟁을
지켜보는 권율 또한 감정이 고조되고 있었으나 애써 억눌렀다. 문
신인 이광과 무신인 곽영은 전란을 대하는 관점 자체가 달랐다. 이
광은 사대부로서의 명분론에 휩싸여 있었고, 곽영에게 전란은 문신
들에게 핍박당하기만 하던 무신의 존재 가치를 입증하는 장이었다.
그러니 이 둘은 좀처럼 타협점을 찾기가 어려웠다.

전략회의는 이렇다 할 진전 없이 끝났다. 회의장을 빠져나오는
권율의 눈에 부르튼 발을 주무르는 병사들이 보였다. 하나의 전란
이되 동시에 저마다의 전란을 겪고 있었다. 설령 한성을 수복한들
그것이 이 전란의 끝은 아니었다. 전투가 아닌 전란을 바라보는 관
점이 필요했다.

그때 임시병영의 한 곳이 소란스러웠다.

"글쎄 안 된다니까, 이놈아. 다짜고짜 장군님을 만나겠다니."

"한시가 급하단 말이오."

"알았으니까 일단 기다리래도. 다 절차가 있는 법이여."

권율은 본능적으로 소란이 이는 곳으로 다가갔다. 어둑한 가운데
뚫고 나가려는 한 명을 서너 명이 막아서고 있었다.

"무슨 일이냐?"

"아, 장군님 나오셨습니까. 아니, 이놈이 다짜고짜 장군님을 만나
야겠다고 고집을 부리지 않습니까."

소년병인가?

권율은 가까이 다가가 군관에게 붙들린 자를 살펴보다 낯이 익다
는 걸 알았다.

"너는?"

"저는 광주 관아에서 통인으로 있던 무돌이라고 합니다."

"그래, 기억이 나는 것도 같다."

비록 노비 신분이긴 하나 평소 명석한 구석이 있어 기억하고 있던 소년이었다.

저 아이도 징집 대상이었던가. 얼추 대상에 포함될 나이처럼 보이긴 했으나 신분이 노비였다. 원래라면 병사가 될 수 없었다. 그러나 나라가 이 난리다 보니 신분을 따질 상황이 아니었다.

"나리께서 꼭 보셔야 할 게 있습니다."

아직 얼굴에 소년티가 남아 있지만 횃불이 담긴 눈빛에는 총기와 결기가 엿보였다.

"따라오거라."

권율의 말에 소년이 군관의 손을 뿌리쳤다.

"보쇼, 내가 나리랑 안다고 하질 않았소."

"어허, 소란 피우지 말고."

권율은 짐짓 근엄하게 말했으나 지친 백성들만 보다 소년의 활력 있는 모습을 보니 내심 생기가 차는 기분이었다. 그래서 굳이 마음에도 없는 소리를 덧붙였다.

"이리 소란을 피웠으니 중요한 일이 아니라면 족장을 때릴 것이다."

그 말에 질겁할 법한데도 소년은 의기양양하게 뒤따랐다.

4
꽃별

이순신은 휘하 군관들을 대동하고 수영의 동쪽으로 향했다.

동문에 가까워지자 피란민들의 곡소리가 간헐적으로 들렸다. 그러나 대개는 울 기운도 없는 듯 망연자실한 얼굴이었다.

"저들을 들여라."

이순신의 명령에 수영의 육중한 문이 열렸다. 피란민들은 쫓는 자들이 없었음에도 쫓기듯 들어왔다. 이순신은 권준을 돌아보며 나직이 말했다.

"저들을 한곳에 모아 명부를 작성하고 먹을 것을 내어주게. 허기를 면하고 나면 곤양과 사천의 상황에 대해 들어봐야겠네."

"알겠습니다."

권준이 부관 몇을 대동하고 피란민들에게 다가갔다. 이순신도 그들에게 다가서려 했다. 그러자 조심성 많은 방답첨사 이순신(李純信)이 만류했다.

"아직 저들의 신원이 파악되지 않았습니다. 혹시 모르는 일이니 기다리시지요."

"이 첨사, 자네가 곁을 지키면 될 일이네."

이순신은 덤덤하게 대꾸한 뒤 다시 그들에게로 발을 떼었다. 어찌나 다급히 피란길에 올랐는지 짐이랄 것도 없이 빈손인 자들 또한 적지 않았다. 걷기조차 힘들어 보일 정도로 기력이 없는 자들이 허다했고, 몸이 상한 자들도 적지 않았다. 넋이 나간 자와 분통함에 눈이 충혈된 자들을 보노라니 그의 가슴속에도 왜적에 대한 울분이 끓어올랐다.

"먼 길 오느라 고생들 많았네. 내가 부덕하여 겪지 않아도 될 고초를 겪게 했네."

이순신의 침울한 어조에 몇몇이 눈시울을 붉혔다. 그때 도포를 걸친 사내 하나가 다가섰다. 우측 소매가 검붉게 물들어 있었고 어깨 아래를 무명 끈으로 동여맨 상태였다.

"혹시 좌수사 나리십니까?"

"그렇소만."

"소인은 사천 지역의 유생 김수천이라고 합니다."

고된 여정이었을 터이나 김수천의 눈에는 여태 총기가 머물러 있었다.

"전해드릴 말이 있습니다."

"팔이 상한 듯 보이는데 일단 치료부터 받으시게."

"별거 아닙니다. 그보다는……."

김수천의 시선이 슬쩍 제 허리춤으로 내려갔다. 열 살 남짓한 계집아이 하나가 나란히 서 있었다. 나이도 그렇고 두루치기를 입은 것으로 보아 그의 여식으로 보이지는 않았다.

"이 아이의 어미가 보이지 않습니다."

핏줄이 생이별하는 일이라면 전시에 흔한 일이었다. 김수천이란 자가 그걸 모르고 한 말은 아닐 터였다. 어미라는 말이 들리자 아이의 눈에는 다시금 눈물이 고이기 시작했다.

"피란길에 적의 습격을 받았는가?"

"아닙니다. 하온데 율촌에 이르러 갑자기 어미가 사라졌다고 합니다."

율촌이라면 순천을 지나 여수의 권역이었다. 왜의 육군이 여수까지 들어왔을 리는 없을 터인데. 더군다나 몰려오는 길에 아이의 어미만 사라졌다는 건 의아했다.

"아이의 말에 의하면 제 어미가 뒤를 보러 숲에 들어가고선 돌아오지 않았다고 합니다. 사내 몇이 근방을 찾아봤지만 끝내 찾지 못했습니다."

"혹 적군의 세작이 붙은 게 아닐까요?"

방답첨사 이순신이 수심에 찬 낯빛으로 말했다. 아직 경상도의 왜군이 함안을 넘었다는 소식은 듣지 못했으나 이미 곤양과 사천이 적의 손에 들어갔으니 척후나 특공부대가 파견됐을 가능성을 배제할 수는 없었다.

최악의 경우 은밀히 선발대가 움직이기 시작했을지도 몰랐다. 기우이기를 바라나 출전을 앞두고 뒤가 더욱 불안해지고 말았다.

"이 첨사, 율촌 지역 정탐병을 늘려야겠네. 적들이 여수를 배제하고 흥양(興陽: 전남 고흥)에 침입할 수 있으니 그 길목인 순천 방면 정탐도 늘려야 하네. 권 부사에게 맡아달라 전하게나."

"그리하겠습니다."

이순신의 대처에도 김수천의 표정은 여전히 어두웠다.

"드릴 말씀이 하나 더 있습니다."

이순신은 그의 입에서 뒤따라 나올 말이 두려웠다. 하지만 어떤 두려운 상황도 모르는 것보다야 아는 편이 낫다. 알아야 감당도 할 수 있는 법이다.

"편히 말하게."

말을 잇기 전 김수천은 다시금 곁에 있던 계집아이를 내려다보았다. 사태의 심각성을 직감한 이순신이 자리를 옮기자 했다.

해루(海樓: 바닷가의 누각)에 서서 포구의 군선들을 내려다보는 이순신의 얼굴에는 못내 수심이 고였다. 피란 온 조선의 백성들을 본 뒤로 마음이 한층 무거웠다. 피란민들을 수습하고 재차 연 작전 회의에서 2차 출전일을 이틀 뒤로 확정했다. 불안 요소가 많다고는 하나 지체할 수 있는 상황이 아니었다.

사천의 유생 김수천의 말을 들은 뒤로는 상황이 더 급박해졌다.

김수천의 가문은 대대로 문관을 배출해냈다. 그런 가풍을 잇기 위해 그의 아비 또한 아들이 문관이 되기를 바랐다. 아비가 아들의 무과 응시를 반대한 데는 한 가지 이유가 더 있었다.

김수천은 타고난 체질이 허약했다. 그런 아들이 행여나 잘못될까 하는 염려에 웃돈을 주고라도 몸에 좋다는 것들을 구해다 먹였다. 그렇게 노심초사 키운 아들놈이 무인이 되겠다니 터무니없는 소리였다.

김수천 또한 그 마음을 모르지 않았다. 해서 서책을 읽되 아비 몰래 병서(兵書)의 독서와 무예의 연마도 꾸준히 했다. 비록 타고난 체질이 허약할지라도 근골을 단련시켜 극복할 수 있다는 게 그의 생각이었다.

근 이백 년간 평화가 유지되고 있다고는 하나 나라의 북방에서는 끊임없이 오랑캐가 침범했고 남방에서는 왜구들의 약탈이 이어졌다. 백성들에게는 위협이되 나라에는 위협이 되지 않는 수준이었다. 김수천은 이 이상한 평화가 불길했다.

그러나 그가 무예를 연마한 진짜 이유는 자신이 아비와 다름을 증명하고 싶었는지도 몰랐다. 유학을 공부하고 과거에 급제한 뒤 지방관이 된 아비는 수탈을 일삼았다. 그런 아비와는 다르게 살고 싶었다. 그러던 중 왜란이 터진 것이다.

김수천은 왜란이 터진 뒤로 서책을 끊었다. 대신 활을 쏘고 검술을 연마하는 데 더 힘썼다. 평소 택견을 익혀둔 터라 무기를 다루는 데도 배움이 빨랐다. 그의 아비는 탐탁지 않아 했다. 아들을 무관으로 키울 바에는 평생 유생으로 내버려둘 작정이었다. 해서 전란이 터지고 아들이 징집되어야 할 때도 적지 않은 비용을 들여 대립군을 샀다.

도성이 함락됐다는 말을 듣고도 그의 아비는 나라의 안위보다는 식솔의 목숨이 우선이었다. 죽은 뒤에 관직이니 공적이니 하는 것들이 다 무어란 말인가. 천성적으로 겁이 많은 사내였다. 김수천은 그런 아비가 두려웠다. 제 안에도 아비와 같은 비겁함이 심겨져 있을까 두려웠다.

경상도의 고을들이 하나둘 왜적의 아가리에 삼켜지는 소식을 들으며 처음으로 아비에게 거역할 마음을 먹었다. 그러던 중 그가 살던 사천 일대로 왜의 수군이 들어왔다. 경상우수군은 이렇다 할 저항조차 못 한 채 내해(內海)를 빠져나갔다. 멀어지는 조선의 전선들과 다가오는 왜군의 함대를 보며 사람들은 보따리를 꾸렸다.

김수천의 아비도 식솔들을 이끌고 떠날 채비를 했다. 김수천은 남아 싸우고자 했으나 아비의 뜻이 완고했다. 그리하여 피란길에 오르는 척하다 몰래 빠져나왔다.

돌아왔을 때 그가 살던 고을은 이미 화마에 휩싸였고 절규와 곡소리로 뒤덮여 있었다. 팔다리와 목이 잘린 시체들은 사내들이었고 옷이 벗겨진 주검들은 여인들이었다. 어느 쪽이든 귀가 잘리고 없었다.

왜놈들의 악귀 같은 소행을 듣지 못한 바는 아니었으나 실제로 본 참상은 차마 눈 뜨고 보기 어려웠다. 아이와 노인조차 죽음을 면치 못했다. 김수천은 서책을 더 일찍 끊지 못한 것을 두고 후회했다.

생존자를 찾던 그는 포로가 된 자들이 모여 있는 걸 보았다. 왜적들은 그들을 한데 모아 그중 늙은 자들은 죽였다. 여자와 아이들은 따로 데리고 갔고 장정들만 남겼다.

김수천은 당장이라도 그들을 구하고 싶었으나 막상 해괴한 갑옷을 입은 적들을 보니 다리가 후들거렸다. 오랜 기간 무예를 연마해왔다고는 하나 사부 하나 없이 서책을 통해 독학한 것에 불과했다.

이가 갈리도록 화가 치솟았으나 차마 적의 무리로 뛰어들 용기가 나지 않았다. 설령 뛰어든들 개죽음을 맞이할 뿐이라는 건 불 보듯 뻔했다.

그의 허약함을 지적하던 아비의 말들이 포개졌다. 몸의 허약은 단련했다지만 마음의 허약은 단련하지 못했음을 깨달았다. 그의 화살촉이 가리킨 곳에 자신보다 약한 자는 없어 보였다. 팽팽하게 당겨졌던 활시위는 느슨해졌고, 화살은 날아가지 못했다.

　마을을 나와 김수천은 인근 야산으로 올랐다. 일시적 후퇴인지 도망인지 자신도 알기 어려웠다. 왜놈의 목을 베지 못한다면 제대로 된 보고라도 올리는 편이 낫다는 판단이 섰다. 시신들의 귀를 베는 악귀 같은 작태를 보고만 있어야 한다는 사실이 견딜 수 없이 괴로웠으나 달리 방도가 없었다. 잇몸에서 피가 나오도록 이를 악물며 괴로운 심정을 참아냈다.

　적들의 수상한 움직임이 감지된 곳은 마을이 아닌 해안에 접한 산허리에서였다. 한동안 보이지 않던 조선인 포로들이 거기서 발견됐다. 그들은 왜인들과 함께 큰 돌들을 옮기고 있었다. 그러나 그가 있는 위치에서는 돌로 무얼 하는지 볼 수 없었다.

　그때 섬뜩한 생각이 들었다. 풍문으로 왜군의 주둔지가 된 부산포 상황을 전해 들었던 게 떠올랐다.

　'설마! 이곳을 거점으로 삼으려는 것인가?'

　더 이상의 염탐은 어려웠다. 왜군의 노획 반경이 넓어지면서 숨어 있던 야산도 더 이상 은신처가 되지는 못했다. 염탐을 이어가는 것보다는 빨리 이 소식을 전하는 편이 나을지 몰랐다. 그렇다면 어디로 가야 할까?

　경상도와 호남의 관문에 해당하는 진주성이 가장 먼저 떠올랐다. 직후 전라좌수영이 떠올랐다. 두 곳 중 고민을 거듭한 끝에 여수행을 택해 밤낮을 쉬지 않고 달렸다.

　이순신이 김수천에게 들은 내용은 여기까지였다. 그의 말이 사실이라면 적들이 사천에 왜성을 축조하기 시작했을 것이다. 왜성에 대해서라면 이순신도 아는 바가 있었다.

왜성은 조선의 성과는 비교할 수 없이 강력한 방어구조를 갖추고 있다. 그 모양새가 하나의 작은 산처럼 가파른 데다 성 주위로 해자(垓字: 성 밖에 둘러 판 못)를 두른다고 들었다. 그런 요새 위에서 철포(鐵砲: 조총)를 쏘아댄다면 위협적일 수밖에 없었다. 같은 철포를 쓰는 왜군들조차 왜성을 공략하는 데는 열 배 이상의 병력이 필요했다고 하니 지금의 조선군으로서는 접근조차 어려울 것이다.

육지의 전황은 악화일로였다. 소전투였다고는 하나 유일하게 승전을 거둔 부원수 신각이 처형됐고, 왜군은 개성으로 달아난 임금을 쫓아 북진하고 있었다. 이런 와중에 전라도마저 침범당한다면 앞날이 깜깜했다.

"사천 유생의 말이 신경 쓰이십니까?"

"아니라고는 못 하겠군."

곁에 선 권준에게 속마음을 간파당한 이순신은 긴 날숨을 뱉었다.

남은 곳은 바다뿐이었다. 그마저도 경상도의 바다는 왜군에게 넘어간 상태였다. 전라도의 남해를 지켜내는 것으로는 부족했다. 이미 뺏긴 바다도 되찾아야 주어진 사명을 다했다고 할 수 있을 것이다.

사천에 왜성이 지어진다면 그 사명을 다하기 어려워진다. 왜성이 하루아침에 지어질 리는 없겠으나 그렇다고 염려가 사라지는 건 아니었다. 축성이 시작됐다면 왜군이 그 지역을 거점화하려는 의도가 명백해진 셈이었다.

1차 출전 당시 상대했던 왜의 수군들은 해안 고을을 노략질하는 데 집중하고 있었다. 일종의 보급부대 성격이었다. 그러나 앞으로는 정비된 수군의 위세를 갖추게 될 것이다. 왜는 섬나라였고 오래전부터 수군이 강성한 편이었다. 결코 만만한 적이 아니었다. 적의 대규모 함대가 반나절 거리에서 규합한다면 심각한 위협이었다.

"너무 염려치는 마십시오. 성을 쌓으려 해도 아직 터도 닦지 못했을 것입니다."

"내가 염려하는 바는 다른 것이오."

"주상의 안위를 걱정하시는 겁니까?"

이순신은 답하지 않았다. 그의 짐작이 아주 틀리진 않았으나 지금은 그보다 앞선 걱정이 있었다.

사실 이순신은 사천 너머를 보고 있었다. 본래 이번 출전의 목적지는 부산 앞바다였다. 적세가 더 커지기 전에 본대가 주둔한 부산포를 쳐 궤멸시킬 작정이었다. 그러나 예상치 못한 전투로 시간과 군비를 소모해야 하니 자칫 부산포로의 진격에 차질을 빚을까 염려됐다.

"무엇을 염려하시는지는 모르겠으나 이보다 더할 수 없이 대비해오지 않았습니까."

"어찌 부족함이 없다고 할 수 있겠는가."

기울어가는 조선의 국운에도 달은 무심하게 떴다. 그믐을 이틀 앞둔 터라 달은 날이 예리하게 벼려져 있었다. 달빛이 밝진 않았으나 수면에 물결이 일지 않아 물과 하늘이 한 빛이었다.

남해는 실로 비경 아닌 곳이 없었다. 문득 흥양 녹도의 풍광이 생각났다. 흥양은 이순신이 만호로 근무하기도 했던 곳인 터라 더 애착이 가는 곳이었다. 녹도의 산꼭대기 문루(門樓: 성문 위에 지은 누각)에서 바라본 경치는 흥양에서도 제일가는 비경이었다. 그 풍경을 오래도록 담고 싶어 꽃비가 꽃별로 바뀌도록 등불을 밝히고 머물렀

던 기억이 났다. 그에 비할 바는 아니라지만 이곳 좌수영의 앞바다
도 아름다웠다.

서늘한 바람이 불었다. 이 잔잔한 바다를 앞에 두고 어찌 잔악무
도한 적들을 떠올려야 한단 말인가. 아름다워서 오히려 견디기 힘
들었다.

"술기운이라도 빌려보시겠습니까?"

권준이 짐짓 농을 섞어 말했다. 군관들 속에서는 필요한 말만 하
였으나 단둘이 있을 때는 그도 얼마간 엄중함을 내려놓았다. 그와
이순신의 마음이 다르지 않겠으나 총책임자인 이순신의 마음에 비
할 바가 아님을 잘 알았다. 그래서 둘이 있을 때만이라도 마음의 짐
을 나누어 지고 싶었다.

"술처럼 좋은 게 있겠소만 오늘은 달빛만으로도 충분하오."

희미한 달빛이 잔잔한 바다에 부서지며 군선들의 음영을 드러냈
다. 이순신의 시선은 군선들 가운데서도 형태가 다른 세 척의 군선
에 얼마간 고정되어 있었다. 세 척의 대선 위로는 판옥선들에는 보
이지 않는 거적이 덮여 있었다.

위장용이었다. 바다에서 적을 속이는 동시에 혹시 모를 적의 세
작으로부터 귀선을 감추기 위함이었다. 군관들에게 일러 선창에는
피란민들이 접근하지 못하도록 했다. 그러나 저 거대한 전선을 완
벽하게 숨기기는 어려울 것이다. 피란민들을 수용하는 건 독단에
가까운 결정이었다. 선택의 여지가 없는 결정이었고 마땅한 것이었
다. 그러니 그로 인해 문제가 생긴다면 그 책임은 오로지 자신에게
있었다.

전라좌수영 수군의 반 이상은 격군(格軍: 노를 젓는 인원)이었다. 병

사 중에서도 정병이라 할 인원은 오백여 명에 불과했다. 그러니 백병전은 불가능에 가까웠다. 전투 양상을 철저하게 함포전으로 끌고 가야 승기를 잡을 수 있었다. 그러나 왜선들이 원체 빠르게 접근하는 탓에, 그보다 먼저 돌격해 진로를 막을 전선이 필요했다.

귀선은 그때를 위한 것이었다. 귀선의 사수들은 특공조여야만 한다. 해서 특별히 민첩하고 근성이 강한 자들로 꾸려 맹훈련을 거듭했다. 이제 남은 건 실전뿐이었다.

"달빛에서 뭐가 보이십니까?"

"큰 칼이 보이네."

"귀선이 그 칼이 되어줄 것입니다."

"그리되어야만 할 테지."

술 생각이 간절한 밤이었으나 출전을 코앞에 두고 음주를 할 수는 없었다.

"그건 그렇고, 부사가 보기에는 내가 그대를 잘 대신하고 있소?"

순간 권준의 낯빛이 술이라도 걸친 것처럼 달아올랐다.

"거참, 낯 뜨겁게 언제 적 일을 들먹이십니까."

지금 이순신이 했던 질문은 삼 년 전 권준이 이순신에게 했던 것이었다. 이광을 따라 전라도에 신참 군관으로 내려온 이순신에게 내심 텃세를 부렸던 것인데 그걸 두고 내내 놀리는 것이었다. 당시 권준은 이순신의 됨됨이를 몰랐던 터라 전라관찰사와의 친분으로 한 자리를 차지한 고만고만한 사람으로만 여겼다.

문득 권준이 뒤를 돌아보았다.

"왜 그런가?"

"아닙니다. 출전을 앞두고 심기가 예민해졌나 봅니다."

그는 뜸을 들이다 별일 아니라는 듯 얼버무렸다.

"밤바람이 찹니다. 그만 돌아가시지요."

권준은 이순신의 기력이 이전 같지 않다는 걸 느끼고 있었다. 늘 지휘관으로서의 압박감과 싸워야 하니 심신이 허해지는 건 당연했다. 5월 초 전라감사를 따라 도성을 수성하러 공주까지 북상했다 돌아온 권준 역시 최근 심하게 앓았던 적이 있었다. 전해 들으니 자신이 육전에 참전해 있는 동안 수사 역시 병환에 시달린 적이 있다고 했다.

이순신은 처소가 아닌 개인 집무실 후동헌으로 향했다.

권준은 선창에서 헤어진 뒤 거리를 두고 은밀하게 이순신의 뒤를 쫓았다. 정확히는 이순신을 미행하는 자를 뒤쫓았다. 수사에게 괜한 심려를 끼칠까 싶어 밝히지 않았으나 누군가 자신들의 대화를 엿듣는 것 같았다.

권준은 이순신이 후동헌으로 들어가고 등불이 켜지는 걸 확인한 뒤 미행하던 자와 거리를 좁혔다. 어둑한 거리여서 인영의 몸집만 드러났다. 작은 체구였다.

어둠을 틈타 바짝 다가간 그는 칼자루를 쥐었다. 막 칼을 빼들려던 차에 상대의 신원을 확인하곤 도로 손을 뗐다. 여인이었다.

"어찌 장군을 미행하는 것이냐?"

등 뒤에서 들린 음성에 여인이 화들짝 놀라 몸을 돌렸다. 그녀의 손에 들린 무언가가 달그락거렸다.

"수, 수사 나리께 올린 탕약이옵니다."

손에 들린 소반 위로 사발이 보였다. 사발에서 여러 약재가 섞인 탕약 냄새가 올라왔다.

"탕약?"

"살맹이씨와 측백씨를 달인 것이옵니다. 요새 수사 나리께서 잠을 청하기 어렵다 하시어 올리고 있습니다."

수사가 불면에 시달리는 일이라면 그도 익히 알고 있었다. 하여 잠을 청하기 어려운 밤이면 약주를 찾는 건 알았으나 탕약을 따로 복용하는 줄을 미처 몰랐다. 그러나 시국이 어지러운 만큼 짚고 넘어가야 했다. 음독은 암살의 가장 흔한 방식이 아니던가.

"네 이름이 무엇이더냐?"

"박예진이라고 합니다."

"어디 출신이더냐?"

"이곳 여수가 고향입니다. 두어 달 전부터 수영에 들어와 잡일을 거들고 있었지요."

턱이 좁고 이마가 넓은 것이 낯이 익은 듯도 했다. 식사 때 몇 번인가 여인이 올린 상을 받은 기억이 나는 것도 같았다.

"내 너를 분명히 기억하니 행여라도 허튼 생각은 하지 말아야 할 게다."

"그럴 리 있겠습니까. 여인의 몸으로 배를 탈 수 없으니 이렇게라도 도움이 되고 싶을 뿐입니다."

대답을 듣고도 권준의 의심은 완전히 걷히지 않았다.

"헌데 탕약을 올린다면서 해루에는 왜 기웃거렸던 것이냐?"

대답이 바로 나오지 않자 권준이 독촉했다.

"어서 고하지 못할까!"

"먼저 후동헌으로 왔었으나 자리에 없으셔서, 사람들에게 물으니

망해루 방향으로 가셨다기에……. 탕약이란 게 매일 정해진 시간에 드셔야 효과를 보는 법인지라 찾아 나섰던 것입니다. 헌데 나리와 중한 대화를 나누고 계신 듯하여 기다린다는 게 오해를 부른 것 같습니다."

권준은 박예진의 눈을 한동안 말없이 바라봤다. 그녀는 슬쩍 시선을 내렸다.

"탕약이 식는다. 어서 들이거라."

권준은 돌아서는 여인을 일별하고 처소로 향했다. 마음 같아선 그 역시 같은 탕약 한 사발을 마시고 싶었다. 앞으로 더 긴 밤을 보내야 할 터이니.

5
게이샤

권율은 임시 막사 안에서 한 자루의 칼을 응시하고 있었다. 무돌이라는 소년이 전한 것이었다. 그로서는 생전 처음 보는 형태의 도(刀)였다. 그 길이가 길지 않아 전투용이라 하기에는 적합하지 않았다. 왜군의 단도를 본 적이 있으나 눈앞의 것과는 형태가 달랐다. 답답한 마음에 휘하 군관들을 불러 물었으나 누구 하나 제대로 알지 못했다.

단도와 함께 소년이 전한 말은 쉽사리 믿기 힘든 것이었다. 명의 사절단으로 보이는 자들이 행재소*가 아닌 나주로 온 것 자체가 의문이었다. 더 이상한 건 그들이 왜의 말을 했다는 점이었다.

왜의 말이나 명의 말이나 피차 이국의 것이니 소년이 착각했을지도 모른다. 그러나 사절단으로 보이는 자들이 서로를 죽였다는 사

---

* 임금이 멀리 거동할 때 머무르는 곳.

실은 착각일 수 없었다. 그것은 착각이 아닌 소년의 보고가 거짓이냐, 참이냐 하는 영역이었다.

허나 무돌이란 소년은 광주 관아의 통인으로 그도 아는 아이였다. 굳이 거짓을 고할 이유가 없었다. 지금으로서는 명의 사절단이 타고 왔다는 선박에서 찾아낸 이 소도(小刀)가 놈들의 정체를 알아낼 유일한 단서였다.

꺼림칙한 마음에 곧장 평양 행재소로 진위 파악을 확인하는 전령을 보냈다지만 제대로 전달될지, 전달된다면 회신이 오기까지 기일이 얼마나 걸릴지 알 수 없는 일이었다.

"사또, 대장장이를 데려왔습니다."

종사관이 막사의 천으로 된 문을 들추자 늙수그레한 사내가 허리를 숙이며 들어왔다. 권율에게 예를 차린 대장장이의 시선이 곧장 탁자 위의 소도로 향했다.

"알아보겠느냐?"

"자세히 봐도 될깝쇼?"

대장장이는 칼을 들고는 이리저리 돌려가며 살폈다. 그러다 고개를 갸웃하며 본 자리에 내려놓았다.

"네가 보기엔 명의 것처럼 보이느냐?"

초조한 마음에 권율이 재촉했다.

"소인이 아는 명나라 칼 중에는 이런 생김새를 한 것이 없습죠."

"허면 모른다는 말이냐?"

"예, 잘은 모르겠구만요. 헌데 짚이는 게 아주 없진 않습니다요."

"뭐든 좋으니 편히 말하거라."

대장장이가 슬쩍 권율의 눈을 보았다가 조심스레 입을 열었다.

78

"지 생각에는 왜나라 것이 아닌가 싶은디요."

왜의 칼? 그렇다면 명의 복식을 한 자들이 왜의 말을 했다는 게 틀리지 않을 수도 있겠구나. 그러나 왜도에 관해서라면 그가 한낱 대장장이보다 모를 리 없었다.

왜의 주물 기술은 조선의 주물 기술보다 한참 뒤처졌다. 그렇다 보니 왜의 칼은 조선의 칼과 달리 쉽게 부러졌다. 왜의 무사들이 세 자루나 되는 칼을 지니고 다니는 것도 그런 이유였다.

그러나 그가 기억하는 한 세 자루의 칼 중 길이가 이것과 흡사한 것은 있었어도 생김새까지 같은 건 없었다. 세 종류의 칼 모두 휨이 있었는데 그에 반해 소년이 들고 온 칼은 조금의 휨도 없는 직도였 다. 전장에서 지니는 세 자루의 칼 말고도 자결용으로 쓰는 소도가 더 있다지만 그건 탁자 위의 것보다 반절은 짧았다.

"내가 알기론 왜국에 이런 것은 없다."

"그러시겠지요. 아마 왜국에서도 요렇게 생긴 칼을 본 사람은 많 지 않을 겁니다요."

대장장이는 이 특이한 칼을 본 사연을 들려주었다.

그는 전라도 강진 사람으로 아비에게 대장질을 이어받아 생업으 로 삼던 자였다. 그 솜씨를 인정받아 농기구만 아니라 군기도 제작 하고는 했는데 간혹 소문을 듣고 따로 일을 맡기는 자들이 있었다. 그러다 한 번은 무역 상단으로부터 거금을 받고 칼 한 자루를 똑같 이 만들어달라는 청을 받았다.

칼의 생김새가 처음 보는 것이라 용도가 궁금했던 터, 복제한 칼을 넘기면서 슬쩍 무엇에 쓰는 거냐 물었다. 당시 돌아온 대답이 황당해 서 그저 농이려니 넘겼는데 똑같은 칼이 그의 앞에 나타난 것이다.

"자객? 지금 왜의 자객들이 쓰는 칼이라 했느냐?"

"제가 들은 바로는 그렇구만요."

"알았다. 그만 가보거라."

대장장이가 물러나자 종사관이 급하게 입을 열었다.

"놈들이 노리는 게 무엇일까요?"

"무엇이 아니라 사람일 테지."

권율의 대꾸에 종사관이 고개를 갸웃거렸다.

"헌데 왜놈들이 자객을 보낸다고 하면 왜 주상이 계신 행재소가 아니라……."

종사관이 차마 불온한 뒷말을 잇지 못했다. 권율도 같은 생각이었다. 왜 행재소가 아니라 전라도로 보낸단 말인가? 그것도 명나라 사람으로 위장을 하고서는 말이다.

그때 권율과 종사관의 생각이 일치했는지 동시에 눈이 마주쳤다. 먼저 입을 연 건 종사관이었다.

"설마 좌수사 나리를!"

"영악한 놈들. 이런 때 이 수사가 당하기라도 하면 끝이네. 당장 좌수영으로 급보를 보내게."

촌각을 다투는 일이었으나 그 내용이 어지러운지라 봉화를 쓰긴 어려웠다. 직접 전령사를 보내는 수밖에 없었다. 권율은 곧장 지필묵을 찾아 서신을 쓰기 시작했다.

*＊＊

같은 시각, 나고야 사령부.

참모진 회의장을 나선 도쿠가와 이에야스는 무거운 걸음으로 자신의 처소로 향했다. 회의장 분위기는 그리 심각한 편이라 할 수 없었다. 최소한 지금까지는 그랬다.

　그러나 뭔가 일이 이상하게 흘러가고 있었다. 수군 총사령관 구키는 아직까지 일본 수군의 패전 소식을 히데요시에게 보고하지 않았으나, 도쿠가와는 직속 세작을 통해 연거푸 당한 패배 사실을 알고 있었다. 그러나 도쿠가와 역시 그 사실을 히데요시에게 보고하지는 않았다.

　조선의 도성을 점령할 때만 해도 조선 병합을 확신할 수 있었으나 왕이 달아나다니……. 예상하지 못했던 일이다. 조선의 땅이 넓지 않으니 언제고 왕은 잡힐 것이다. 문제는 전란이 길어질 수 있다는 점이었다. 전란이 길어질수록 본토에서 조선까지 군수품을 조달하는 일은 어려워진다. 후비군(後備軍: 후방 수비군)에 속해 군수물자 조달을 맡은 도쿠가와로서는 부담이 가중될 수밖에 없었다.

　"다녀오셨습니까?"

　처소에 도착한 그를 기모노 차림의 아사코가 맞았다. 그녀는 게이샤 출신으로 그의 애첩이었다. 그러나 어디까지나 대외적인 관계일 뿐, 실제 그녀는 도쿠가와의 그림자 호위무사이자 시노비였다. 그냥 시노비가 아니었다. 도쿠가와 직속 시노비 집단의 총수였다.

　이런 사실을 아는 자는 도쿠가와와 시노비 중에서도 극소수에 불과했다. 시노비들의 존재는 그 자체로 극비였고 이 극비를 유지하기 위해 시노비들끼리도 서로를 잘 몰랐다. 다만 손목에 각인한 고유의 문장으로만 서로의 정체를 알 뿐이었다.

　"차를 다오."

아사코가 다다미 위에 찻상을 차리고 찻잎을 우려냈다. 곧 찻물 떨어지는 소리가 듣기 좋게 방안에 울렸다.

아사코는 주군의 심기가 어지럽다는 걸 어렵지 않게 알아챘다. 그럴 때면 히데요시는 술을 찾는다고 들었다. 반면 그의 주군은 차를 찾았다.

"처음 보는 다기로군. 조선의 것인가?"

도쿠가와가 찻잔을 집어 들며 물었다.

"이번에 새로 들인 것이옵니다."

"과연."

도쿠가와가 차의 향을 음미하더니 다기를 눈앞에 들고 돌려가며 살폈다.

"가까이 오거라."

아사코가 무릎걸음으로 도쿠가와 곁에 가 살을 붙이고 앉았다. 그녀의 주군은 중요한 명령을 내릴 때면 이같이 명했다. 도요토미 히데요시가 본토를 통일했다고는 하나 다이묘들의 세력은 여전히 건재했다. 도처에 귀와 눈이 있었고, 그 눈과 귀에 그녀는 게이샤 출신 애첩이어야만 했다.

"스즈란의 잠입은 성공하였느냐?"

도쿠가와가 아사코를 한쪽 팔로 감싸 안으며 말했다.

"지금쯤이면 그리하였을 것입니다. 하지만 제대로 확인하기에는 기일이 더 필요합니다."

아사코가 차분한 어조로 말했다.

"그럴 테지."

도쿠가와는 잠시 생각에 빠졌다.

그는 머지않아 히데요시가 폭주할 가능성을 점쳐보곤 했다. 비록 일본을 통일하고 스스로 세운 다이코의 자리에 올랐다고는 하나 전국시대가 끝났다고 보기는 어렵다는 게 그의 생각이었다.

작은 균열만 생겨도 다시 열도가 들끓을 것이다. 그래서 언제 열기를 내뿜을지 모를 다이묘들의 칼끝을 바다 밖으로 향하게 하지 않았는가.

항간에는 히데요시가 미쳐가는 게 아니냐는 말이 떠돌지만 아직은 아니었다. 오히려 이렇게 집중력을 보일 때가 있었는가 싶을 정도로 치밀했다.

대마도주는 조선과 친밀한 관계이자 내통 의혹이 있는 자였다. 그런 자와 혈육 관계인 고니시를 제1군 장수로 임명한 것도 치밀한 계산이라 보는 편이 옳았다. 조선 공략에 소극적이었던 고니시는 이제 자신의 충성심을 증명하기 위해서라도 전공에 목숨을 걸어야 했다.

도쿠가와 자신도 고니시와 비슷한 처지였다. 언제든 패전의 책임을 물을 수 있는 군수물자 조달책에 임명되지 않았는가. 설령 승전을 거두더라도 책임을 물릴 수 있는 자리였다. 그나마 다행인 건 그의 부대가 나고야에 주둔 중인 후비군에 속해 있기에 당장의 병력 누수는 없다는 정도였다.

언제가 될지는 모른다. 하지만 뜻대로 전개되는 전란은 드문 법이고 그러다 보면 분명 히데요시가 판단력을 상실하는 순간은 오고 말 것이다. 울지 않는 새를 울게 하려면 울 때까지 기다리면 될 뿐, 다만 그때를 놓치지 않아야 한다.

"스즈란은 조선인 출신이었다지?"

"네."

아사코의 눈빛이 처음으로 흔들렸다.

"믿을 수 있겠느냐?"

"그의 가족이 이곳에 있습니다."

"그 가족이란 게 일본인이었지?"

"그렇긴 합니다만 슬하에 자식까지 뒀으니 외면할 수는 없을 것입니다."

"흠."

도쿠가와가 다시금 차 한 모금을 머금었다.

"제 나라를 배신한 놈이 가족은 배신하지 않는다? 아사코, 어찌 생각하느냐?"

"제 나라에서 버림받았다고 생각하는 자입니다. 지금 그에게는 본토의 식솔이 전부입니다."

아사코는 스즈란을 알았다. 스즈란은 겁을 먹는 자가 아니었다. 살기 위해 조국을 배신하고 목숨을 구걸할 자는 더더욱 아니었다. 오히려 필요하다면 언제든 목숨을 내어놓을 수 있는 사내였다.

스즈란, 아니 진송을 떠올리는 아사코의 표정에 그늘이 드리웠다.

"식솔이 전부라……."

아사코의 등줄기를 타고 식은땀이 흘렀다.

주군의 명을 거역할 생각도, 반기를 들 생각도 없었다. 그런 시도 자체가 불가능했다. 그녀는 생각이란 걸 할 수 없게끔 훈련된 존재였다. 그러나 피하고 싶은 명이 있는 건 별수 없었다. 스즈란에게 본토 명문가의 여식과 혼례를 올리게 했던 일도 비슷한 경우였다.

"아사코, 네가 직접 바다를 건너야겠다."

아사코의 입이 살짝 벌렸다 닫혔다.

주군은 스즈란을 믿지 않는 것인가. 그의 혼인 또한 이런 때를 위한 대비라고는 짐작하고 있었다.

스즈란은 패기 넘치는 사내였다. 주군 앞에서도 기죽지 않을 정도로 대범했다. 주군이 그에게 일본 명문가 여식과의 혼인을 주선할 때, 처음엔 그런 그가 마음에 들어서라고만 생각했다. 그러다 어쩌면 스즈란의 약점을 만드는 과정일 수도 있겠다 싶었다. 스즈란은 혈혈단신이기에, 잃을 게 없기에 두려움이 없었다. 하지만 혼인으로 달라졌다. 주군은 스즈란에게 혈육을 만들어 줌으로써 스즈란의 약점도 만들어낸 셈이었다.

"명을 내려주세요."

"이순신을 포섭해야겠다."

도쿠가와의 말을 이해하지 못해 아사코가 그를 돌아봤다.

"이순신에 관한 모든 걸 조사하라. 특히……."

이어질 말을 기다리는 아사코는 숨죽여 마른침을 삼켰다. 조선 임금의 목을 가져오라면 가져올 것이다. 이순신이란 자의 목을 원한다면 역시 그러할 것이다. 그러나 주군이 내리는 명령은 그런 게 아닐 것이다.

"그의 식솔을 철저하게 파악하거라."

스즈란에 대한 질문은 처음부터 이 명령을 마음에 두고 한 것이었나. 우려했던 명령은 아니었다. 아니었다고 생각했다.

"분부대로."

아사코는 무릎걸음으로 본래 자리로 돌아와 다도상을 집어 들었다.

"그리고……."

멈칫하는 아사코에게 도쿠가와의 명이 이어졌다. 아사코는 도쿠가와가 제 속을 훤히 들여다보는 것 같아 두려웠다.

"필요하다면 스즈란의 정체를 밝혀도 좋다. 그자의 쓸모는 명이 아닌 조선에서 다해도 족하다는 말이다."

그녀가 염려하던 명령이 결국 주군의 입에서 빠져나왔다.

"……분부대로."

대답이 늦어지고 있음을 깨닫고 아사코가 서둘러 답했다.

6
출전

상방*에서는 이순신과 휘하 군관들이 출전을 앞두고 최종 점검 중이었다.

이번 출전의 가장 큰 목적은 사천 일대를 점거 중인 왜군을 격퇴해 서진을 막는 것이었다. 가능하다면 한려수도 상에 있는 적선들을 추가로 무찌르고, 전라우수군이 늦지 않게 합류한다면 왜의 수군 본거지인 부산진까지 노려볼 수 있었다. 그러나 부산진을 공략하는 것보다 중요한 건 전투 중 아군의 손실을 최소화하는 것이었다.

"그럼 앞서 계획대로 하겠소. 본영에는 윤 군관이 책임 장수로 남고 정 영감은 흥양에 주둔하여 만약의 사태에 대비해주시오."

"알겠습니다."

이순신의 지시에 만호 출신인 군관 윤사공(尹思恭)이 답했다. 그러

---

* 관아의 책임자가 거처하던 방.

나 여든을 바라보는 정걸은 시큰둥한 표정이었다.

정걸을 흥양으로 보내기로 한 건 적군이 흥양 지역을 기습할 조짐이 있다는 첩보가 있었기 때문이다. 그렇기에 전선 한 척이 아쉬운 마당임에도 정걸에게 판옥선 한 척과 협선 몇 척을 주어 흥양의 방비를 맡기기로 했다.

어제까지만 해도 출전자 명단에 포함됐던 노장은 하루아침에 후방 지역 방어 임무가 맡겨지자 내심 아쉬운 눈치였다. 많은 나이에도 여전히 눈빛만은 형형한 장수였다. 그런 정걸의 심정을 잘 아는 이순신이 말을 보탰다.

"여기 영감만큼 병선과 화포에 밝은 자가 또 있습니까? 그리고 흥양 지역은 영감이 나고 자랐으니 누구보다 잘 아는 곳이 아닙니까. 보고가 틀린 것이면 좋겠으나, 행여나 흥양이 뚫리면 우리 군이 출전한 의미가 퇴색됩니다. 하여 믿고 중책을 맡기는 것이니 헤아려주시지요."

"이 노장이 그걸 모르겠소? 갈아 마셔도 시원찮을 놈들을 두고 후방에 있을 생각을 하니 좀이 쑤실 것 같아 그러오. 상황이 이러니 다음을 노리는 수밖에. 염려 붙들어 매고 깨죽을 만들고 오시오."

"이제 뒤는 염려치 않아도 되겠습니다."

나이가 들어도 건재함을 입증하고 싶은 게 사내였다. 이순신은 그런 정걸의 마음을 더듬어 짐짓 추켜올려준 것이다.

"이건 전라우수영에 보낼 공문이네. 최대한 신속히 전달해야 하네."

출전 예정일이 담긴 공문이라면 이미 이틀 전에 발송해두었다. 그러나 예정은 예정이고 확실한 출전 소식을 전달해줘야 혼선을 방지할 수 있었다.

이순신은 좌수군의 출전 상황을 적은 서찰을 군관 윤사공에게 건네고 자리에서 일어났다. 이제 적을 맞으러 갈 때였다.

최종 전략 점검을 마친 이순신과 휘하 군관들이 고소대*로 이동했다.

이순신은 이동 중에 기상을 살필 겸 슬쩍 하늘을 올려다보았다. 아직 새벽이라 별들이 많았고 바람은 잔잔했다. 동쪽 하늘에서 유난히 밝은 샛별이 보였다.

이제 그의 함대는 샛별을 따라가며 막아선 적과 싸워야 했다. 사천 일대의 적을 무력화시키고 최종적으로 적의 심장부인 부산 주둔지에 심대한 타격을 가할 계획이었다. 그러나 신중해야만 했다. 그에게는 단 한 번의 패배도 허락될 수 없었다. 지금 출전할 함대가 그의 전부였다.

군졸들은 영지에 도열을 마친 상태였다. 하지가 지났다지만 해안의 새벽은 쌀쌀했다. 그러나 고소대에 도열한 군사 중 누구 하나 떠는 사람은 없었다. 다들 비장한 자세였다.

1차 출전 당시 두려움으로 가득 찼던 때와는 확연히 달라져 있었다. 정병이 되기란 훈련만으로는 부족한 일이었다. 실제 전투 경험이야말로 최고의 훈련이었다. 앞서 전투의 승전으로 인해 이제 좌수영의 수군들은 진정한 정병으로 거듭나 있었다.

군관들을 대동하고 고소대에 이른 이순신이 도열한 군사들의 정면에 섰다. 그의 시선이 군사들에게로 흘러갔다.

---

* 좌수영의 포루(砲壘)로써 전라좌수영 성채의 장대로 사용되던 건물. 충무공 이순신이 작전계획을 세우고 군령을 내리던 곳이기도 하다.

"너희 모두 이 나라와 백성이 처한 도탄을 모르지 않을 것이다. 주상전하가 몽진 길에 올랐으며 수를 헤아릴 수 없이 많은 백성이 적의 칼날에 목숨을 잃고 있다. 군사 된 자가 어찌 이 치욕을 보고만 있겠는가. 이 나라 조선과 백성을 보위하지 못한다면 우리의 죄는 죽음으로도 갚을 수 없을 것이다. 허나 한 번 죽음으로써 기약하고 적을 쓸어버린다면 그 죽음은 한낱 죽음에 그치지 않는다. 구국에 공을 세우는 데 있어 신분의 귀천이 있을 수 없다. 하여 군령으로서 말하는 바, 적을 토벌함에 있어 너희들의 용전 여부는 내 친히 기억할 것이니 적의 수급에 연연하지 말라. 적의 수급을 얻느라 상하는 자가 있다면 이는 우리 군의 크나큰 손실이니 너희는 각자의 몸을 나라처럼 여겨야 할 것이다. 이를 어기는 자가 있다면 일벌백계함으로써 군령의 지엄함을 보일 것이다."

장병들이 몸을 부르르 떨었다. 한기 때문이 아니었다. 오히려 적을 쳐부수고 말겠다는 분기였다. 또한 병사들을 아끼는 지휘관의 마음과 공진한 탓이기도 했다.

"이 바다는 우리 것이다. 이 바다를 되찾음으로써 이 나라 조선과 백성을 보위하자. 출전하라!"

"출전하라!"

"출전하라!"

권준을 비롯한 군관들이 이순신의 명령을 복창했다.

둥둥둥.

출전을 알리는 북소리가 바다 멀리까지 울려 퍼지고 병사들의 함성이 수영을 뒤덮었다. 사기가 고조된 병사들이 일사불란하게 포구를 향해 움직이기 시작했다. 병사들의 발소리에 땅이 울렸다.

"승선하라!"

군관들의 명에 병사들이 선창에 정박 중인 전선들에 개미 떼처럼 오르기 시작했다. 격군들은 상갑판 아래로 내려갔고, 사부(射夫: 궁사)들은 상갑판 위에서 우현과 좌현에 포진했다.

먼저 승선을 마친 중소형 전선들이 앞서 나가 대선들을 기다렸다. 각 대선에는 격군을 포함해 백육십여 명이 승선해 각자의 자리로 이동했다. 마지막으로 각 대선의 지휘를 맡은 군관들이 오르자 계선주에 묶인 동아줄이 풀렸다.

"발선하라!"

대장선의 이순신이 명하자 판옥전선의 갑판 아래서 격군들이 노를 젓기 시작했다. 거대한 판옥전선들과 세 척의 귀선이 일제히 기동했다.

한편 전장으로 떠날 장병들을 보는 좌수영 내 양민들은 못내 눈시울을 붉혔다. 눈물을 보이면 불행이 깃들까 싶어 흰자위가 붉어지도록 울음을 참아냈다.

그런 가운데 아무런 표정도 담지 않은 인물이 있었다. 피란민들 틈에 섞여 좌수영에 잠입한 진송의 수하였다. 이순신의 출전을 확인한 그는 어수선한 상황을 이용해 수영을 벗어나고 있었다.

다들 격앙된 가운데 속내를 알 수 없는 인물이 하나 더 섞여 있었다. 쥐처럼 좁은 턱에 이마가 넓은 여인. 이순신에게 탕약을 올리던 박예진이었다. 그녀의 시선은 한사코 이순신에게 머물러 있었다. 잠시 울먹거리는 것도 같던 그녀는 이내 정색하며 사람들 틈바구니를 벗어났다.

아직 사위의 어둠이 걷히기 전인 가운데 스물세 척의 판옥선과 거적을 덮은 세 척의 귀선이 물살을 가르며 나아갔다. 수십 척의 협선이 대선들을 호위하듯 둘러싸며 발선했다.

"철쇄를 풀어라!"

대장선에서 이순신이 외치자 나발 소리가 길게 울려 퍼졌다. 그러자 좌수영의 동쪽 소포(召浦: 여수 종포)와 건너편 돌산에서 철쇄방비시설*이 작동했다. 양 지역을 연결하는 쇠사슬이 배가 지나갈 수 있도록 느슨해졌다.

쇠사슬이 충분히 물에 잠겼을 즈음 이순신이 바람의 방향을 살폈다. 약하게나마 북서풍이 불고 있었다. 정방향은 아니지만 탈 수 없는 바람은 아니었다.

"돛을 올려라!"

돛폭이 퍼지면서 펄럭이는 소리가 어둠 속에서 연이어 들렸다.

서서히 전선들을 밝히는 횃불의 불빛이 멀어져갔다.

좌수영의 앞바다는 초파일 소원을 빈 연등이 내걸린 것처럼 점점이 붉었다. 어둠 속에서도 좌수영 전선들의 대오는 흐트러짐이 없었다. 불빛들의 간격이 일정했다. 포구에 남은 사람들은 그 불빛이 사라지도록 떠난 자들이 살아 돌아오길 빌고 또 빌었다. 파도 소리 사이로 목탁 소리가 오래 섞였다.

좌수영의 전선들을 빠르게 나아갔다.

그림자가 가장 짧아질 무렵이 되자 물길이 급격히 좁아지고, 그만

---

* 적선의 야간 통행을 방비하는 시설. 중간중간에 부표 용도인 큰 나무를 꿴 쇠사슬로 바다를 가로질러 설치한 후 조류에 떠내려가지 않도록 큰 돌들을 달아 닻으로 사용했다. 작중 방비시설의 위치는 현 거북선대교 위치.

큼 물마루가 높아졌다. 하동과 남해 사이의 물길인 노량해협이었다.

1차 목적지인 사천까지 반을 온 셈이었다. 함대는 삼 열 종대로 길게 늘어졌다.

"돛을 내리고 진군 속도를 늦춰라!"

"돛을 내려라! 속도를 늦춰라!"

군관들이 복창했고 격군장이 북을 느리게 쳤다.

서서히 군선들의 속도가 느려졌다. 보고대로라면 이 근처에 경상 우수군의 함대가 있어야 했다.

"배가 보입니다!"

앞서 있던 탐망선으로부터의 보고였다. 행여 적선은 아닐까 싶어 살펴보니 하동의 선창 방향에서 빠르게 다가오는 판옥선이 보였다. 총 세 척이었다. 원 수사의 함대였다.

"닻을 내려라!"

이순신의 함대는 닻을 내리고 원균의 함대를 기다렸다.

세 척의 판옥선이 쫓기듯 다가왔다. 원균의 불같은 성미만큼이나 빠른 속도였으나 함대라 하기에는 조촐한 규모였다.

함선끼리 거리가 좁아질수록 물살이 크게 일며 배가 흔들렸다. 출렁이는 바다에서 양측의 기함(旗艦: 사령관이 탄 군함)이 가까워졌다. 원균의 기함이 이순신의 기함 좌측으로 접근했다.

"원 수사, 무사하니 다행입니다. 적정(敵情: 적의 정세)은 어떻습니까?"

원 수사는 곧장 대답하지 않았다. 이순신의 함대에 비해 초라하 기만 한 자신의 함대를 견주어보자 짐짓 비위가 상했다. 더구나 1차 해전 이후 조정에서 내린 벼슬의 품계가 자신보다 이순신의 것이 높았다는 점도 마뜩잖기만 했다. 이제 같은 수사라고는 하나 품계로는 이순신이 그보다 높은 지위였다.

원균의 시선은 이순신이 아닌 전라좌수영 함대의 선두에 있는 세 척의 전선에 머물러 있었다.

"저것이 거북선인가?"

"그렇습니다. 앞으로의 전투는 전면전의 공산이 커 귀선을 운용하기로 했습니다."

둥그런 개판이 거적으로 덮여 있었음에도 상당한 위용을 풍기는 전함이었다.

'전부 해서 세 척인가. 한 척만 내가 통솔할 수 있었어도 이리 허망하게 퇴각하진 않았을 것인데.'

전라좌수군이 독자적으로 개발한 특수 군선이니 탐할 수는 없는 일이었다. 허나 건조과정을 공유하지 않은 점은 꽤씸했다. 이전 같으면 한마디 따질 수도 있겠으나 이제는 그러기가 애매했다. 어찌 됐건 옥포파왜병장*이 조정에 올라간 이후 이순신의 품계가 자신보다 높아졌다. 그 사실을 알면서도 그는 이순신을 하대하는 말투만큼은 버릴 수 없었다.

"이전에 상대한 적들과는 다를 것이다."

"예상하던 바입니다. 적들도 조선 함대의 건재함을 알았으니 대비했겠지요."

원균의 미간이 찌푸려졌다. 이순신이 말한 건재하다는 말은 좌수영의 함대를 지칭하는 것이었다. 그 말을 돌려 생각하면 경상우수군은 건재하지 못함을 지적하는 게 아닌가.

---

* 玉浦破倭兵狀. 이순신이 1차 출전한 옥포·합포·적진포 해전 이후 조정에 올린 전투 보고서.

"그사이 더 늘지 않았다면 사천의 적선은 십여 척 내외다. 수적으로 우리가 월등하니 당장 진격하도록 하지."

"그래야요. 다만 진군 속도가 더디더라도 인근 해역의 탐망을 철저히 하며 나가야겠습니다."

원균은 다시금 배알이 뒤틀렸다. 그가 최초로 구원요청을 했을 때도 이순신은 상당한 기일이 지나서야 구원을 나왔다. 절차상의 문제를 참작하더라도 제 일이라 여겼다면 그리 늦지는 않았을 거란 게 원균의 생각이었다.

"한가한 소릴 하는군."

"원 수사님, 말을 삼가시지요."

이순신의 부관으로 참전한 송희립이 발끈했다. 이순신이 그런 송희립을 눈짓으로 주의시켰다.

"임시수영이 당했으니 화가 나는 심정은 잘 압니다. 그럴수록 신중해야 할 일입니다."

"지금 나를 가르치려는 것이냐? 그게 아니면 패장 취급이라도 하겠다는 건가!"

아직도 기가 꺾이지 않은 원균을 보며 이순신의 시름이 짙어졌다. 조금은 기대한 게 있었다. 원 수사가 연이은 패전에서 배운 바가 있었으면 했다. 그러나 그는 도리어 판단력이 저하된 상태였다. 자신의 패배를 인정하지 않고 운이 없어서였다고만 여기는 듯했다. 서둘러 전과를 올리겠다는 공명심에 사로잡혀서는 불구덩이로 뛰어드는 부나방과 다를 게 없었다.

원균의 전선에는 격군이 대다수였고 실질적으로 전투에 나설 수 있는 사부나 포수(砲手)들은 많지 않았다. 거기다 화약을 비롯한 군기조차 부실할 게 뻔했다. 그런데도 이토록 자존심만 내세우다니. 이대로라면 아군에게 심각한 피해를 초래할 수도 있었다.

이순신은 출전을 앞두고도 원균과 어떻게 연합해야 할지 고심했었다. 원균은 섣부른 판단으로 이미 많은 전선과 부하들을 잃었으니 이제라도 침착해져야 했다. 그러나 재회한 원균의 눈에서는 여전한 화기만 확인될 뿐이었다.

극단적으로 생각하면 원 수사의 전력은 없는 편이 나을지도 몰랐다. 그러나 같은 조선군끼리 배척해서는 적에게 좋은 일만 하는 셈이었다. 어찌 됐건 연합작전을 펼쳐야만 했다. 더군다나 전술 기동을 하려면 단 한 척이라도 많을수록 유리했다. 다소 고압적인 방식으로라도 원 수사를 설득하는 수밖에 없었다.

"적이 먼바다를 돌아 뒤를 칠 수 있어 하는 말입니다. 또한 여기까지 오느라 격군들이 몹시 지친 상태인데 이 상태로 적을 맞는다면 정작 속도를 붙여야 할 때 그럴 수 없을 것이오. 신중을 가해 진격할 것이니 그런 줄 아시오!"

이순신은 단호하게 말했다.

두 수장의 알력에 양측의 부관들 또한 표정이 좋지 않았다. 그런 와중에 원균의 곁에 있던 부관 이운룡(李雲龍)이 직언했다.

"이번에는 이 수사님의 말대로 하시지요. 사천의 적들만 처리한다고 끝나는 전란이 아닌 데다 어차피 우리 우수군 단독으로는 기동할 수도 없는 일 아닙니까."

"젠장! 누가 그걸 모른다더냐!"

원균이 이글거리는 눈으로 이운룡을 노려봤으나 이운룡은 조금도 움츠러드는 기색이 없었다.

이운룡은 과거 여진족을 상대로 한 녹둔도 전투에서 이순신과 함께 싸운 적이 있었다. 당시 이순신은 수하에 십여 명의 병사뿐이었지만 오랑캐에게 잡혀가던 조선 백성 육십여 명을 구출했다. 그 과정에서 다리에 화살을 맞기도 했는데 그 자리에서 살을 뽑아내고 싸우던 용장이었다. 그런데도 상관이란 자가 제 허물을 덮어씌워 끝내 이순신의 관직을 삭탈하게 했다.

당시 형틀로 끌려가면서도 한 치의 흐트러짐도 없이 의연하던 이순신의 결기와 강직함을 이운룡은 지금도 잊을 수 없었다.

이전 같으면 원균을 옹호했을 법한 수하들조차 이렇다 할 말이 없자 원균은 별수 없이 이순신을 등졌다. 그런 원 수사의 뒤에 대고 이순신이 말했다.

"원 수사, 선봉에 서주시오."

"응당 그래야지."

경상도 바다의 지리를 잘 알 테니 길 안내를 요청한 셈이었는데, 그걸 자존심 센 원균은 제 식대로 받아들였다. 이순신에게는 차라리 다행이었다. 이렇게라도 연합 함대 구색을 갖춘 게 어딘가.

"닻을 올려라. 사천 선창으로 항진한다."

원균의 판옥전선 세 척이 가세하면서 연합 함대의 대선은 총 스물여섯 척이 됐다. 여기에 귀선 세 척이 더 있었다. 귀선을 앞세운 연합 함대는 물살을 가르며 신속히 나아갔다.

먼바다를 내다보는 이순신의 시야에 그 너머가 어른거렸다.

김수천이 보고한 사천의 사정은 처참했다. 이미 작은 고을들은 생지옥으로 변해 있었다. 아수라 같은 적의 포로가 되어 노역하고 있는 조선인들이 있다고 하니 그들이 조선의 군대에 활을 쏘아올지도 몰랐다. 적과 섞인 조선인들을 구분해가며 포를 쏘기는 어려운 일이었다.

보고가 맞다면 적은 포구에 갇힌 형세로 조선 수군을 맞게 될 것이다. 어쩌면 옥포전처럼 속전속결로 끝낼 수 있을지도 모른다. 하지만 이순신은 하나 걸리는 게 있었다. 조수(潮水)였다.

그믐이니 물의 차고 빠짐의 편차가 심할 때였다. 자연현상이 사람의 마음을 알아줄 리 없으니 사람이 파악해 이용해야 했다. 무슨 수를 써서라도 큰 피해 없이 승리를 거둬야만 다음 적을 맞을 수 있다.

이순신은 바다 위에 있었으나 육지의 상황을 자주 떠올렸다. 지금쯤이면 삼도근왕군도 도성을 지척에 두고 있을 것이다. 반드시 이겨야 하는 전투지만 결과를 장담할 수 없었다.

이순신의 천리안은 조선 팔도를 떠돌았으나 그가 있을 곳은 남해였다. 전선을 끌고 육지에 오를 수는 없으나 육지에 오를 적들을 막아낼 수는 있었다. 그것이 그에게 주어진 사명이었다.

7
귀선

노량해협을 지나 넓어졌던 바다는 세 시진쯤 지나자 다시 좁아졌다. 사천으로 들어가는 만의 어귀에 들어선 것이다.

물살이 이물의 반대 방향으로 흘렀다. 물이 빠지고 있었다. 배의 속도가 죽었다.

"적선입니다!"

곤양 앞바다에서 왜선 한 척을 발견했다.

적 또한 조선의 함대를 보았는지 만에서 넓은 바다로 나오던 안택선(安宅船: 왜군의 대형 군선)은 황급히 오던 방향으로 선회하기 시작했다.

급박한 상황이었다. 놓치게 된다면 사천선창에 주둔 중인 왜군에게 조선 함대가 다가오고 있다는 게 보고될 것이다.

배의 밑이 뾰족한 왜선은 판옥선보다 속도가 빨랐다. 대신 방향을 전환하는 속도는 느렸다. 급하게 회전하다가는 균형을 잃고 침몰할 수도 있으니 크게 선회해야 했다. 그 틈을 파고들어야 했다.

"격군들을 교대하라! 놓치지 마라!"

이순신의 지휘에 대장선의 초요기(招搖旗: 지휘 깃발)가 돛대 위로 올라갔고, 독전고* 소리가 빠르게 울렸다.

앞서가던 협선들의 노가 쉼없이 움직였다. 작지만 대신 속도가 빠른 배였다.

왜선이 방향 전환을 끝내고 속도를 붙이기 직전, 협선 세 척이 가까스로 그 앞을 막을 수 있었다.

대선인 왜선이 힘으로 밀어붙인다면 협선들이 감당할 수 없을 것이나 이미 왜병들은 전의를 상실한 듯했다. 기슭 가까이 물러나기 시작했다.

그사이 판옥전선 두 척이 적선의 뒤를 잡았다. 방답첨사 이순신이 이끄는 선봉함대와 선두에서 해로 안내 역할을 하던 경상우수군 기효근(奇孝謹)의 판옥선이었다.

왜선은 다급히 산기슭에 배를 붙였고 왜병들이 배에서 물로 뛰어들기 시작했다.

"발포하라!"

방답첨사 이순신의 호령에 두 척의 판옥선에서 포성이 울리기 시작했다. 두 척의 판옥선으로부터 집중포화를 맞은 안택선은 속절없이 부서졌다.

"어찌할까요?"

훈련봉사 변존서(卞存緒)가 살기 위해 해안 암벽을 기어오르는 왜

---

* 병사들의 싸움을 독려하는 북.

병들을 보며 물었다.

"배를 대기엔 지형이 험준하다. 이대로 사천선창으로 항진하라."

연합 함대는 기세를 몰아 사천선창으로 진격을 이어갔다.

얼마 가지 않아 사천포의 선창이 모습을 보였다. 새 떼가 선창 주위를 날고 있었다. 까만 새는 까마귀였고 희끗한 건 갈매기였다.

새들은 배를 보고도 다가오지 않았다. 전란이 익숙해진 걸까. 날짐승도 어선과 전선을 구분했다. 저것들이 전선에 다가오는 건 전투가 끝난 이후일 것이다.

선창에 정박된 왜선은 안택선이 열두 척이었다. 중간 것과 작은 것이 더 있었으나 더 눈에 띄는 건 따로 있었다.

"저놈들이 산꼭대기에서 뭘 한다냐?"

"성곽이라도 쌓는 것 아녀?"

이순신이 보고 있는 것과 같은 광경을 보던 병사들이 수런거리기 시작했다.

"사천 유생의 보고가 참말이었나 봅니다."

변존서가 진지한 얼굴로 산봉우리를 올려다봤다.

내색하진 않았으나 이순신 또한 짐짓 놀랐다. 선창과 연결된 해안을 끼고 야트막한 산이 있었고 그 산봉우리에 커다란 장막이 보였다. 장막을 중심으로 뱀이 똬리를 튼 것처럼 진이 형성돼 있는데, 수백의 왜적들이 부산히 움직였다. 왜성을 쌓고 있다는 보고가 사실이었던 거다.

탕!

갑작스러운 철포 소리에 놀란 수병들이 황급히 자세를 낮추었다.

첫 총성이 나자 기다렸다는 듯 연신 철포 소리가 터지기 시작했다.

"침착하라. 총이 닿지 않는다."

이순신의 명령을 송희립과 변존서가 복창하자 병사들이 하나둘 허리를 펴고 전방을 살폈다. 실제로 함대에 이르는 탄환은 없었다.

변존서가 선창을 살펴보더니 나직이 보고했다.

"장군, 물이 빠지고 있습니다."

이순신도 만에 들어서자마자 파악하고 있던 부분이었다. 고민이 따랐다. 물색을 보니 선창에 가까워질수록 확연히 옅었다. 예상보다 수심이 더 얕았다.

협선이라면 모를까 판옥선이 전진하기에는 위험부담이 컸다. 자칫 개펄에 박혀 고립될 가능성이 없지 않았다. 설령 무리해 접근하더라도 형세가 불리했다. 내륙의 적들이 언덕을 점령한 상황이었다.

그러나 마냥 지체할 수는 없었다. 벌써 날이 어둑한 게 유시(酉時: 오후 6시경)는 됐을 것이다. 해가 지면 해전을 전개하기에 어려움이 많아졌다.

적들은 연신 총을 쏘아대며 호기를 부리고 있었다. 물이 빠지고 있는 걸 알고 부리는 호기인가. 아니면 유인을 위한 도발인가. 그도 아니면 이전 패배에 대한 분노인가. 조선 수군을 깔보는 교만인가.

후자라면 유인책이 통할 수도 있었다. 그런 와중에 언덕 위의 적들이 속속 선창으로 달려 내려오고 있었다.

이순신이 고심하는 사이 원균의 기함이 다가왔다.

"이 수사, 왜 진격 명령을 내리지 않는 것이냐?"

원균은 당장 갑옷을 벗어 던지고 싶을 만큼 분기가 차오른 상태였다. 자신의 임시병영을 뺏었던 적이 눈앞에 있으니 그럴 만도 했다. 그런 놈들이 심지어 조선군을 향해 총을 쏘아대며 조롱하고 있었다. 이대로 가만히 있는다면 조선군이 겁을 먹은 줄 알 것이다.

"적에게 시간을 줘야 합니다."

"적에게 시간을 준다니 무슨 말 같지 않은 소리냐!"

"적에게 승선할 시간을 줘야 합니다. 빈 배만 부순다면 절반의 승리로 끝날 것입니다. 또한 썰물 때라 이 이상은 접근이 어렵습니다."

"포가 닿는 곳까지만 가면 될 것을 적의 사기만 높여주고 있단 말이냐. 적선부터 부수고 상륙해서 목을 베면 되는 것을!"

이순신이 보기에 원균은 당장 눈앞의 적만 생각하고 있었다. 적은 눈에 보이는 수백여 명이 전부일 리 없었다. 왜군의 대선 하나에 이백여 명이 승선하니 그 병력만 계산해도 이천 명이 넘었다. 거기다 소선들의 병력까지 더해야 했다.

당장은 왜성을 쌓는 데 동원되거나 인근 고을에 노략질을 나간 병력도 감안해야 했다. 곧 소식을 듣고 몰려올 것이다. 그만한 병력과 백병전으로 붙는다는 건 어리석은 판단이었다. 설령 적선을 파괴해 적이 달아난다고 하더라도 그 과정에서 양민들이 피해를 입는 건 당연지사였다.

그러나 한시가 급한 전장에서 매번 원균을 설득할 수는 없는 일이었다. 그렇다고 일방적으로 명령을 내릴 수도 없었다. 비록 이순신의 벼슬이 원균보다 높아졌다고는 하나 수사들은 각자 독자적인 지휘권을 갖고 있었다.

"원 수사의 심정은 알고 있습니다. 그러나 전장에서 임의로 전열을 이탈한다면 군율이 흐트러짐을 모르십니까? 당장 전열을 정비하고 때를 기다리시오."

"기가 차는군. 그때가 언제란 말이냐? 적이 전열을 모두 가다듬고

난 후를 말하는 것이냐?"

"오래 걸리진 않습니다. 약조하지요."

"그 말을 반드시 지켜야 할 것이다."

결국 원균의 기함은 본래의 자리로 돌아가기 시작했다.

"후환이 없을까요?"

변존서가 걱정스러운 얼굴로 이순신을 바라봤다.

"원 수사를 신경 쓸 때가 아니다. 귀관이 보기에 적을 바다로 끌어내는 일이 가능하겠는가?"

이순신의 물음에 변존서가 선창의 적들을 내다봤다.

"저리 짐승처럼 날뛰고 있으니 쫓아오지 않겠습니까?"

"짐승이라……."

적이 짐승이라면 쫓아올 리 없었다. 닿지 않는 총을 연신 쏘아대는 건 호기도 객기도 아닌 두려움 탓이리라. 총이 닿는 거리를 보임으로써 그 거리 밖에 머물기를 바라는 공염불이었다.

"확인해보자. 배를 물려라."

"유인하라는 것입니까."

"그렇다."

곧 대장선의 초요기가 돛대에서 내려지기 시작했고, 퇴각을 알리는 나팔 소리가 울렸다. 연합 함대가 느리게 물러나기 시작했다.

선창의 적들은 기세가 오르는지 위협 사격을 계속하는 한편 일부는 배에 올라 고성을 질렀다. 그러나 조선 함대가 한 마장*을 물러나도록 움직임을 보이는 적선은 없었다.

---

* 거리 단위. 한 마장에 약 400미터.

"움직이지 않는군. 여기서 배를 멈추고 대기하자."

유인책은 실패였다. 애초에 성공할 가망성은 낮게 보았다. 헌데도 굳이 물러나는 척했던 건 이후를 도모하기 위함이었다.

"유인책은 실패군요."

"아직이다. 기다리자."

"곧 날이 어두워질 것입니다."

이순신은 수면을 살폈다. 밀려 나오는 물살과 밀려드는 물살이 힘겨루기를 시작하고 있었다.

"느리게 전진하라."

이순신의 명령이 떨어지고 물러났던 전선들이 다시 포구 쪽으로 다가가기 시작했다. 어느덧 함대의 선봉은 적의 총탄이 닿는 지점에 가까워지고 있었다.

적은 병력을 세 지역에 분산 배치했다. 배 위와 해안가의 적들이 조선 함대의 움직임을 주시하고 있었고 후방 격인 언덕 위의 적들은 엄호할 태세를 갖췄다.

"전 함대 멈춰라! 격군을 교대하고 전투에 대비하라!"

이순신의 명령에 다시금 조선 함대가 멈춰 섰다.

이순신은 적장이 이번에도 조선군이 유인책을 쓴다고 믿기를 노렸다. 아니나 다를까 한동안 잠잠하던 적들은 다시금 닿지도 않는 총을 쏘아대기 시작했다. 그러는 사이 선창으로 밀고 드는 조류의 흐름은 더 강해졌고 제법 물이 차올랐다.

여전히 적의 상당수는 배 밖에 있었으니 적을 몰살시키기는 어려웠다. 아쉬운 대로 배만이라도 철저하게 부수는 수밖에 없었다.

"일자진을 펼쳐라! 귀선은 돌격하라!"

이순신의 호령이 떨어지자 삼 열 종대의 대열 중 일 열과 삼 열이 대열을 벌리기 시작했다.

그러자 이 열의 선두에 있던 세 척의 귀선이 봉의 머리가 됐고 특공 선단 격인 판옥전선 세 척이 그 뒤를 받쳤다.

나머지 전선들은 펼쳐진 대열의 날개가 됐다.

둥, 둥, 둥······.

세 척의 귀선은 빨라지는 독전고 소리를 들으며 진격하기 시작했다. 적은 아직 귀선에 대해 알지 못할 것이다. 돌진해오는 전선이 세 척뿐이니 또다시 유인책을 시도한다고 여길 것이다. 이순신이 앞서 실패할 것임을 알고도 적을 끌어내는 척했던 건 이 때문이었다.

돌진을 앞두고 격군 전원을 교대한 터라 귀선의 노질에는 힘이 실려 있었다. 거대한 노가 격군장이 치는 북소리에 맞춰 물을 밀었다. 격군들은 지난 항해로 손바닥이 부르터 있었음에도 온 힘을 다해 노를 저었다.

계산대로라면 귀선의 이물 하단에 달린 충각은 적선의 얇은 선체를 능히 부술 수 있었다. 그러려면 속도가 빨라야 했다.

"힘껏 저어라. 젖 먹던 힘까지 쥐어짜내라!"

둥, 둥, 둥. 빨라지는 북소리에 맞춰 노 젓는 속도도 빨라졌다.

귀선의 격군들은 노마다 여섯 명씩 붙어 있었다. 이들은 좌수영의 격군 중에서도 가장 힘과 지구력이 좋은 자들로 선별된 인원이었다. 다른 판옥선보다 무거운 귀선임에도 불구하고 짧은 시간 동안의 가속력은 가장 빠르다 할 수 있었다.

투둑, 투둑. 귀선에 총알이 박히기 시작했다. 그러자 북소리의 간격은 더 짧아졌다.

적당히 싸우는 시늉만 하다 물러나리라 여겼던 적들이 당황하기 시작했다. 승선하지 않은 채 선창에 있던 적들이 황급히 전선에 오르기 시작했다.

"우현 더 힘껏 저어라!"

용두 아래 함교에서 밖의 상황을 살피던 이기남이 적의 사령선을 발견하고 호령했다. 출전을 앞두고 이순신은 그에게 귀선의 임무를 각인시켜주었다. 적의 대열을 흩트리는 것과 전투 초기에 대장선을 무력화시키는 게 귀선의 주 임무였다.

적장은 산봉우리의 장막에 있을 가능성이 컸다. 그러나 대장선을 파괴한다면 그것만으로도 적의 예기를 꺾을 수 있었다.

거적을 덮은 처음 보는 조선 전선 한 대가 뱃머리를 자신들의 대장선으로 돌린 걸 보자 호위선들이 황급히 이기남의 귀선으로 접근했다. 이미 예상하던 바였다. 포수들은 진작부터 포신을 귀선 양 측면의 포혈들 밖으로 내밀어둔 채 발포 명령만을 기다리고 있었다.

"좌현 발포하라!"

"발포하라!"

일시에 좌현의 총통들이 불을 뿜었다. 접근하던 호위함들이 포탄에 맞고 부서졌다.

"특공 선단은 귀선을 엄호하라!"

귀선의 첫 발포와 때를 같이 해 조선 함대의 본진이 움직이기 시작했다.

특공 선단인 판옥전선 두 척이 귀선의 뒤를 따르며 귀선이 흩어놓은 적선들을 포격했다. 나머지 날개를 이룬 판옥전선들은 제자리에서 선회하며 우현포와 좌현포를 번갈아 발포했다.

그러는 사이 어느새 이순신의 대장선이 특공 선단 사이로 다가와 엄호사격을 지원했다. 일대가 순식간에 포성과 포연으로 뒤덮여갔다.

"우현 발포하라! 적의 일 열을 부숴라!"

기함에서 이순신을 보좌하던 나대용 또한 연신 병사들을 독려했다. 그러면서도 눈길이 자꾸만 세 척의 귀선에게 향했다. 그가 혼신을 기울여 제작한 귀선이었다. 적의 총탄을 견디며 적진을 누비는 귀선을 보자니 가슴이 벅차오르는 한편 애를 보듯 조마조마했다.

그러는 사이 귀선 한 척이 적의 호위함들의 집중 견제를 받으면서도 적의 기함에 근접했다.

서너 차례 적의 함포 사격이 가해진 듯했으나 다행히 맞지 않았다. 적선들은 함포를 한 개씩 밖에 지니고 있지 않았고 그마저도 적중률이 낮았다.

곧 나대용이 탄 기함으로도 총탄이 빗발치기 시작했다.

"방패를 세워라! 멈추지 말고 진격하라."

이순신의 호령에 좌현과 우현 사부들이 방패를 세웠다.

"장군, 이 이상 접근하는 건 위험합니다."

방패를 든 채 이순신 곁을 막아선 송희립이 다급히 말했다. 그의 말처럼 대장선이 선봉에 서 적진에 돌입하는 건 위험천만한 일이었다. 대장선이 당하면 끝이었다. 허나 이순신은 앞서 내린 명을 거두지 않았다.

이순신 또한 나대용과 같은 심정이었다. 귀선의 실전 투입은 처음이었고 그렇기에 귀선의 전투 장면을 하나라도 더 눈에 담아둘 필요가 있었다. 이를 통해 후일 전투에서 귀선을 보다 효과적으로 운용하기 위해서였다.

"발포하라! 발화탄과 화전을 쏘아라!"

유효 사거리를 확보했다 판단한 이순신이 적선을 불태우기 위한 화기들을 총동원시켰다. 그러면서도 시종 귀선의 활약을 눈에 담았다. 귀선의 화포를 버텨내고 접근한 적병들이 2층의 층루에서 귀선의 위로 사다리를 걸었다. 백병전이라면 자신 있는 왜군이었다. 사다리 끝에 이른 왜병들은 호기롭게 귀선의 거적 위로 뛰어내렸다.

허나 왜병들이 귀선에서 만난 건 조선 수군이 아닌 긴 추도(錐刀)들이었다. 거적 아래 숨겨진 칼송곳들이 왜병들의 발바닥에 구멍을 냈다. 떠밀리듯 거적 위로 뛰어내린 왜병들은 연이어 비명을 지르며 고꾸라졌다.

"함교를 찾아라! 함교를 공격하라!"

당황한 왜군 지휘관이 귀선을 공격 중인 부하들에게 호령했다. 그러나 처음 보는 조선의 돌격선은 안이 보이지 않았다. 갑판이라 할 부분조차 없었다. 앞과 뒤, 옆과 위가 모두 막혀 있었다. 그러니 용두 다락 아래 위치한 함교의 위치를 찾을 수 없었다. 물론 함교에는 밖의 상황을 살피기 위한 구멍이 있었으나 당황한 적이 알아차리기 어려웠다.

적군이 보기에 귀선의 내부가 노출된 곳은 개판 사이로 난 작은 총좌들이 전부였다. 그러나 총좌의 구멍 자체가 작고, 비교적 넓은 창문 또한 사수들이 활을 쏘고 나면 닫혀버리니 거길 노리고 쏜 총탄들은 대부분 빗나가 철로 된 개판을 타격할 뿐이었다. 그 밖의 선체로 날아든 총탄은 두꺼운 목재를 뚫지 못해 못처럼 박히기만 했다.

적들이 우왕좌왕하는 사이 귀선과 적군 기함과의 거리는 서른 길 정도로 가까워졌다.

"속도를 줄여라! 뱃머리의 포수들은 발포를 준비하라!"

이대로 돌진해 측면을 들이박을 수도 있었으나 이기남은 더 접근하기에는 수심이 얕다고 판단했다. 귀선이 고립되기라도 한다면 치명적인 손실이었다.

성에 차지는 않지만 이미 직격타를 날릴 수 있는 거리였다.

"발포하라!"

기다렸다는 듯 귀선의 선수에 배치된 포수들이 도화선에 불을 붙였다.

잠시 뒤 용두의 현자총통과 이물의 천자총통이 일제히 발포했다. 포탄들이 적의 기함을 강타했고, 그중 용두에서 발포된 포탄은 함교에 적중했다.

일방적인 전투인 데다 기함마저 파괴되자 전열을 이탈하는 적병들이 발생했다. 그러나 일부는 결사 항전 태세였다. 아직 버티고 있는 왜군 지휘관은 제 눈을 의심했다.

"저건 조선군의 대장선이 아니냐?"

"맞는 것 같습니다."

뜻밖에도 조선의 대장선이 사정거리 안에 있었던 것이다. 기함이 선봉에 나서다니. 그 이유는 알 수 없으나 하늘이 내려준 기회였다. 귀선을 공략하기 어렵다고 판단한 적은 이순신이 탄 기함에 총공세를 퍼붓기 시작했다.

"쏴라! 대장선을 노려라! 적장을 맞춰라!"

이순신이 탄 기함의 함교로 총탄이 우박처럼 쏟아졌다.

"방패를 세워라!"

변존서와 나대용이 이순신을 중심에 두고 막아섰다. 그러다 나대용이 비틀거렸다.

"으윽!"

"나 군관! 괜찮소?"

변존서가 나대용을 보며 소리쳤다.

"괜찮습니다. 버틸 만하오."

나대용은 왼쪽 다리가 피로 흥건했음에도 이를 악물고 다시 방패를 세웠다.

얼마 지나지 않아 적의 집중사격이 서서히 잦아들었다. 이순신의 기함을 노리던 적선은 권준이 지휘하는 판옥선의 포탄을 맞고 침몰해갔다. 다른 적선들의 상황도 별반 다르지 않았다. 조선 함대의 집중 포격에 이미 대부분이 부서지고 불탔다. 살아남은 적들은 언덕 위로 줄행랑을 치고 있었다.

"……끝난 건가."

변존서가 방패를 내리며 전장을 둘러보았다.

조선 수군의 일방적인 승리긴 하나 이전의 전투들에 비해 상당히 치열한 교전이었다. 타닥타닥, 포성이 멈추고 적선이 불타는 소리가 들리자 비로소 긴장이 풀렸다.

이미 날이 저물었으나 불타고 있는 적선들로 인해 사위가 밝았다. 그러다 갑자기 무언가를 발견했는지 변존서의 눈동자가 커졌다.

"장군! 총에 맞으신 겁니까?"

그 말을 들은 송희립이 갑판에서 함교로 단걸음에 달려왔다.

"장군! 어찌……."

"대수롭지 않다. 소란 피우지 마라."

이순신은 별일 아니라는 듯 침착했으나 말처럼 가벼운 부상은 아니었다. 오른쪽 어깨가 피로 흥건했고 팔은 힘없이 늘어져 있었다.

"장군님, 괜찮으십니까?"

갑판 위의 병사들이 걱정스러운 얼굴로 함교를 올려다보고 있었다. 이순신이 그런 병사들을 보며 의연하게 말했다.

"스쳤을 뿐이니 염려하지 마라. 다른 부상자들이 있는지 살피거라."

추가로 발견된 부상자는 이순신과 같은 기함에 타고 있던 이설(李渫)뿐이었다.

공교롭게도 이순신을 비롯해 부상자 세 사람 모두 기함에 타고 있던 자들이었다. 귀선의 전투 자료를 모으기 위해 적진 깊숙이 들어간 탓이었다. 허나 헛수고는 아니었다. 덕분에 귀선의 파괴력을 확인할 수 있었다. 앞으로 귀선을 활용하는 데 중요한 정보를 확보한 셈이었다.

그사이 언덕 위에서 간헐적으로 총을 쏘던 왜병들도 퇴각을 시작했다. 사위의 잡소리가 잦아들면서 사내들의 울음소리가 들렸다. 멀리, 높은 곳에서 들리는 울음이었다. 적의 울음이었다.

새들이 내려와 시체를 뜯어먹었다. 아직 살아 꿈틀거리는 적들도 뜯어먹었다. 새들은 눈과 터진 살처럼 약한 부위들부터 쪼아댔다. 인육을 맛본 새들이 포악해질까 염려됐다.

"와아아!"

적의 울음에 호응하듯 조선 수군들이 포효했다.

"쫓으라 할까요?"

송희립이 물었다. 적이 백병전에 강하다고 하나 이미 사기가 땅에 떨어진 상황이었다. 날랜 병사들로 쫓는다면 제법 목을 벨 수 있을 것이다.

"날이 저물었으니 쫓다가는 기습당할 우려가 있다. 대신 작은 배 몇 척을 태우지 말고 남겨두거라."

적의 울음은 길고도 날카로웠다. 이순신은 죽은 전우의 머리를 잘라 들고 가는 적병을 보았다. 죽은 동료들은 전우이기 전에 같은 고향 사람들일 터, 그 울음에는 거짓이 없었다. 울음만은 적과 아군이 같았다. 패잔병들이니 환대받지 못할 테고, 달아났으니 살아 돌아가더라도 숨진 자들의 망령이 따라다닐 것이다. 전란의 주범은 풍신수길*이라지만 그 죗값은 저들의 몫이었다.

"그만 물러나자."

이순신은 적의 패잔병들이 탈 수 있도록 미끼선들을 남겨두고 만을 빠져나왔다.

만을 빠져나온 연합 함대는 모자랑포(삼천포) 앞바다에서 닻을 내렸다.

"여기서 밤을 보낸다. 탐망선을 창선도와 모자랑포 두 곳에 배치하자."

모자랑포와 창선도의 거리는 다섯 마장에 불과했다. 이곳에서 밤을 지낸다면 어둠을 틈타 빠져나가려는 적을 섬멸하기 용이했다.

어깻뼈에 박힌 탄을 빼자 둔감해지던 통증이 날카로워졌다. 상처를 바닷물로 씻어냈다. 통증은 더욱 심해졌다.

이순신의 부상 소식을 들은 읍진 수령들이 차례로 협선을 타고 건너왔다.

이순신은 활을 당길 순 없지만 괜찮다고 했다. 군졸들에게 건미

---

* 도요토미 히데요시를 조선에서는 한자 표기 그대로 '풍신수길'이라 칭했다.

역과 멸치를 넣고 끓인 뭇국으로 늦은 밥을 먹게 했다.

병사들이 그의 부상을 걱정하면 또 괜찮다고 했다. 무엇이 괜찮은지는 이순신도 잘 몰랐다. 괜찮다는 말이 괜찮은 것인지도 헷갈렸다. 다만 그게 뭐든 병사들이 심려하지 않았으면 싶었다. 그래도 되는 밤이었으면 싶었다.

이순신은 갈매기의 끼룩거림을 들으며 이 나라에 남은 울음이 얼마나 될지 헤아려보았다.

8
흉몽

선잠에 들었던 윤사공은 식은땀을 흘리며 잠에서 깼다. 적의 수
군이 본영을 기습하는 꿈이었다.

꿈에서 본 적은 하나 같이 도깨비 같았고, 칼을 휘둘러도 베이지
않았다. 안개처럼 흩어졌다 다시 뭉쳐 그의 허리를 벴다.

"나리, 깨어 있으십니까?"

문밖에서 시종 육삼이가 부르는 소리가 들렸다. 흉몽에 악이라도
질렸던 걸까.

"괜찮다. 물러가거라."

"그것이 아니오라, 속히 나와보셔야겠고만요."

일이 생겼음을 직감한 윤사공이 서둘러 문을 나섰다. 그의 부관
이 육삼이 뒤에 서 있었다.

"무슨 일이냐?"

짧은 순간이지만 오만가지 생각이 스쳤다. 꿈에서처럼 적선이 다

가오는 장면과 출전 중인 좌수군의 낭보가 교차했다.

"서문으로 가보셔야겠습니다."

"서문?"

"명의 사절단이라 칭하는 자들이 왔습니다."

명의 사절단이라니. 그런 말이라면 전혀 들은 바가 없었다.

"명의 사절단이라고 했느냐?"

"네, 혹시 몰라 들이지 않고 있습니다만 사절단인 게 사실이라면 상당히 난처한 상황입니다."

부관의 말대로였다. 어찌 된 영문인지 알 수 없으나 상국의 사절단을 문전박대한 사실이 알려지면 곤욕스러워질 수 있었다.

"기다리거라."

윤사공은 부랴부랴 관복을 걸치고 서문으로 향했다.

진송은 좌수영의 서문 밖에서 문이 열리길 기다리고 있었다. 수하의 보고로 미루어 어느 정도 예상은 했다지만 경계가 생각보다 삼엄했다. 다른 나라도 아닌 상국의 사절단을 상대로 출입을 거절하다니. 군기가 잘 잡힌 병영이었다.

"피난민들은 쉽게도 받아들이더니 별난 곳입니다."

사절단의 부단장으로 위장한 척후장이 짐짓 비아냥거렸다.

"이순신이란 자가 병영에 없는데도 군기가 해이해지지 않은 걸 보면 평소 훈련이 잘되어 있다고 봐야겠지. 긴장을 늦추지 말아라."

"하이."

문루 경비병들은 명의 사절단을 눈앞에 두고 초조할 법한데도 의연했다. 진송의 머릿속에서 이순신이란 자는 수시로 그 모습이 바꿰어 갔다. 이번에는 철저하게 원칙주의자라는 건가. 그러나 빈틈은 어디라도 있는 법. 이순신의 수하들이 모두 그와 같을 수는 없을 것이다.

그때 문루 위로 새로운 인물이 모습을 드러냈다. 복식을 보니 관리인 듯했다.

"현재 본영의 총책임을 위임받은 윤사공이라 하오. 신분을 밝히시오."

"상국의 사절단임을 이미 밝혔거늘 무례하다. 어서 성문을 열라."

역관으로 위장한 시노비가 진송을 대신해 말했다.

"조정은 고사하고 전라감영에서도 보고받은 바가 없소이다."

"그건 우리가 알 바 아니다. 보고가 제때 이뤄지지 않았다면 그 자체로 큰 잘못을 범하는 것이다. 허나 조선의 임금이 달아나는 중이라 하니 어지러운 조정의 상황을 고려해 용서해줄 수도 있다. 당장 성문을 열라."

역관의 말에 윤사공의 고민이 커졌다. 정말 명의 사절단이 맞다면 가뜩이나 조정에 적이 많은 이 수사를 난처하게 만드는 꼴이 될 것이었다. 어차피 사절단의 인원은 스무 명 정도에 불과했다. 혹여 거짓이라면 충분히 제압할 수 있을 규모였다.

"어찌할까요?"

"들이자. 들인 다음에 증거를 보여달라 하면 될 테지."

곧 성문이 열렸다. 사절단은 불쾌한 기색을 노골적으로 내비치며 입성했다.

"소지물을 확인해야겠습니다."

"이런 건방진 자를 보았는가. 여기 황제폐하의 친서가 있으니 당장 조아리지 못할까!"

역관의 말에 진송이 품에서 서찰 하나를 꺼내 들었다. 그러자 윤사공을 비롯해 휘하 부장들이 황급히 엎드렸다.

"듣거라. 임진년 섬나라의 간악한 오랑캐가 너희 나라에 침략하였다. 오랑캐가 정명가도를 주장했다고 하니 가소롭기 그지없다. 너희는 황국의 자식 된 도리로서 마땅히 오랑캐를 무찔러야 함에도 어찌 싸워보지도 않고 황국의 파병을 바랄 수 있단 말이냐. 이런데도 짐이 조선이 왜와 야합하지 않았다고 믿을 수 있겠는가. 이에 조선의 실태를 파악하기 위해 조사관을 파견하는 바이니 너희는 마땅히 협조하여야 함이다."

오체투지를 한 윤사공의 등줄기를 타고 식은땀이 흘렀다.

임금이 명에 원군을 요청한 소식이라면 들은 바가 있었다. 그런데 황제가 조선이 왜와 야합했을지도 모른다고 의심하고 있을 줄이야. 그 말이 사실이라면 이 사절단의 보고에 따라 명의 원군 파병 여부가 결정될 수도 있다는 말이 아닌가.

일개 만호 출신인 윤사공이 짊어지기에는 너무나 큰 압박감이었다. 서찰에 황제의 옥쇄가 찍혔는지 확인할 마음조차 사라지고 말았다. 어차피 그로서는 본다고 한들 진위를 알아낼 도리도 없었다.

황제의 사절단임을 확신한 윤사공은 그들이 들고 온 봇짐들을 수색할 엄두도 내지 못했다. 일단 받아들이고 전라감영에 보고를 올리는 수밖에 없었다. 그 전에 좌수사가 귀환한다면 한시름 놓겠지만.

"객사로 안내하거라."

"따라오십시오."

내심 긴장했던 진송은 부러 불쾌한 티를 내며 윤사공의 뒤를 따랐다. 태도로 보아 여기저기 공문을 발송하겠지만 조선 임금이 있는 행재소라면 이미 북녘의 끝이었다. 왜군을 피해 공문이 오가려면 족히 한 달은 넘게 걸릴 것이다.

윤사공과 진송의 무리는 곧 수영의 중심부에 있는 객사에 도착했다.

"필요한 것이 있거든 말씀하십시오."

윤사공이 객사를 둘러보는 진송에게 조아렸다.

"술이나 좀 내오거라."

진송의 입에서 서툴게나마 조선말이 나오자 윤사공은 순간 놀란 얼굴이 됐다. 사절단의 단장 정도 되면 역관 없이도 이 정도 이국의 말을 할 줄 아는 법인가. 역관 출신이라면 충분히 가능한 일이었다.

"속히 주안상을 들이라 하겠습니다."

"그건 그렇고 이순신이란 자가 이곳의 책임자인 걸로 아는데 왜 직접 나오지 않는 것이냐?"

진송은 그가 출전 중임을 알면서도 모르는 척 물었다. 상대의 작은 의심마저도 걷어내려는 술수였다.

"수사 나리께선 출전했사옵고 현재는 제가 임시 책임자입니다."

"알았다. 시간이 늦었으니 명일에 보도록 하지."

윤사공이 부관을 데리고 물러났다.

객사를 벗어나자마자 긴 날숨이 흘러나왔다. 부관 또한 당황한 기색이 역력했다.

"이게 다 무슨 일인지 모르겠습니다."

"그러게 말이다. 살다 살다 이렇게 뜬금없이 사절단을 맞을 줄이야. 당장 날이 밝으면 어찌해야 할지."

"명의 사절단이라는 건 참말일까요?"

"황제의 친서까지 읊었으니 믿을 수밖에. 그래도 모르는 일이니 은밀히 사람을 붙여두거라."

윤사공은 날이 밝는 대로 사절단과 관련한 공문을 발송해야겠다고 생각했다. 사절단이 맞다고 해도 아니라고 해도 염려가 되는 건 마찬가지였다. 저들이 밝힌 의도를 곧이곧대로 받아들일 수는 없었다. 더군다나 시찰 성격의 사절단이라면 더더욱.

***

모자랑포의 밤이 깊어져 어느덧 자시(子時: 밤 12시경)를 넘었다. 연합 함대의 수군들은 선상에서 밤을 보내고 있었다.

보초병들을 제외하고는 모두가 잠든 시간이지만 이순신은 깨어 있었다. 쉴 수 있을 때 충분히 쉬어두어야 하지만, 어깨의 통증 때문에 좀처럼 잠을 이룰 수가 없었다.

꿈에서까지 전투를 하는 중일까. 몸을 뒤척거리던 포수 하나가 부르르 떨었다. 뱃머리에 부딪히는 파도 소리에 지친 병사들의 코골이 소리가 섞였다.

마음 같아서는 하선해 육지에서 재우고 싶었다. 배 위에서의 잠과 육지에서의 잠은 질이 달랐다. 갑판 위에서는 아무리 오래 자도 잔 것 같지 않은 법이다. 그러나 아늑한 잠은 허락할 수 없었다. 여건이 허락되지 않았다. 1차 출전 당시에는 탈영이 우려되어 그러지 못했다. 지금은 탈영에 대한 우려는 줄었으나 사천에서 달아난 적의 기습이 있을지 모른다는 염려가 따랐다.

여전히 사천선창에 남겨둔 미끼선은 나타나지 않았다. 아직 날이 밝을 때까지 시간이 있으니 더 기다려야 했다.

"장군님, 배가 들어옵니다."

이순신이 보초병이 가리킨 지점을 보았다. 포작선 한 척이 접근하고 있었다. 깃발을 보니 아군의 배였다.

"이 수사는 깨어 있느냐?"

원균이었다.

"접니다. 무슨 용무십니까?"

"여태 미끼선이 오질 않으니 직접 가보려고 한다."

이순신은 여기서 기다리라고 말하려고 했다. 그러나 그의 말을 들을 자가 아니었다. 어차피 같은 수사로서 서로에게 명령을 내릴 수도 없었다.

우회하기로 했다.

"원공도 그렇고 우수군도 그렇고 좀 쉬어야 하지 않겠습니까?"

"전시에 편히 쉴 수 있겠느냐. 남겨둔 적선들을 찾아보겠다. 겸하여 잔당이 있다면 목을 베어올 것이니 그리 알거라."

"정 그러시다면 날이 밝기 전에는 돌아오시오."

잔당이 있다고 한들 현재 원균의 우수군만으로는 단독 작전이 어려운 상황이었다. 함대에 사부와 포수가 적었다. 격군조차 정원에 미치지 못해 교대조차 쉽지 않은 상황이었다. 그러니 쉴 수 있을 때 쉬게 해주어야 할 터인데 그러지 못하니 지켜보는 자로서 안타까웠다.

원균으로서는 이순신의 생각을 물으러 온 게 아니었다. 그저 보고 차원이었다. 잠시 뒤 원균의 함대가 움직이며 물살이 일었다. 정박 중인 좌수군의 전선들이 흔들렸다.

원균의 함대가 돌아온 건 이미 동이 튼 진시(辰時: 오전 7시경) 무렵이었다. 왜적 잔당들이 모두 뭍으로 달아났기에 미끼선을 불태우고 수급만 몇 베어왔다고 했다.

이순신은 본래 동이 트면 발선하려고 했으나 우수군의 병력이 쉬지 못했으므로 정오로 미루었다. 대낮의 이동이라 적의 눈에 띄기 쉬웠다. 탐망선의 경계망을 넓게 펼치라 했다.

원균의 관할구역인 사량도로 이동해 하루를 보내기로 했다. 사량도는 윗섬과 아랫섬으로 이뤄져 있는데 포구가 양 섬 사이에 있어 은폐하기 유리했다.

함대는 사위를 경계하며 두 섬 사이로 진입했다.

섬의 분위기가 을씨년스러웠다. 포구에 가까워지도록 인적이 보이지 않았다.

"설마 이런 곳까지 당한 걸까요?"

나대용이 섬을 둘러보며 말했다.

"아니길 바랄 수밖에. 경계심을 늦추지 말자."

이미 사량도가 당한 것이라면 적의 잔당이 숨어 있을지도 모르는 일이었다. 사위가 가려진 곳이기에 육지에서 군졸들을 쉬게 할 계획이었으나 현재로서는 장담할 수 없었다.

"민가가 보이는군요. 불타지 않은 걸 보니 왜적이 다녀간 것 같진 않습니다."

나대용의 말처럼 드문드문 드러난 민가들은 온전한 형상을 보전하고 있었다. 왜군이 다녀갔다면 재만 남았을 것이다.

"사람이 보입니다!"

앞서가던 탐망선의 수병이 외쳤다. 포구를 가리던 산기슭을 지나자 포구 근처의 민가에서 하나둘 사람의 모습이 보이기 시작했다. 모두 흰옷을 입은 조선인들이었다.

"왜적이 들이닥치는 줄 알고 숨어 있었습니다."

포구에서 수군을 맞이한 노인이 숨죽였던 순간에 대해 말해주었다.

경상우수군이 사천에서 패했다는 소식을 들은 뒤로 사량도 주민들끼리 돌아가며 인근 해역을 탐망했는데 전선들이 보이자 왜선인 줄 알고 숨었다는 것이었다.

"아이고, 살아있었네. 살아있었어."

섬 주민 중 몇이 원균의 함대에서 내린 병사를 끌어안고 오열했다. 그들은 경상우수군에 차출되었던 병사들의 식솔이었다. 연이은 패전 소식만 들어온 터라 참전한 식솔의 생사를 몰라 노심초사했는데 살아서 재회했으니 그 기쁨을 감출 수 없었다.

"아이고, 아이고."

그러나 비보를 접한 이들이 더 많았다. 어느 쪽이든 다 울었다. 우는 양민들을 보는 이순신도 속으로 울었다. 매사 호기롭던 원균조차도 말없이 먼 바다만 내다보았다.

"오메, 장군님. 어쩌다가 이리 다치셨소?"

이순신의 부상 소식을 아는 자들은 읍진 수령과 일부 군관들을 제외하고는 기함에 타고 있던 자들이 전부였다. 병사들의 사기 저하를 우려해 알리지 않았는데 상륙하면서 뒤늦게 소식을 접한 군졸들이 염려를 드러냈다.

"생사가 오가는 전장이거늘 이깟 상처는 대수롭지 않다. 개의치 말거라."

이순신은 평소보다 더 강인한 모습을 보이려 했다. 지휘관의 약

123

한 행색은 병사들의 사기 저하로 직결될 수 있었다. 그렇다고 언제까지 부상을 감출 수는 없는 일. 이순신은 소문이 몸집을 키우는 걸막기 위해 오히려 적극적으로 순시를 돌며 병사들 앞으로 나섰다.

사량도 백성들 또한 이순신의 연전연승에 대해 알고 있었다. 그들은 귀한 식량을 아낌없이 내어와 장병들을 위로했다.

슬슬 병사들이 잠들 무렵 이순신은 정박한 전선들을 살폈다. 원거리에서 포격하던 전선들은 거의 손상이 없었다. 적진으로 돌격했던 귀선과 특공판옥선들에는 총탄과 화살들이 박혀 있었고 화염에 그을린 자국도 있었다.

대장선의 장대에는 적의 공격이 집중되었던 흔적이 역력했다. 우연이 아니었던가. 생각해보면 유일한 부상자는 이순신 자신을 포함해 이설과 나대용, 모두 지휘관이었다. 다친 어깨가 쑤셨다.

이후 이순신은 귀선을 자세히 살폈다. 전투 후 전선을 살펴보면 그 전투 과정을 짐작해볼 수 있었다. 귀선의 거적 위에는 칼송곳에 찔리며 흘렸던 왜적의 혈흔이 말라붙어 있었고, 소나무로 된 선체에는 박힌 화살과 총탄들이 남아 있었다. 예상대로 적의 총탄은 한 뼘이나 되는 선체를 뚫지 못했다. 다만 일부 탄흔 무리가 신경 쓰였다.

이순신은 전선들의 상태를 살핀 직후 읍진 수령들과 휘하 군관들을 막사로 불러 모았다.

"실로 대단했습니다!"

나대용이 귀선의 활약을 떠올리며 감격에 차 말했다.

"그러게 말입니다. 놈들이 우왕좌왕하는 꼴을 보자니 십 년 묵은 체증이 내려가는 것 같더이다."

귀선의 돌격장인 이기남이 맞장구를 쳤다.

이순신은 지난 전투를 복기하며 감격에 찬 이들의 대화를 가만히 듣기만 했다. 그 또한 누구보다 귀선의 활약이 감격스러웠다. 귀선을 제작하는 과정과 귀선병들의 훈련과정까지 이루 다 말할 수 없는 고된 시간이었다. 여기 모인 자들은 모두 기뻐할 자격이 충분했다.

그러나 냉정하게 따진다면 아직 작은 승리에 불과했다. 여전히 본격적인 전면전은 시작도 하지 않은 상태였다. 연합 함대는 대선으로 따졌을 때 서른 척도 되지 않는 규모였다. 물론 이억기의 함대가 합류하게 된다면 예순 척 가까이 되는 대규모 함대가 구성될 것이다.

문제는 조선 수군이 전부 규합하더라도 왜 수군의 전력에 비해 턱없이 부족하다는 점이었다.

거기다가 왜국 본토에 대기 중인 병력도 감안해야 했다. 그러니 산개된 적을 발견 즉시 무력화시키는 한편 적의 대군과 벌일 교전에도 대비해야 했다.

"환부에는 차도가 있습니까?"

권준이 우려를 표하자 들떴던 분위기가 가라앉았다.

좌중의 시선이 이순신에게로 쏠렸다.

사량도에 도착하고 나서야 이순신은 상처를 자세히 살폈다. 생각보다 깊은 상처였다. 탄이 어깨뼈를 부수고 그 자리에 박혀 있었다. 탄은 모자랑포에서 주둔하는 동안 제거했다지만 환부에서 진물이 흘렀다. 해수로 씻어내고는 있으나 염려가 남았다.

"내 불찰로 인해 두 사람까지 다치고 말았으니 미안하게 됐네."

"저희 걱정은 마십시오."

"당분간 적정이 들어올 때까지는 이곳에서 머물 터이니 치료에 전념하게. 그건 그렇고 전라좌수영에 우리 군의 소식은 보냈는가?"

이순신이 권준에게 물었다.

"네, 현재 저희 수군의 위치를 전달하도록 포작선 한 척을 보냈습니다. 이곳을 떠날 때 다음 행선지를 주민들에게 남긴다면 어렵지 않게 찾아올 수 있을 것입니다."

본래 이억기의 함대와 합류하기로 한 시점은 이틀 뒤였다. 그러나 그때는 합류 지점이 여수 본영이었고 지금은 그보다 동쪽 멀리 있으니 하루는 더 걸릴 것이다.

이순신은 수군도 수군이지만 도성을 탈환하러 나선 삼도근왕군과 그 밖의 육전 상황도 궁금했다. 급히 삼도의 병사들을 모았다고는 하나 제대로 훈련된 병사들일 리 없었다. 전쟁은 머릿수로 하는 게 아니었다. 전라좌수군이 연승을 거두는 건 한 해 전부터 고된 훈련을 해왔기 때문이었다. 누구보다 그런 사실을 잘 아니 육지의 상황이 더욱 염려되는 것이다.

혹여 병력의 수를 믿고 섣불리 움직여 어렵게 모은 병력이 와해될까 두려웠다. 바다에서 적의 발목을 자른다 해도 이미 상륙한 적들은 안간힘을 써 버텨낼 것이다.

보급로가 끊긴 적은 현지 약탈로 부족한 보급을 충당하려 할 테니 결국 희생되는 건 무고한 양민들일 수밖에 없었다. 장기전이 되면 이 나라 백성과 군사들, 아울러 적의 군사들까지 모두가 고통스러운 시간을 보낼 수밖에 없었다.

암울한 상황 속에서도 귀선의 활약은 가뭄 속 단비였다. 이제 펼칠 수 있는 전략은 더 많아졌고, 전투가 발발하게 되면 속전속결로 끝낼 수 있었다. 여전히 조선군의 주무기는 화포였다. 원거리 포격이 기본

전략이되 불가피한 근접전에서는 귀선이 위용을 뽐낼 수 있었다.

적이 대군이라면 화포를 맞고 부서지는 가운데도 근접하는 전선들이 있을 터, 그러할 때 귀선은 일종의 목책 역할도 수행할 수 있었다.

"적이 귀선을 상대하는 방법을 알아낼 것 같은가?"

"아직까지는 이렇다 할 공략법을 모르는 것 같습니다. 다만……."

이기남과 마찬가지로 귀선의 돌격장인 이언량이 말끝을 흐렸다. 그의 주저에 이순신은 앞서 귀선에서 본 탄착군이 떠올랐다. 분명 의도가 있었다.

"허허, 지들이 아무리 싸움귀라고 해도 뭔 방법이 있겠습니까."

송희립이 너털웃음을 터뜨리며 말했다. 그러나 이언량은 여전히 마음에 걸리는 게 있는 눈치였다.

"말을 마저 마치거라."

"그게…… 포수들의 말을 들으니 총좌가 열렸을 때를 노리는 듯한 공격이 있었다고 합니다."

역시 그런 건가. 귀선의 총좌는 사부들이 간신히 활만 쏠 수 있을 만큼 비좁은 구멍이었다. 이순신이 유심히 본 탄착군 또한 총좌들을 중심으로 형성되어 있었다.

"적이 총좌를 통해 공격하는 게 가능하겠는가?"

잠시 침묵이 흘렀다. 검과 활을 다루는 데 일가견이 있는 정운이 침묵을 견디지 못하고 입을 열었다.

"저라고 하더라도 활로는 쉽지 않을 것입니다. 하지만 쇠뇌나 편전이라면 서른 보 정도 거리만 확보된다면 가능할 것입니다."

활은 기본적으로 포물선을 그리며 날아가는 형태기에 갑판보다 높은 지점인 총좌를 파고들기가 쉽지 않았다. 그러나 정운의 말대로 쇠뇌나 편전이라면 어려운 일만은 아니었다. 그렇다면 철포의 경우는 어떨까.

그때 생각에 젖어 있던 권준이 입을 열었다.

"일전에 전라관찰사를 따라 도성으로 진군하다 들은 게 있습니다. 왜군의 사수 중에서도 정예병들을 모은 특수부대가 있다고 하더군요. 날아가는 새를 맞출 정도의 실력자들이라고 들었는데 당시에는 허풍이라고 여겼습니다만."

"날아가는 새를 맞춘다?"

"네, 꿩처럼 크고 둔한 새가 아니라 비둘기를 떨어트린다고 들었습니다."

권준은 저격수들로 이뤄진 왜군의 특수부대를 설명하고 있었다. 일반 소규모 부대에는 편성되지 않으나 특수임무를 띤 부대나 대규모 부대에 포함되곤 하는 별동대 성격의 부대였다.

"그게 사실이라면 주의해야겠군. 귀선 군관들을 이 점을 사부들에게 잘 전달하도록 하시오."

"귀선만의 문제가 아닙니다."

회의장 내 시선들이 이순신에게로 모였다. 정확히는 총상을 입은 이순신의 어깨로.

"그럴 테지."

실제로 사천해전에서 적은 이순신을 노렸다. 총을 쏘는 적의 위치를 알았기에 부상으로 그쳤다지만 미처 알아채기 힘든 원거리에서 저격당하기라도 한다면 큰일이었다. 유효 사거리를 내주지 않는다면야 문제 될 게 없으나 예상대로만 전개되는 전투는 없는 법이었다.

귀선의 활약과 승전의 환희를 나누던 자리는 이내 다가올 전투에 대한 압박감으로 무거워졌다. 통영이 코앞이었고 지금 있는 사량도도 이미 적진이라 할 수 있는 수역이었다. 그러니 한시도 긴장을 늦출 수 없었다.

병사들이 막 잠든 시간까지도 작전회의가 계속되던 중 탐망군의 다급한 보고가 날아들었다.

"배가 보입니다!"

"적선인가?"

성질 급한 정운이 숨 쉴 틈도 없이 되물었다.

"날이 어두워 파악이 어렵습니다."

회의장의 인원들은 신속히 포구로 뛰쳐나갔다.

어둑한 바다에서 횃불이 어렴풋하게 보였다. 배의 형체는 보이지 않았으나 횃불이 두어 개뿐인 걸로 보아 일단 대선은 아니었다.

"적선은 아닌 듯합니다."

이순신도 같은 생각이었다. 소선 정도로 보이는 한 척이 전부 같았다. 주민들의 어선일 수도 있으나 오는 길에 물어본 바 앞서 포구를 나선 어선은 없다고 했다.

그러는 사이 수상한 선박은 그 형태가 드러날 정도로 가까워졌다. 좌수영의 소속임을 알리는 깃발이 나부끼고 있었다. 일단은 다행이었으나 어떤 소식을 들고 오는지 몰라 포구에 모인 군관들은 초조했다.

"본영으로부터의 전갈입니다!"

배가 가까워지자 육성이 들렸다.

적의 기습이라도 있던 것인가. 이순신은 초조한 심정을 애써 억누르며 배가 포구에 닿도록 기다렸다. 설레발을 치면 불길한 소식이 들려올 것만 같았다. 이미 비슷한 상황에서의 흉몽을 수도 없이 꾸었다.

다행히 배가 포구에 닿도록 전령의 말이 없었다. 그로 미루어 적의 습격은 아닐 거라는 작은 안도가 꿈틀거렸다.

"무슨 일이냐?"

전령병이 배에서 내리자 비로소 이순신이 물었다.

"본영으로 명의 사절단이 왔습니다. 자세한 내용은 여기 있습니다."

"명의 사절단?"

전혀 예상치 못한 소식이었다. 이순신은 의아한 심정으로 서신을 펼쳤다. 송희립이 서신을 읽기 편하도록 곁에서 횃불을 들었다.

윤사공이 쓴 것이었다. 전령이 구두로 전한 것에 부연 설명이 더해져 있었다.

"시찰이라……."

이순신의 혼잣말에 휘하 군관과 읍진 수령들은 당혹감을 감추지 못했다.

물론 병영의 시찰은 종종 있는 일이었다. 1차 출전을 앞두고도 조정으로부터 선전관이 감사를 나와 분위기를 뒤숭숭하게 만든 적이 있었다. 하지만 명나라 사절단의 시찰이라면 조정의 선전관이 온 것과는 전혀 다른 문제였다. 일단은 그 저의를 알 수 없었다.

"본영으로 명의 사절단이 온단 말도 있었습니까?"

평소 침착하던 권준조차 몹시 당혹스러운 눈치였다.

"없었네."

130

"그렇다면 참으로 이상한 일이군요. 도대체 무슨 의도일까요?"

"그 전에 진짜 사절단이 맞는지도 의심스럽군."

이순신의 발언에 다들 뒤통수를 한 대 얻어맞은 표정이 되었다.

"그래서 윤 군관은 어찌하고 있느냐?"

"황제의 친서까지 지니고 있기에 일단 객사로 들이긴 했으나 상당히 난처해하고 있습니다."

"알았다. 바로 회신을 써주마. 밤이 깊었으니 동이 트는 대로 출발하라."

"네."

이순신은 어지러운 머릿속을 정리했다. 설사 명나라의 사절단이 맞다 한들, 조정이 아닌 일선의 병영으로 직접 왔다는 자체가 상당한 부담이었다.

서신의 내용대로라면 황제가 조선과 왜국의 관계를 의심하고 있었다. 그 의심의 씨앗을 키우기 위해 온 것인지, 의심의 안개를 걷어내러 온 것인지 당장은 알 길이 없었다.

그들의 정체가 명나라 사절단이 아니라고 한다면 문제는 더 심각했다. 일단은 윤사공이 현명하게 대처하고 있기를 바라는 수밖에 없었다.

9
일산(日傘)과 호구(虎口)

다음 날 진시(辰時: 오전 8시경) 무렵 정찰을 나갔던 탐망선 하나가 급히 돌아왔다. 미륵도의 당포항에 적선이 정박해 있다는 보고였다.

이순신은 서둘러 함대를 발선했다. 계절풍이 강해 역풍이 불었다. 돛폭을 내리고 노만 저어 나아갔다.

급히 출전한 터라 아직 구체적인 전략이 수립되기 전이었다. 이순신은 이동하는 내내 직속 군관들과 머리를 맞대고 전략을 세웠다.

"적은 장군봉 아래 당포선창에 진을 치고 있다. 적선의 수는 사천포와 비슷하다고 하나 적진이라 할 수 있는 곳이니 원군의 우려가 따른다. 어찌 보는가?"

이순신의 말에 휘하 군관들이 해도를 보며 생각에 빠졌다.

당포선창은 한산도로 넘어가기 전에 경유하는 미륵도의 서쪽에 있었다. 사량도에서 출발하자면 곤리도를 지나 미륵도였고, 그다음이 한산도였다.

미륵도라면 이미 적군에게 넘어간 해역이니 언제든 적의 원군이 출현할 수 있었다. 만약 동쪽의 적이 지원하러 나온다면 섬의 위아래로 돌아올 수 있었다.

먼저 입을 연 건 변존서였다.

"함대를 나누는 게 어떨지요. 적의 원군이 오는 길이 위아래로 있다지만 위쪽에서 오는 적은 멀리서도 보이니 곤리도 근처에 탐망선 한두 척만 배치해도 충분할 것입니다. 경계해야 할 곳은 이쪽으로 돌아올 원군입니다."

변존서가 미륵도의 남쪽을 짚으며 말했다. 그러자 나대용이 의견을 보탰다.

"남에서 북상하는 적만을 놓고 보자면 이쯤에 복병을 두는 게 좋을 듯합니다."

나대용이 곤리도와 미륵도 사이에 있는 작은 섬, 쑥섬을 가리켰다. 이순신은 나쁘지 않은 판단이라 생각했으나 그보다 상책이 있을 것 같아 해도를 면밀하게 살폈다.

"쑥섬에 복병을 두게 되면 밑에서 올라오는 적의 우군을 기습하는 데는 효과가 있을 테지. 하지만 탈출을 시도하는 당포항의 적들에게는 바로 발각되는 위치니 피해서 달아날 것이다. 그러니 달아나는 적을 가두는 동시에 원군도 차단할 수 있는 곳이라면 이곳이 낫지 않겠는가."

이순신은 쑥섬의 동쪽에 위치한 미륵도의 연명항을 가리켰다.

당포처럼 배의 진입로를 제외하고는 사방이 막혀 있는 지형이었다. 이곳이라면 아래서 올라오는 적의 원군과 위에서 남쪽으로 달아나려는 적 모두로부터 눈에 띄지 않고 은폐할 수 있었다.

"배를 숨기기에는 그만이군요."

나대용이 고개를 끄덕이며 수긍했다.

"한 곳 더. 여기에도 포위망을 치자."

이순신은 당포항과 연명항 사이의 해역을 가리켰다.

연명항의 복병이 적의 원군 차단이 주목적이라면 세 번째 포위망은 달아나는 적선을 한 척도 놓치지 않겠다는 의도였다. 설사 적이 두 번째 포위망을 뚫고 달아나더라도 세 번째 포위망이 있는 셈이니 앞뒤로 포위해 붙잡을 수 있었다.

이후로도 이순신과 군관들은 이미 수립한 전략을 계속해서 보완해가며 다가올 전투를 준비했다. 그러는 사이 물길을 안내하며 앞서가던 원균의 선단에서 적진이 가까워졌음을 알리는 깃발이 올라갔다. 곤리도가 가까워지고 있었다.

"함대를 나눈다!"

이순신의 지시가 떨어지자 일부 함대가 연명항으로 향하기 위해 곤리도의 남쪽으로 우회하기 시작했다.

본대는 계속해서 당포항 방면으로 나아갔다. 그러다 당포항으로 들어가는 어귀가 보이기 시작할 무렵 다시금 전선 몇 척이 본대에서 떨어져 후방에 포위망을 폈다. 이로써 총 삼중의 포위망이 형성된 셈이었다.

당포선창 너머로 장군봉과 산성 하나가 보이기 시작했다. 고려 말 최영 장군이 왜구의 침입에 대비해 쌓은 당포산성이었다.

산성 위로 왜적들의 모습이 보였다. 왜구를 막기 위해 세운 산성이 조선군을 탐망하기 위한 왜적들의 망루로 쓰이고 있었다.

가메이 코레노리는 조선 수군이 다가온다는 보고를 받고도 느긋하게 기함에 올랐다. 3층 누각선(樓閣船: 누각을 가진 배)으로 상당한 위용을 보이는 기함이었다. 그는 좌우에 부관을 거느리고 함교인 3층 층각으로 올랐다. 함교에는 사면에 붉은 비단 천이 둘려 있었고 각 면에는 황(黃)이란 한자가 수 놓여 있었다.

"일산(日傘)을 세워라."

가메이의 명령에 커다란 햇빛 가리개가 펴지면서 그늘을 만들었다. 얼른 보면 전투를 앞두고 있다기보다는 유람을 떠나는 것 같았다.

상당한 규모의 조선 함대가 다가오고 있다는 소식을 들었음에도 가메이의 얼굴에는 긴장한 기색이 보이지 않았다. 오히려 조금 들뜬 표정이었다.

"드디어 제대로 된 전투를 해볼 수 있겠군."

가메이는 간만에 피가 끓어 올랐다. 그는 출전에 앞서 다이코로부터 오키나와를 약속받았다. 물론 큰 전공을 세울 경우라는 조건이 따랐다. 당시만 해도 오키나와가 그의 수중에 들어오는 건 당연지사로 여겼다. 그런데 기껏 전장에 와서는 막일 관리나 하게 될 줄이야.

일본의 수군은 세계 최강이었다. 어느 나라가 됐건 그가 이끄는 함대의 그림자만 봐도 숨거나 달아나기 급급했다. 그런데 이 조선이란 나라는 그 정도가 너무 심했다. 쉬워도 너무 쉬웠다. 설마 자기들 손으로 전선을 수장시키고 달아날 줄이야.

이후로는 조선 수군의 그림자조차 보지 못했다. 상황이 이렇다 보니 전공을 세우려고 해도 세울 수가 없었다.

눈치 빠른 놈들은 이미 수군으로는 전공을 세우기 어렵다는 걸 간파했다. 배를 부산진에 내버려 두고 육전으로 뛰어들었다. 가메이 역시 그 생각을 안 한 건 아니었다. 그런데 본토 사령부로부터 뜬금없는 명령이 떨어져 발목을 잡았다. 축성이나 하라니. 차고 있는 칼이 수치스러울 지경이었다.

"보급을 나간 병사들은 복귀하고 있느냐?"

"하이! 그런데 인근 고을에서는 더 이상 건질 게 없어 멀리 나간 병력이 적지 않습니다. 다 복귀하려면 시간이 걸릴 것입니다."

"상관없다. 일단 여기 있는 병력만 승선시키고 나머지 병력은 도착하는 대로 합류하게 해라. 뭐 그 전에 끝나겠지만."

"하이!"

마침내 조선의 전선들이 모습을 드러내기 시작했다.

가메이는 문득 한 달 전쯤 조선 수군과 교전했다 무참하게 깨졌다는 우군의 소식을 떠올렸다.

들은 바에 의하면 적의 급습에 제대로 싸워보지도 못하고 일방적으로 당했다고 했다. 조선 수군이 궤멸한 줄로만 알았을 테니 꽤 당황한 눈치였다. 그래도 그렇지, 최강의 일본 수군이 기습이라고는 하나 그깟 조선 수군에게 당하다니. 한심할 뿐이었다.

어쨌거나 조선 수군도 몇 차례 승리를 거뒀으니 사기가 올랐을 거다. 그들이 쓰는 계략에는 삼십육계 중 줄행랑밖에 없는 줄 알았는데 그나마 머리 좀 돌아가는 자가 있다는 건가.

가메이는 기왕이면 지금 다가오는 조선군의 지휘관이 그 승전의 장수였으면 싶었다. 그자라면 제법 몸값이 뛰었을 테니 말이다.

마침내 조선군 본대의 실체가 보이기 시작했다. 가메이는 이미 잔뜩 몸이 달아올랐다. 마음 같아서는 당장 달려들고 싶었으나 적 함대의 전열이 예상보다 안정적이었다. 전선의 수도 적지 않았다.

가메이는 꾹 참고 보급을 나간 병사들이 돌아오기를 기다리기로 했다. 어차피 먼저 다가온 놈들이니 그냥 달아나지는 않을 것이다. 급할 필요가 없었다.

"세키부네(관선)와 고바야부네(소조선)를 앞세워라! 아타케부네(안택선)가 2진과 3진에서 뒤를 받친다."

가메이는 먼저 대열을 갖추고 기다렸다가 조선군이 다가오면 조총을 쏘아대게 할 생각이었다. 접근전이야말로 그가 원하는 전투 방식이었으나 아직 전투원이 부족했다. 전원 복귀할 때까지 최소한 한 시진은 시간을 벌어야 했다. 어차피 조총으로 위협 사격을 가하면 쉽게 달려들지 못할 것이다.

가메이의 명을 받은 관선과 소조선들이 포구의 어귀로 나아가 포진하기 시작했다. 그런데 무언가 이상했다.

"왜 멈추지 않는 것이냐? 쏴라. 적선의 접근을 저지시키란 말이다!"

가메이는 조선 수군의 전선들이 속도를 줄이지 않고 항으로 밀고 들어오자 순간적으로 당황했다. 그의 명령을 받은 조총수들이 연신 조총을 쏘아댔으나 적의 선봉 선단의 속력은 줄어들기는커녕 더 빠르게 다가왔다.

둥, 둥둥, 둥둥둥.

적의 기함에서 울리는 북소리가 맹렬하게 고조됐고, 덩달아 가메이의 심장박동도 빨라졌다.

이순신은 사량도를 떠나기 전 섬 주민들에게 당포항의 지형에 대해 들은 바가 있었다. 그중 핵심은 당포항의 수심이 깊다는 것이었다. 그 말은 사천포에서처럼 조수를 신경 쓰지 않아도 된다는 의미였다.

이순신은 주민들의 제보와 사천포 해전에서 본 귀선의 전투력을 바탕으로 돌격전을 계획했다. 당포항 어귀에 진입하자마자 함대를 전속력으로 돌격시켰다.

물론 전 함대의 돌격은 아니었다. 세 척의 귀선과 귀선을 직접 엄호하는 특공판옥선 두 척이 적선 가운데로 파고들고, 나머지 함대는 외항에서 일자진을 펴 선회하며 포격하는 형태였다.

귀선이 적진을 헤집고 다닌다면 대열이 흐트러진 적선들은 후방의 판옥전선까지 접근하기 어려울 것이다. 아울러 귀선은 이번에도 적의 기함과 적장을 노릴 작정이었다.

귀선 안에서는 돌격 직전까지 힘을 비축한 격군들이 막 교대를 마치고 노를 젓고 있었다. 속력에 탄력이 붙으면서 같은 힘으로 저어도 더 빠르게 나아갔다. 철포 소리가 나기 시작했다.

그와 동시에 귀선의 선수에 총탄이 박히는 소리가 들렸으나 귀선은 더욱 속력을 붙였다.

귀선의 뒤를 받치는 특공판옥선들이 포를 쏘기 시작했다.

"충돌에 대비하라!"

귀선 돌격장들의 지휘에 승선원들이 선체의 기둥을 붙잡았다. 그 와중에도 격군들은 끊임없이 노를 저었다. 노의 손잡이는 갈라지고 터진 손바닥에서 묻어난 혈흔들로 얼룩져 있었다.

쿠구궁!

귀선이 적선 소조선의 선수를 정면으로 들이받자 소조선은 버티지 못하고 뒤집혔다.

귀선은 속력에 박차를 가했고, 소조선 뒤에 있던 관선의 측면을 들이박았다. 소조선과의 충돌 충격은 진동 정도에 불과했으나, 중형 선인 관선과의 충돌에서는 귀선 또한 제법 흔들렸다. 그러나 충돌한 부분은 철로 된 충각이었기에 귀선의 손상은 없었다.

반면 충돌한 관선은 선체 하부가 부서져 가라앉기 시작했다. 가라앉는 배를 버리고 귀선으로 건너 타기를 시도한 왜병들의 입에서 연달아 비명이 터졌다. 거적을 뚫고 나온 칼송곳이 왜병들을 전투 불능 상태로 만들었다.

물에 빠진 왜병들은 무거운 갑주 탓에 물귀신에게 끌려들어 가듯 수장되어 갔다.

그중 일부는 귀선의 노를 붙잡고 버텼지만, 귀선의 뒤를 받치던 판옥전선의 사부들이 활로 쏘아 떨궜다.

그동안 수많은 해전을 누빈 가메였지만 이런 식의 전투는 처음이었다. 특히 조선 전선들 가운데 가장 선봉에 선 세 척의 대선은 기이하고도 불길했다. 그의 병사들이 적병이 없는 덮개 위에서 피를 흘리며 버둥거렸다. 그 모습이 마치 보이지 않는 귀신들과 싸우는 것 같았다.

병사들의 모습이 보이지 않는 전선은 그로서도 처음 보는 것이었다. 그러나 그 기이한 전선들은 밖의 상황을 정확히 알고 기민하게 움직였다.

견고함 또한 이루 말할 수 없었다. 관선이 비록 중형 전선이라고는 하나 일백의 병력이 승선하는 배였다. 그런 배가 단 한 번의 충돌로 침몰하다니. 거기다 적의 후방에서는 연신 포를 쏘아대고 있어 전투가 시작하자마자 1진은 궤멸 상태에 빠졌다.

"2진 진격하라! 적의 선봉을 막아라!"

가메이는 명령을 내린 직후 부관에게 물었다.

"저 거적을 씌운 전함들은 무엇이더냐?"

"보, 본 적도 들은 적도 없는 것입니다."

"필시 거적 밑에서 창으로 공격하는 적이 있을 것이다. 올라타 목을 베라."

"하이!"

"함교의 위치도 찾도록 해라. 정예 사수들에게 함교를 찾아 공격하게 하란 말이다."

"하이!"

혼란스러운 와중에도 가메이는 목표를 타격할 명령을 하달했다. 상황이 급박해 심사숙고할 여유는 없었으나 오랫동안 전장을 누빈 만큼 상황 판단 하나는 빨랐다. 지금으로서는 그 판단이 맞기를 바랄 뿐이었다.

가메이는 이후로도 거북이를 닮은 특수전함을 유심히 살폈다. 함교를 찾아야 했다. 아무리 살펴도 함교로 의심되는 부분은 한 곳뿐이었다. 용의 머리를 닮은 선수, 그곳뿐이었다. 용머리는 입을 벌린 형태였고 지휘관이 그곳에 숨어 밖의 상황을 살피는 게 분명했다.

"선수의 용머리를 노려라. 거기가 함교다!"

가메이의 명령에 왜군 선단의 2진이 전진하기 시작했다. 2진은 1진과 달리 대선인 안택선들로 이뤄져 있었다.

그때였다. 조선군의 특수전함이 선수를 틀기 시작했다. 특수전함의 선수가 가메이가 타고 있는 대장선과 일직선이 되자 곧장 종으로 움직이기 시작했다.

"본함을 노리는 것 같습니다."

"막아라!"

대기 중이던 3진의 안택선들이 황급히 대장선 주위로 몰려들었다.

왜선들이 뭉치자 후방에 배치된 조선 함대로서는 오히려 표적을 노리기가 쉬워졌다. 함포 사격의 명중률이 현격히 높아졌다. 비로소 가메이는 적장이 이 모든 상황을 예상하고 전열을 갖추었음을 깨달았다. 전략 싸움에서 완패였다.

특수전함을 막아서던 안택선들은 특수전함과 닿기도 전에 후방에서 날아온 함포를 맞고 불타거나 부서졌다. 포탄 중 일부는 선체에 떨어진 이후 어느 정도 시간이 지난 뒤 폭발했다. 불발탄인 줄 알고 방심하던 병사들이 뒤늦게 터진 포탄의 파편에 맞고 숨졌다.

포탄과 화살이 빗발치는 중에도 죽음의 배는 동요 없이 가메이에게 다가오고 있었다.

"더는 막을 수 없습니다. 피하셔야 합니다!"

가메이는 눈앞에서 벌어지는 일을 믿을 수 없었다. 그는 절망적인 상황 속에서도 최후의 계책을 생각해냈다.

"화공이다. 화공을 써라. 거적을 불태워라!"

셀 수 없이 많은 불화살이 귀선의 개판 위로 날아들기 시작했다. 그러나 불화살들은 거적 위에 꽂히자마자 달고 있던 불의 기운이 사그라들었다.

물을 끼얹어두기라도 한 건가. 가메이는 여전히 가슴을 펴고 함교를 지키고 있었으나 패배감이 엄습했다. 그러는 사이에도 그의 목을 노리는 적의 특수전함은 위압적으로 다가오고 있었다. 틈이 없는 건 다가오는 전함만이 아니었다. 전방의 조선 함대들 어느 것 하나 빈틈이 안 보였다.

다시 싸운다면 이길 수 있을 것인가. 수많은 전장을 누볐다. 패배 또한 겪지 못한 바가 아니었다. 그러나 그 패배를 인정한 것은 아니었다. 다시 싸운다면 질 수 없는 싸움들이었다. 그러나 이번만은 아니었다. 다시 싸워도 이길 자신이 없었다.

남은 건 이십 보 정도. 이제 곧 용머리의 속을 볼 수 있었다. 기함의 부하들이 달아나는 와중에도 가메이는 여전히 가슴을 펴고 용머리를 응시했다.

"나기나타(薙刀: 왜군의 장창)를 달라."

곁에 있던 부관이 함교에 기대어둔 나기나타를 집어 가메이에게 건넸다. 가메이는 나기나타를 던지기 좋게 들고 다가오는 용머리를 노려봤다.

일평생 무사의 삶이었다. 생사가 오가는 전장을 누비며 죽음을 생각지 않은 적이 없었다. 그러나 코앞까지 다가온 지금의 죽음은 그가 상상해온 죽음의 목록에는 없는 것이었다.

저것은 용의 눈인가, 범의 입인가. 용의 눈이라면 그 눈을 멀게 할 것이나 범의 입이라면 자신이 물어뜯길 것이다. 문득 적장이 궁금했다. 적장의 모습 대신 거대한 쓰나미가 떠올랐다. 쓰나미에 틈이 있을 리 없었다.

마침내 용머리의 안이 보이기 시작했다.

그 안에서 본 건 검은 구(口)였다.

'호구(虎口)였던가.'

가메이는 소용이 없음을 알면서도 나기나타를 범의 아가리에 던

졌다. 동시에 범의 입에서 불이 일었고 무수히 많은 살탄이 쏟아져
나왔다. 햇빛을 가리던 일산이 산산이 찢어졌고 살탄에 맞은 가메
이는 갑판으로 나가떨어졌다.

바짝 귀선을 뒤따르던 특공판옥이 가메이의 기함과 충돌했다.

판옥선의 사부들이 달아나거나 숨는데 급급한 기함의 적들을 저
격했다.

권준이 한 마리의 날랜 범처럼 적의 기함으로 건너갔다. 그의 뒤
를 검을 든 수병들이 뒤따랐다.

사도첨사 김완(金浣)의 군관인 진무성(陳武晟)도 가메이의 사령선
으로 뛰어들었다. 진무성은 본래 보인(保人)으로 직접 복무의 의무
가 없음에도 참전을 자원했는데, 보인으로 남았으면 아쉬웠을 만큼
빼어난 검술을 선보였다.

김완이 적 두 명을 베는 사이 진무성은 미리 봐둔 적장을 향해 달
려가며 막아서는 적병을 간결한 동작으로 해치웠다. 진무성의 검술
에 놀란데다 이미 전의를 상실한 적들은 더 이상 막을 생각도 못 하
고 달아났다.

적장은 살탄에 가슴이 꿰뚫려 이미 숨이 끊긴 상태였다. 진무성이
가메이의 수급을 잘라 머리 위로 치켜들었다.

조선 수군의 환호성이 퍼져나갔고, 지휘관을 잃은 적들은 본격적
으로 달아나기 시작했다.

물에 뛰어든 적들은 배에서 떨어져나온 판자 조각 따위를 붙들고
뭍으로 헤엄쳤다. 용케 화살을 피해 뭍에 이른 자들은 뒤도 돌아보
지 않고 달아났다.

적들이 뭍으로 달아나고 있었다.

조선 수군은 아직 가라앉지 않은 적선에서 군수품들을 찾아 판옥선으로 옮겼다. 그 과정에서 적의 포로가 되었던 조선인들도 구출됐다.

뭍으로 달아나는 적을 보며 이순신은 뒤쫓을 것인지를 고민했다. 인근 고을로 약탈을 나간 적들이 돌아오고 있을 테니 도리어 기습당할 염려가 컸다. 그때 후방에서 다급히 다가온 탐망선이 적선의 출현을 보고했다.

"남쪽에서 적선이 다가오는 중입니다! 대선이 스무 척 정도에 중소형선들도 많습니다."

"거리는?"

"열 마장쯤 될 것입니다."

보고대로라면 상당한 규모의 적 함대가 미륵도의 남측으로 돌아 접근 중이었다. 아군의 주둔지에서 연기가 피어오르는 걸 보고 급히 구원을 나오는 길일 것이다.

이럴 때를 대비해 복병을 숨겨두었다지만 적선의 규모가 상당하니 열세였다. 본대가 당포에서 적을 맞았다가는 독 안에 갇힌 쥐 신세였다. 시간이 없었다.

"적선을 불태우고 즉시 외항으로 나가자. 미끼선은 남기지 마라."

송희립이 이순신의 지시를 복창하여 아군 전선들에 퍼트렸다. 후방에 적이 접근하고 있으니 굳이 미끼선을 남겨 불안 요소를 남길 필요가 없었다.

본대는 서둘러 남으로 움직였다.

이동 중에 포위망을 형성하고 있던 분대가 합류했다.

쑥섬 부근까지 남향했을 때 적 함대가 보이기 시작했다. 이쪽에서 보였으니 저쪽에서도 보았을 것이다. 이순신은 마음 같아서는 함대의 속도를 올리고 싶었으나 이미 한 차례 격전으로 격군들이 몹시 지친 상태였다. 적선의 반응을 보며 맞춰나갈 필요가 있었다.

"적들이 물러난다!"

기함보다 앞서가던 판옥전선에서 들리는 군관의 외침이었다.

적선들이 뱃머리를 돌리고 있었다. 이미 저희 우군을 구원하기에는 늦었다고 판단한 듯했다. 복병을 숨겨둔 연명항에 이르기 전에 배를 돌렸으니 결과적으로는 현명한 판단이었다.

"어찌할까요?"

"닿기 어렵다. 쫓지 말자."

이순신이 시선이 멀어지는 적선에 닿았고 변존서가 전 함대에 추격을 멈추라 전달했다.

10
시(詩)와매(枚)

윤사공은 사절단의 파렴치한 작태를 보고 있자니 하루에도 열댓 번은 속이 뒤집혔다. 시찰을 온 것인지 마실을 나온 것인지 알 수 없었다. 나라가 풍전등화인 시국에 종일 술과 기녀 타령만 하는 자들의 비위를 맞추려니 이건 도저히 사람이 할 짓이 못 됐다.

그러나 달리 방법이 있나!

사절단이 처음 요구한 것은 수사의 개인 집무실과 수영 내 주요 시설을 시찰하게 해달라는 것이었다. 아무리 명의 사절단이라도 그것만은 협조할 수 없었다. 수사의 허락 없이는 불가하다고 딱 잘라 거절했더니 그때부터 술과 기녀를 끼고 시간을 축내고 있었다.

"아무리 상국의 사절단이라도 그렇지, 너무한 거 아닙니까?"

윤사공의 부관인 최우만이 주먹으로 탁자를 내리치며 울분을 토했다.

"별수 있겠나. 그래도 여기저기 들쑤시고 다니는 것보다는 나을지도 모르네. 일단 수사 영감이 돌아올 때까지는 이렇게라도 버티는 수밖에."

"육시랄 것들! 조공은 딱딱 받아 가면서 정작 도움이 필요할 땐 이리도 천하태평이니 속에서 천불이 납니다."

윤사공이 최우만의 어깨를 가볍게 토닥였다. 일단은 접대로 시간을 벌고는 있으나 한편으로는 마냥 이럴 일이 아니라는 생각도 들었다. 그러나 그가 독단적으로 나서기에는 부담스러운 상황이었다. 괜히 경솔하게 움직였다가는 이 수사만 난처해질 수 있었다.

출전한 함대에 전령을 보냈으니 슬슬 답신이 올 것이다. 전령선과 출전 중인 함대에 문제가 생기지 않았다면.

"나리, 전령입니다."

병사의 보고에 윤사공은 옳거니 싶었다. 낯빛에 간만에 화색이 돌았다.

"들여라."

전령병이 득달같이 집무실로 들어왔다. 그런데 아는 얼굴이 아니었다. 이 수사로부터의 전령이 아니란 말인가?

"어디서 오는 것이냐?"

윤사공은 전령병을 뒤따라 들어온 남정인지 소년인지 헷갈리는 사내를 흘깃거리며 물었다. 군사로는 안 보이는 소년이 왜 전령병과 동행한 것인지 수상했다.

"광주목사이신 권율 나리가 보내서 왔습니다."

"권 사또? 권 사또는 지금 삼도근왕군으로 출정 중이지 않더냐?"

"그렇습니다. 아직 개전 전입니다만, 그것과는 별개로 급히 좌수사 나리께 전해야 할 소식이 있다며 서신을 써주셨습니다."

전령병이 품에서 서찰을 꺼내 윤사공에게 건넸다. 서찰을 펼쳐본 윤사공의 눈이 급격히 커졌다.

좌수사를 노리는 자객이 있을지 모른다? 아직 단정 지을 바는 아니라고 하나 우려되는 상황이니 조심하라는 내용이었다. 아울러 증좌를 함께 보냈다는 내용도 적혀 있었다.

"증좌?"

윤사공의 말이 떨어지기 무섭게 소년이 앞으로 나왔다.

소년은 전령병 곁에 서더니 품으로 손을 넣었다.

"떨어지거라!"

최우만이 소년의 손에 들린 걸 보고 황급히 칼을 뽑았다. 돌발적인 상황에 놀란 전령병이 소년과 최우만의 사이를 가로막고 섰다.

"오해십니다."

무돌은 뒤늦게 경솔한 행동이었음을 깨닫고 양손으로 칼을 눕혀 들었다.

"놀라게 해 죄송합니다. 이 칼이 서신에 쓰인 증좌입니다."

"이 녀석아, 말도 없이 갑자기 칼부터 꺼내 들면 어쩌란 말이냐. 목숨이 서너 개쯤 되느냐!"

최우만이 슬쩍 꾸짖고는 뽑았던 칼을 칼집으로 되돌렸다.

"거참 희한하게 생긴 칼이구나."

칼을 받아든 윤사공이 이리저리 돌려보며 신기하다는 듯 바라봤다. 서신의 내용대로라면 이 칼은 왜국의 자객들이 쓰는 것이었다.

"그렇다면 네가 이 칼을 발견한 자로구나."

"그렇습니다."

"어디 자세히 말해보거라. 이 칼을 언제 어디서 찾아냈는지."

"그 전에 여쭐 게 있습니다."

"무엇이냐?"

"나리가 이순신 장군님이 맞습니까? 목사 나리께서 반드시 장군님께 직접 보고하라 하셨습니다."

무돌의 당돌한 말투에 윤사공이 손으로 이마를 짚었다. 이놈이고 저놈이고 온통 수사 영감을 찾는 자들뿐이었다.

수영의 객사에 전란과 어울리지 않는 거문고 산조가 흘렀다. 얼마 만에 듣는 조선의 가락인가. 진송은 조선에서의 기억을 지우고 살아 왔다. 조선에서의 기억 중 가치 있는 건 없다고 여겼기 때문이다.

그런데 왜일까. 거문고 산조를 듣고 있노라니 자꾸만 눈가가 움찔거렸다. 현이 진동할 때마다 가슴 언저리가 간질거렸다. 그 간질 거림은 통증과 닮아 있었다. 가락은 본디 아름다운 것일 텐데 어찌 하여 조선의 가락은 이리도 구슬프기만 한 걸까.

"다마레!"

쨍그랑! 술에 취한 진송의 수하 하나가 거문고를 켜는 기녀의 발치로 술잔을 던졌다. 일본인인 그에게는 조선의 가락이 거슬린 듯했다.

진송은 수하의 입에서 무심결에 일본어가 튀어나오는 바람에 뒷 골이 서늘했다. 단말마였기에 기녀가 알아채기는 어려웠을 것이나 자칫 정체를 의심받을 수도 있는 상황이었다. 다른 자객들 또한 놀 랐을 테지만 겉으로는 티 내지 않았다.

"멍청한 놈, 물러가거라!"

진송이 명나라 말로 나무라자 뒤늦게 실언을 자각한 수하의 얼굴 이 허옇게 질려갔다. 즉결 처형을 당해도 할 말이 없는 상황이었다.

다만 장소가 장소이니만큼 처분은 미뤄질 것이다.

진송은 일찌감치 술자리를 파했다. 고도로 훈련된 자들이거늘, 내색은 하지 않았으나 다들 장기간 이어진 타국 생활에 지친 듯했다. 그런 와중에 술과 선율이 더해지니 감정적으로 고조될 수밖에.

진송 또한 상념에 사로잡혀 있었다. 조선에서의 옛 기억은 흐릿했고, 일본에서의 기억은 아플 정도로 선명했다.

태생부터 천민인 줄 알고 살았다. 사실이긴 했다. 본래 그의 아비는 양반이었다고 하나 그를 낳기 전의 신분은 천인으로 강등된 처지였으니까.

그래서 아비가 을사년에 벌어진 사화에 얽혀 신분을 강등당하고 좌천된 사실을 알기 전까지 그는 뿌리부터 천인이었다고만 생각했다. 굶주리는 날이 많았고, 신분 따위는 생각할 틈도 없었다. 그저 끼니를 채우면 좋은 날이었고 굶주림이 길어지면 보통의 날이었다.

글을 잘 아는 아비가 의심스럽기는 했다. 이틀이나 굶은 아비가 그래도 글을 배워야 한다고 할 땐 좀처럼 이해되지 않았다. 배워야 안다는 말은 아득했다. 무엇을 알아야 한다는 것일까. 미천한 신분으로 살아가려면 아는 것보다는, 모르는 편이 나았다. 알면 괴로울 뿐이었다.

나중에야 알았다. 아비는 그냥 천인도 아닌 죄인 신분의 천인임을. 보통의 천인은 무시는 받아도 멸시는 받지 않았다. 진송은 그저 태어남으로써 아비의 업보를 물려받았다.

꼴에 양반의 피가 흐른다는 것일까. 수염이 자라기 시작할 때쯤 양반가의 여식이 눈에 들어왔다. 그저 그 눈을 한번 보고 싶었다. 눈을 보자 말을 섞고 싶었다. 말을 받아주니 시를 들려주고 싶었다.

흰 해오라기 맑은 가을 물에 내려

서리 떨어지듯 외롭게 나는구나.

마음이 편안하여 떠나려 하지 않고

모래섬 곁에서 홀로 서 있구나.

이백의 시를 듣는 여인의 표정을 진송은 읽을 수 없었다. 그녀에게서 시가 돌아올 것을 기대한 것은 아니었다. 다만 웃을 때면 반달이 되는 서글서글한 눈매가 보고 싶었다. 그러나 천한 것이 시를 읊은 대가는 비참했다. 멍석에 말려 모진 매를 맞았다. 시와 매가 같았다.

더는 시를 읊지 않았다. 시는 아비처럼 무력했고 매는 끼니처럼 힘이 셌다. 붓을 든 아비의 손이 가려지는 동안 어미의 손은 소나무 껍질처럼 거칠어졌다. 진송의 목구멍에 들어가는 것들은 그 거칠고 갈라진 손에서 나왔다. 진송은 더러운 손에 들린 붓을 스스로 꺾었다.

어미가 바다로 들어가 나오지 않던 날 진송은 울지 않았다. 물질을 하러 간 것인지, 스스로 고기밥이 되고자 한 것인지 알 수 없으나 그편이 나아 보였다. 그리하여 그 바다로 야차를 닮은 자들이 들어왔을 때 어미가 저승에서 돌아온 것인지도 모른다고 여겼다.

야차들의 손에 들린 장정만 한 길이의 칼이 사람들을 도륙할 때 그들의 칼이 되기로 했다. 시는 부질없었고 칼 앞에서는 누구나 평등했다. 칼 앞에서는 양반 천인 할 것 없이 목숨을 구걸했다.

"넌 남거라."

수하들이 자리를 떠나고 기녀들도 객사를 빠져나가고 있었다. 진송은 거문고를 켜던 여인에게만 따로 손짓했다. 여인이 거문고를 둔 채 일어나 다가왔다.

"이름이 무엇이냐?"

진송이 일본어로 물었다. 여인은 영문을 모르겠다는 듯 진송을 물끄러미 쳐다봤다.

"무슨 말인지 모릅니다."

이마가 맑고 턱이 갸름한 얼굴이었다. 명의 사절단 앞이니 긴장될 법한데도 눈빛에 흔들림이 없었다. 갈매기의 것을 닮은 여인의 눈이 한때 그가 연모했던 조선 여인과도 닮아 보였다.

"내 잠자리 시중을 들어야겠다."

진송이 다시금 일본말로 말했다. 여인의 눈가가 미세하게 떨렸다. 못 알아듣는 척하는 건가. 여인은 원래 있던 자리로 돌아가 앉더니 거문고를 다리 위에 올렸다. 그러고는 조선의 가락을 연주했다.

진송은 잔에 맑은 술을 따랐다. 그러나 잔 속에 달이 들어와 마시진 않았다. 이백의 백로사로(白鷺鸶鶿)가 떠오르려 했으나 시문을 억지로 흩어버렸다.

"고향이 어디더냐?"

그는 조금 전과 달리 조선말로 물었다. 여인은 살짝 놀란 눈치였으나 차분히 고했다.

"여도입니다."

연주 가운데 말을 섞어서일까. 거문고의 음이 틀렸다. 진송의 눈가가 꿈틀거렸다. 사실 거문고의 음이 틀린 건 지금만이 아니었다. 여인의 거문고 연주는 서툴렀다.

"넌 기녀가 아닐 텐데 왜 기녀인 척하는 것이냐?"

이미 여인이 거문고를 뜯기 시작할 때부터 그 사실을 알고 있었다. 진송의 날카로운 지적에도 여인은 당황하는 기색이 없었다. 어쩌면 그녀도 저처럼 신분을 속이고 있는 건지 몰랐다.

"날 감시하라더냐?"

"아닙니다."

"그렇다면 왜지? 평범한 여인이 기녀를 자청할 이유는 없을 텐데."

거문고 가락이 멈췄다. 여인은 거문고를 슬쩍 옆으로 밀쳐두고는 치마폭을 정리했다.

"나리께서 기녀의 수를 맞추라 했으나 이곳에는 그만한 수의 기녀가 없습니다. 수를 맞추어야 했을 뿐입니다."

"단지 그 이유뿐이더냐?"

"허면 무슨 이유가 더 있겠습니까."

진송은 여인의 말을 믿을 수 없었다. 목적이 없는 사람의 눈빛이 아니었다. 독기를 품은 눈이었다. 그러나 그 독기를 품게 한 원인이 명의 사절단일 리는 없었다. 혹 왜국어를 다 알아들은 게 아닌가도 싶었으나 그건 아닐 것이다. 여인의 독살스러운 기운은 처음 봤을 때부터 느껴졌던 것이었다.

"혹 전란 중에 가족을 잃었느냐?"

"그렇습니다."

처음으로 여인의 목소리가 흔들렸다.

"원한인가."

진송은 비로소 여인의 차갑고도 열기가 도는 눈빛이 이해됐다.

가족을 살해한 왜적에 대한 증오심이리라. 그걸 알기에 사절단의 바위를 맞추기 위해 기녀 시늉을 한 것이다. 명의 사절단은 원군 파병과 직결되는 사안이니까. 하지만 그는 그녀의 구원이 될 수 없었다.

"그만 물러가거라."

153

술잔에 떴던 달이 사라지고 없었다. 밤하늘을 보니 먹구름이 드리우고 있었다. 바다와 하늘의 경계가 보이지 않았고 그 무진의 어디쯤에서 불빛 하나가 접근하고 있었다.

　무돌이 영산포에서 목격한 바를 상세히 들은 윤사공은 사태가 생각보다 훨씬 심각하다는 걸 알고 마음이 급해졌다. 그러나 다급한 심정과는 달리 딱히 해결할 방법은 떠오르지 않았다. 목격자도 증좌도 있다지만 발뺌하면 그만이지 않은가. 황제의 친서를 지닌 자를 한낱 천인의 말만 믿고 단죄하기는 여전히 부담스러웠다.

　윤사공이 고심에 고심을 거듭할 때 마침내 기다리던 전령이 왔다. 이번에는 출전 중인 좌수사로부터 온 것이었다. 이순신이 써준 서찰을 본 윤사공의 표정이 비장해졌다.

　"역시 사절단과 관련된 장계는 내려온 적이 없었군."

　윤사공이 서찰을 최우만에게 넘기며 씁쓸해했다.

　"왜국의 자객일 가능성이 짙어진 셈이군요."

　"그렇다고 봐야겠지."

　"추포할까요?"

　윤사공은 고개를 저었다.

　"출전 중인 함대가 복귀할 때까지 기다리라는 명이네. 그건 그렇고 김수천이란 자는 아직인가?"

　"찾는 대로 데려오라 했으니 곧 올 것입니다."

　서찰의 말미에 사천의 유생 김수천이 뭔가 알고 있을지도 모르니 확인하라 쓰여 있었다. 며칠 전 수영으로 들어온 피란민 중 하나 같은데 수사가 무슨 이유로 그를 찾으라 한 건지는 알 수 없었다.

"그럼 수사 나리가 올 때까지 놈들을 이대로 놔두실 겁니까?"

"그럴 순 없지."

윤사공이 무돌에게로 고개를 돌렸다.

"영산포에 가면 추가로 증좌를 찾을 수 있겠느냐?"

"그게, 배가 불타버려서……."

"있겠느냐, 없겠느냐?"

"잘 찾아보면 뭐라도 나오기야 하겠지요. 비록 불탔다고는 해도 작은 배는 아니니까요. 거기다 시신 또한 남아있을지 모릅니다."

"좋다. 그럼 병사 몇을 붙여줄 테니 새벽 일찍 출발하거라."

무돌은 먼 길을 이동해 온 터라 뜨끈한 온돌이 그리웠지만 심각한 분위기를 읽고는 군소리 없이 따르기로 했다. 그때 집무실 밖에서 인기척이 들렸다.

"김수천이란 자를 데려왔습니다."

"들어오거라."

도포 차림의 김수천이 집무실에 들어섰다.

"찾으셨다 들었습니다."

윤사공은 김수천을 빠르게 훑어보았다. 호리호리한 체형이긴 하나 자세에 흐트러짐이 없는 것이 민첩하고 다부져 보였다.

윤사공으로부터 대강의 상황을 들은 김수천은 이 수사가 왜 자신을 거론한 것인지 단박에 알아차렸다.

"피란 중에 여도에서 실종된 아낙이 있었습니다. 사또께서 그 일이 이 사건 사이에 연관이 있다고 여기신 듯합니다."

"그런 일이 있었던가. 허나 그 아낙이 도중에 행선지를 바꾼 것일 수도 있지 않은가?"

"그건 아닐 겁니다. 어린 자식이 있는데 설마 두고 떠났겠습니까? 여태 안 온 걸 보면 변고를 당했다고 보는 편이 옳겠지요."

"산짐승에게 당했다면?"

"그랬다면 비명이라도 들렸겠지요."

"하긴……."

윤사공은 전반적인 상황을 고려해 각 사건을 엮어보았다. 사절단의 정체가 왜의 자객이라 한다면 사라진 여인이 놈들에게 당했을 가능성이 있었다. 피란민 중에 따로 몰래 유괴했다면 뭔가를 알아내고자 했을 것이다. 사절단이 수영에 온 건 피란민들이 오고 이틀 뒤였다. 그날은 공교롭게도 이 수사가 출전해 수영을 떠난 날이었다. 그 부분이 의문이었다.

"만약 사절단이 자객이고 그들이 아낙을 유괴했던 거라면 이미 그 시점에 율촌에 머물고 있었다는 말이 되네. 그 점이 의심스러워. 놈들이 노리는 게 좌수사의 목이라면 왜 굳이 이틀을 더 보내고 부재할 때 왔을까."

"그 점은 제법 이상하군요."

네 사람 모두 길을 잃은 사람처럼 생각이 많아졌다. 사절단의 정체가 왜의 자객인 건 기정사실인 셈이나 그 저의가 안개 속이었다. 윤사공이 생각을 거듭한 끝에 입을 열었다.

"지금으로서는 놈들이 노리는 게 사또의 목숨이라 속단하긴 어려울 것 같네."

"제가 사천을 떠나올 당시 왜군이 성을 쌓고 있었습니다. 장기전에 대비하고 있다고 봐야겠지요. 단순히 자객이 아니라 간자일 수도 있습니다."

윤사공 또한 김수천의 의견에 동감했다. 평범한 유생인 줄 알았는데 여간내기가 아니었다. 이 수사가 이자를 만나보라 한 이유를 알 것도 같았다.

"보통의 간자라면 조선인으로 위장할 터, 명의 사절단으로 위장했다면 상당히 고급 정보를 노리는 것일 수도 있겠군."

"그게 아니라면 유언비어와 같은 책략을 쓸 수도 있겠지요. 어쩌면 이중 간자일 수도 있습니다."

"왜국의 간자이지만 명의 사절단인 것도 사실이다?"

"최악의 상황을 그려보자면 말이지요."

놈들이 왜의 간자임과 동시에 명의 사절단이라면 대처하기가 더욱 난감했다.

결국 사또가 와야만 해결될 수 있는 문제란 건가.

윤사공은 사절단을 둘러싼 문제가 점점 제 손을 떠나간다 느꼈다. 그렇다고 마냥 손 놓고 기다릴 수는 없었다. 이 수사가 돌아왔을 때 즉각 조치를 취할 수 있게 대비를 해둬야 했다.

"어쨌든 증좌가 더 필요하네."

"율촌에 이틀을 머물렀으면 어딘가에 흔적이 남아 있을지 모릅니다."

김수천의 말에 윤사공이 고개를 저었다.

"그렇기야 하겠지만 저들이 진짜 자객이라면 그리 쉽게 증거를 남기진 않았을 테지. 부관, 본영에 착호군(捉虎軍: 호랑이를 잡는 특수군) 출신인 병사가 있던가?"

"갑사 두어 명이 있을 것입니다."

"무돌이 떠날 때 동행하게 하게나."

"네."

윤사공은 착호갑사라면 흔적을 추적하는 데 일가견이 있으니 도움이 될 거라 판단했다.

"증좌를 찾으시는 거라면 저도 같이 보내주시지요."

상황을 간파한 김수천이 끼어들었다.

"저라면 실종자가 사라진 장소도 정확히 기억하고 있으니 도움이 될 것입니다."

윤사공은 곧바로 답하지 않았다. 김수천은 군사가 아니었다. 군사 작전에 민간인을 투입하는 건 바람직하지 않았다. 그러나 이 수사가 보낸 서찰에는 이자에 대해 상당한 신뢰가 엿보였다. 그가 전한 사천 지역의 보고가 매우 사실적이었다고 했다.

"알겠네. 대신 시간이 많지 않으니 율촌보다는 영산포 쪽 조사에 중점을 두게."

"그러지요."

윤사공은 김수천이 말한 '최악의 상황'이 마음에 걸렸다. 왜군의 입장에서 보자면 전라좌수영은 크나큰 걸림돌이었다. 전라좌수영이 적들의 수륙병진 계획을 무산시키고 있었다. 사천에 왜성을 축성하려 했던 것도 이런 상황을 타개하기 위함이었을 것이다. 그렇게 본다면 왜군이 고위급 간자를 본영에 잠입시킨 건 좌수영의 전력을 떨어트리기 위한 목적으로 보아도 무방했다. 문제는 그게 무엇이냐 하는 것이었다.

윤사공은 무돌과 김수천을 내보낸 뒤 부관에게 뭔가를 은밀히 지시했다. 부관이 집무실을 나서고 반 시진이 못 되어 여인 한 명을 대동해 돌아왔다.

"부르셨습니까?"

여인은 사절단의 시중을 들던 기녀 중 하나였다. 시중 들기 전 사절단을 지켜보라 미리 일러둔 참이었다.

"그래, 알아보았느냐?"

"그다지 수상한 구석은 없었습니다. 종일 술만 마시고 기녀들의 춤사위만 구경하였습니다."

"사소한 거라도 좋으니 잘 생각해보거라."

"그리 말씀하셔도 딱히…….'"

"별수 없지. 앞으로도 계속 주시하거라."

윤사공은 못내 아쉬웠다. 사내들은 여인들 앞에서는 과시욕에 하지 않아도 될 말을 지껄이기도 하고 술기운에 저도 모르게 비밀을 흘리기도 한다. 그래서 기방은 온갖 비밀이 보관된 기밀 문서고였다. 일패 기녀의 세 치 혀에 정승의 목이 달아나기도 하는 것이다.

"참, 그러고 보니 그 계집에게 물어보시지요."

"누굴 말하는 게냐?"

"아, 기녀의 수가 부족하던 차였는데, 병사들 밥 짓는 계집 하나가 자청했습니다. 언변이 좋고 용모가 반반해 그러라 했습니다. 그런데 사절단 우두머리가 그 계집만 남기고 자리를 파했거든요."

"계집의 이름은?"

"박예진이라고 했던 것 같습니다."

"당장 불러오거라."

"그건 어려울 것 같습니다."

"어렵다니?"

"사절단 단장이란 자의 잠자리 시중을 드는 것 같으니까요. 기녀도 아닌 것이 보통이 아닙니다."

"알았다. 그만 물러가거라."

윤사공은 박예진이란 이름을 속으로 되뇌었다. 뜻하지 않은 곳에서 방도가 생길지 몰랐다.

***

당포항의 적을 섬멸한 연합 함대는 적의 기습을 우려해 서쪽으로 이동했다.

창선도에 이르러 닻을 내리고 밤을 보낼 채비를 했다.

편히 쉬라 했으나 뒤척이는 병사가 많았다. 승전을 거듭하고 있다고는 하나 적에 대한 두려움이 완전히 사라질 리 없었다. 두려움은 헛것을 불러왔다. 누군가 혼잣말처럼 배가 보인다 말했고, 그 말에 병사들 일부가 동요했다.

"요령(鐃鈴: 종 모양의 방울)을 흔들자."

이순신의 지시에 각 전선의 승병들이 놋쇠로 된 요령을 들었다.

흥국사의 승병들은 왜란이 터지기 전부터 거북선의 건조를 비롯해 수영 내 궂은일을 자청하며 큰 도움을 주었다. 그중 일부가 이번 출전에는 전투원으로 승선한 터였다.

전투가 끝났음에도 병사들의 귓가에는 여전히 포성과 비명이 맴돌았다. 전투의 기억들이 끊임없이 잠을 방해하고 있었다. 뱃전에 부딪히는 파도 소리에도, 선체가 뒤틀리며 내는 작은 삐걱거림에도 불안이 엄습했다.

적막한 바다에 요령 소리가 흘렀다. 전투 중에는 독전고의 점고가 적에 대한 두려움을 잠재웠다면 지금은 요령의 청아한 소리가 불안을 잠재웠다. 뒤척이던 병사들이 부처의 보살핌을 느낀 듯 고요해졌다.

다음 날, 연합 함대는 전날 추도 방면으로 달아난 적을 수색했으나 찾지 못하고 통영의 고둔토에서 잤다. 다시 하루가 지난 이른 아침에는 당포로 갔다. 적군 패잔병들의 동향을 살피고자 했다.

"워매, 코 떨어지겠네."

포구에 들어서자 군졸들이 너나 할 것 없이 코를 감싸 쥐었다. 전투가 있고 이틀이 지난 후라 화약 냄새는 흩어졌으나 시신 썩는 냄새가 진동했다. 해저에 가라앉았던 시신들이 떠올랐지만 배부른 새들은 더 이상 시신을 쪼지 않았다.

산 사람을 찾기 어려운 가운데 선창에서 손을 흔드는 사내 하나가 보였다.

이순신은 포작선으로 갈아타고 선창으로 다가갔다.

사내는 이 지역 토병으로 이름이 강탁이라고 했다. 이순신은 그 이름을 기억하고자 속으로 되뇌었다.

"놈들은 죽은 동료들의 수급을 모아 불태우고는 육로로 달아났습니다. 전의를 상실했는지 조선 사람을 만나도 오히려 피해 갔습니다. 산에 숨어 있다가 부서진 뱃조각을 엮어 바다로 달아난 놈들도 적지 않습니다."

"어디로 간다던가?"

"목격한 사람들 말에 의하면 거제 방면으로 떠났다고 했습니다."

거제도라면 적의 함대가 주둔하고 있을 거라 예상되던 지역 중 하나였다. 이제 믿을 만한 정보가 생겼으니 머뭇거릴 이유가 없었

다. 적의 함대가 규합하기 전에 한 척이라도 더 각개격파를 해둬야
했다.

"고맙구나. 언제 또 적이 들이닥칠지 모르니 속히 병영으로 복귀
하거라."

"네."

이순신은 부관들과 함께 곧장 포작선에 올라탔다. 그때 먼바다에
서 신기전이 쏘아졌다. 적선을 발견했다는 신호였다.

"서두르셔야겠습니다!"

신기전의 화약 연기를 보며 나대용이 다급히 외쳤다.

포구의 어귀에 대기 중이던 함선들이 뱃머리를 돌리기 시작했다.
포작선의 격군들이 있는 힘껏 노를 저었다.

배는 미끄러지듯 질주했으나 이순신에게는 한없이 느리게만 느
껴졌다. 적선이 다가오는 것이라면 연합 함대는 독 안에 갇힌 셈이
었다.

"서두르자."

이순신과 군관들도 격군들에 섞여 노를 잡았다. 기함에 포작선이
닿자 동아줄로 엮은 사다리가 내려졌다.

"윽!"

이순신은 사다리를 붙든 손에 체중을 싣다가 신음을 흘렸다. 부
상 부위에서 극심한 통증이 일었다. 피가 새는 게 느껴졌다.

"괜찮으십니까?"

"별거 아니다."

이순신은 나대용의 염려를 일축하고 사다리를 기어올랐다.

"상황은 어떠한가?"

이순신은 갑판에 오르자마자 송희립에게 물었다.

"아직 탐망선의 보고가 당도하기 전입니다만 일단 이곳을 빠져나가야 합니다."

"그리하자."

선창에 나갔던 인원이 모두 복귀하자 연합 함대는 서둘러 포구를 빠져나가기 시작했다.

곤리도에 이르자 서쪽에서 접근 중인 배들이 보였다.

아직은 육안으로는 정체를 알 수 없어 모두가 초조한 가운데 쇠나팔 소리가 들리기 시작했다. 나팔 소리를 들은 병사들이 서로의 눈을 바라봤다. 불안감에 휩싸였던 눈빛들이 서서히 기대로 바뀌고 있었다. 그러던 중에 이순신이 일갈했다.

"우군이다! 전라우수영의 함대다!"

"와아아!"

심중으로만 우군의 부대인가 짐작하던 병사들은 이순신의 외침에 비로소 환호성을 내질렀다.

약속한 날보다 하루가 늦었으나 합류하기로 약속한 지점보다 하루 더 걸리는 동쪽이니 정확히 기일을 맞춘 셈이었다.

거제도로의 진군을 앞두고 이억기 함대의 합류는 크나큰 힘이었다. 이순신조차도 가슴 한구석이 벅차올랐다. 이미 경상우수군과 연합 상태라지만 허울에 가까운 연합 함대였다. 이제야 비로소 진정한 연합 함대로서의 위용을 갖추게 된 것이다.

이억기라면 이순신이 믿어 마지않는 자였다. 비록 연배는 열여섯 살이나 아래였으나 지휘관으로서의 덕목을 두루 갖춘 자였다.

전라우수군의 함대 스물다섯 척이 가까워지면서 본격적으로 양

측이 주고받듯 군악을 울리기 시작했다. 병사들이 환호하며 서로 반가워했다. 우수군은 좌수군의 무사한 모습이 반가워 환호했고, 좌수군은 든든한 원군의 합류가 기뻐 눈시울을 붉혔다.

"영공(令公), 어찌 이제야 오시오! 기다리다 눈이 빠지는 줄 알았소."

두 기함이 가까워지자 이순신이 평소답지 않게 농을 섞어 말했다. 그만큼 반가웠다.

"서두른다고 서둘렀거늘 송구하게 됐습니다. 무사하시니 다행입니다."

이억기의 합류로 연합 함대는 대선만 오십여 척에 보조선까지 합하면 백여 척이 넘는 상당한 규모가 됐다. 군사들의 사기 또한 하늘을 찌를 듯이 고조됐다.

"적정은 어떻습니까?"

간단하게 안부를 주고받은 끝에 이억기가 물었다.

"거제 쪽에 적이 있을 거라는 보고가 들어왔소이다. 이틀 전 당포에서 적을 무찔렀는데 구원을 나오다 전세가 불리하다는 걸 알고 달아난 함대가 있었소. 당포의 패잔병들 또한 그쪽에 합류했을 것이오."

"보아하니 전투 중 손실은 거의 없는 듯하군요. 헌데 수사께선 부상을 당하신 겁니까?"

"거참 일찍도 물으시오. 활을 쏘기는 어려우나 지휘하는 데는 지장이 없소."

"앞으로는 제가 선봉에 서지요."

이억기가 부러 대놓고 웃으며 말했다. 웃고는 있으나 마음이 편치만은 않았다. 이순신과 휘하 장병들의 고됨은 행색을 보면 알 수 있었다. 함대의 선체에는 수많은 철포탄과 화살이 박혀 있었고 장병들의 면면에도 고단했을 전투의 여파가 고스란히 묻어났다.

이억기는 조금 더 서둘렀다면 그 고됨을 나눠질 수 있었을 거란 생각에 미안했다. 그가 이끄는 전라우수군도 서둘러 장거리를 이동하느라 꽤 피로가 누적된 상태였으나 좌수군에 비할 바는 아니었다.

"영공이 선봉에 서는 건 전투가 시작되면 고려하리다. 거제까지의 수로 안내는 원 수사가 맡을 것이오."

그때쯤 원균의 기함도 두 수사에게로 다가오고 있었다.

"양반은 못 되는군요. 한 소리 들을 것 같으니 서둘러 출발하시지요."

이억기가 다가오는 원균을 보며 능청스럽게 말했다.

***

최우만이 이끄는 김수천과 무돌의 일행 다섯은 피란민들이 이동했다는 해안을 따라 이동 중이었다. 해안에는 피란민들의 발자국이 고스란히 남아 있었다.

"이쯤이었을 것입니다. 아이의 말대로라면 이 근처 숲에서 사라진 셈입니다."

앞장서 걷던 김수천이 걸음을 멈추고 주변을 둘러보았다.

"처음부터 피란민 무리에서 이탈하는 자를 노린 거라면 피란민들의 뒤를 밟았을 것이오. 그게 아니면 고지대에서 내려보고 있었거나."

"그랬을 테지. 흔적을 찾을 수 있겠는가?"

최우만이 착호갑사에게 물었다.

"토질이 무디니 찾을 수 있을 겁니다. 일단 근방의 숲을 살피지요."

"흩어져 찾아보세."

다섯 사람은 두 조로 나뉘어 숲으로 들어갔다. 각 조에 착호갑사가 한 명씩 포함됐다.

얼마 지나지 않아 김수천과 무돌이 포함된 조에서 말굽 자국을 찾아냈다. 그러나 말굽 자국은 얼마 가지 않아 끊겼다.

"추적할 수 있겠는가?"

소식을 듣고 합류한 최우만이 물었다.

"일부러 흔적을 지운 것 같습니다. 허나 사람도 아닌 말이 지나갔다면 완벽하게 지우진 못했을 겁니다."

착호갑사는 나뭇가지와 풀이 꺾인 흔적들을 찾아가며 말의 동선을 추적했다. 숲이라고는 하나 말이 다닐 수 있는 길은 제한적이었다. 최초의 흔적만 찾아낸다면 그 이후로는 추적이 어렵지 않았다.

최초의 말굽 자국을 찾고 반 시진이나 지났을 무렵이었다.

"저건?"

무돌이 가장 먼저 달려나갔다.

"시신입니다."

곧 일행 모두가 아낙의 시신을 확인했다. 정확히는 시신의 신체 일부였다. 산짐승들이 뜯어 먹었는지 속이 텅 비어 있었고 머리와 두 다리는 보이지 않았다.

"이런 상태라면 짐승에게 당했다고 보는 편이 옳지 않겠는가?"

"그건 아닐 겁니다. 산짐승이 머리를 물고 가지는 않았을 테니까요. 굳이 물고 간다면 살점이 많은 팔을 노렸겠지요."

최우만이 짐작하자 착호갑사가 설명했다. 김수천이 시신의 목 부위를 가까이서 살폈다. 짐승에게 파먹힌 흔적이 있으나 목뼈가 깨

끗하게 절단되어 있었다.

"칼에 베였습니다."

"그럼 머리는 어딨단 말인가?"

최우만의 물음에 다들 같은 의문에 빠졌다. 자객들이 군사도 아닌 여인의 수급을 따로 챙기진 않았을 것이다. 굳이 챙긴다면 귀만 잘라갔을 것이다. 수급을 전적 보고 용도로 올리는 건 명과 조선의 방식이지 왜국의 방식이 아니었다. 물론 왜군도 조선인의 수급을 챙기는 경우가 있긴 하나 그건 지휘관급의 수급에 해당했다.

"이것 좀 보시지요!"

일행과 조금 떨어진 곳을 살피던 무돌이 쪼그려 앉아 외쳤다. 평탄한 곳에 다소 생뚱맞게 큼직한 돌 하나가 놓여 있었다.

"설마…….'

최우만이 돌을 치우고 칼로 땅을 찌르자 칼이 쑥 들어갔다.

"파 보거라."

무돌이 맨손으로 땅을 파기 시작했다. 이미 파헤쳐졌던 땅인 듯 쉽게 파였다.

"헉!"

무돌은 손끝에서 터럭의 질감을 느끼고는 놀라 엉덩방아를 찧었다. 무돌의 손끝에 걸린 건 긴 머리카락이었다. 등골을 타고 소름이 올라왔다.

"이해할 수 없군."

최우만이 땅에서 파낸 아낙의 수급을 보며 탄식했다.

"놈들이 왜 굳이 조선인의 머리를 묻어주었을까?"

"숨긴 건 아닐까요?"

김수천이 묻자 최우만은 고개를 저었다.

"그건 아닐 걸세. 숨기려고 했다면 굳이 이런 표식을 남겼을 이유도 없을 테지."

"그렇다면 목을 벤 뒤에 장례라도 치러줬단 말입니까?"

김수천이 얼굴을 찌푸리며 주먹을 말아쥐었다. 이해할 수 없는 행동이었다. 직접 죽여놓고 죄책감이라도 느꼈다는 건가. 사천에서 본 왜놈들의 잔혹한 짓거리들이 떠올랐다. 그런 악귀 같은 놈들이 죄책감을 느낄 리 없었다. 그렇다면 이건 뭐란 말인가?

"지나가던 조선인이 이렇게라도 원혼을 달래준 거겠지요."

착호갑사의 한 마디에 비로소 모든 의문이 해소됐다.

"시신을 수습해 제대로 묻어주게."

시간이 급박하다고는 하나 이대로 떠날 수는 없었다. 일행은 아쉬운 대로 시신을 수습해 묻고는 다시 사절단이 지나온 흔적을 역추적하기 시작했다.

***

여름은 절정으로 치닫고 있었다. 해가 머리 위에서 이글거렸고 서서히 그림자의 방향이 바뀌어 갔다. 작열하는 햇빛 아래 초목은 생명력으로 가득 차 출렁거렸다.

수령의 부름을 받은 박예진은 심경이 복잡했다. 이 시점에 찾는다면 반가운 것일 리 없었다. 아마도 기녀로 위장해 사절단을 접대한 일을 문책하려는 것이리라. 평범한 처자의 몸으로 일국의 사신을 시중들었으니 충분히 질책받을 수 있는 상황이었다.

"왜 불렀는지는 짐작이 가느냐?"

그녀가 잠시 침묵했다.

"어허!"

"객사에 나간 일 때문에 그러시는 거겠지요."

"관주청* 일을 거들고 있다 들었거늘 어찌 자청해 기녀를 대신한 것이냐?"

"엄밀히 말하자면 대신은 아니었습니다. 기녀가 부족하다기에 충원한 것뿐입니다."

"그래서 잠자리 시중까지 들었다는 말이냐!"

순간 박예진의 얼굴이 달아올랐다. 윤사공도 말을 내뱉고는 민망했던지 괜한 헛기침을 했다.

박예진은 이내 평정심을 되찾고 말했다.

"여인으로서 몸을 함부로 놀린 죄를 묻는다면 기꺼이 벌을 받겠습니다. 허나 나라를 위해서 그런 것뿐입니다. 명이 이 나라를 돕지 않는다면 달리 방도가 있습니까? 여인의 몸으로 칼을 들 순 없으나 칼이 될 수 있다면 그리하는 게 옳다고 생각했습니다."

"이 나라를 위해서였다?"

"그게 아니면 무엇이겠습니까?"

윤사공으로서도 딱히 반박할 도리가 없었다. 눈앞의 여인 또한 나라가 이 지경이다 보니 희생당한 셈이 아닌가. 공연히 미안한 감정이 일었다.

"혹 전란 중에 가족을 잃었더냐?"

---

* 수사와 관리들의 음식을 만들고 관리하던 곳.

"아비를 잃었습니다."

처자의 메마른 눈을 보고 있노라니 기분이 착잡해졌다. 죽어간 사람만큼, 죽지 못해 사는 사람들도 늘어가고 있었다. 살아남았다는 사실을 다행으로 삼기에는 뜬 눈으로 죽어간 자들이 너무 많았다. 하여 살아남는 일이 죄스러움이 되기도 했다.

"상심이 크겠구나. 허나 너 자신을 돌보아야 한다."

대꾸 없는 박예진을 보며 윤사공은 고심했다. 그녀를 불러낸 이유는 자명했다. 사절단에 대해 캐묻기 위해서였다. 그러나 사절단이 왜의 자객일 수도 있다는 사실을 평범한 처자에게 알리기는 부담스러웠다.

"명의 사절단에 대해 얘기할 게 있느냐? 뭔가 미심쩍은 부분은 없었느냐?"

박예진은 영문을 모르겠다는 듯 윤사공을 바라보았다.

"우리에겐 명의 사절단이 황제에게 어떤 보고를 하느냐가 중요한 문제다. 명은 조선이 일본과 야합한 게 아니냐 의심하고 있으니 상황이 위중하다고 할 수 있지. 하여 사절단의 의중을 파악하고자 하는 것이다."

"저더러 사절단을 감시하라는 것인지요? 그러다 의심받기라도 한다면 도리어 곤란해지지 않겠습니까?"

맞는 말이었다. 윤사공으로서는 핵심을 감춘 채 설명하려니 곤욕스러웠다.

"솔직히 말씀해주세요. 사절단을 감시하라는 진짜 이유가 무엇인지요?"

윤사공이 그녀의 눈을 슬그머니 피했다. 생각보다 눈치가 빠른 여인이었다. 어영부영 넘어갈 말본새가 아니었다. 사절단이 왜국의 자객일지도 모른다는 사실을 알고도 의연할 수 있을까. 긴장한 나머지 일을 그르친다면 더욱 낭패일 것이다.

여인은 차분해 보였다. 동공에서 생기가 느껴지지 않기에 감정이 없는 것처럼 보이기까지 했다. 윤사공 자신보다 더 담대해 보일 정도였다. 윤사공은 주사위를 던져보기로 했다.

"지금부터 듣게 될 말이 너를 위험에 처하게 할지도 모른다."

"아비를 잃은 후로 제 목숨은 제 것이 아닙니다."

윤사공이 긴 날숨을 내쉰 뒤 입을 열었다.

"사절단의 정체가 왜국의 자객 내지는 간자일 수도 있다."

여인의 얼굴에 처음으로 놀란 기색이 머물렀다.

"어찌……."

"이제 널 부른 이유를 알겠느냐?"

"의심을 확신으로 바꿀 만한 단서가 필요한 것입니까?"

"그렇다. 다행히 사절단 단장이란 자가 널 마음에 들어하는 눈치라 하니 기회가 생기지 않겠느냐."

윤사공은 다행이란 표현이 걸렸으나 바로잡진 않았다.

"조금 전까지 여인의 정절을 운운하시던 분이 맞습니까?"

당돌했다. 처지가 딱하다는 심정 사이로 괘씸하다는 생각이 스쳤다. 그러나 여인의 말에 틀림은 없었다. 말을 바꾼 건 윤사공 자신이었다.

"하나만 묻지요. 제가 나리의 여식이었어도 이리했을 겁니까?"

윤사공은 뜨끔했다. 아마도 어려웠을 것이다.

"명령이 아니니 결정은 스스로 하거라."

박예진이 그의 눈을 똑바로 응시하며 대답했다.

"하지요. 허나 나리의 지시를 따르는 게 아니라 죽은 제 아비의 넋을 위해서입니다."

윤사공의 집무실을 나선 박예진은 지난밤의 동침을 떠올렸다. 사절단의 사내를 본 순간 박예진은 제 얼굴을 보는 듯한 기분에 사로잡혔다. 사내와 여인의 용모가 같을 리 없으나 그를 본 순간 제 자신의 표정이 이해되었다.

진송이라는 사내에게서 제 꼬리를 삼키는 뱀의 형상이 떠올랐다. 자신을 집어삼키고 싶은, 지우고 싶은 사람 같았다. 그와의 동침은 날카롭고도 뜨거웠다. 열기가 식어가는 그의 체온이 뱀 같다 느껴질 때 그가 나직이 말했다.

"나는 조선 사람이었다."

그 말이 슬프게 들렸다. 자신이 조선 사람이었음을 말하는 게 아니라 더는 조선 사람이 아님을 말하고자 하는 것 같았다. 그래서 아득히 먼 곳을 응시하는 듯한 그의 눈을 보며 입술을 맞추었다. 그의 입에서 맑은 술의 맛이 났고 그래서 조금 어지러웠다.

"조선 이름은 무엇입니까?"

"잊었다."

"그럼 어찌해 제게 조선인이었음을 밝히신 겁니까?"

진송은 대답을 미루며 박예진의 머리를 가만히 쓰다듬을 뿐이었다.

"묘비 같은 것이다. 내가 조선인이라는 사실조차 곧 잊을 테니까."

박예진은 진송의 가슴팍을 어루만지며 그의 몸에 새겨진 기억을 훔쳐보았다. 크고 작은 흉터가 새겨진 몸은 문인이라 보기 힘들었다. 무인의 몸이라 해도 이 정도 흉터가 남기는 쉽지 않을 것이다. 그러나 몸의 흉터보다 가슴에 남은 흉터가 더 깊을 것 같았다.

"떠나면 잊히더이까?"

진송이 그의 가슴팍에 머물던 그녀의 손을 붙잡았다.

박예진은 그의 눈을 보고는 처음으로 두려움을 느꼈다. 호롱불이 진송의 눈에 이르러 산불처럼 이글거렸다.

"잊기 위해 떠난 게 아니라 잊지 않기 위해 떠난 것이다."

박예진은 비로소 먹처럼 검고 깊은 심연을 들여다본 것 같았다. 그의 심연이 그녀의 심연과 다르지 않았다. 그리하여 그 심연에 빠져들 것 같은 두려움을 느꼈다.

11
안개

　삼도근왕군은 용인현 남쪽 일대에 진을 치고 있었다. 진의 길이만 십여 리에 이르는 장사진(長蛇陣: 한 줄로 길게 벌인 군진)이었다.

　방어사 곽영의 조방장인 백광언(白光彦)은 이광의 명령을 받고 적세를 정탐하고 돌아왔다.

　적은 조선군 진영의 남쪽에 자리한 북두문산과 문소산에 진을 치고 있었다. 병력은 육백여 명에 불과했으나 울창한 숲과 협곡을 끼고 있는 터라 대군이 진격하기에는 불리했다.

　백광언은 정탐 결과를 있는 그대로 보고했다. 그러자 이광은 백광언이 전투를 피할 목적으로 그릇된 보고를 했다며 곤장형에 처했다.

　"빌어먹을. 나를 한낱 졸부 취급하겠다는 건가. 차라리 적과 싸우다 죽는 게 낫지."

　백광언으로서는 문관 출신인 이광이 병법에 무지해 보였다. 일전에 진을 여러 곳으로 나누어 적의 공격으로부터의 위험을 분산하자고 할 때도 이광은 들은 척도 하지 않았다. 그는 단순히 눈에 보이는 병력의 수만 믿고 있었다.

무신인 백광언이 보기에 삼도근왕병은 오합지졸이었다. 제대로 훈련을 받은 자는 극히 드물었다. 그러나 삼도근왕군의 총사령관인 이광의 지시를 거역할 수는 없었다.

어둠이 자욱하게 깔린 가운데 백광언은 말에 올랐다. 곤장을 맞고 짓물러진 둔부에서 극심한 통증이 일었으나 실추된 명예로 인한 무참함에 비할 바가 아니었다.

곽영의 선봉장인 백광언은 이광의 선봉장인 이지시(李之詩)와 함께 어둠을 뚫고 행군했다. 이지시는 이광의 직속이긴 했으나 그 역시 백광언과 같은 심정이었다.

"관찰사께서 병법을 이리도 모르니 큰일입니다."

"그러게 말일세. 허나 어찌하겠는가. 까라면 까는 수밖에."

두 선봉장의 뒤로 이천의 병사가 따랐다. 비록 적보다 세 배는 많은 수라고는 하나 이미 적진을 정탐한 백광언은 결코 유리하다고 생각하지 않았다. 그러나 나설 수밖에 없었다.

뭇 장졸들이 보는 앞에서 곤장을 맞았으니 가만히 있다가는 잘못을 인정하는 꼴이었다. 또한 이대로는 병사들의 사기 또한 떨어질 것이니 비록 사지가 될지라도 가야만 했다.

그런 속마음을 뒤따르는 병사들에게 드러낼 수는 없었다. 그렇지 않아도 평생 칼을 쥐어본 적 없는 자들이 대부분인데 지레 겁을 먹게 할 수는 없는 일이었다.

문소산의 협곡을 거스르던 부대는 얼마 가지 않아 계곡을 오가는 횃불들을 발견했다. 왜적들 수십 명이 밤을 틈타 물을 긷는 중이었다. 캄캄한 밤중이니 섣불리 접근하기보다는 활을 쏘는 편이 나았다.

"불빛들을 겨냥하라."

백광언의 발사 신호에 맞춰 일제히 화살이 쏘아졌다. 왜병 몇이 화살에 맞고 비명을 질렀으나 어두운 가운데 급소를 노리지 못해 숨을 끊지는 못했다. 당황한 적들은 싸울 생각도 못 하고 달아나기 시작했다.

"쫓으라!"

달아나는 적을 쫓아가며 연신 활을 쏘았다. 그러는 사이 불빛이 사라져갔다.

적의 복병이 있을지 모르는 상황이니 이 이상의 추격은 위험했다. 백광언은 화살을 맞고 죽은 왜병 십여 명의 수급을 베어 진으로 돌아왔다.

이광은 만족하지 않았다. 재차 출전을 명했다. 백광언과 이지시는 밤을 보내고 다음 날 이른 새벽 또다시 문소산으로 출전했다.

"성님, 배 안 고프요? 암만 급해도 밥은 먹이고 싸우라 해야 할 것 아니요?"

백광언의 부대에 속한 쇠돌무치가 주린 배를 만지며 투덜거렸다.

"네놈 배를 보면 누가 굶었다 하겠냐."

솔개가 검지로 쇠돌무치의 배를 쿡 찌르며 핀잔을 줬다. 농을 나누고는 있었으나 사실 두 사람은 지난밤 정탐을 나섰을 때와 마찬가지로 극도로 긴장한 상태였다. 평생 곡괭이질이나 할 줄 알았지 사람 죽이는 쇠붙이라면 들어본 적이 없었다.

"그나저나 우리 나리는 어째서 곤장을 맞는지 모르겠네."

"윗사람들 속을 우리 같은 치들이 어찌 알겠냐. 지금 우리가 남 걱정할 때가 아냐."

"성님, 무섭소?"

"네놈만 하겠냐. 아직도 꽃분이한테 말도 못 붙여봤지?"

"아, 성님도 참. 여기서 그 얘기가 왜 나온다요."

장작처럼 마른 솔개가 멧돼지처럼 덩치 좋은 쇠돌무치를 보며 무안을 주었다.

쇠돌무치는 타고난 용력이 남다르긴 해도 매사 겁이 많고 부끄러움도 잘 탔다. 삼 년 가까이 마음에 품고 있는 꽃분이에게 속마음 한 번 드러내지 못한 것도 그런 성정 때문이었다. 기껏 다가가서도 코흘리개 애들처럼 유치한 장난이나 치는 게 고작이었다.

쇠돌무치는 막상 왜놈들과 싸우는 길에 징집되고 보니 그게 아쉬웠다. 말이라도 제대로 붙여 볼 걸 하는 미련이 남았다.

"너도 더 늦기 전에 피붙이를 봐야 할 거 아니냐."

"그럼 뭐한다요. 나맨치로 고생길이 훤한디."

"그래도 그런 게 아니야. 너 더 나이 들면 누가 시중이나 들어줄 것 같냐?"

"됐소. 마누라 자식새끼 주렁주렁 달린 성님 걱정이나 하쇼."

"실없는 놈."

쇠돌무치와 솔개만 수다를 떠는 게 아니었다. 같은 고을에서 징집된 경우가 많다 보니 군에 속하기 전부터 아는 사이가 적지 않았다.

행군의 고됨을 잊기 위해 여기저기서 이야기꽃이 피었다. 한 번씩 군관들이 주의를 주었으나 잠시뿐이었다. 본래 군인이었던 자가 드물었기에 군기가 바로 설 리 없었다.

그러는 사이 협곡은 깊고 좁아졌다. 동이 트면서 계곡을 따라 물안개가 막 잠에서 깬 이무기처럼 꿈틀거렸다.

"복병이 있을지 모르니 긴장하거라!"

군관의 명령이 긴 대열을 타고 흘렀다. 말소리가 사라졌고 자박자박하는 발소리와 물소리만이 그 빈자리를 채웠다.

"쉰동이는 어디 갔대요?"

쇠돌무치가 작은 목소리로 함께 출전한 쉰동이의 안부를 물었다. 출발할 때는 나란했었는데 언제부턴가 보이지 않았다.

"쉰동이 녀석 왜놈 목을 따겠다고 벼르더니 그새를 못 참고 앞줄로 옮겨간 모양이다."

쉰동이는 이제 열일곱 살밖에 되지 않아서인지 혈기가 왕성했다. 아비가 쉰이 다 돼서 겨우 자식을 보았기에 그런 이름을 붙였다는데, 전공을 세우면 면천이라도 시켜주는 줄 알고 의욕을 불태우고 있었다.

"앞날이 창창한 놈이니 몸 좀 사려야 할 텐디."

"그러게나 말이다. 어떤 개 같은 놈이 애먼 사람 잡을라고 면천 따위 헛소리를 지껄여서는."

쉰동이의 앳된 얼굴을 떠올린 솔개는 짐짓 울분이 치밀었다. 세상이 한바탕 뒤집히면 뭔가 나아질까도 싶었으나 어차피 죽으면 다 부질없는 일이었다. 개똥밭에 굴러도 저승보다 이승이 낫다고 하지 않던가.

그러나 그런 소릴 해준들 어린 쉰동이에게 닿지 않을 것이다. 아직 세상이, 혹은 자신의 처지가 바뀔 수도 있다고 믿고 싶은 나이였다.

무사히 협곡을 통과한 선봉대는 본격적으로 능선을 타기 시작했다. 호흡이 가빠지고 행군 대열이 벌어지기 시작할 무렵 산채가 모습을 드러냈다.

장정 두 사람 높이의 목책을 두른 산채였다. 목책 사이사이에 솟아오른 망루에서 왜병들이 보였다.

망루의 왜병이 뭐라 소리치기 시작했고 목책 위로 조총을 든 왜병들이 보이기 시작했다. 선봉대와 왜군은 목책을 사이에 두고 딱히 교전이 없이 대치 상태로 머물렀다. 적이 산채 밖으로 나오지 않는 이상 공략할 방법은 없어 보였다.

쇠돌무치의 침 삼키는 소리가 밖으로 샜다.

"성님, 저놈들 손에 들린 것이 철포란 거겠죠? 저 막대기 같은 게 천둥소리를 낸다면서요."

"소문이란 게 부풀려지기 마련 아니겠냐. 아무렴 천둥소리랑 같을까."

그때 앞줄에서 왜놈들을 도발하는 고함이 들리기 시작했다.

"이 육시랄 놈들아! 두더지처럼 숨어 있지 말고 퍼뜩 나와라!"

"개잡놈의 새끼들아! 언제까지 비 맞은 개새끼마냥 떨고 있을 거냐."

왜놈들도 저들 나라 말로 뭐라 지껄이며 응수했다. 서로 알아들을 수는 없으나 피차 내용은 중요하지 않았다. 왜병들 일부는 분을 이기지 못하고 제자리에서 방방 뛰기도 했으나 그뿐이었다. 닫힌 목책의 문은 열릴 기미가 없었다.

정오가 됐을 무렵 안개는 걷히지 않고 오히려 짙어졌다. 계곡에서 올라온 안개가 산 위에서 내려오는 안개와 포개졌다.

줄어드는 시야에 백광언과 이지시를 비롯한 군관들은 더욱 긴장했다. 그러나 따르는 병졸들은 그 반대였다. 이른 아침부터 이어진 도발에도 여전히 왜적들은 싸울 마음이 없어 보였고 그 상태가 이어지자 자연스레 경계심도 느슨해졌다.

한양에 주둔 중이던 와키자카 야스하루의 본대 천여 명은 어느덧 문소산을 코앞에 두고 있었다. 용인의 아군 육백여 명이 조선의 대군에 포위됐단 소식을 듣고 부리나케 지원을 나오는 길이었다.

와키자카는 용인의 아군이 산채에서 나오지 않고 버틴다면 적이 아무리 많은 병력을 이끌고 와도 공략하기 어려우리라 생각했다. 조선군이 산채까지 화포를 옮겨 온다면 모를까 일반 병장기로는 조총으로 무장한 산채를 무너트릴 수 없었다.

'그나저나 조선에 아직도 이만한 병력이 남아 있었다니 재밌군.'

삼도근왕군이라고 했던가. 조선의 삼도에서 끌어모은 병력이 십만에 가깝다고 했다. 그 대군이 도성을 탈환하러 북상 중이라는데 와키자카는 다소 이해가 되지 않았다. 이미 조선의 도성은 불타 사라진 셈이었다. 이제 와 도성을 수복하는 게 무슨 의미가 있다는 걸까. 상징적인 의미를 쫓는 것일까.

만약 자신이 삼도근왕군의 총사령관이었다면 차라리 부산진으로 향했을 것이다. 머리와 심장, 발. 일본군의 중추인 세 곳 중 현재 가장 취약한 부분은 발이었다. 조선의 수군이 뒤늦게나마 그 발을 묶고 있다고 하니 힘을 합해 발목을 확실하게 잘라내기로 했다면 전황이 바뀔 가능성도 있었다.

"일전에 우리 수군을 상대로 이긴 조선군 장수의 이름이 무엇이라 했더냐?"

"이순신이라고 했습니다."

"처음 듣는 이름이군."

부관이 고했다.

"말이 나와서 말인데 재밌는 사실이 하나 있습니다."

"말해 보거라."

"삼도근왕군의 수장이 한때 이순신이란 자의 직속 상관이었다고 합니다."

"그래? 일이 재밌게 돌아가는군."

와키자카는 본래 수군 지휘관으로 참전했다. 그러다 경상도의 조선 수군이 궤멸하자 더는 바다에 볼일이 없어 육전으로 갈아탄 상황이었다.

육전에서도 딱히 전투라 할 만한 게 없었다. 그러던 차에 십만에 가까운 조선군이 도성으로 올라오고 있다는 소식을 들으니 피가 끓었다. 개전 이후 조선이 끌어모은 병력 중 가장 대규모였다. 그 대규모 병력을 쳐부순다면 그야말로 단숨에 전란의 영웅으로 떠오를 수 있었다.

더군다나 그 수장이 이순신의 상관이라니. 들어본 적도 없는 자가 남해에서 연승 중이라는데 그 상관을 쳐부순다면 더없이 재밌는 그림이 될 것이다.

적의 선봉대를 파악하기 위해 떠났던 정찰병이 돌아왔다.

"안개가 짙어 정확한 병력은 파악하기 어려우나 수천은 될 듯합니다. 그러나 무장 상태가 군인이라 하기엔 어설프고 전열도 흐트러져 있었습니다."

예상대로였다. 대규모 병력을 끌어모았다고는 하나 정식 군인일리 없었다. 그런 숫자가 아무리 늘어도 수많은 전투로 다져진 일본군에 비할 바는 못 되었다. 틈새를 파고든다면 걷잡을 수 없이 무너질 것이다.

"지금 즉시 적을 돌아 산채로 가거라. 총소리가 나면 일제히 협공에 나서라고 전해라."

"하이!"

전령병이 안개 너머로 유령처럼 자취를 감췄다.

와키자카는 조선군 선봉대를 포위 공격할 요량으로 부대를 세 방면으로 나누어 전진했다.

안개가 짙으니 병력이 적은 쪽이 도리어 유리했다. 적당히 포위한 뒤 사격을 개시하면 적은 보이지 않는 적과 싸우는 처지가 될 것이다.

***

이억기가 합류한 연합 함대는 적이 달아났다는 거제를 향해 항진하다 통영과 미륵도 사이의 좁은 해협인 착량에 이르러 밤을 보냈다.

다음 날 아침은 해무가 짙었다. 작은 어선 한 척이 해상의 안개를 뚫고 다가왔다. 이미 남해안 일대에 이순신 함대의 연전연승에 대한 소문이 퍼진 터라 해안 지역 주민들은 적극적으로 적정을 보고해왔다. 조선 수군에게는 왜군들에게는 없는 눈과 입이 있는 셈이었다. 지키려는 의지와 빼앗으려는 의도 사이에는 그런 미묘한 차이들이 있었다.

어선을 타고 온 주민 중 일부는 왜군의 포로가 되었다가 도망쳐 온 자들이라고 했다.

"적을 쫓는다고 들었습니다. 아마도 당항포에 주둔 중인 놈들이 그놈들일 것입니다."

"당항포라. 어귀의 지형을 아는가?"

"폭으로 따지자면 십여 리 정도는 될 것입니다."

십여 리라면 대규모 함대가 들어가기에도 별문제가 없을 폭이었다.

"알겠네. 자네 이름이 어떻게 되는가?"

"김모라고 합니다."

"식량을 좀 내어줄 터이니 필요한 것이 있으면 말하게."

사내가 계면쩍은 듯 뒷머리를 긁적였다.

"어찌 군량을 축내겠습니까. 그저 왜놈들을 무찔러주시기만 바랄 뿐입니다."

"그야 당연한 일이 아니겠는가."

"아, 생각해보니 하나 부탁이 있긴 합니다."

"말해보게."

"이자는 앞서 말한 왜군의 포로였던 자입니다. 본래 창원 출신인 데 당항포 쪽 사정도 잘 알고 있으니 수로 안내를 맡기시면 도움이 될 것입니다."

김모의 말에 이순신이 슬쩍 미소를 머금고 말했다.

"뜻은 고마우나 병선에 민간인을 태울 수 있겠는가."

간단히 거절하자 김모가 소개한 사내가 직접 입을 열었다.

"소인은 조상만이라고 합니다. 현지 징집했다고 여기셔도 좋습니다. 당항포는 지형이 어지러운 편이니 반드시 도움이 될 것입니다. 어차피 왜놈들에게 처자식 다 잃고 돌아갈 데도 없는 처지입니다."

이순신이 슬쩍 옆을 돌아보았다. 변존서는 탐탁지 않은 얼굴이었고 잔정이 많은 송희립은 고개를 끄덕였다.

"좋네. 허나 병선에 타는 이상 내리는 건 내 명이 없이는 불가함을 알아야 하네."

"여부가 있겠습니까."

어선은 조상만을 남겨두고 돌아갔다.

적선이 당항포에 주둔 중이라면 당포에서 육로로 달아난 적들 또한 합류했을 가능성이 컸다. 이순신은 곧장 당항포로 항진하라 명했다.

노를 재촉해 당항포 앞바다에 도착한 이순신은 잠시 당황했다. 적선이 보이지 않았다. 탐망선을 만 깊숙이 보내고 조상만을 장대 (將臺: 함교)로 불렀다.

"왜선들이 보이지 않네만 어찌 된 건가?"

"아마도 더 깊이 들어갔을 것입니다."

"더 깊이라면?"

"저희가 왜선을 발견했을 때만 해도 당항포로 들어가고 있었기에 당항포라 보고를 한 것인데 이곳이 아니라면 더 깊이 들어가지 않았겠습니까."

"일단 알겠네."

이순신은 이어 송희립에게 이억기, 원균 두 수사와 읍진 수령들을 부르라 지시했다. 얼마 지나지 않아 연락선들이 하나둘 기함으로 건너오기 시작했다.

"보고가 틀린 게 아니냐?"

원균이 이순신을 보자마자 따져 물었다.

"만 안쪽으로 탐망선을 보냈으니 곧 알려올 것입니다."

이순신은 이동 중에 직접 그린 해도를 펼쳤다. 당항포 인근의 지역이 상세하게 그려져 있었다. 조상만이 제공한 정보 덕분이었다.

"예상대로라면 적은 이곳 두호리에 주둔하고 있을 것이다."

이순신이 가리킨 지점을 보며 어영담이 입을 열었다.

"두호리라면 개천의 하류와 닿는 곳이니 수심이 얕을 것입니다."

"그 말대로 개펄이 넓은 지형이라고 하오."

이순신의 말에 원균이 미심쩍다는 듯 토를 달았다.

"거참 이상하구나. 왜선의 바닥이 우리 전선보다 깊은데 어찌 그런 곳에 정박할 수 있단 말이냐."

원균의 반박에 이순신이 두어 발 떨어져 있던 조상만을 불렀다.

"설명해보거라."

"네, 두호리 앞바다는 저조 때면 뻘이 한 마장 넘게 드러나는 곳입니다. 하지만 뻘 중심으로 큰 물길 하나가 있습니다. 물이 차 있을 때는 물빛이 흙빛이라 알 수 없으나 이곳에서 배를 몰아본 사람들은 누구나 그 물길을 알고 있지요. 왜놈들이야 본래부터 그 사실을 알았을 리는 없고, 아마도 조선인 포로들을 통해 알아냈을 것입니다."

조상만의 일목요연한 설명에 대부분 수긍하는 눈치였다. 그러나 원균은 여전히 의심을 떨치지 못했다.

"그건 그렇고 이자는 왜 군복을 입고 있지 않은가?"

"착량에서 이곳의 적정을 보고해온 어민입니다."

조상만이 노려보는 원균을 의식해 슬쩍 눈을 깔았다. 그러다 제 손목이 드러나 있음을 깨닫고 얼른 소맷부리를 내렸다.

"민간인을 병선에 태웠단 말이냐?"

"자원하였으니 지금은 군인인 셈입니다. 그 문제는 따로 얘기할 시간이 있을 테니 지금은 적을 맞을 방법부터 의논하지요."

"맞습니다. 적이 코앞에 있으니 전략을 세우는 게 급선무입니다. 시간이 없으니 일단 이 수사님의 계획부터 듣지요."

이억기가 두 사람의 대화에 끼어들어 회의의 방향을 바로잡았다. 그러자 이순신이 본격적으로 작전을 설명하기 시작했다.

"적이 이곳 두호리에 있다고 한다면 다수의 병선이 싸우기에 적합하지 않소. 그러니 우리로서는 적을 끌어내야 하는데, 당포에서와 같이 적이 육지로 달아날 수 있으니 사방을 포위해야 하겠지. 본대는 당항포 앞바다에서 대기하고 전라우수군이 이곳에 복병하고 있다가 적이 나오면 뒤를 막는 것이 어떻겠소."

이순신이 당항포와 두호리 사이에 있는 성산 앞바다를 가리키며 이억기를 바라보았다.

"포위형 일자진이군요. 말씀하신 대로 적을 끌어내는 일이 관건이겠습니다."

"그렇소. 허니 적당한 때를 보아 살길을 터주는 척할 것이오."

이후 세부적인 논의가 이어졌고 그러던 와중에 두호리 방면으로 탐망을 떠난 탐망선단에서 신기전이 쏘아졌다. 각 읍진 수령들과 수사들은 서둘러 연락선을 타고 본선들로 돌아갔다.

12
쇠돌무치, 솔개, 쇤동이

이순신은 두호리 방면으로 나아가는 중에 네 척의 판옥선과 협
선, 포작선으로 구성된 선단을 당항포 포구 입구에 매복시켜 혹시
모를 적의 원군을 대비하게 했다.

남은 함대는 종으로 늘어져 계속해서 나아갔다.

이순신은 항진하는 가운데 소소강(召所江)이라 불리는 일대를 꼼
꼼하게 눈에 담았다. 조상만의 말에 의하면 이곳이 해역임에도 소
소강이라 불린 건 지형이 강처럼 길쭉하고 좁기에 한쪽에서 소리치
면 맞은 편에서 들린다고 하여 붙여진 것이라 했다.

그 말처럼 함대가 나아갈수록 물길의 폭이 급격히 좁아졌다. 당
항포 앞바다에서는 세 마장에 이르던 폭이 두 마장, 한 마장으로 줄
어들었다. 다수의 함대가 교전을 벌이기에는 불리한 지형이었다.

이동 중에 이억기의 함대는 본대를 이탈해 성산 앞바다에 매복했
다. 조상만의 예상대로 왜선들은 물길이 끝나는 지점인 두호리에서

포착되었다.

이순신은 본대를 뒤에 남긴 채 일부만 이끌고 전진했다. 적이 저들 앞을 막아선 전선이 감당하기 어려운 수라 여기면 배를 버리고 달아날 우려가 있어서였다.

얼마 가지 않아 앞서 떠났던 탐망선단이 본대를 보고 합류했다.

"대선이 아홉 척, 중선이 네 척, 소선이 열 척 남짓입니다."

나대용이 적세를 살피고는 이순신에게 고했다. 이순신 또한 적선들을 바라보고 있었다.

적선들 가운데 대선들은 묵빛이 도는 선체에 같은 색의 휘장들이 나부끼고 있었다. 앞서 당포로 구원을 나오다 달아난 함대가 맞는 듯했다.

"깃발에 쓰인 글자가 보이는가?"

이순신이 눈이 밝은 나대용에게 물었다.

"나무묘법연화경(南無妙法蓮華經)이라 쓰여 있습니다."

알 수 없는 의미였다. 얼른 드는 생각으로는 일종의 경문 같았으나 왜식으로 쓴 것 같았다. 경문이 맞다면 참으로 씁쓸했다. 살인을 일삼는 전선에 경망스럽게 경문을 세우고 있으니 저들이 섬기는 부처는 아수라란 말인가. 없는 명분을 신앙으로 채우려는 짓이 가소로웠다.

검은 휘장을 두른 안택선 네 척이 포구의 가장 바깥쪽이자 포구의 입구에 버티고 서 있었다. 그 네 척의 배가 떠 있는 곳이 조상만이 말한 큰 물길일 것이다. 그렇게 본다면 네 척의 안택선은 바다 위에 세운 벽인 셈이었다. 그 벽을 문으로 바꿔야 했다.

조금 더 거리가 좁혀지자 왜선에서 일제히 철포가 쏟아지기 시작했다. 그러나 철포탄 중에 조선 함대에 닿는 것은 없었다. 우박처럼 쏟아지는 철포탄들은 우박처럼 바다 위에 떨어졌다.

"저놈들 잔뜩 겁먹은 것 같은데."

"그러게나 말입니다. 우리가 이깟 철포 소리에 놀라기라도 할 줄 아나 봅니다."

이순신은 가만히 송희립과 나대용의 대화를 듣기만 했다.

생각해보니 정확히 한 달 전이었다.

옥포에서의 전투가 이순신의 생애 첫 해전이었다. 전투에 있어 경험만 한 자산은 없었다. 해전에 있어 적의 경험은 원숙했고 이순신의 경험은 핍진했다. 그래서 육전의 경험과 병서의 기록을 믿어야 했다. 믿되, 의존해서는 안 됐다. 육전과 해전이 다르므로 취할 것과 버릴 것을 잘 구분해야 했다. 그 구분을 잘하지 못했던 흔적 하나가 그의 어깨뼈에 고스란히 남았다.

반면 적들의 경험은 포화 상태였다. 결국 지금까지의 전투는 줄곧 핍진과 포화의 대결이었던 셈이다. 없는 경험을 상상의 힘으로 채워야 했기에 이순신은 매일 다가올 해전을 상상했다. 상상 속의 적은 노도와 같았다. 막을 수 없었기에 막을 방법을 찾아야 했다.

옥포와 합포에서 만난 적은 상상했던 것보다 싱거웠다. 이후 격돌한 적들도 위협적이지 못했다. 그래서 또한 두려웠다. 적보다 이순신 자신이 두려웠다. 승전의 기억이 쌓이고 있었고 포화와 포화의 대결로 바뀌어 가고 있었다. 이순신은 그 포화 속에 기만이 섞여들까 두려웠다.

"아무래도 당포의 패잔병들이 섞여 있는 것 같다. 유인책이 먹힐 것 같구나. 우리도 거짓 사격을 하자."

"이 거리라면 충분히 포가 닿을 텐데요. 일부러 맞추지 말라는 말씀이십니까?"

송희립이 영문을 모르겠다는 듯 물었다. 적을 끌어내는 작전을 모르는 바는 아니나 군이 일부러 빗맞힐 필요는 없지 않은가. 송희립의 속마음을 간파한 이순신이 말을 보탰다.

"선두에 선 적선이 침몰하기라도 한다면 하나뿐인 물길이 막힐 수 있다. 그렇게 되면 달아날 곳이 육지뿐이지 않겠는가."

"아, 그게 그렇게 되는군요."

그제야 이순신의 의도를 파악한 송희립과 나대용이 갑판으로 내려가 포수장들을 지휘했다.

"아니, 그게 아니라 근처 바다로 떨어지게 틀어야 한다니까. 그래, 그 정도면 됐다."

곧 조선 함대들의 천자총통과 지자총통이 방포를 시작했다.

"저들이 따라 나올까요? 닿지도 않는 철포만 쏘는 걸 보면 애당초 나올 생각이 없는 게 아닌지요?"

변존서가 우려 섞인 목소리로 물었다.

"나올 것이다."

이순신이 확신에 찬 목소리로 말했다. 그는 선봉의 적선 뒤쪽에 있는 유난히 큰 전선을 바라보고 있었다. 적의 사령선이었다. 그 사령선에는 이전의 다른 왜선들에서는 보지 못한 특이한 부분이 있었다.

"적의 사령선이 보이는가?"

"저 절간 같은 배 말이지요?"

변존서가 이순신이 보고 있는 것과 같은 전선을 보며 말했다.

3층 누각에 단청과 회벽칠이 된 데다 누각 아래로 검은 휘장이 둘려져 있었는데 휘장에 흰 꽃무늬가 그려져 있어 부처라도 모시고 있는 것 같은 인상을 풍겼다. 그러나 이순신이 왜의 대장선에서 발견한 특이점은 다른 부분이었다.

"돛이 몇 개인가?"

"그러고 보니 돛대가 두 개나 되는군요."

기존 왜선들의 경우 모두 홑돛이던데 반해 눈앞의 적선은 쌍돛을 하고 있었다.

"거기다 돛폭이 펴져 있지. 전투 상황에서 돛을 올린다? 이게 무슨 의미겠는가?"

"전투가 아니라 달아나기 위함이군요."

"바로 그걸세. 슬슬 배를 물리도록 하지."

기라졸의 초요기 신호에 맞춰 조선 수군의 함대가 물러나기 시작했다. 그러자 기다렸다는 듯 왜선들이 밀고 나오려 했다.

선봉에 선 네 척의 안택선 뒤로 기함이 붙었고, 개펄 지역을 벗어나자 다른 안택선과 관선들이 양옆으로 날개를 폈다.

언뜻 보면 학익진을 뒤집은 형세로 학인진이 포위를 위한 진법이라면 왜선들의 진형은 살길을 찾아 혈로를 돌파하기 위한 진법이었다.

적 함대의 진법을 확인한 이순신은 작전이 성공했음을 직감했다. 남은 건 빠른 왜선에 뒤를 잡히지 않고 당항포까지 물러나는 것이었다.

"힘껏 저으라."

최대 속력으로 물러나고 있음에도 왜선들은 빠르게 거리를 좁혀 왔다. 동시에 바다 위로 떨어지는 철포탄의 거리도 가까워졌다.

"이대로라면 곧 탄이 닿을 것입니다. 고물의 포만이라도 응사를 할까요?"

나대용이 초조한 마음에 이순신의 명을 재촉했다. 그러나 그의 표정에는 변화가 없었다. 지금껏 만난 적들은 하나같이 자신감에 차 있었다. 그러다 작은 균열이 발생하면 급격히 동요했다. 패배의 기억이 핍진한 탓이었다. 지금은 달아날 수 있다는 자신감을 심어 줄 때였다.

"방패를 세우고 버텨라. 곧이다."

이윽고 철포탄이 선미에 닿기 시작했다. 그러나 살상력을 갖기에는 아직 거리가 있었다. 이순신은 마음을 단단히 먹고 참았다.

당장 지금 선회하여 싸워도 이길 순 있었다. 그러나 해협의 폭이 좁으니 적은 여차하면 양 기슭에 배를 대고 달아날 것이다.

조선 수군이 반격할 낌새를 보이지 않고 달아나기만 하자 자신감을 얻었는지 적은 더 맹렬하게 쫓아왔다. 그러는 사이 소소강의 폭은 두 마장에서 세 마장으로 넓어져 있었다. 수로가 넓어질수록 왜선들은 안심할 터였다.

마침내 조선 함대가 속도를 늦추기 시작했다. 선회하기 위해서였다.

"지금이다. 신기전을 쏘고 선회한다. 일자진을 펴자."

이순신이 탄 대장선에서 여러 발의 신기전이 하늘 높이 쏘아졌다. 신기전이 솟구치며 구름 같은 연기를 뿜었다.

"전 함대 선회하라! 일자진을 펴라!"

송희립의 말을 다시 목청 좋은 병사가 복창했다. 동시에 독전고가 울리기 시작했고 기라졸이 초요기를 돛대 중간 지점까지 올렸다.

조선 함대의 변화를 알아챈 왜장은 갈등했다.

이대로 돌파를 감행할 것인가, 물러나 살길을 찾을 것인가.

선회하는 조선 함대를 보니 처음 보았던 것보다 그 수가 늘어 있었다. 종으로 서 있어 정확한 수를 파악하지 못했는데 후방에 대기하던 함대가 더 있었던 듯했다.

단숨에 활로를 뚫을 수 있을 것 같던 기세가 순식간에 꺾이고 말았다. 그러던 참에 부관으로부터 더 절망적인 소식이 날아들었다.

"뒤, 뒤쪽에서도 함대가 보입니다. 복병선입니다!"

왜장의 부관이 본 것은 성산에서 잠복하고 있다 나타난 이억기의 함대였다.

그 병선의 수가 앞을 막고 있는 수와 대등하거나 오히려 많았다.

***

안개는 더욱 짙어졌다. 이런 와중에 적이 기습이라도 해온다면 크나큰 위기였다.

알면서도 백광언은 병력을 물리지 않았다. 아니, 물릴 수 없었다. 이광이 직접 이 현장을 보지 않는 이상 어떤 보고를 하더라도 패잔병 취급할 게 분명했다. 승전까지는 아니더라도 적의 수급을 몇 개라도 들고 돌아가야 억울한 일을 당하지 않을 것이다.

"성님, 저기 뭔가 움직이는 것 같지 않소?"

내내 안개 너머 나무들 사이를 주시하던 쇠돌무치가 긴장한 목소리를 말했다.

"겁을 먹으면 헛것을 보는 법이야."

"아니, 그게 아니라 진짜로 뭔가 있는 것 같은디."

"누가 똥이나 싸고 있나 보지."

그때였다. 사방에서 천둥이 치기 시작했다. 쇠돌무치는 놀란 나머지 들고 있던 도끼를 놓치고 귀를 막았다.

"적이다! 적습이다!"

"모두 무기를 들어라!"

넋 나간 쇠돌무치에게 솔개가 서둘러 도끼를 집어 주었다.

"정신 바짝 차려라!"

계속해서 총소리가 들렸고 그때마다 조선 병사들이 피를 흘리며 쓰러졌다. 다들 우왕좌왕하기 시작했다. 그러는 사이 안개 속으로 자세를 낮춰 접근한 왜병들이 모습을 드러냈다.

솔개는 거대한 투구를 쓴 왜장수가 다가오는 걸 보고 박도를 꼬나쥐었다. 왜장수는 접근하는 조선 병사들을 짚단 베듯 손쉽게 베어 넘겼다. 한 번의 베기에 한 명의 목이 달아났다.

상대가 될 수 없음을 직감한 솔개가 쇠돌무치와 함께 달아나려 몸을 돌렸다. 그러나 워낙 안개가 짙어 달아나는 방향이 맞는지조차 알 수 없었다. 그저 낮은 경사로 내달렸다. 그러다 앞을 막아선 왜병 하나와 맞닥뜨렸다.

왜병은 곧장 칼을 치켜들고 달려들었다. 솔개가 본능적으로 박도를 들어 날아드는 칼을 막아냈다. 희끗한 안개 속으로 불꽃이 튀었다.

솔개는 왜병의 첫 공격을 가까스로 막았으나 반격할 수는 없었다. 재차 칼이 들어왔을 때 박도를 든 솔개의 손이 잘려나갔다.

"크윽!"

"서, 성님!"

쇠돌무치가 왜병에게 도끼를 휘두르며 달려들었다. 왜병이 몸을 돌려 칼을 휘두르자 도끼의 손잡이가 댕강 잘려나갔다. 재차 찌르고 들어오는 칼에 꼼짝없이 죽었다 생각할 때 왜병이 비명을 지르며 중심을 잃었다. 솔개가 남은 손으로 박도를 들어 왜병의 옆구리를 벤 것이다.

쇠돌무치가 그 틈을 놓치지 않고 돌을 주워 왜병의 머리를 찍었다.

왜병이 죽자 쇠돌무치는 제 머리에 둘렀던 끈을 풀어 솔개의 잘린 팔을 동여맸다.

"카, 칼을 들어."

솔개의 말에 쇠돌무치는 왜병의 칼을 집어들었다. 칼의 무게감이 그가 들고 있던 도끼와 비슷하게 묵직했다. 힘이 좋은 쇠돌무치에 겐 오히려 적당히 무거운 편이 익숙했다.

쇠돌무치는 오른손에는 왜도를 들고 왼손으로는 솔개를 부축해 걸었다.

얼마 가지 않아 이번에는 왜병 둘이 달려들었다.

쇠돌무치는 검법을 배운 적이 없었으나 있는 힘껏 칼을 휘저었다. 힘이 잔뜩 실려서일까. 왜병의 칼이 부러졌고 쇠돌무치는 그 틈에 왜병의 복부를 찔렀다. 그리고는 그대로 칼을 빼어 뒤에서 다가오는 왜병의 옆구리에 꽂았다.

"고놈 이제야 등치값을 하는구나."

쇠돌무치는 다시 솔개를 부축해 일어났다. 그러나 막 몸을 일으켰을 때 누군가 몸을 부닥쳐 와 넘어지고 말았다. 넘어진 자를 보니 아군이었다.

"으아아악!"

쇠돌무치와 부딪혀 넘어졌던 자는 벌떡 일어나더니 이성을 잃고 소리 지르며 계곡 방향으로 달아났다.

솔개가 주위를 보니 그런 자가 한둘이 아니었다.

"우리도 서둘러 달아나자. 여기서 죽어봤자 개죽음이다."

솔개는 말과 달리 출혈이 심해 현기증이 일었다.

쇠돌무치는 비틀거리는 솔개를 업고 뛰기 시작했다. 솔개의 잘린 팔에서 흐른 피가 쇠돌무치의 가슴팍을 적셨다. 솔개는 점점 의식이 흐려졌으나 이를 악물고 참았다.

두고 온 처자식이 어른거렸다. 이런 데서 개죽음을 당할 수는 없었다. 근왕병은 무슨 빌어먹을 근왕병인가. 백성을 버리고 달아난 임금이 무슨 염치로 백성더러 자신을 지키라 하는 것일까. 이해할 수 없었다. 백성에게 임금은 부모와 같다더니 임금에게 백성은 자식이 아닌 거다. 제 자식을 사지로 내모는 부모가 세상천지에 어딨단 말인가.

아니다. 따지고 보면 솔개 자신이나 쇠돌무치 따위는 이 나라의 백성조차 아니었다. 그저 헌신짝이나 놋그릇 같은 물건이나 다름없었다. 사고 팔리는 신세가 아닌가. 여기까지 끌려온 것도 사실상 반강제나 마찬가지였다.

쇠돌무치의 숨소리가 점점 거칠어졌다. 서서히 뛰는 속도도 느려졌다. 아무리 용력을 타고났다 해도 아침과 점심을 모두 거른 데다 장정 하나를 업고 있으니 지칠 수밖에 없었다.

"뭐시여?"

가쁜 숨을 내쉬던 쇠돌무치가 뭔가를 보고는 멈춰 섰다.

"성님, 저거 쉰동이 아녀?"

쇠돌무치의 말에 솔개가 힘겹게 고개를 들었다. 쉰동이가 소나무 등치에 기대앉아 있었다.

"쉰동이놈이 맞고만."

"아야, 도망 안 가고 뭣하냐?"

쇠돌무치의 말에 쉰동이가 고개를 천천히 들었다. 쉰동이의 손이 옆구리에 얹어져 있었고 피가 손등을 넘고 있었다.

"나 총 맞았소."

"아야, 그러게 뭔 좋은 꼴을 보겠다고 나서길 나서. 사방이 왜놈들 천지다. 퍼뜩 인나야."

"나는 글렀응게 아재들이나 가쇼."

쇠돌무치는 이러지도 저러지도 못한 채 발만 동동 굴렀다.

솔개는 쉰동이의 옆구리에서 흐르는 피와 얼굴을 번갈아 보았다. 그에게도 쉰동이와 비슷한 또래의 여석이 있었다. 쉰동이 아비에게 나중에 둘이 살게 하자고 농을 했더니 남의 귀한 아들내미 탐낸다고 면박을 받았던 기억이 났다.

"쇠돌아, 나 좀 내려봐라."

"왜요?"

"어여 내려봐."

솔개가 쇠돌무치의 목에 두른 팔을 풀고 땅에 두 발을 디뎠다.

"나는 내 발로 걸을 수 있응게 이제 쉰동이를 업어라."

"아, 성님!"

쇠돌무치가 쉰동이를 힐끔 보고는 솔개에게 귓속말을 했다.

"보면 모르겠소. 어차피 살기 힘들 것이오."

"아직 젊으니 회복도 빠를 것이여. 쉰소리 말고 쉰동이나 업어, 이 놈아."

솔개가 쇠돌무치의 등을 떠밀었다. 결국 쇠돌무치는 쉰동이를 업고 다시 뛰기 시작했다. 이번에는 쇠돌무치의 등짝이 피로 흥건해졌다.

한참을 뛰다 돌아보니 솔개가 뒤쫓아오지 못하고 있었다. 기다릴까 고민하던 차에 솔개의 뒤로 왜병들이 뛰어오는 게 보였다.

"성님! 뒤에 보쇼."

"나 신경 쓰지 말고 어여 가야. 가란 말이여!"

솔개가 돌을 집어 들고 달려오는 왜병들에게 던지며 저항했다. 쇠돌무치는 애써 고개를 돌리고 다시 계곡을 따라 뛰었다.

달아나거나 죽거나 둘 중 하나였다.

백광언은 마지막까지 적을 베며 싸우다 뜬 눈으로 죽었다. 그와 함께 산채에서 몰려나온 적과 맹렬히 맞서던 이지시 또한 그 자리에서 최후를 맞았다.

무질서한 퇴각 중에 자멸한 자들도 적지 않았다. 낭떠러지로 굴러떨어져 죽은 자, 돌밭에 넘어져 다리가 부러진 뒤 칼을 맞은 자, 적으로 오인한 아군의 화살에 맞고 숨진 자가 부지기수였다.

쇠돌무치는 끝까지 달아났다. 귓바퀴에 닿던 쉰동이의 숨결이 언제부턴가 느껴지지 않았다. 쉰동이의 몸이 식었음을 알면서도 모른 척 뛰었다. 패잔병들이 속속 진으로 도착하자 삼도근왕병의 사기는 땅바닥까지 떨어졌다.

이광은 한양 가까운 곳으로 진을 옮기기로 했다. 충청도 관찰사

윤석각(尹先覺)이 지형을 탐색한 이후 진을 옮겨도 늦지 않다고 하였으나 듣지 않았다. 결국 삼도근왕군은 수원과 용인 사이의 광교산으로 진을 옮겨 전열을 정비했다.

다음 날 아침이었다. 진에 밥 짓는 김이 모락모락 날 때 뒤를 쫓아온 와키자카의 부대가 급습을 해왔다. 와키자카의 부대는 고작 천육백여 명에 불과했으나 후방인 산골짜기에 일부를 숨겨 깃발을 휘날리게 해둔 터라 조선군은 적의 수를 실제보다 많게 여겼다.

막 아침 식사 중이던 칠만의 삼도근왕병은 날아드는 철포탄에 걷잡을 수 없이 동요했다. 진의 대열은 일시에 흐트러졌고 병사들은 싸워볼 생각조차 못했다.

"싸워라! 맞서 싸워라!"

일선 지휘관들의 지휘는 겁먹은 병사들에게 닿지 않았다. 병사들은 제 몸뚱이만 챙겨 달아나기 급급했다.

기세를 잡은 왜군 기마대가 진으로 난입했다. 눈사태가 일 듯 대군의 병력이 뿔뿔이 흩어지는 건 순식간이었다.

간밤 쉰동이를 제 손으로 묻은 쇠돌무치는 노도처럼 들이닥치는 적을 보았다. 솔개와 쉰동이를 생각하자 두려움과 분노가 동시에 솟구쳤다. 어제 왜적 세 놈을 해치운 기억이 나자 두려움이 흐려졌다.

이제야 등치값 한다던 솔개 형님의 말이 떠올랐다. 모두가 똘똘 뭉친다면 싸워볼 만하지 않을까!

쇠돌무치는 홀로 강물을 거스르듯, 달아나는 근왕병들을 거슬러 적에게로 달려갔다. 멀리 백마 위에 탄 왜장이 보였다. 머리에 쓴 철투구가 수사슴보다도 화려했다.

보통 대장은 선두에 서지 않는다던데 놈은 앞장서 야차처럼 칼을 휘둘렀다. 놈의 칼에 햇빛이 튕길 때마다 조선 병사의 피가 튀었다.

쇠돌무치는 와키자카를 향해 멈추지 않고 뛰듯이 걸었다. 그러는 사이 왜병 두엇이 달려들었다. 쇠돌무치는 닥치는 대로 칼을 휘둘렀다. 마구잡이로 휘두르는 손놀림이었으나 그 기세가 매서워 왜병들이 움찔거렸다. 쇠돌무치는 먼저 치고 들어갔다.

몇 걸음 물러나며 상대를 파악하던 왜병들은 쇠돌무치의 검술이 형편없다는 걸 알고 더는 물러서지 않았다. 그러나 쇠돌무치의 타고난 용력이 칼에 실리면서 칼날이 다가오는 속도가 왜병의 예상보다 빨랐다. 어, 하는 사이 왜병 하나의 어깻죽지가 죽 베였다. 곧장 날아든 칼날이 왜병의 목을 그었다.

쇠돌무치는 남은 왜병을 향해 몸을 돌렸다. 이번 적은 죽인 놈과 달리 신중했다. 왜병이 기마자세를 취하고 기다렸다. 쇠돌무치는 심호흡을 한 뒤 왜병을 향해 달려들어 칼을 휘둘렀다. 왜병은 쇠돌무치의 칼을 그대로 흘리고는 그 탄력을 이어받아 물 흐르듯 반격했다.

쇠돌무치는 허벅다리에서 날카로운 통증을 느꼈다. 허벅다리가 대각선으로 길게 썰려 있었다. 벌어진 상처에서 붉은 피가 흘러나왔다.

쇠돌무치는 부상에도 아랑곳없이 연달아 칼을 휘저었다. 마치 칼 맞은 산짐승 같았다. 숨이 끊기기 직전까지 물어뜯는 맹수 같았다. 검법 따위는 없었다. 그저 왜병이 한 번 휘두를 때 자신은 두 번 휘둘렀다.

왜병은 연신 날아드는 칼을 흘려내기에 급급했다. 반격할 틈조차 없이 다음 칼이 날아들었다. 무식하게 휘둘러대니 지칠 만도 한데 오히려 더 빨라지는 것 같았다.

당황한 왜병은 결국 날아드는 칼을 흘려내지 못하고 맞받아쳤다. 두 자루의 칼이 동시에 부러졌다. 쇠돌무치는 부러진 칼을 왜병의 얼굴에 집어 던졌다. 왜병이 날아드는 칼을 막기 위해 손을 든 사이 몸통으로 들이박았다. 뒷걸음치던 왜병이 조선 병사의 시신에 걸려 넘어졌다.

쇠돌무치는 쓰러진 왜병의 배에 올라타 목을 졸랐다.

"컥!"

쇠돌무치는 옆구리에서 날카로운 통증을 느끼는 것과 동시에 숨 쉬기가 어려워졌다. 왜병의 부러진 칼이 옆구리에 박혀 있었다. 쇠돌무치는 그 칼을 뽑아 왜병의 목에 쑤셔 넣었다. 놈의 목과 입에서 왈칵 피가 솟구쳤다.

시선을 드니 왜장과 그 사이로 퇴각하는 조선 병사들이 보였다.

쇠돌무치는 네발로 기다 땅바닥에서 온전한 칼 하나를 주어 힘겹게 몸을 일으켰다.

살길을 찾아 달음박질치는 아군 하나가 힘겹게 일어난 그를 치고 지나갔다. 그러자 칼에 베인 허벅다리에서 기운이 쑥 빠져나갔다. 옆구리에서는 피가 왈칵 쏟아졌다.

쓰러진 쇠돌무치의 눈에 다시금 왜장의 모습이 흐릿하게 보였다. 마치 그를 기다리기라도 하듯 왜장은 꿈쩍 않고 제자리에 솟아 있었다.

'지금이라도 달아날까?'

불현듯 여기서 죽으면 개죽음이라는 솔개 성님의 말이 떠올랐다. 왜장이 오르지 못할 산처럼 보였다. 여기서 개죽음을 맞이하느니 살아 돌아가서 쉰동이와 솔개 성님 가족들에게 부고라도 전해주는 게 나을 것 같았다. 그러나 점점 기운이 빠졌다.

돌아갈 길을 헤아려보자니 너무나 아득했다. 그 먼 길을 가며 정신을 붙들 자신이 없었다. 다시금 왜장의 모습이 보였다. 저기까지라면 정신을 유지할 수 있을 것 같았다. 눈앞의 왜장만 죽이면 이 빌어먹을 놈들이 물러나지 않을까도 싶었다.

크윽, 쇠돌무치는 칼을 지팡이 삼아 무거운 몸을 일으키고자 했다. 그러나 그의 앞에서 도망쳐오던 아군이 또다시 그를 치고 지나는 바람에 칼을 놓치고 말았다. 이번에는 일어서기도 전에 아군병사들의 발이 연거푸 그의 등을 밟고 지나갔다. 그때마다 칼에 찔렸던 옆구리에서 왈칵 피가 뿜어져 나왔다.

쇠돌무치는 흐려지는 의식 가운데 마지막으로 음미하고픈 기억을 찾으려 애썼다. 좋았던 기억을 찾으려 했으나 쉽지 않았다. 잠시 꽃분이의 얼굴이 스쳤고 숨이 끊기기 전 가까스로 기억 하나를 더할 수 있었다. 두 해 전 먼저 세상을 뜬 어미였다.

쇠돌아.

어디선가 어미의 부름이 들린 듯도 하였다.

***

당항포 앞바다에 이른 왜군 함대는 순식간에 앞과 뒤가 막히고 말았다.

남은 건 측면뿐이었으나 양옆은 산기슭에 막혀 있었다. 그리고 그마저도 조선 함대의 거대한 날개로 서서히 막혀가는 중이었다.

왜장은 비로소 조선군의 계략에 완전히 속았음을 깨달았다. 남은 방법은 곧장 나아가 혈로를 뚫는 것뿐이었다. 안택선들이 사령선을 호위하고 있으니 희생이 따르더라도 사령선만은 빠져나갈 수 있을 것이다.

"이대로 돌파한다!"

왜장은 그나마 한 가지 사실을 위안으로 삼고 있었다. 당포의 패잔병들에 의하면 적선 중에 공략법을 찾을 수 없는 특수전함이 있다고 했다. 패잔병들은 그 특수전함을 소경선이라고 불렀다. 배의 눈에 해당하는 함교를 찾을 수 없기에 그렇게 부른다 했다.

그 말을 들으니 그 소경선이란 전선을 직접 보고 싶은 마음도 들었으나 지금은 그럴 경황이 없었다. 오히려 지금은 그 소경선이란 전함이 보이지 않는다는 게 그나마 다행스러웠다.

이순신의 함대와 이억기의 함대는 왜선들을 사이에 두고 앞뒤에서 일자진을 폈다. 그러다 서서히 양 날개 부분이 중심부보다 앞서 나가며 학익진으로 바뀌기 시작했다.

왜군 함대는 앞과 뒤 그리고 옆까지 포위되어 갔다.

"돌진해옵니다."

적선의 상황을 살피던 송희립이 이순신에게 말했다. 주춤하던 왜선들이 결정을 내린 건지 곧장 이순신의 기함 방향으로 진격해왔다.

"귀선, 앞으로!"

이순신이 기다렸다는 듯 외쳤다. 이순신의 지휘에 판옥선 뒤에 숨어 있던 귀선들이 적진으로 파고들기 시작했다.

"방포하라!"

귀선이 적진으로 돌진하는 사이 이순신 함대에서 일제히 함포가 발포되었다. 왜선의 전열이 급격히 흐트러졌다. 흔들리는 전열을 마저 무너트리기 위해 세 척의 귀선이 전속력으로 돌격전을 개시했다.

귀선의 뒤를 받친 판옥선에서는 불화살들이 쏘아졌다. 적선의 돛을 노린 화살들이었다. 달아나기 위해 폈던 돛이 불타면서 도리어 자충수가 됐다.

세 척의 귀선 중 한 척의 진격 방향은 적 사령선이었다.

수심이 깊은 바다여서 암초를 우려할 필요가 없었기에 귀선은 그어느 때보다도 기민한 움직임을 보였다.

전방에서 빠르게 다가오는 귀선을 발견하자 왜장이 황급히 후미의 왜선들을 불렀다.

신호를 본 후미의 왜선들이 기함을 보호하기 위해 속력을 올리려 했지만 여의찮았다. 후방의 이억기 함대가 어느새 총통의 사정거리 안으로 접근해 방포를 시작했기 때문이다.

처음에는 철환들만 날아들었으나 거리가 좁혀지자 비격진천뢰와 대장군전, 철익전, 화전 등이 빗발쳤다. 그중 비격진천뢰는 적선에 떨어진 뒤 얼마간 시간이 지나 폭발했다. 왜병들은 불발탄인 줄 알고 방심하다 뒤늦게 터진 파편에 맞고 그 자리에서 숨졌다.

무게가 50근에 이르는 대장군전은 왜선들의 선체를 꿰뚫어 물이 차게 했고, 화전들은 돛에 불을 붙였다.

후방에서까지 집중 공격이 이어지자 왜군 함대의 전열이 급격히 무너졌다. 그러는 사이 세 척의 귀선은 선두의 안택선을 우회해 양측면을 파고들고 있었다. 어떻게든 기함만은 탈출시키겠다고 작정한 듯 호위 안택선 한 척이 이언량의 귀선을 선체로 막아섰다.

귀선은 막아선 왜군 호위선의 측면을 들이박았다. 그 바람에 왜선의 옆구리가 귀선의 충각에 의해 크게 파손되었고 배가 기울기 시작했다. 왜군 사령선은 그 틈에 이언량의 귀선으로부터 달아났다.

그러나 반대쪽에서 또 다른 조선의 특공 전함들이 물살을 가르며 질주해오고 있었다. 돌격장 이기남의 귀선을 위시한 조선의 판옥전선들이었다.

이기남의 귀선은 호위선들 사이를 비집고 빠져나와 기함의 측면을 들이박는 동시에 용구(龍口)에서 현자총통을 방포했다. 동시에 귀선을 뒤따르는 판옥선들에서 쏜 화살들이 장대비처럼 쏟아졌다.

용구에서 방포한 산탄이 왜선의 누각을 대파했다. 왜장은 순간적으로 몸을 웅크려 아슬아슬하게 산탄을 피했다. 그러나 다시 몸을 세우자마자 판옥전선의 사부들이 쏜 화살들이 날아들어 왜장을 고슴도치로 만들었다.

기함과 사령관을 동시에 잃은 왜병들은 걷잡을 수 없이 분열했다. 군관들의 지휘는 소용이 없었고 저마다 활로를 찾아 갑주와 칼을 버리고 물에 뛰어들었다.

허우적거리는 왜병들을 협선과 포작선들이 기다리고 있었다. 갈매기가 수면 가까운 고기를 잡아채듯, 조선 수군의 손에 들린 장병겸(長柄鎌: 해전용 긴 낫)이 무방비 상태의 왜병을 낚아채고, 가르고, 찍었다.

바다의 물색이 붉게 변해갔다.

살길을 찾는 몸짓들은 처절했다.

날치 떼가 지나듯 바다의 표면이 거칠어졌다. 살고자 하는 몸부림으로 사방에서 희뿌연 포말이 일었다. 그 처절한 움직임 끝에 산목숨으로 뭍에 닿는 왜병들도 있었다.

흥양 고을 소속 병사인 손장수는 협선 위에서 쉴새없이 장병겸을 휘둘렀다. 낫을 내리찍을 때마다 두려움에 찬 왜병의 눈과 마주쳤다. 두려움이 가득한 그 눈은 조선 사람과 다를 게 없었다. 입은 통하지 않는 말로 살려달라고 말하고 있었다.

　처음 코앞에서 살려달라는 눈을 보았을 때 망설이지 않은 것은 아니었다. 그때마다 놈들에게 죽임당하고 겁탈당한 동포들을 떠올렸다. 저 살려달라는 눈이 살의로 가득 찼던 때를 떠올렸다. 그러자 왜국으로 건너가 놈들의 식솔들까지 모조리 죽이고 싶었다.

　장병겸에 묻은 피는 곧바로 바다에 씻겼다. 그리하여 처음인 것처럼 낚아채고, 가르고, 찍었다. 처음이 힘들었지 두 번, 세 번은 쉬웠다. 왜놈들도 그랬을 것이다. 한 번 사람을 죽인 놈들에게 두 번, 세 번은 어렵지 않았을 것이다.

　긴 낫이라고는 하나 닿지 않는 적이 많았다. 손장수는 그가 놓친 적의 수만큼 조선인이 죽을 것 같았다. 마음이 급해졌다.

　죽을힘을 다해 헤엄치는 놈들은 배보다도 빨랐다. 벌써 뭍에 다다른 적병이 적지 않았다. 그중 몇 놈은 살았다고 생각했는지 주먹을 휘두르며 도발하기까지 했다.

　"저것들 쫓아가세."

　"상륙 명령은 없지 않았는가."

　격군 하나가 탐탁지 않다는 듯 말했다.

　"저 육시랄 놈들을 두고 그런 거 따질 땐가. 가자고! 저것들 창자를 꺼내고 말라니까."

　손장수가 탄 협선은 뭍으로 향했다.

　배가 뭍으로 다가오자 대부분의 왜병은 부리나케 달아났지만, 일부는 헤엄치는 동료들을 구할 생각인지 버티고 서 있었다. 손장수를 포함한 십여 명의 인원은 곧장 적과 교전에 들어갔다.

본 실력대로라면 왜병들의 검술을 이기기 어려울 것이나 헤엄쳐 오는 통에 칼을 소지한 자가 드물었다. 손장수 무리는 비무장인 데다 전의를 상실한 적을 어렵지 않게 제거해갔다.

시간이 지나 해안의 적을 모조리 해치웠지만 이미 기슭을 오른 적이 적지 않았다. 손장수의 무리는 패잔병들을 쫓아 숲으로 들어갔다.

잠시 뒤 배로 돌아왔을 때 손장수는 일행 중 한 명의 등에 업힌 상태였다. 달아나던 적으로부터 반격을 당한 것이다.

비록 전의를 상실한 적이라고는 하나 칼을 든 왜병은 만만치 않았다. 군관 정도라면 모를까 보통의 병졸이 왜병과 칼로 맞서는 건 무리였다.

손장수는 이순신 휘하 군졸 가운데 칼에 의해 숨진 첫 전사자가 됐다.

그사이 전투는 얼추 끝나가고 있었다. 적선 대부분이 부서지거나 불탔고 바다 위에는 여전히 헤엄치는 적병들이 많았다. 그중 일부만 헤엄쳐 뭍에 닿았다.

이순신은 바다가 소리 없이 왜선들을 집어삼키는 모습을 바라봤다.

바다는 이빨도 없이 수많은 목숨을 으깨고 있었다. 바다는 따로 편이 없었고, 자비도 없었다. 그 무자비함만이 공평했다. 그러니 그는 산이 아니라 바다를 닮아야 했다.

이순신은 흥양 만호 시절 처음으로 물질하는 해녀를 본 적이 있었다. 해녀들은 믿기지 않을 정도로 오래 숨을 참았다. 물 밖의 사람이 초조하다 못해 불안할 지경에 이르러서야 물 밖으로 머리를 내었다. 그럴 때면 참았던 숨이 터지며 새 소리를 닮은 숨비소리가 빠져나왔다.

해녀들에게 바다는 생사고락을 함께하는 장소였다. 그녀들을 보다 보면 한 번도 본 적 없는 물속이 궁금하기도 했다. 물속의 것들이 살아가는 모습을 보고 싶었다. 해녀들은 그 안에서도 매일같이 생사의 사투가 벌어진다 했다. 평소 문어는 게를 잡아먹지만, 산란을 마친 문어는 게에게 먹히기도 한다고 했다.

죽음을 떠올리는 일은 생을 짐작하는 일이기도 했다. 죽음의 무게가 곧 생의 무게였다. 전란은 무거운 죽음이 아니라 가벼운 죽음이 포화하는 일이었다. 그리하여 전란은 생도 가볍게 했다.

이순신은 적의 목숨을 가벼이 여기다 모든 인명을 가벼이 여기게 될까 두려웠다. 꿈에 죽은 황옥천이 자주 보였다.

지난날 고소대에 효시된 그의 머리를 오래 보았다. 그의 죽음을 가벼이 하지 않기 위해 오래 보았다.

살길을 찾아 달아났으리라. 그 생도(生道)가 사도(死道)로 바뀔 수도 있을 거라고는 차마 생각지 못했을 것이다. 황옥천의 살길을 열어주면 또 다른 자들이 그 길을 찾아갈 것이므로 그의 생문(生門)을 닫을 수밖에 없었다.

전란이 길어질수록 죽음의 무게는 가벼워질 것이다. 적의 총칼보다 굶어 죽거나 돌림병에 걸려 죽는 자들이 많아질지도 모른다. 이순신은 그 죽음의 난장을 끝내 처연히 바라볼 자신이 없었다.

군인에게 죽음은 받아들여야 하는 것이지 익숙한 것은 아니었다.

죽음의 두려움은 고통이 아닌 허무에 있었다. 그리하여 매일 밤 그 날 일을 기록하는지도 모른다.

출전 중이므로 일기를 쓰지 못하는 날들이 길어졌다.

"미끼선을 남겨두자."

날이 어두워지고 있었고 이순신은 전 함대를 물렸다.

소소강의 어귀까지 물러나 진을 쳤고 방답첨사 이순신에게 매복하여 미끼선을 잡으라 했다. 방답첨사라면 믿을 만했다. 그는 좌수영 소속의 오관오포 중에서도 손에 꼽을 정도인 정예병과 정예함대를 보유하고 있었다.

이른 새벽 매복하러 나갔던 방답은 아침이 돼서야 돌아왔다. 손에 달아나던 왜장의 수급이 들려 있었다.

방답에게 전과를 빼앗길까 염려했던지 원균 또한 뒤늦게 나가 이미 죽은 왜적들의 수급을 베어왔다. 원균은 정작 전투를 벌인 방답의 수군이 취한 것보다 몇 곱절은 많은 수급을 들고 왔다. 원균은 그렇게 취한 수급들을 장계와 함께 올릴 것이다.

각 수사가 올린 장계가 저마다 다를 것이었고 그로 인해 누군가는 후일 부원수 신각의 운명을 맞을지도 몰랐다. 가소로운 일이었다. 가소롭고 가소로웠다.

13
아패(牙牌)

사절단의 증좌를 찾아 나선 김수천 일행은 수영을 나서고 3일째 되던 날 나주에 도착했다. 윤사공의 당부도 있고 해서 율촌의 수색에는 많은 시간을 보내지 않았다.

나주에 들어선 다섯 사람은 곧장 나주 관아로 향했다.

일차 목적지를 영산포가 아닌 나주 관아로 삼은 것은 무돌의 생각이었다. 무돌이 영산포에서 사절단을 발견했을 때 같이 있던 이 씨 아재가 관아에 보고하러 갔기 때문이었다. 무돌은 이후 이 씨 아재를 만나지는 못했으나 필시 관아에 보고했을 거라 확신했다.

관아에는 평소와 달리 사람이 많지 않았다.

"저희는 전라좌수영의 사람들입니다. 급히 파악할 일이 있어 방문했습니다."

최우만이 늙수그레한 사또를 보며 예를 갖췄다.

"좌수영이라면 병력 충원을 위해 온 건가? 그런 거라면 헛걸음했

네. 관원이고 양민들이고 할 것 없이 사내란 사내는 죄다 도성으로 떠났으니까."

사또가 삼도근왕병을 염두에 두고 말했다.

"다른 일입니다. 혹시 며칠 전 영산포에서 불탄 배 하나를 조사하지 않으셨습니까?"

최우만의 물음에 사또가 자세를 고쳐 앉았다.

"명나라 사절단에 관해 물으려는 거로군."

"알고 계셨습니까?"

"사절단에서 말을 내어달라고 직접 찾아왔었는데 어찌 모르겠는가."

최우만의 예상치 못한 소식에 다소 놀랐다. 사절단이 왜의 간자 혹은 첩자라 여기고 있던 참이기에 굳이 관아에 들렀을 거라고는 생각지 못했다.

"그럼 조정에서 그와 관련한 공문을 받으셨던 겁니까?"

사또가 고개를 저었다.

"그건 아니네만 조정이 행재소를 옮겨 다니는 실정이니 제대로 된 보고가 어려웠을 거라 짐작했네. 헌데 무슨 문제라도 생긴 건가?"

최우만은 잠시 고민한 끝에 사실을 털어놓기로 했다.

"그 사절단의 정체가 왜국의 간자일지도 모릅니다."

"지금 간자라 했나?"

사또가 놀란 얼굴로 되물었다. 그로서는 짐작조차 못 한 일일 것이다.

"물론 명의 사절단이란 신분 또한 사실일 수 있습니다. 저희는 왜국에서 오랫동안 공을 들인 고위급 간자로 보고 있습니다."

연이은 뜻밖의 말에 사또는 어안이 벙벙한 얼굴이었다. 그는 덥수룩한 수염을 쓸어내리며 생각을 추스르려 노력했다.

"그 말을 듣고 보니 석연치 않은 부분이 있긴 하네."

"혹시 배가 불탄 일을 말하십니까?"

"맞네. 배에 염초(焰硝: 화약)를 싣고 왔는데 하역하는 과정에서 실수로 폭발이 일어나 배를 잃었다고 했네. 있을 수 있는 일이기는 하나 공교로운 부분이기도 하지. 하지만 일부러 타고 온 배를 불태울 필요 또한 없지 않겠는가?"

그때 곁에서 두 사람의 대화를 가만히 듣던 무돌이 끼어들었다.

"그 배에 감춰야 할 무언가가 있었던 건지도 모르지요."

사또가 무돌을 돌아보더니 가볍게 고개를 끄덕였다.

"그럴 수도 있겠군."

"시신들이 있었을 텐데요?"

무돌의 말에 사또가 슬쩍 최우만을 돌아보았다. 최우만과 뒤쪽 두 사람은 군인이 확실해 보였지만 도포 차림의 사내와 평범한 남정으로 보이는 무돌은 신분을 알 수 없었다.

사또의 의구심을 읽고 최우만이 말했다.

"사절단이 영산포에 닿았을 때 목격했던 아이입니다."

"그 어부가 말했던 아이로군. 그런데 이 아이가 어찌 좌수영에 있던 것인가?"

"그 얘기라면 나중에 해도 늦지 않습니다. 그보다는 혹 시신을 보관하고 있지는 않습니까?"

사또가 느릿하게 고개를 저었다.

"날이 덥고 습하니 부패가 빨라 땅에 묻었네. 화약이 폭발한 사고라 들었고 어차피 불에 탄 시신들이라 자세히 살필 것도 없는 데다 명나라 사절단의 일이니 따로 검시도 하지 않았네."

최우만은 가슴이 답답했다. 지금까지 알아낸 사실이라면 무돌이 보고한 것에서 더 진척된 부분이 없었다. 결국 현장에 가보는 게 상책이었다.

"아!"

영산포 둑방에 도착한 무돌은 저도 모르게 탄식했다. 그날 불에 탄 배에서 불이 옮겨붙었던지 포구 일대의 갈대밭이 새까맣게 탄 상태였다.

"죄 타버린 듯한데 증좌가 될 만한 게 남아 있겠습니까?"

김수천이 참담한 심정으로 말했다. 최우만 또한 내색하진 않았으나 같은 심정이었다. 그러자 무돌이 포구를 향해 앞장서 걸어 나갔다.

"물속까지 타진 않았겠지요."

그 말에 일행 모두 무돌을 따라 포구로 내려갔다.

수영을 할 줄 아는 무돌과 최우만, 착호갑사 한 명은 물에 뛰어들었고 김수천과 남은 착호갑사는 물가를 수색하기 시작했다.

한참을 수색했으나 타다 만 배의 잔해만 눈에 띌 뿐 이렇다 할 건 발견되지 않았다. 다들 지쳐가던 중에 무돌이 물 밖으로 고개를 내었다. 손에 조약돌 같은 뭔가가 들려 있었다.

"나리, 이거 호패 아닙니까?"

무돌이 물가로 걸어 나오며 손에 든 것을 내밀었다. 가장 가까이 있던 김수천이 건네받았다.

"이건!"

호패가 맞았다. 조약돌처럼 다듬어진 상아에 글자들이 음각되어 있었다. 일부가 불에 타고 그을려 있다고는 하나 음각된 일부 글자들을 확인할 수 있었다. 얼른 눈에 띄는 건 만력(萬曆)과 예부(禮部), 낭중(郎中), 곽서경(郭曙瓊)이었다.

호패의 주인에 대한 정보를 담은 것이었다. 만력은 황제인 만력제의 연호였고 예부와 낭중은 소속과 관직에 관한 것이었다. 남은 곽서경이란 글자는 호패를 소지한 자의 성명일 것이다. 그러나 이건 엄밀히 따져 호패라 할 수는 없었다.

"아패다!"

"아패요? 그게 뭔데요?"

김수천이 나직이 대답했다.

"명나라의 호패란 의미지."

그사이 물가로 나온 최우만이 말했다.

"어디 좀 보세."

최우만이 아패를 앞뒤로 돌려가며 살폈다.

"조선의 호패 중에도 종이품 이상인 자의 것은 아패라 부르기도 하지만 이건 명나라 것이 맞네. 숨진 자 중 한 명의 것이겠지."

"이걸로 증좌가 될까요?"

김수천이 가장 중요한 질문을 던졌다. 최우만이 물이 떨어지는 이마를 훔치며 대답했다.

"사용하기 나름이겠지만 없는 것보단 낫지 않겠나. 최소한 이곳에서 살해된 자들의 신분은 확실해졌으니 그 사실로 수영에 온 자들을 압박할 수는 있을 걸세. 일단 복귀하도록 하지."

김수천도 같은 생각이었다. 수색을 이어간다면 뭔가 더 찾아낼 수 있을지도 몰랐다. 그러나 아무리 중요한 증좌를 찾아내더라도 시기를 놓치면 소용없었다. 어찌 됐건 놈들의 노림수에 좌수사의 목이 포함되어 있을 가능성은 여전했다.

***

연합 함대는 당항포 앞바다에서 적의 기동함대를 섬멸한 다음 날 영등포 앞바다에서 일곱 척의 적선을 추가로 발견했다.

왜선들은 배를 가볍게 하고자 신고 있던 짐짝을 버리며 달아났으나 연합 함대는 끈질기게 추격하여 섬멸했다.

이후 이틀간에 걸쳐 또 다른 적선들을 수색하였으나 모조리 자취를 감추고 없었다.

"그 많던 놈들이 터럭 하나 보이지 않는군요."

장대로 올라온 송희립이 기분 좋게 웃으며 말했다.

"제깟 놈들이 별수 있겠습니까."

변존서가 맞장구를 치며 만족스러운 표정을 지었다.

이순신은 두 사람의 대화를 들으며 묵묵히 먼 바다를 내다보았다.

'진짜 싸움은 이제부터가 시작일 테지.'

지금껏 상대한 적들은 기동부대 단위였다. 그런 적들이 더 이상 보이지 않는다는 건 반가운 일만은 아니었다. 눈앞의 적보다 두려운 건 보이지 않는 적이었다.

이번 출정으로 적지 않은 적선을 가라앉혔지만 달아난 적들 또한 적지 않았다. 그들은 여전히 건재한 왜군 함대에 합류하였을 것이다. 귀선의 존재와 조선 수군의 전투법에 대해 상세히 전할 게 불

보듯 빤했다. 패배의 원인을 자신들의 무능이 아니라 상대의 강함
으로 돌릴 테니 적들은 이후 전투를 앞두고 철저히 준비할 것이다.

심정 같아서는 지금의 기세를 이어 부산으로 진격하고 싶었다. 그
러나 현실적으로 무리였다. 군량과 염초가 바닥을 드러내고 있었다.
또한 연승으로 군졸들의 사기가 오른 상태이긴 하나 체력적으로 몹
시 지친 상태였다. 부산까지 진격하는 동안 기습받을 우려도 있었다.
뒤가 있다면 모를까 위험을 무릅쓸 수 있는 형편이 아니었다.

이순신은 알 수 있었다. 지금껏 각개 격파한 적들을 모두 더한, 어
쩌면 그보다 많은 적과의 일전이 기다리고 있다는 것을.

한편으로는 육전의 상황이 궁금했다. 삼도근왕군이 선전하고 있
다는 소식을 기대하고 있으나 녹록하지 않을 것이다. 전투는 머릿
수로만 하는 게 아니니.

"이만 돌아가자."

수영으로의 복귀 소식이 떨어지자 장병들이 반가움을 참지 못하
고 함성을 질렀다. 다소 긴장의 끈이 풀릴 수도 있으나 이순신은 제
지하지 않았다. 모두 기뻐할 자격을 갖춘 자들이었다. 이들의 용전
소식은 널리 퍼질수록 좋았다. 어차피 퍼질 소문이라면 더 부풀려
지는 편이 나을 것이다.

바다에서 시작된 반격의 기운이 조선 전역으로 퍼져나가야 했다.
그 소문은 누군가에게는 희열이 될 테고, 누군가에게는 위로가 될 것
이다. 또한 관아를 버리고 달아난 수령들에게 두려움이 될 것이다.

그 두려움이 달아난 자들을 제자리로 돌려놓을 테고 과(過)를 덮
고자 칼을 들게 하리라.

이미 연합 함대의 승전 소식은 빠르게 퍼지고 있었다. 가뭄의 단

비처럼 기다리던 소식은 달리는 말보다 빨랐다. 조선 각지에서 의병들이 봉기하거나 태동하고 있었다. 기능을 멈췄던 관청들도 다시금 돌아가기 시작했다. 패배와 절망의 기운이 역병처럼 퍼지던 조선 전역에서 결사 응전의 태세가 갖춰지고 있었다.

이순신은 남해 미조항 앞바다에서 연합 함대를 해산하고 본영으로 귀환했다.

이미 귀환 소식을 들은 수영 내 사람들이 항으로 마중을 나와 있었다. 그들은 귀환하는 전선의 수를 세보고는 양팔을 치켜들며 기뻐했다.

그러나 이순신의 마음은 무거웠다. 1차 귀환 때와는 달리 이번에는 사상자들이 있었다. 숨진 병사가 열셋에 크고 작은 부상을 입은 자는 더 많았다.

"무사하셔서 다행입니다."

이순신을 보자마자 윤사공이 반가운 기색을 감추지 않았다. 그러나 그의 말처럼 무사하다고만 할 순 없었다. 이순신은 사천포 전투에서 어깨에 총상을 입은 상태였다. 다만 어깨에 두른 붕대가 갑주 안에 있어 보이지 않을 뿐이었다.

이순신은 본영의 정취를 보노라니 네 차례에 걸친 전투가 주마등처럼 스쳤다. 열흘 조금 넘는 전투였지만 일 년 가까운 시간이 흐른 듯했다. 생사의 갈림길이 이어지는 전투의 시간은 평상시 시간을 수십 배 집약해놓은 것처럼 길게 느껴졌다.

"귀관이 본영을 맡아주었기에 편히 싸우고 왔네."

이순신의 말에 윤사공의 낯이 뜨거워졌다. 동시에 표정이 어두워졌다.

"사절단 때문인가 보군."

윤사공의 표정을 읽은 이순신이 나직이 말했다.

"네, 일단 자리를 옮기시지요."

"민감한 사안이니 후동헌으로 가지."

이순신은 쉴 틈도 없이 곧장 개인 집무실로 향했다. 수령들과 이순신의 직속 부관들이 뒤를 따랐다.

이동 중에 윤사공이 삼도근왕군에 대한 소식을 전했다.

"결국 그렇게 됐는가."

삼도근왕병의 참담한 패배 소식을 들은 이순신은 표정이 어두웠다. 전혀 예상 못 한 바는 아니었으나 이 정도 대패일 줄은 몰랐다. 낯이 뜨거워질 정도로 졸렬한 패배였다.

싸우다 죽은 병력보다 달아나는 아군에 밟혀 숨진 자가 많다고 했다. 어찌 그 대군을 하나로 움직였단 말인가. 병법을 전혀 이해하지 못한 전투였다. 칠만 명에 이르는 대군을 결사대처럼 운용했다고 하니 가슴이 갑갑했다. 그 대군을 이끈 수장이 전라 관찰사 이광이라는 사실이 더욱 마음을 짓눌렀다.

"통탄할 일입니다."

권준이 침통한 목소리로 말했다.

"그 대군을 이끌고 어찌!"

정운이 분한 심정을 감추지 못하고 소리쳤다.

다른 자들은 말을 아끼고 있었으나 모두가 비통한 심정이었다. 개선한 기쁨에 찬물이 끼얹어졌다. 기껏 왜군의 발을 묶어두었건만 반격의 서막을 열 수도 있었던 삼도근왕군은 제대로 싸워보지도 못하고 자멸했다니 실로 맥 빠지는 소식이었다.

"전해드릴 소식이 이런 것뿐이어서 송구스럽습니다."

윤사공은 마치 자신이 패전 장수이기라도 한 듯 면목 없어 했다.

"자네가 송구할 일은 아니네. 그 책임은 총지휘관인 관찰사 영감에게……."

이순신은 차마 말을 이을 수 없었다. 그는 이광에게 은혜를 입은 적이 있었다.

5년 전 녹둔도 전투 이후 이순신은 상관으로부터 모함을 받은 일이 있었다. 그 일로 문책당하고 백의종군하였으나 복직이 요원했다. 그러던 중에 이광이 이순신을 자신의 조방장으로 삼아주었다. 그렇게 한동안 이광을 보좌하며 그의 됨됨이에 대해 알았다.

그가 지켜본 이광은 졸렬한 자는 아니었다. 문신임에도 불구하고 전투에 나서서는 대범했으며, 심지가 흔들림 없이 강직한 인물이었다.

어찌 보면 자신과 비슷한 부분이 많았다. 다만 한 가지 차이가 있다면 냉철함이었다. 수많은 병사의 목숨을 좌지우지하는 지휘관이라면 뜨거운 것보다는 차가운 편이 나았다. 이영감이 삼도근왕군의 수장을 맡았다고 할 때 그 점이 내심 걸렸다. 병력이 지나치게 많다는 점도 염려되는 부분이었다. 대군을 지휘하는 일은 결코 감정을 내세워서는 안 될 일이었다.

눈앞의 도성을 두고 판단력이 흐려졌던 것일까. 이순신은 이광이 계책을 잘못 사용했을 거라 짐작했다. 그러나 개인적인 공적을 위해 무리했다고는 생각되지 않았다.

이미 패전으로 인한 상심이 감당하기 어려울 정도로 클 것이다. 다만 이번 한 번의 패배가 복구하기 어려울 정도로 치명적이라는 사실이 뼈아팠다.

"병가지상사라 하나 피해가 막심하니 안타깝습니다. 귀선의 활약상을 듣는다면 관찰사 영감께서도 기뻐하셨을 텐데요."

나대용은 고약을 마신 듯 표정이 썼다. 관찰사가 귀선 제작에 큰 기대를 품고 마음을 써주었던 걸 아는 탓이었다. 신년에 관찰사의 군관이 귀선의 방포 훈련을 보고 갔던 것도 그런 부분이었다.

"그나마 위안이라면 권 영감이 휘하 병력을 보전했다는 정도인가."

"불행 중 다행입니다."

이순신이 화제를 돌리자 권준이 거들었다.

"일단 적의 해상 서진을 막았으니 이제 육로로도 전라도를 침범하려 들 걸세. 이번 출정 길에 보니 적들이 부족한 군량을 현지 약탈로 채우고 있었네. 경상도 지역은 이미 곡식이 바닥났을 테니 곧 호남으로 치고 들어올 걸세."

"이런 상황에 광주목사의 병력만은 무사하다니 하늘이 번번이 살길을 바늘귀만큼 열어주는군요."

"그러게나 말일세."

무거운 대화가 이어지는 사이 일행은 후동헌에 이르렀다. 이제 수영 내에서 벌어지고 있는 또 다른 골칫거리에 대해 들어야 할 때였다.

14
불면은 멈추었습니다

윤사공의 보고사항이 이어지는 동안 누구도 쉽게 입을 열지 못했다. 그만큼 대처하기 난감한 사안이었다.

얼추 보고가 마무리 단계에 접어들고 있었다. 이순신은 김수천 일행이 나주 관아에서 갖고 온 아패를 살피며 생각이 많아졌다.

아패의 주인인 곽서경이란 자는 사절단끼리의 내분으로 죽임을 당했다고 했다. 조선에 이르기 전까지 곽서경은 진송이란 자의 진짜 정체를 몰랐을 가능성이 컸다.

아마도 진송이란 자는 오랫동안 명에 머무르며 신뢰를 쌓았을 것이다. 나이는 그리 많지 않다고 했다. 그렇다면 그를 명의 고위급 관리로 만들기 위해 왜국에서 막대한 비용을 투입했다고 봐도 무방했다. 그런 자를 조정도 아닌 이곳 좌수영으로 보낸 이유가 무얼까.

골몰하던 이순신이 입을 열었다.

"정리하자면 영내의 사절단이 이중 첩자일 수도 있다는 거로군."

"일단은 그렇게 보고 있습니다."

윤사공이 차분하게 답했다.

"놈들의 목적은 무엇인 것 같나?"

"현재로선 그 부분이 가장 모호합니다. 여태 이렇다 할 움직임을 보이지 않고 있으니까요."

윤사공의 말에 정운이 분기에 차 손바닥으로 탁자를 내리쳤다.

"놈들의 정체가 단순히 간자가 아니라 자객이라면 장군을 노리는 게 아니겠습니까? 즉각 조치를 취해야 합니다."

"만호의 말이 맞습니다. 선수를 쳐야 합니다."

정운의 주장에 사도첨사 김완과 낙안군수 신호가 고개를 끄덕였다. 그러나 권준과 방답첨사 이순신 등 나머지 인원은 침묵했다.

"허나 명의 사절단이란 신분 또한 확실시되는 상황입니다. 명의 사절단을 함부로 대했다가는 뒷감당이 어려울 것입니다."

윤사공이 침묵하는 자들을 대변했다. 일전에 순찰사의 무리한 감찰에 다들 발끈했던 것과는 대조적이었다. 그만큼 민감하고도 고약한 문제라는 의미였다.

"놈들이 노리는 게 차라리 내 목이라면 대처가 어렵진 않을 걸세. 내가 염려하는 건 우리가 미처 예상치 못한 다른 부분을 노리는 게 아닐까 하는 걸세."

"일단 궁시청*이나 화약고처럼 수영 내 주요 시설의 방비를 늘려야겠습니다."

"우물 관리에도 신경을 써야 하네."

---

* 화살을 만들고 관리하던 곳.

권준의 주장에 이순신이 의견을 보탰다. 우물은 수영 내 모든 사람이 식수로 사용하는 만큼 엄중히 관리할 필요가 있었다. 우물에 독이라도 탄다면 크나큰 낭패였다.

"우리끼리 추측만 해서는 해결될 일이 아니겠군. 내가 직접 만나 봐야겠네."

놈들의 정체가 무엇이든 어차피 부딪쳐야 할 일이었다.

그 시각, 좌수영의 객사 주변을 얼쩡거리는 사내가 있었다. 착량에서 이순신의 대장선에 승선했던 조상만이었다.

그는 길을 잘못 든 사람처럼 객사 주위를 얼쩡거리다 사절단 중한 명과 눈을 마주치자 슬쩍 제 손목을 보였다. 조상만의 표식을 보자 사절단 하나가 다가왔다. 조상만은 소매에 말아두었던 서찰을 은밀히 건네고는 곧장 객사를 벗어났다.

'이순신의 식솔이 사는 거처를 파악. 이순신을 포섭할 것. 순천 송치재.'

세 문장으로 된 짧은 지령이었다.

지령의 말미에는 벚꽃 한 송이가 그려져 있었다. 아사코의 고유한 표식이었다. 진송은 확인한 지령을 곧바로 호롱불에 태웠다.

이것이 진짜 의도인가. 진송의 심산이 어지러워졌다. 지령을 따르려면 자신의 정체를 밝힐 수밖에 없었다. 목숨을 걸라는 거군.

본토에 남겨둔 처와 아이들이 생각났다. 처를 향한 마음을 연모라 할 수 있을까. 시작은 아니었을지도 모른다. 그는 타국에서 살아남아야 했고 출세해야 했다. 남녀 간의 사사로운 감정 따윈 품을 여유가 없었다.

조선을 등지고 일본을 택한 건 다시 태어나기를 바라는 마음이었다. 그가 살아오며 스스로 내린 첫 선택이었다. 조선에서의 삶은 주어진 운명에 순응하는 것뿐이었다. 다시 태어난 인생은 그렇게 살기 싫었다. 한 번 죽었다고 생각하니 무서울 게 없었다.

왜국으로 건너가 처음 정을 붙인 사람이 아사코였다. 기방의 잡일을 하다 알게 된 여인이었다. 그녀가 스즈란이란 일본식 이름을 지어주었다.

아사코를 향한 마음은 분명치 않았다. 아사코 또한 그에게 정을 느끼는 것 같았으나 어떤 종류의 정인지는 헤아릴 수 없었다. 다만 아사코를 향한 그의 마음이 연모임을 알았을 때는 아사코의 주군이 도쿠가와임을 알았을 때와 겹치는 시기였다.

그때부터 조선에서 시를 들려주었던 양반가 계집이 수시로 떠올랐다. 시가 매로 돌아오던 날카로운 기억이 수시로 그의 심장을 찔렀다. 그 통증이 마음의 길이 아닌 출세의 길을 선택하게 했다. 도쿠가와가 연결해준 혼인을 받아들였다.

비록 연모가 아닐지언정 지금은 정을 나누고 피를 나눈 혈육이었다. 외로움에 사무칠 때면 처의 품으로 파고들었다. 이따금 처의 품에서 아사코를 생각했다. 나쁘기만 한 인생은 아니었으나 처의 품에서도 외로움은 사그라들 줄 몰랐다.

'이순신의 식솔이 사는 거처를 파악. 이순신을 포섭할 것. 순천 송치재.'

지령이 적힌 헝겊은 재가 됐으나 그 내용은 선명하게 진송의 머리에 각인됐다.

지령이 인편으로 도달했으니 아사코가 이끄는 시노비들도 이미 조선에 닿았을 것이다. 아사코는 순천의 송치재로 이동해 대기할 것이다.

진송은 자신이 선택할 수 있는 길들을 생각해보았다. 홀로 살아남는 길과 본토의 처자식과 함께 살아남는 길 그리고 처자식만 살아남는 길 정도인가. 세 갈래의 길 중 함께 살아남는 길은 흐릿했다. 그 길은 진송의 선택이 아닌 이순신의 선택에 달린 것이었다.

운명의 장난일까. 그와 핏줄의 목숨이 적장의 선택에 달린 셈이었다.

문밖으로 기척이 느껴졌다.

"단장님, 접견 요청입니다."

"이순신인가?"

"네."

진송은 고민했다. 이순신을 만나 할 말들을 정리해보았으나 쉽지 않았다. 지금껏 파악한 그의 면면들은 좀처럼 하나로 합쳐지지 않았다. 냉정한 자인가 싶다가도 불같은 모습이 떠올랐고, 인정이 많은 자인가 싶다가도 냉혈한이 떠올랐다. 이순신에 대한 인상은 보고마다 달랐고 그래서 그를 회유할 계책도 수시로 바뀌었다.

사실 수영에 머무는 동안 그의 일행도 술만 축내고 있지는 않았다. 음주와 가무는 허허실실을 위한 포석이었고 기녀들과 수영 내 사람들을 통해 수시로 정보를 취합해 왔다. 거기에는 이순신과 관련한 정보들도 대거 포함되어 있었다. 그러나 이순신의 식솔이 거처하는 장소만은 아는 자가 없었다. 군관급이라면 알지도 모르나 그들에게는 함부로 접근할 수 없었다.

진송은 이순신에게 회유가 먹힐 가능성은 지극히 낮다고 보았다. 그는 모함에 빠져 관직을 삭탈당하고 백의종군한 이력도 있었다. 그런데도 구국을 위해 몸을 사리지 않았다. 드물게 이런 자들이 있었다. 이런 자들은 일본에도 있었고 명에도 있었다. 진송으로서는 이해하기 힘든 신념이었다.

오랜 경험이 그에게 말하고 있었다. 이순신이란 자는 말만으로는 회유하기 어렵다. 순서의 문제일 뿐 결국에는 협박의 단계에 이를 수밖에 없을 것이다. 협박 또한 통한다고 확신할 수는 없다. 다만 이 자가 제 식솔에 대한 애정이 지극하다고 하니 기대해볼 만은 했다.

이순신의 식솔에 대해 파악하라는 지령 또한 그런 차원일 것이다. 아직은 그를 만날 때가 아니었다. 미끼부터 확보해야 했다.

"숙취가 심하니 내일 보자고 전해라."

"그리 전하겠습니다."

"그리고……."

진송이 말을 머뭇거렸다. 머릿속에 떠오른 하나의 방법을 두고 갈등이 일었다. 진정 이 방법뿐일까. 문득 그가 아직 조선인이던 때 시를 들려준 계집이 떠올랐고 그러자 결정이 쉬워졌다.

"거문고 켜는 계집을 불러오거라."

"더 반반한 계집도 있습니다만."

"두 번 말하게 하지 마라."

"네."

수하의 발소리가 멀어졌다.

박예진이라 했던가. 이상하게 신경이 쓰이는 계집이었다. 진송은 자신에게 물었다. 왜 그 계집에게 내가 조선인이었음을 밝혔는가. 취기에 일본어를 쓴 수하의 실수에 비할 수 없는 위험한 행동이었다. 그런데 왜, 어찌해 그리했을까.

진송은 조선으로 돌아온 이후 이따금 알 수 없는 기분에 사로잡히곤 했다. 다 놔버리고 싶기도 했고, 다 털어놓고 싶기도 했다. 그

러나 무엇을 놓고 무엇을 털어놓고 싶은 것인지 알지 못했다. 체한
듯 뭔가가 가슴을 틀어막고 있는 것도 같았고, 반대로 헛헛한 것도
같았다.

어쩌면 줄곧 그러했는지도 모른다. 그래서 아귀처럼 닥치는 대로
먹어 치우며 지금에 이르렀는지도 몰랐다. 이제 슬슬 그 결과가, 끝
이 다가오고 있었다. 그 끝에 자신의 선택지가 있을지는 여전히 확
신이 없었다.

***

열흘 만인가. 박예진은 탕약을 들고 이순신의 처소에 들어섰다.

이순신은 고질적인 불면에 시달렸다. 그녀는 살맹이씨와 측백씨
를 달이며 이순신을 잠들지 못하게 하는 게 무얼까 헤아려보고는
했다.

그의 아비 또한 오랜 불면에 시달렸다. 약을 살 형편은 아니어서
약재를 알아봐 직접 달이고는 했다. 아비를 죽인 자에게 아비가 먹
던 탕약을 올리게 될 줄은 상상도 못했던 일이었다. 그리고 이렇게
까지 그에게 접근하여 확인하고 싶은 게 무엇인지도 몰랐다. 다만
그의 고통을 지켜보고 싶었다. 오장육부가 뒤틀리는 고통을 지켜보
고 싶었다. 그런데 왜 도리어 그의 불안을 재워주는 탕약 따위를 올
리고 있다는 말인가.

"탕약이옵니다."

몸종이 솟을대문을 열어주자 박예진은 곧장 안채로 향했다. 몸종
은 박예진이 저녁마다 탕약을 올리러 오는 걸 아는 터라 관심을 거

두고 장작을 패러 돌아갔다.

"탕약을 가지고 왔습니다."

박예진이 안채 대청마루 앞에서 기척을 냈다. 평소 같으면 창호 안쪽에서 두고 가라는 말이 들렸을 텐데 이번에는 문이 열렸다. 창옷을 입은 이순신이 대청으로 나왔다.

"수고스러울 텐데 번번이 고맙구나."

이순신이 대청에 앉으며 말했다.

"아닙니다."

열린 문 너머로 책가(冊架: 책장)가 보였다. 서책들이 가지런히 눕혀 있었고 서찰 따위로 보이는 두루마리도 많았다.

"의원이 지어준 탕약보다 네가 지어준 게 약효가 좋으니 신통할 따름이다. 전에 의녀였던 것이냐?"

"아닙니다. 그저 아비가 오래 불면을 앓았던지라 그 방면의 탕약만 조금 알 뿐입니다. 드세요. 탕약이 식으면 약효가 떨어집니다."

박예진이 사발을 들어 건넸다. 그러면서 슬쩍 그의 눈을 봤다. 순간 아비에게 참형을 내릴 때의 눈이 떠올랐다. 그러나 당시의 눈빛을 찾긴 어려웠다. 살짝 내려온 눈꼬리는 몹시 지쳐 보였고 온순한 짐승의 것처럼 부드러웠다. 우묵한 눈의 중심은 닿지 않는 먼 곳을 응시하는 것 같았다.

"내가 널 본 적이 있더냐?"

박예진이 뜨끔하여 이순신에게서 시선을 내렸다.

"그야 탕약을 올리면서 두어 번⋯⋯."

"아니, 그 이전에."

박예진은 뒷골이 서늘했다. 설마⋯⋯. 아니었다. 그날 자신은 군중에 섞여 시종 이순신과 아비만을 보았다. 아비를 보는 순간은 짧았고 이순신을 보는 시간은 길었다. 아비의 운명은 아비를 떠나 이순신에게로 넘어가 있었으니 그녀의 시선은 한사코 이순신의 입과 눈에 머물렀다. 그러는 내내 이순신의 시선이 그녀에게 닿은 적은 없었다.

"없습니다."

박예진은 보지 않고도 그의 시선이 자신에게 닿고 있음을 느낄 수 있었다. 보이지 않는 손이 고개를 짓누르고 있는 것처럼 고개가 뻣뻣해졌다.

이순신은 더 묻지 않고 탕약을 마시기 시작했다. 목젖이 느리게 꿈틀거렸다.

이순신이 빈 사발을 소반에 내려놓았다.

"네 아비는 이제 잘 자느냐?"

"네?"

"네 아비 또한 불면증이 심하다고 하지 않았느냐."

박예진은 등줄기에 땀이 고이는 걸 느꼈다. 수상한 낌새라도 느낀 걸까. 내심 그랬으면 하는 바람도 있었다. 나리가 내 아비를 죽게 하지 않았냐고, 그런데도 편히 잠을 청해보겠다고 탕약을 대령시키느냐고 따져 묻고 싶기도 했다. 그러나 그건 그녀가 궁극적으로 원하는 바가 아니었다.

"제 아비의 불면은 멈추었습니다."

"네 효심이 지극하니 그리하고도 남았겠구나."

박예진은 눈두덩이 뜨거워졌다. 그러나 눈물을 보일 수는 없었다. 다른 사람도 아닌 이순신 앞에서는 더더욱 그래야 했다.

"저도 하나 물어도 되겠습니까?"

"말해보아라."

"나리를 잠들지 못하게 하는 건 무엇입니까?"

이순신은 바로 답하지 못하고 잠시 생각에 젖었다.

"아마도 염려 때문이겠지."

그 '염려'에 대해 더 묻고 싶었으나 멈추었다. 그의 염려는 앞날에 있지 지난날에 있을 것 같지 않았다. 그의 염려에 황옥천이란 이름은 없을 것이다.

달은 살찌고 풀벌레 소리가 애절하게 울렸다. 은은한 달빛에 드러난 좌수영의 풍광은 고즈넉했고 아무런 염려가 없어 보였다.

객사에서는 박예진과 진송이 주안상을 사이에 두고 술잔을 기울이는 중이었다. 박예진은 진송의 침묵이 불안했다. 원래도 말이 없던 사내였다. 하지만 지금의 침묵은 분위기가 사뭇 달랐다.

"무슨 근심이라도 있습니까?"

"그건 되려 내가 묻고 싶군."

진송의 말이 그녀의 정곡을 찔렀다. 조금 전 이순신을 만나고 와 심산이 어지러운 상태였다. 누구라도 좋으니 붙잡고 제 안에 쌓인 울분을 토해내고 싶었다. 그러나 그럴 수 없었다. 한바탕 털어놓고 나면 여태 벼려온 마음이 무뎌질 것 같았다.

박예진은 대답 대신 술잔을 들었다.

"왜 알리지 않은 것이냐?"

그녀는 그의 두루뭉술한 말을 되새김질했다. 몇 번의 되새김질 끝에 그 말의 의미를 알아차릴 수 있었다.

"알려야 합니까?"

"넌 이곳에서 내가 조선인이었음을 아는 유일한 자다. 이미 왜국 말을 쓴 것도 알고 있을 테지. 그런데 왜 침묵하는 것이냐?"

"전 일개 기녀일 뿐입니다."

"아니, 네가 기녀가 아니라는 것쯤은 알고 있다."

술잔을 쥔 그녀의 손끝이 떨렸다. 이미 다 알고 있었던 걸까? 그럼 왜? 그녀도 그가 한 질문을 똑같이 돌려주고 싶었다. 그러는 당신은 왜 알고도 모른 체한 겁니까?

"정체가 무엇이냐?"

심문인가? 아니었다. 옥박이 아니었다. 그렇다면 그저 확인인가?

"네가 이순신에게 탕약을 올리는 걸 알고 있다. 의녀도 아닌 네가 왜 탕약을 올리는 것이냐?"

그의 목소리는 잔잔했다. 여전히 심문으로는 느껴지지 않았다. 그러나 의도를 알 수 없기에 그녀는 여전히 답할 수 없었다.

"질문을 바꿔보지. 왜 이순신 주변을 맴도는 것이냐?"

그녀의 손에서 술잔이 떨어졌다. 떨어진 술잔이 바닥에서 구르다 멈췄다.

"저를 염탐하신 겁니까?"

"그게 내 일이다."

"명국의 사절단이 할 법한 일로는 보이지 않는군요."

그녀가 기세에 밀리지 않고 응수했다. 그러자 그가 제 술잔을 채우고는 단숨에 들이켰다.

"나는 명의 사절단이 아니다."

이 사내가 도대체 무슨 소릴 하는 걸까. 그녀는 더욱 당황했다. 왜국의 간자일 수도 있다는 사실은 윤사공을 통해 알고 있던 바였다. 그녀가 놀란 건 눈앞의 사내가 스스로 그 사실을 털어놓으려 하고 있다는 점이었다.

"내 정체는……."

"그만! 그만하세요."

박예진이 다급히 소리쳤다. 호흡이 가빠졌고 식은땀이 흘렀다.

이 자의 실체를 듣게 된다면 살아남기 힘들 것이다. 지금 와서 왜 정체를 밝히려는 걸까?

박예진은 진송의 눈을 다시 보기 두려웠지만 애써 그를 바라봤다. 왜 저런 표정을 짓고 있는 걸까. 이해할 수 없는 표정이었다. 그리고 그 표정의 중심에 눈이 있었다. 어디선가 본 것 같은 눈이기도 했다.

그녀는 곧 그 기시감이 앞서 만난 이순신 때문임을 알았다. 이순신의 눈빛과 진송의 눈빛이 어딘가 흡사했다. 아득히 먼 곳에 홀로 남겨진 자의 눈빛이랄까. 깊은 회한과 쓸쓸함이 담긴 눈이었다.

그러다 문득 그의 눈동자에 비친 자신을 보았다. 자신의 표정이 사내와 다르지 않았다. 그런 것이었나. 이루 말할 수 없는 상실감을 홀로 지고 살아가는 자의 얼굴인 건가.

"이미 알고 있군. 그렇다면 너에 대해 더욱 알아야만 하겠다."

진송은 박예진을 처음 본 순간부터 수상쩍게 여기고 있었다. 처음에는 그녀가 이순신의 심복이라 짐작했다. 해서 따로 지령을 받고 사절단을 감시하고 있으리라 생각했다. 그런데 박예진과의 동침 후 생각이 조금씩 헝클어졌다. 그녀에게서 이상하게 동질감이 들었다.

물론 그 모든 게 계략일지도 몰랐다. 그래서 수하 중 하나더러 은밀하게 감시하라 했다. 덕분에 박예진이 윤사공이란 자를 은밀히 만난 것도 이순신에게 탕약을 올리는 것도 알았다. 박예진의 목적을 확인하기 위해 부러 자신이 조선인 출신임도 밝혔던 것이다. 박예진이 밀고했다면 수영에서 반응이 있었을 테지만 여태 아무런 조치가 없었다.

그러자 슬쩍 이런 생각이 들었다. 박예진이 노리는 게 내가 아니라 이순신이라면? 의녀도 아닌 관주청에서 잡일을 하는 여인이 수사의 탕약을 올리는 건 뭔가 다른 노림수가 있어서가 아닐까 하고 말이다.

"다 말하겠습니다. 하나만 약조해주신다면요."

"말해보아라."

박예진이 차마 입이 떨어지지 않는지 입술을 깨물었다. 그러다 입술의 핏기가 사라질 때가 돼서야 결심한 듯 말했다.

"이순신을 죽여주세요."

15
파랑새

 아직 지지 않은 진달래가 있었던가. 팔영산에 진달래 내음이 가득했다. 화전을 부쳐 먹을까 싶어 진달래꽃을 따던 황수옥은 청아한 새 울음에 고개를 들었다.

 '파랑새?'

 머리부터 꽁지깃까지 바다색을 한 파랑새가 부리에 진달래꽃을 물고 소나무 가지에 앉아 있었다. 파랑과 연분홍의 대비가 예쁘기 그지없었다. 새는 쉬지 않고 지저귀면서도 용케 진달래꽃을 떨어트리지 않았다.

 파랑새는 황수옥을 내려보며 날개를 퍼덕이더니 옆에 있던 나무 가지로 옮겨 갔다.

 '따라오라는 건가?'

 왠지 좋은 일이 생길 것만 같았다. 파랑새가 다시 나무를 건너가 앉자 황수옥은 홀린 듯 파랑새를 쫓았다. 파랑새는 조금씩 나는 거리를 늘려갔지만 새를 쫓으면서도 황수옥은 숨이 차지 않았다.

파랑새를 따라 도착한 곳은 해안절벽 위였다. 새가 절벽 끝 마지막 소나무 가지에 앉더니 더 이상 움직이지 않았다. 소나무 너머, 절벽 아래로 파랑새와 동색의 바다가 펼쳐져 있었다.

황수옥은 무심코 새에게로 손을 뻗었다. 그러자 물고 있던 꽃을 그녀의 손바닥에 살며시 내려놓았다. 그녀는 어쩐지 꽃이 무겁다고 느꼈다. 그때였다. 그늘이 드리운다 싶더니 거대한 날개를 펼친 매가 파랑새를 덮쳤다. 파랑새는 황수옥을 한 번 보고는 매에게서 벗어나기 위해 절벽 아래로 급강하하기 시작했다.

파랑새가 때마침 밀려든 파도에 가깝게 날자 뒤를 쫓던 매는 포기하고 떠올랐다. 그러나 이내 높은 파도가 덮쳐와 파랑새를 삼켜 버렸다.

"안 돼!"

식은땀을 흘리며 잠에서 깬 황수옥은 제 손을 펴보았다. 손끝이 퍼렇게 물들어 있었다. 전날 고구마 줄기를 다듬었던 기억이 났다.

길몽일까 흉몽일까. 파랑새를 보면 길한 일이 생긴다던데 그 파랑새가 죽고 말았으니 해몽이 어려웠다. 하기야 길한 일이 있을 리 없었다. 나라가 전란 중인데다 임금까지 달아났다고 하니 무슨 좋은 소식이 있겠는가.

"누이!"

열 살배기 막내 옥만이가 마당에서 그녀를 찾았다. 황수옥은 뭔가 일이 터졌음을 직감했다.

가랑비가 내리고 있었다. 새벽부터 내내 내렸는지 가랑비임에도 마당이 질펀해져 있었다. 분명 옥만이의 목소리를 들었던 것 같은데 헛것이었을까. 가랑비 사이로 옥만이가 보이지 않았다.

그러다 낮은 흙담 너머로 낯익은 사내의 얼굴이 보였다. 몇 달을 몇 년처럼 보낸 걸까. 사립문을 통해 아는 이가 맞나 싶을 정도로 초췌해진 아비가 들어서고 있었다.

"아버지?"

황수옥은 맨발로 마당을 가로질러 달려갔다. 아비의 허리춤에 달라붙어 있는 옥만이는 비에 젖고도 싱글벙글 웃는 낯이었다. 아비와 반년만의 재회였으니 비에 젖는 게 대수일까.

"어떻게 된 거예요? 전란이 끝나기라도 했어요?"

황수옥이 부친 황옥천의 손을 감싸 쥐며 눈시울을 붉혔다. 역시 파랑새 꿈은 길조였나. 그런데 아비의 표정이 밝지 못했다. 황옥천이 딸의 손아귀에서 제 손을 슬그머니 빼내고는 사립문을 닫았다.

"방으로, 방으로 가자꾸나."

황옥천은 어딘가 불편해 보였다. 황수옥은 덜컥 불안했다. 자꾸만 꿈에서 본 파랑새의 마지막 모습이 떠올랐다.

황옥천은 방에 들어오자마자 수옥의 어미부터 찾았다. 그는 귀신에라도 쫓기는 양 좁은 방안에서도 가만히 있지를 못했다.

"어머니는 밭일 보러 나갔겠지요. 일단 좀 앉으세요."

아비가 털썩 주저앉자 황수옥이 무명천으로 아비의 젖은 얼굴을 닦았다.

"도대체 무슨 일인데 그러세요? 어디 편찮으신 거예요? 그래서 집으로 돌려보내 준 거예요?"

황수옥은 불안한 마음에 희망 사항을 두서없이 나열했다. 어서 아비가 그렇다고 말해주기를 바랐으나 아비는 연신 머리카락만 쥐어뜯었다. 뭔가 일이 뜻대로 되지 않을 때 보이던 행동이었다.

"옥만아, 너 어서 가서 네 어미 불러와라. 어여!"

"싫어요, 아버지랑 있을 거예요."

"어여 댕겨오래도!"

"갔다 오면 될 거 아니에요."

"딴 길로 새지 말고 후딱 갔다 와야 써. 알았제?"

"알았당게요."

아비 곁에 찰싹 붙어 있던 열 살 소년이 툴툴거리며 방을 나섰다. 황수옥이 다시금 아비의 눈을 보며 채근했다.

"뭔 일 생긴 거죠? 그렇죠?"

"피란 가야 하니께 후딱 봇짐 꾸려라."

피란이라니. 황수옥은 갑작스러운 상황을 이해할 수 없었다. 경상도, 경기도, 충청도에서 전라도로 피란을 떠나오는 마당에 전라도에 사는 그녀의 식구가 피란을 갈 이유는 없었다. 그때 퍼뜩 든 생각이 있었다.

"설마 왜놈들이 바다로 들어온 거예요?"

"그, 그려. 그러니께 어여 짐부터 싸란 말이다. 니 애미 오는 대로 바로 떠날 것이고만."

"아니 왜놈들이 쳐들어왔으면 우리만 피란 갈 게 아니라 사람들한테도 알려야 할 거 아니에요. 짐은 내가 싸려니까 아버지는 얼른 소문부터 내고 오세요."

"이년아, 지금 남 걱정할 때가 아니란 말이다."

황옥천이 수옥의 어깨를 움켜쥐며 소리쳤다. 어찌나 세게 힘을 주었는지 황수옥이 저도 모르게 어깨를 털었다.

황수옥의 눈에 아비는 평소답지 않았다. 겁이 많고 제 핏줄을 유
난히 아꼈으나 이웃을 모른 척하는 사람은 아니었다. 그저 왜놈들
이 오고 있다고 한바탕 소리만 지르고 다니면 될 것을 왜 죄지은 사
람처럼 제 식솔만 데리고 몰래 빠져나가려 하는 걸까. 죄지은 사람
처럼…….

"자초지종을 알려줄 때까지는 이 자리에서 꼼짝도 안 할 거예요."

황수옥은 아비가 경황이 없는 나머지 사리분별을 못 하는 것으로
보았다. 그게 뭔지 알아야 짐을 싸든 말리든 할 수 있었다.

황옥천이 결국 땅이 꺼져라 한숨을 내쉬었다.

"경상도 수군이 전멸 직전이랴. 우리 좌수영 수군이 경상도 바다
로 출전한단다."

"설마 탈영하신 거예요?"

황수옥이 누군가 들을세라 뒤늦게 제 입을 틀어막았다. 그녀의
아비는 닭목도 못 비트는 사내였다. 훈련이야 고되더라도 그럭저럭
버텼다지만 목숨이 오가는 전투에 대한 두려움은 이기기 쉽지 않았
을 것이다. 죽이는 것도 죽는 것도 못 할 사내였다.

"왜놈들 배가 수백 척이 넘는다는데 싸우러 갔다가는 죽은 목숨
아니겠냐. 경상도 수군도 하루아침에 전멸했다는디 전라도 수군이
라고 뭐시 다르겄어. 나 하나 죽는 거야 그렇다 쳐도 나가 죽으면
남은 너희는 어찌 먹고 살겄냐."

"아무리 그래도 그렇죠. 차라리 다리 하나를 분지르지 그러셨어요."

충격이 큰 나머지 황수옥의 입에서 거친 말이 튀어나왔다. 그녀는
전라좌수영의 수사가 매우 엄하다고 들었다. 일개 병졸부터 군관에

이르기까지 가차 없이 엄벌한다는 소문이 무성했다.

"탈영하다 잡히면 어찌 되는데요?"

"난들 알겠냐. 모르긴 몰라도 곤장 백 대는 맞을 것이다."

곤장 백 대라니. 병영에서 치는 곤장이니 일반 관아에서 치는 곤장과는 다를 것이다. 황수옥이 보기에 아비는 곤장 백 대는 고사하고 그 반도 견딜 수 없을 정도로 쇠약해 보였다.

"지금이라도 돌아가는 게 낫지 않겠어요?"

"이년아, 애비 말을 뭘로 들은겨. 곧 출전한다고 안 했냐. 가믄 꼼짝없이 죽는단 말이여. 나 죽으믄 느그들은 어찌 먹고살 거냐."

아비의 말에 거짓은 없을 것이다. 아비는 제 죽음이 아니라 그 이후를 걱정하고 있었다. 아무리 그래도 탈영이라니. 군에 대해 잘 모르는 그녀도 탈영이 얼마나 중죄인지는 알고 있었다.

지금이라도 돌아간다면 용서받을 수 있을까. 설령 죄를 묻지 않는다고 해도 수영으로 돌아간다면 필히 전장으로 나서게 될 것이었다.

조선의 사내로서 전장에 나서는 건 당연한 일이라 하나 억울한 부분이 없진 않았다. 천인이나 양민 중에는 임금이 도성을 버리고 달아난 사실을 반기는 이들도 적지 않았다. 나라로부터 받은 게 없으니 나라의 주인이 바뀐들 아쉬울 게 뭐 있단 말인가. 오히려 천인이라면 그 신분을 바꿀 수 있는 기회이기도 했다.

황수옥은 이미 돌이킬 수 없는 상황이라 판단했다. 백성 된 도리보다 자식 된 도리가 우선이었다. 돌아갈 곳이 사지인 걸 알면서도 아비더러 돌아가라 할 수는 없었다. 이렇게 된 이상 아비 말대로 서둘러 도망쳐야 했다.

"어여 젖은 옷부터 갈아입으세요."

황수옥이 서둘러 아비의 갈아입을 옷을 찾았다.

"어차피 젖을 거 봇짐이나 싸게 싸자. 옥만이는 왜 이리 늦는다냐."

마음이 급해진 황수옥은 서둘러 보따리를 펼치고 닥치는 대로 옷가지를 쌌다. 그리고는 곡식을 싸기 위해 부엌으로 가려다 발이 얼어붙고 말았다.

담장 너머로 군사들이 보였다. 말을 탄 군관이 병사들을 대동한 채 길 가던 사람을 붙잡고 묻고 있었다.

"아버지, 어여 도망쳐요. 군사들이 오고 있어요!"

"느그들 두고 어찌 혼자 가겠냐."

"내가 어머니랑 옥만이 데리고 따라갈 테니 싸게 가시란 말이에요!"

그 사이 그녀의 집을 알아낸 군사들이 속보로 다가오고 있었다. 황수옥은 맨발로 사립문으로 달려나갔다.

"아버지! 뭐가 급하다고 자식들 얼굴도 안 보고 가시오!"

황수옥은 아무도 없는 길 어딘가를 보고 소리쳤다. 그녀가 바라보는 길 너머로 숲이 있었다. 그녀는 군사들에게 아비가 그리로 달아나는 것처럼 보이려 했다.

"쫓아라!"

그녀의 노림수가 먹혔는지 군관이 병사들에게 명령했다.

병사들이 흙탕물을 튀기며 달려나갔고 황수옥의 집에서 멀어져 갔다. 황수옥은 멀어지는 병졸들을 보며 곁눈으로 뒤를 살폈다. 아비가 부엌을 돌아 뒤꼍으로 가고 있었다.

다시 고개를 돌렸을 때 황수옥은 심장이 멎는 줄 알았다. 말에 타 담장보다 높은 위치에서 주위를 살피던 군관의 시선이 그녀의 너머를 보고 있던 것이다.

"황옥천!"

군관의 외침과 동시에 그녀의 뒤쪽에서 후다닥 달음박질치는 소리가 들렸다. 군관이 말에서 뛰어내린 뒤 사립문으로 다가왔다.

"아버지, 도망가시오!"

황수옥이 군관을 막아서며 절규했다. 그녀는 군관의 몸통을 끌어안고 뒤에서 양손을 깍지 꼈다. 군관은 황수옥을 밀치는 대신 다시한번 그녀의 아비를 불렀다.

"황옥천! 네놈 대신 여식을 잡아가도 된단 말이냐!"

그녀의 등 뒤에서 철벅철벅 나던 발소리가 멎었다.

"도망가시라니까요!"

황수옥이 여전히 군관의 몸통을 안은 채 고개를 돌리고 외쳤다. 그녀의 눈에 아비의 모습이 보였다. 그는 달아나기를 포기한 채 터벅터벅 마당으로 걸어나왔다. 황옥천이 젖은 땅에 무릎을 꿇자 황수옥의 깍지 낀 손이 축 늘어졌다.

"나리, 우리 아버지 어찌 된답니까? 어찌 되냐 말이요?"

황수옥이 가랑비와 눈물이 범벅된 채 따져 물었다.

"군령대로 처분될 것이다."

그사이 길을 잘못 들었던 병졸들이 돌아왔고 황옥천은 포승줄에 묶였다.

군관은 황수옥에게 뒤따르지 못하도록 하였으나 그녀는 끌려가는 아비의 뒤를 따라 맨발로 먼 길을 나섰다.

옥에 갇혔던 아비가 다시 옥을 나선 건 그날 오후였다.

황옥천은 겁에 질린 눈으로 고소대 앞으로 끌려 나왔다. 황수옥은 아비의 형을 집행하려나 보다 했고 아비가 그 모진 매를 잘 견뎌

낼 수 있을지 심려했다. 양손을 합장하고 부처님, 당산신, 옥황상제, 용왕신에게 기도했다.

그런데 아비 곁에 선 자는 곤장이 아닌 참수도(斬首刀)를 들고 있었다.

"네 비록 병졸이라고 하나 어찌 군령의 지엄함을 모르는가. 군인으로서 마땅히 나라를 위해 힘써야 하거늘 출전을 앞두고 달아났으니 이는 군의 사기를 떨어트리는 중죄니라. 따라서 죄인 황옥천을 일벌백계함으로서 군의 기강을 바로 세우고자 하니 속히 참형을 집행하라."

군령, 죄인, 참형…….

이해하고 싶지 않은 말들이 수영의 우두머리 입에서 연달아 흘러나왔다. 황수옥에게 이순신은 좌수영의 총지휘관이 아닌 저승사자로 보였다. 파랑새를 삼킨 노도로 보였다.

"안 됩니다!"

황수옥의 외침에 황옥천이 뒤를 돌아보았다. 황옥천이 만 가지 말을 담아 고개를 끄덕였고 직후 목이 떨어졌다.

"죄인의 수급을 효시하여 군의 기강을 바로 세우라."

이순신이 황옥천의 시신과 일별한 뒤 자리를 떠났다.

황옥천의 수급은 장대에 매달려 군중들 가운데 효시됐다. 황옥천의 머리를 본 사람들이 수군거렸다. 황옥천의 죄명이 사람들 입을 타고 퍼져나갔다. 탈영이 죽음으로 등가되었다. 죽음이란 공포 앞에 사람들은 황옥천의 눈을 피했고 일부는 혀를 찼다. 더러 돌을 던지는 이도 있었다.

황수옥은 달구지에 머리 없는 아비의 시신을 싣고 수영을 나섰다. 집으로 가는 길이 하염없었다. 날이 어둑해지자 피 냄새를 맡은 산짐승의 숨소리가 들렸다. 황수옥은 소리 나는 곳을 향해 돌을 집어 던지며 밤길을 걸었다.

군에 끌려간 아비의 죽음을 상상하지 못한 것은 아니었다. 그러나 그 죽음은 바다에서 맞이하는 것이었지 조선의 병영에서 맞는 게 아니었다. 황수옥은 걸으며 몇 번이나 무너졌다. 달구지가, 달구지에 실린 아비의 시신이 무거워서는 아니었다. 가벼워서, 하염없이 가벼워서 무너졌다. 데리고 오지 못한 아비가 그녀의 발목을 부단히 잡아챘다.

황수옥이 수영에 다시 나타난 건 그로부터 보름이 지났을 무렵이었다. 그녀는 수영 내 잡일을 거들겠다 했다. 자청해 궂은일을 감당하려는 젊은 처자가 갸륵했던지 가마솥 밥을 짓던 관주청 주모가 이름을 물었다.

"박예진이라고 합니다."

주모는 눈빛에 생기가 없는 그녀를 보며 말 못 할 사연이 있을 거라 짐작했다. 그리하여 더는 묻지 않고 솥 바닥의 누룽지를 박박 긁어 건네주었다.

"다 먹고 살라고 하는 일 아니여. 기운 내라, 잉."

주모의 말이 그녀의 공허한 내면에서 메아리쳤다. 살라고 하는 일. 살라고 하는 일.

살라고 하는 일…….

16
신우대(神佑隊)

어둠이 깔린 여느 날과 다를 바 없는 밤이었다.

박예진은 소반에 탕약을 받쳐 들고 이순신의 처소로 향했다. 평소와 같은 일과였지만 몹시 불안했다. 이번에는 뚜렷한 목적이 있는 탓이었다.

지금쯤 이순신은 처소에 있지 않을 것이다. 그녀가 탕약을 올리는 시간에 진송이 이순신을 불러내기로 했다.

전날 박예진이 좌수영에 들어온 이유를 모두 털어놓았을 때 진송이 건넨 제안은 놀라운 것이었다.

"네 복수를 대신해주겠다."

박예진은 진송이 무슨 말을 하는지 알아들을 수 없었다. 그가 왜국의 자객일 수도 있다는 사실은 알았다. 하지만 이순신을 대신 죽여주겠다는 말은 의아했다. 그녀 때문에 이순신을 죽이기로 한 건 아닐 터, 본래 암살할 계획이었을 것이다. 그런데 왜 그 사실을 자신에게 털어놓는 것일까.

"그 전에 물을 게 있다. 이순신을 제거하는 게 목적이었다면 이미 충분히 기회가 있었을 텐데 무엇 때문에 망설였던 것이냐?"

진송의 질문은 정곡을 찌르는 것이었다. 이순신에게 이미 여러 날 탕약을 올렸다. 그중 한 번만 독약을 탔더라면 이순신의 숨을 끊을 수 있었다. 그런데 왜 그렇게 하지 않았던 걸까.

"너무 쉽기 때문이었습니다. 제가 죽이고 싶은 건 이순신의 육신이 아닌 넋입니다."

"이순신에게도 네가 겪은 것과 같은 고통을 주고 싶다는 말이냐?"

"처음에는 몰랐습니다. 막상 그자에게 접근하고 나니 독살은 제가 원하는 복수가 아니라는 생각이 들었습니다. 하지만 어떤 복수를 원하는지는 알지 못했지요. 헌데 나리의 말을 들으니 이제야 제가 원하는 게 무엇인지 알겠습니다."

진송이 설핏 웃으며 술을 들이켰다.

"이순신의 혈육이 사는 곳을 알아내야 한다. 너라면 방법이 있을 것 같은데?"

박예진은 객사로 오기 전 이순신의 처소에 들렀던 기억을 떠올렸다. 안채의 책가에 많은 두루마리가 있었다. 공문이라면 대부분 동헌에 있을 테니 안채에 있는 것은 대체로 사적인 것일 거다.

그녀는 이순신이 평소 서신을 즐겨 쓴다고 들었다. 효심이 지극하다는 말도 들은 바가 있었다. 그러니 두루마리 중 상당수는 모친이나 처와 주고받은 것들일 터. 그 서신을 살펴보면 거처에 관한 단서가 있을지 몰랐다.

"나리께서 명일 탕약을 올릴 시간에 이순신과 접견하신다면 제가 그의 안채에서 단서를 찾아낼 수 있을 것입니다."

"어렵지 않다. 헌데 보는 눈들이 있을 텐데 괜찮겠느냐?"

"종들이 몇 있긴 하지만 딱히 저를 경계하지는 않습니다."

진송이 잔에 술을 따라주었다.

"이순신이란 자의 눈치가 빠르다 들었다. 후에라도 네가 가담한 사실이 밝혀진다면 목숨을 부지하기 어려울 텐데."

"제 목숨을 건사하려고 했다면 이곳에 오지도 않았습니다."

진송과 박예진은 별다른 대화 없이 밤하늘에 뜬 것들을 안주 삼아 술잔만 기울였다. 오가는 술잔에 많은 뜻이 담겼다.

탕약에서 피어오르는 김에서 자꾸만 관주청의 식모가 해주었던 말이 생각났다. 식모가 건넨 누룽지에서 피어오르던 김. 고소한 누룽지를 입으로 밀어 넣을 때 식모가 해주었던 말이 맴돌았다.

다 살라고 하는 일. 이미 죽은 자에게는 닿을 수 없는 말이었다.

"탕약입니다."

삐걱거리는 소리가 나며 솟을대문이 열렸다. 늘 보던 종이 서 있었다.

"나리는 아직 귀가 전입니다. 저한테 주고 가시요."

종이 그녀가 들고 있던 소반으로 손을 뻗었다. 박예진은 당황한 내색을 감추고 서둘러 말을 지어냈다.

"탕약이 식으면 효험이 떨어지네. 언제쯤 오실 것 같은가?"

"쇤네가 그걸 어찌 압니까?"

"그럼 이렇게 하세. 내가 반 시진 정도 여력이 있으니 기다렸다가 나리가 오시면 탕약을 데워드리고 가겠네. 그래도 늦으시면 이후에는 대신 데워드리게."

"뭘 그렇게까지……."

"약은 달이는 정성이라고 하지 않는가. 이 정도는 수고로운 일이 아니니 개의치 말게."

박예진은 행여나 종이 고집을 부릴까 싶어 뒷말을 기다리지 않고 솟을대문을 넘었다. 종도 더는 말리지 않았다.

그녀는 안채에 도착하자 소반을 대청마루에 올려두고 곧장 방으로 들어갔다. 시간이 많지 않으니 서둘러 두루마리들을 살펴야 했다.

마음이 급하다 보니 글자들이 눈에 잘 들어오지 않았다. 십수 개의 서신을 살피도록 거처에 관한 단서는 찾을 수 없었다.

서신의 내용들은 애틋했다. 잘 있으니 염려치 말라는 내용이 주를 이루었다. 답장이 이러하니 이순신이 발송한 서신은 염려와 미안한 심정을 담은 것들이 대부분이었을 것이다.

무엇이 그리 미안한지……. 식솔들을 생각하면 늘 미안한 마음이 먼저 드는 건 칼을 찬 장수도 매 한 가지인가. 박예진은 문득 두고 온 어미와 옥만이가 생각나 눈두덩이 뜨거워졌다. 남은 가족을 생각하면 이럴 일이 아니었다.

허나 도저히 가만히 있을 순 없었다. 수시로, 꿈에서조차 머리 없는 아비가 나와 머리를 찾았다. 박예진은 이를 악물고 서신들을 살폈다. 그러다 마침내 지명이 적힌 서신을 찾는 데 성공했다. '아산'과 '곡교천'이란 지명이 보였다. 다른 내용은 더 볼 것도 없이 서신을 접어 저고리 안에 찔러넣었다.

진송은 이순신의 안내를 받아 가며 영지를 순찰하고 헤어졌다. 이순신은 수영 내 시설을 약식으로만 설명했다.

실제로 본 이순신은 잔잔한 바다처럼 고요했다. 속엣것을 좀처럼 드러내지 않았다. 반면 그와 동행한 수하들 눈빛에는 날이 서 있었다. 단순한 의심이라 보긴 힘들었다. 의심보다는 경계심에 가까워 보였다. 피차 시간이 많지 않다는 의미였다.

충분한 시간을 벌었다고 판단한 진송은 명일 재접견을 기약하고 헤어졌다.

그가 객사로 돌아왔을 때 숨어 있던 박예진이 나타났다. 주위에 눈이 없는 걸 확인한 진송은 그녀를 데리고 제 처소로 들어갔다.

"알아냈느냐?"

진송의 물음에 박예진이 저고리 속에 손을 넣었다. 그녀의 손에 서찰 한 장이 들려 나왔다.

서찰을 살펴보는 진송의 표정이 서서히 밝아졌다.

"이거라면 되겠다."

"이제 나리께서 약조한 내용을 지키실 차례입니다."

"그럴 것이다."

진송이 서찰을 접어 속주머니에 넣고는 잠시 생각에 빠졌다. 박예진의 말대로 이제 그가 나설 때였다. 당장 내일부터는 어떤 일이 벌어질지 한 치 앞도 예상하기 어려웠다.

진송이 천천히 입을 열었다.

"내일 내 정체를 밝힐 것이다."

예상치 못한 말에 박예진의 눈이 커졌다.

"그게 무슨 소립니까?"

"네 복수라면 걱정하지 않아도 된다. 내 다른 동료가 해줄 것이다."

"그 말은…… 나리는 죽겠다는 것입니까?"

"오늘 밤은 나와 동침할 필요 없다. 넌 여기서 나가는 대로 이순신에게로 가거라. 가서 내가 이순신의 본가를 찾고 있다고 고하거라. 절대 네가 이 서신을 찾아낸 사실을 발설해서는 안 된다. 그래야만 네가 살 수 있다."

박예진의 표정이 일그러졌다. 슬픔과 배신감, 분노 따위의 여러 감정이 뒤섞인 얼굴이었다. 눈앞의 사내는 그저 수단에 불과했다. 아비의 복수를 위한 수단이었다.

그건 사내 역시 마찬가지일 거라 여겼다. 이자는 왜국의 간자였고, 목적을 달성하기 위해 자신이 필요할 뿐이라고. 그러나 지금 진송이 뱉은 말은 이런 생각을 일시에 배반하는 것이었다.

"나리나 저나 피차 이용하는 관계가 아니었습니까? 이제 와 왜 이러십니까?"

"맞다. 널 이용하는 것뿐이다."

"지금 스스로를 밀고하라 해놓고, 이용하는 것이라니요!"

"그편이 이순신을 속이기에 나으니까."

진송의 말은 반은 진실이고 반은 거짓이었다.

박예진으로 하여금 이순신의 처소에 잠입시킨 것은 그녀를 이용하는 행위였다. 그러나 애초에 그녀를 곁에 둔 것은 이용하려는 게 아니었다. 박예진이 자신을 감시하는 걸 알고도 그리한 것은 머리가 아닌 가슴이 시킨 일이었다. 어쩌면 확인하고 싶었는지도 몰랐다. 자신이 아직은 사람임을.

"네가 지금 나를 밀고하든 말든 내 계획과 네 복수를 성공시키는 데는 지장이 없다. 달라지는 게 있다면 네가 굳이 죽지 않아도 된다는 정도일 뿐. 굳이 죽을 필요는 없잖으냐."

진송의 말을 이해 못 하지 않았다. 다만 그녀의 감정이 요동치는 건 진송을 밀고하라는 명령 때문이 아니었다. 그 말에 앞서 했던……. 스스로 제 정체를 밝히겠다니. 그거야말로 죽겠다는 말이 아닌가.

박예진은 그의 죽음을 떠올린 순간 비로소 자신이 연정을 느끼고 있음을 알아챘다. 아비를 처형할 때의 이순신이 떠올랐다. 진송이 그 단호한 눈빛과 단단한 말들을 뚫고 살아남기는 어려울 것이다.

"나리는 죽겠다는 것입니까? 이것이 제 물음이었습니다."

진송은 박예진을 끌어안고 싶은 강렬한 충동을 느꼈다. 오늘 밤이 아니라 명일 밀고하라고, 오늘 밤은 함께 보내자는 말이 몇 번이고 목울대로 올라왔다. 그러나 그랬다간 눈앞의 여인이 살기를 포기할 것이다. 제 감정을 이기지 못하고 이순신 앞으로 나아갈 테고, 가서 그녀가 저지른 일을 다 털어놔 버릴지도 몰랐다.

"살자고, 다 먹고 살자고 하는 일이 아닙니까……."

박예진이 저도 모르는 사이 식모에게 들었던 말을 내뱉었다. 스스로도 부정했던 말을 눈앞의 사내에게 하고 있었다.

"그건 네가 걱정할 일이 아니다. 설마 이순신이라고 한들 상국의 사절단을 군령으로 다스릴 수는 없을 테지."

진송이 술잔을 가득 채워 들이킨 뒤 밤하늘을 보며 말했다.

"이만 가보거라."

***

서서히 동이 터오고 있었다. 풀잎에서 햇빛을 받아 영롱하게 반짝이던 이슬들이 정체를 알 수 없는 자들의 발길에 낙하했다.

민첩하게 움직이던 자들은 일순 행동을 멈추고 고요해졌다. 누군가 재에 오르고 있었다.

순천의 송치재에 오르고 있는 이는 좌수영의 객사에서 보이던 인물이었다. 객사에서 기녀에게 술잔을 던지며 일본말로 단발의 욕설을 뱉었던 사사키였다. 그는 진송의 지령을 받고 조선인 양민 복장으로 몰래 수영을 빠져나온 상태였다.

단신으로 재에 오른 사사키는 주위를 살피고는 품에서 면경을 꺼내 양편의 숲을 번갈아 비추었다. 그러자 수풀림의 어느 지점에서 반사한 빛이 날아들었다. 사사키는 반짝임이 있던 지점을 향해 자취를 감췄다.

사사키가 숲에 들어서자 까마귀처럼 검은 복장을 한 시노비들이 하나둘 모습을 드러내기 시작했다. 순식간에 시노비들에 둘러싸였지만 당황하거나 두려운 기색을 보이지 않았다. 오히려 반가운 기색이었다.

"대장님께 인사 올립니다."

사사키가 호리호리한 체형의 시노비를 향해 고개를 숙였다. 시노비가 복면을 내리자 놀랍게도 여인의 얼굴이 드러났다. 도쿠가와의 직속 시노비 조직인 신우대(神佑隊)의 대장 아사코였다.

"미행이 붙진 않았겠지?"

"네."

사사키가 품에서 밀지를 꺼내 건넸다. 밀지에 적힌 건 '아산'과 '곡교천' 두 개의 낱말이 전부였지만 아사코는 흡족한 얼굴이었다.

"충분하군. 조장은 포섭 작전에 돌입했느냐?"

"아직입니다. 대장이 이동하는 시간을 고려해 행동을 개시할 것이라 했습니다."

역시 스즈란이었다. 기동력이 뛰어난 시노비들이라고는 하나 이동 중에 조선인들과 마주칠 수 있으니 지체되는 시간이 생길 수 있었다. 또한 아산에 도착해 구체적인 장소를 찾아내는 데도 시간이 필요했다. 스즈란은 이순신이 추격대를 보내는 시간을 조금이라도 늦추려 하는 것이었다.

아사코는 그를 떠올리자 짐짓 감정이 일렁거렸다. 그는 사지에 혼자 남겨진 셈이었다. 그러나 자신도 달리 방법이 없었다. 지금으로서는 그를 살리기 위해서라도 반드시 인질을 확보해야만 했다.

작전의 성공 확률은 높지 않았다. 인질을 확보하는 건 어려운 일이 아니나 이순신이란 자가 회유에 응할지는 전혀 예상할 수 없었다. 어쨌든 인질을 수중에 넣어야만 스즈란이라도 살릴 수 있었다.

"그런데 하나 신경 쓰이는 부분이 있습니다."

사사키는 막상 말을 꺼내기 난감하다는 듯 머뭇거렸다.

"뜸 들이지 말고."

"그게…… 조장이 조선인 계집 하나를 마음에 둔 게 아닌가 싶습니다."

예상치 못한 말에 아사코의 눈썹 끝이 미세하게 떨렸다. 스즈란의 조원들도 그가 조선인 출신임을 알았다. 티 내지 않고 있으나 그의 밑에 있는 걸 못 마땅해하는 자들도 있을 것이다.

"대상의 심중을 이용하는 건 임무를 수행하는 데 충분히 있을 수 있는 일이다. 내가 그런 것까지 신경 써야 하는가?"

"아닙니다! 제 말은……."

"닥쳐라!"

순식간에 사위의 공기가 차가워졌다. 사사키가 찢어진 눈을 슬쩍 내리깔았다.

"스즈란은 제 목을 걸고 작전에 임하는 중이다. 또다시 하극상으로 분란을 조장했다가는 내가 직접 목을 벨 것이다."

"명심하겠습니다!"

"바로 출발한다."

그녀의 명령에 스무 명의 시노비들은 곧장 떠날 채비를 갖췄다.

아사코가 사사키에게 넌지시 일렀다.

"너는 수영 근처에서 대기하다 추격대가 출발하거든 뒤따라오거라."

"추격 경로에 혼선을 줄까요?"

"그럴 필요는 없다. 어차피 놈들도 우리의 목적지를 알게 될 테니 너는 그저 추격대와 한나절의 거리를 유지한 채 이동하다 혹 놈들의 추격이 예상보다 빠르다 싶으면 본대에 합류해 알리면 된다."

"하이!"

한나절이면 추격대를 뿌리치기엔 충분한 시간이었다. 인질을 확보하는 대로 동쪽으로 방향을 틀어 움직인다면 곧 일본군의 점령지였다. 시간이 급박하니 소수 인원으로 추격대를 꾸릴 테고, 그렇다면 일본군의 점령지까지 따라 들어오기는 무리일 것이다.

여차하면 무력으로 제압할 수도 있겠지만 이쪽도 인질들을 데리고 이동해야 하니 손이 적었다. 불필요한 전투는 가급적 피하는 게 아사코의 방식이자 주군인 도쿠가와의 방식이었다.

17
설전

　사절단 단장은 간밤의 접견에서도 수영에 온 목적을 밝히지 않았다. 이순신을 비롯한 읍진 수령과 군관들은 상당히 혼란스러운 상황이었다.

　"언제 출전해야 할지 모르는 상황에서 본영에 불안 요소를 남겨 둘 수는 없소. 이제 선택을 내려야 하지 않겠습니까?"

　홍양으로 파견을 나갔다 금일 오후 본영으로 복귀한 정걸은 답답한 심중을 감추지 못했다. 출정한 함대의 승전보를 듣고 기뻐하던 그는 뒤이은 사절단 소식에 노여움이 치밀었다. 한편으로는 여전히 믿기지 않기도 했다. 어찌 좌수영의 영내에 왜군의 간자들이 버젓이 눌러앉아 있을 수 있단 말인가.

　이미 정걸과 비슷한 감정의 기복을 겪은 이들은 침통한 심정이었다. 그들은 목에 차오른 말을 참으며 이순신의 결정을 기다렸다.

　"수상한 기색은 전혀 보이지 않던가?"

"전혀 없습니다. 오히려 그 점이 수상하다면 수상한 점이지요."

이순신의 물음에 권준이 답했다.

"답답할 노릇이군."

경비를 서던 병사가 회의가 진행 중인 진해루로 빠르게 다가왔다. 혼자가 아니었다. 그의 뒤로 한 사람이 더 있었다. 사절단의 역관이었다.

회의장의 장수들이 의아한 표정으로 서로의 얼굴을 돌아봤다. 서로 설명을 원하는 듯한 눈길을 주고받으며.

이순신이 자리에서 일어나 역관에게 다가갔다.

"무슨 일이시오."

"접견 요청이오."

역관이 시큰둥하게 답했다.

"오늘은 또 어디를 시찰하고자 하신답니까?"

"시찰이 아니오."

"허면?"

"단장께서 수사와의 독대를 원하시오."

"그건 아니 될 소리요!"

정걸이 발끈해 자리에서 일어났다. 다른 읍진 수령들도 잇따라 난색을 드러냈다. 그러는 사이 권준이 이순신에게 다가와 귀엣말을 했다.

"너무 위험합니다. 일단 보류하시지요."

사절단의 정체가 자객일 수도 있는 상황에서 수영의 총지휘관을 독대하게 할 수는 없었다.

그러나 이순신은 거절할 의향이 없었다. 암살이 목적이라면 다른 방법도 많았다. 분명 다른 목적이 있을 것이다. 지금으로서는 위험을 감수하더라도 그 심중에 든 것을 알아내야만 했다.

"언제 보자고 하십니까?"

"지금 당장입니다."

"좋습니다. 백화당*에서 접견하기로 하지요."

제 할 말을 전한 역관은 건조한 표정으로 돌아갔다.

"어쩌려고 그러십니까?"

평소 차분한 성격의 권준도 이번만은 감정이 격해져 있었다.

"어차피 한 번은 부딪혀야 할 일이 아닌가. 놈들의 정체를 모른다면 모를까 나 역시 호락호락 당하진 않을 걸세. 자네들은 다른 자들의 행동을 예의주시하게. 성동격서일지 모르니 영내 주요 시설의 방비와 망루의 경계도 강화해야 하네."

"아무리 그래도 호위병 몇은 배치해야겠습니다. 백화당 주위로 경각이면 이를 수 있게 배치할 테니 돌발상황이 벌어지면 지체하지 말고 신호를 주십시오."

대답이 없자 권준이 강한 어조로 덧붙였다.

"이것만은 저도 양보할 수 없습니다."

"그렇게 하세. 다들 움직이도록 하지."

회의장의 장수들이 각자 맡은 구역으로 흩어지기 시작했다. 이순신 또한 직속 군관인 변존서, 송희립을 대동하고 백화당으로 향했다.

백화당 앞에는 이미 사절단 일행이 도착해 기다리고 있었다. 이순

---

* 중국 사신 등의 접견을 맞는 통제사의 접견실이자 비장청.

신은 진송을 백화당으로 안내했다. 두 사람을 따르던 인원들은 밖에서 대기했다.

이순신은 의아했다. 비록 독대라고는 하나 역관 한 명쯤은 대동할 것이라 예상했다. 그러나 백화당에 들어선 건 단장 혼자뿐이었다.

"독대에 응해주어 고맙소."

진송의 유창한 조선말에 이순신은 그 이유를 알았다. 놀랄 수밖에 없는 상황이었다.

"조선말을 능숙하게 쓰시는군요."

"태생이 조선 사람이니 그럴 수밖에."

이순신이 궁금했던 바를 진송 스스로 밝혔다. 왜국의 첩자라고만 여겼던 이순신으로서는 당혹감을 감출 수 없었다. 조선인이 명의 관리가 되는 일이라면 적지 않았다. 그러나 조선과 명, 왜국 삼국에 걸쳐 있는 경우라면 들어본 적이 없었다.

"범상치 않은 인생이었겠습니다."

진송이 대답 대신 설핏 웃어 보였다. 그 미소에 회한 같은 게 묻어나는 듯했다.

이순신은 진송이 조선인이었음을 밝힌 사실이 불안했다. 굳이 그럴 이유가 없었다. 속내를 감추지 않고 드러낸다는 건 일종의 배수진을 치는 속셈일지 몰랐다.

"살아온 날들이 순탄치 않았던 건 나만은 아닌 걸로 알고 있소. 녹둔도 전투에서 오랑캐에게 잡혀간 인질들을 구해내고도 관직 삭탈을 당했다고 들었소만."

"소관에 대해 잘 아시나 봅니다."

"그런 게 내 일이오."

의미심장한 말이었다. 이순신은 진송이 이미 대강의 상황을 파악하고 있을지도 모른다고 생각했다. 어쩌면 이미 정체가 탄로 난 사실조차.

"작금의 조선은 왜군과만 싸우는 게 아니라 내부적으로도 당쟁이 치열하다 들었소. 지금이야 눈앞의 적을 상대하기 급급하니 잠잠하다지만 어떤 식으로든 전란이 끝나면 다시 내부의 싸움이 시작될 테지."

진송이 덤덤하게 조선의 상황을 예단했다. 명에 머물고는 있으나 조선의 정세에 대해서도 꾸준히 탐망해온 그였다.

이순신 또한 그가 말하는 바를 모르지 않았다. 그러나 그는 천성적으로 정치와는 담을 쌓고 지냈다. 주어진 일에만 충실할 뿐이었다. 그런데도 간자가 조선의 치부를 드러내자 치욕스러운 심정이었다.

"정치는 관심 없소. 당쟁이라면 비단 조선에서만 벌어지는 일도 아니고."

"나는 조선의 당쟁을 운운하려는 게 아니오. 그저 이 수사의 살길에 대해 말하고자 함이요."

"살길이라 하셨소? 영문을 알 수 없는 말이오만."

진송이 이순신의 눈을 똑바로 바라보았다. 조선의 희망이라 불리는 사내, 조선의 살길이라 여겨지는 사내의 눈은 예상과 달리 허했다. 생기가 보이지 않았다. 정작 본인에게서는 어떠한 희망도 품지 않고 있는 자의 눈이라 할까.

진송의 오랜 경험이 말하고 있었다. 회유할 수 없는 자다.

회유가 어렵다면 남은 건 협박뿐이었다.

"이 전란을 이겨낼수록 도리어 그대의 살길은 좁아질지 모르오.

그대의 뜻과는 무관하게 명성이 퍼질 테고, 그리되면 자연스레 당쟁에 이용될 것이오. 헌데 정치에 관심이 없다고 하니 그야말로 위태로운 목숨이 아니겠소."

"그 말은 마치 소관이 전투에서 져야 한다는 말로 들리오만. 삼가 말씀을 거두시오."

무슨 말을 하려는지는 알겠으나 결단코 명나라 사신의 입에서 나올 법한 말은 아니었다.

"설마 장수에게 패전하라는 말을 하는 것이겠소. 에두를 일이 아니니 결론부터 말하지요."

진송이 한 호흡 쉰 뒤 말을 이었다.

"왜국을 위해 싸우시오."

이순신의 눈빛이 처음으로 날카롭게 빛났다.

"무슨 망발인가!"

"이미 내 정체는 알았을 텐데. 아니오?"

"지금 스스로 왜국의 간자임을 인정하는가!"

"내가 그 사실을 인정하든 부인하든 달라질 건 없소. 나는 그대를 회유할 것이오. 그 길뿐이오."

이순신의 눈에 거센 화기가 일었다. 그러나 말아 쥐었던 주먹을 이내 느슨하게 풀었다.

설전도 전투의 한 방식이었다. 먼저 흥분해서는 결코 이길 수 없었다.

"어찌 조선인이면서 왜국과 명의 종노릇을 하는가!"

호통에도 진송은 전혀 당황하지 않았다. 이순신은 슬슬 불안해졌다. 상대는 목적은 밝혔다. 하지만 그 목적을 달성하기 위한 수단은 드러내지 않았다. 저렇게까지 여유를 부리는 걸 보면 확실한 패를 숨기고 있는 게 분명했다.

"믿고 있는 게 무엇이냐?"

진송의 패는 단순하고도 선명했다. 볼모라니. 썩 내키는 계략은 아니었다. 그러나 그 역시 처자식이 볼모로 잡힌 것이나 다름없는 신세였다. 더는 물러날 곳이 없었다.

"아산."

아산? 이순신은 제 귀를 의심했다. 그리운 장소가 순식간에 불길한 장소로 바뀌었다. 뒤이어 들린 말이 그 불길한 예감을 두려움으로 바꾸었다.

"곡교천."

"이놈!"

"이제 대화가 좀 되겠소?"

한동안 이순신과 진송은 대화 없이 서로를 노려보기만 했다. 이순신의 시선은 산처럼 무거우면서도 깊었다.

진송은 그의 주군인 도쿠가와 이순신의 무게를 가늠해보았다. 좀처럼 우열을 가리기 힘들었다. 도쿠가와의 시선이 상대의 생각을 간파하는 것이라면, 이순신의 시선은 상대의 생각을 위축시켰다. 마주한 상대를 한없이 작아지게 하는 눈빛이었다. 그 눈이 가소롭다고 말하는 것 같았다.

"이 나라가 네게 빚을 진 것이냐?"

"갚을 수 없는 것이라면 빚이라 말하기도 어렵지 않겠소?"

이순신은 진송의 얼굴을 보며 조선에서 그의 삶이 어땠을지 헤아려보고자 했으나 여의치 않았다. 한때 이 나라 백성이었다 하니 마음을 돌려볼 수 있지 않을까도 싶었다. 그러나 한 사람의 마음을 돌리는 데는 지난한 시간이 필요한 법이다. 지금은 그럴 시간이 없었다.

"자객이 이미 아산으로 이동 중이오. 사나흘 안으로 당도할 테니 그 안에 결정하시오."

"내가 그런 거짓 협박에 넘어가리라 믿는가."

진송 역시도 지금의 상황이 거짓이었으면 하는 바람이 없지 않았다. 자신의 명운을 최소한 조선에서 시험받고 싶진 않았다. 냉정하게 보자면 그는 왜국에서조차 버림받은 셈이었다. 차이라면 조선에서 그는 쓸모가 없는 패였고, 왜국에서는 쓸모가 생긴 패라는 것 정도였다.

어차피 목숨을 구걸하며 살고자 한 삶은 아니었으니 기왕이면 후자가 낫긴 했다. 그렇지만 이제 다 끝이라 생각하니 못내 아쉬웠다. 새삼 산다는 게 뭔가 싶었다.

"시노비라고 들어보셨습니까?"

"시노비?"

"왜국 내에서도 아는 자가 극히 드문 자객 집단이지요. 목표물이 정해지면 최후의 한 명이 남을 때까지 임무를 완수하고 마는 자객단이니 벗어나기 힘들 것이오."

이순신은 머리가 어질했다. 본영 앞바다가 적선 수백 척에 포위됐다 한들 지금처럼 당혹스럽진 않을 것이다. 이자의 말이 사실이라면 어머니와 처자식, 작고한 두 형님의 혈육들까지 위험에 처한 상황이었다.

당장 추격대를 보낸들 따라잡을 수 있다고 장담할 수 없었다. 어찌해야 할지 좀처럼 판단이 서지 않았다.

"멈출 방도는?"

"이미 시위를 떠난 화살이오. 목표한 바를 취하기 전에는 멈추지 않소."

이순신은 진송의 말이 거짓 협박이 아님을 인정해야 했다. 그러니 서둘러 추격대를 보내고 사절단 일행을 추포해야 했다.

해야 할 일이 분명해졌음에도 눈앞의 사내를 이해할 수 없어 갑갑했다. 조선인이었던 이 사내는 어찌해 왜를 위해 제 목숨을 내어 놓는 걸까. 이자에게 조선은 실낱같은 희망도 찾을 수 없는 그런 나라였단 말인가.

도성을 조선인들이 직접 불살랐다는 소문이 파다했다. 노비 문서를 없애고자 노비들이 장예원*과 형조**의 건물들을 불태웠다고 했다.

기축년(1589년) 난을 일으킨 정여립과 그를 추종하는 무리에게도 조선은 희망이 없는 나라였다. 그래도 이순신은 이 나라를 지켜야 했다. 나라의 근간이 백성이니 백성을 지키기 위해 싸워야 했다.

살기 위해 달아난 자들이라면 무수히 보아왔다. 왜군의 포로가 되어 조선의 정세를 제공하는 자들이 그랬고, 적과 싸우기 두려워 탈영했던 황옥천 같은 자가 그랬다. 다 살기 위해 그리했다. 그런데 눈앞의 사내는 죽기 위해 조선을 등진 자처럼 보였다. 마치 상처 입은 산짐승이 제 죽을 자리를 찾기 위해 깊은 산중을 헤매는 것처럼.

"칼이 취하는 게 죽음뿐이라 생각하는가?"

진송으로서는 이해하기 어려운 물음이었다. 이순신과 많은 말을

---

* 공사노비 문서의 관리 및 노비소송을 관장한 관서.

** 육조(六曹)의 하나로 법률, 사송, 노비 등에 관한 사무를 관장한 관서.

주고받진 않았다. 처음에는 군령에 따라, 장수의 본분에 충실히 움직이는 자라 여겼다. 그러나 시간이 흐를수록 다른 무엇이 더 있다는 느낌이 들었다. 이상하게도 허무가 깔린 그의 눈동자 깊은 곳에서 강대한 생명의 기운이 꿈틀거리고 있는 것만 같았다.

"죽음이 아니라면 달리 무엇이 있겠소?"

"죽음을 베어 넘겨 살길을 열고자 함일 뿐, 그 이상도 이하도 아닐세. 그대가 누구의 칼인지는 모르겠으나 이만 멈출 수는 없겠나."

진송은 문득 박예진의 말이 떠올랐다. 살자고 하는 일. 그가 정체를 밝힐 때 이순신은 무척 놀란 얼굴이었다. 박예진은 그를 밀고하지 않은 것이다.

그녀의 복수를 대신 해주겠다고 약조했다. 하지만 아무리 생각해도 그 길이 박예진이 사는 길은 아니었다.

"하나 물어도 되겠소?"

이순신이 가볍게 고개를 끄덕였다.

"조선이 이 전란을 극복할 수 있다고 보시오?"

"이길 수 있어서 싸우는 게 아니네. 이겨야 해서 싸우는 것일 뿐."

감상적인 대답은 진송이 듣고 싶은 대답이 아니었다.

"허나 이길 것이네."

이순신이 단호한 표정으로 말을 이어갔다.

"겨울이 오고 있으니 그때까지만 버티면 이길 수 있지. 왜군은 조선의 겨울을 견뎌내지 못할 걸세. 나의 수군은 기필코 왜군의 해상 보급로를 차단할 것이고 그리되면 결국 칼이 아닌 조선의 추위와 굶주림에 무릎 꿇게 되겠지."

이순신의 표정에는 확신이 서려 있었다.

왜국의 사정을 잘 아는 진송이 보기에도 막연한 추측은 아니었다. 왜국의 군대는 대부분 조선보다 남단에서 징집된 병력으로 이뤄져 있었다. 다이코가 속전속결을 명령한 것도 이런 부분을 염려해서였다. 조선의 겨울은 더운 지역에서 살던 왜군에게는 혹독할 수밖에 없었다. 더군다나 왜군은 이 전란이 겨울까지 늘어질 거란 계산이 없었기에 방한복조차 지급되지 않은 상태였다.

진송의 고심이 길어졌다. 자신이 살고자 하는 고민은 아니었다. 살리고 싶은 사람이 있어 하는 고민이었다. 다만 그 방법이 요원했다. 이순신도, 진송도 피차 물러설 수 없는 처지였다.

"아산으로 직접 갈 거요?"

이순신은 답할 수 없었다. 전란 중이었고 자신은 좌수영의 수장이었다. 수장이 개인사로 병영을 비울 수는 없었다. 그러나 모친과 처자식이 위험한 상황이었다. 타협을 모르고 살아온 그였지만 이번만큼은 타협하고 싶었다. 장수이기 전에 한 집안의 가장임을 내세우고 싶었다.

"나는 수영을 비울 수 없네."

"회유에 응하기 전까진 식솔의 안위가 보장되지 않을 것이오. 차례로 목숨을 잃게 될 테지."

"아직도 날 설득할 생각인가?"

진송은 말없이 허공을 바라보았다. 당장 추격대를 보낸들 하루 이상 벌어진 거리를 따라잡으려면 쉽지 않을 것이다. 생각을 달리한들 이제 와 의미가 있을까.

눈앞의 사내는 당장이라도 사절단 전원의 목을 베고 아산으로 달려가고 싶은 심정일 것이다. 그런데도 내게서 무얼 기대하기에 이렇게나 참아내는 걸까.

"내 손으로 부하들의 목을 베기도 했네. 같은 상황이 온다면 그때도 망설이지 않고 그리할 걸세. 전란이란 그런 것이지. 나는 더 많은 목숨을 구하는 쪽을 택할 수밖에 없네. 그게 내가 있는 자리에서 해야 할 일이야. 혹 자네의 선택도 그런 것인가?"

이순신의 말이 흐릿하게 다가와 안개처럼 머물렀다. 진송이 왜국으로 간 것은 제 인생을 선택하고 싶어서였다. 조선에서와는 달리 왜국에서는 모든 게 제 선택에 따라 결정됐다고 믿었다. 그런데 그 믿음은 과연 옳은 것이었을까?

진송은 박예진에게서 자신을 보았다. 그게 정말 원하는 선택일까. 반면 이순신의 선택은 그가 가보지 못한 다른 세상에 있는 것이었다.

"나에게 남은 다른 제안은 하나뿐이오. 따르고 말고는 오로지 그대 몫이오."

"들어보도록 하지."

이순신이 고개를 끄덕였다. 진송이 목소리를 낮추고 말을 이어갔다.

"이거 생각보다 너무 길어지는 거 아니요? 뭔 일 생긴 건 아닐라나."

백화당 출입문 앞에서 대기 중이던 송희립이 초조한 기색을 내비쳤다. 두어 차례 높은 언성이 오간 이후로는 담장을 넘는 말소리가 없었다.

"호락호락 당할 분은 아니지 않은가. 기다려봅시다."

변존서가 흥분한 송희립을 달랬지만 그러는 본인도 초조하긴 마찬가지였다. 이미 사절단이 왜의 간자임을 아는 터이니 그럴 수밖에 없었다.

변존서는 슬쩍 백화당 뒤쪽에 잠복시켜둔 병력을 곁눈질하며 만일에 대비했다.

그때 백화당 문이 부서지며 이순신이 나왔다. 놀랍게도 이순신이 진송의 목에 단도를 대고 있었다. 송희립과 변존서는 곧장 칼을 빼들고 백화당으로 달려나갔다. 사절단 무리도 백화당에 들어섰다.

"간자들이다. 모두 추포하라!"

변존서를 보며 이순신이 소리쳤다. 변존서와 송희립이 사절단 무리를 향해 달려들었고 사절단 무리도 숨겨둔 칼을 빼 들고 대치했다. 동시에 백화당 뒤편에 매복하고 있던 호위병들이 달려나와 가담했다.

"모두 칼을 버려라!"

진송이 왜국말로 외쳤다. 막 칼을 부딪치던 사절단 무리가 거리를 벌리며 뒤로 물러났다. 그러나 여전히 양 진영은 칼을 겨눈 채 대치했다.

송희립을 포함해 조선군은 일곱이었고 사절단은 열두 명이었다. 시노비들인 사절단은 일대 다수로 싸워도 충분히 싸울 만한 터에 자신들보다 적은 적과 맞서고 있으니 쉽게 칼을 포기하지 못했다.

"적진이다. 칼을 버리거라!"

재차 진송의 명령이 떨어진 데다 백화당 밖에서 대기 중이던 수영의 병력이 몰려오고 있었다. 결국 벗어나기 힘들다 판단한 사절단은 하나둘 칼을 던졌다.

"모두 추포하라!"

이순신이 재차 명했다. 사절단 전원이 추포되었다.

18
추격

사절단을 추포하자마자 바로 추격대가 꾸려졌다. 주 병력은 수군이기 전에 정예육군이었던 녹도병이었다. 이순신의 요청에 정운은 휘하의 병력 중에서도 정예들로 흔쾌히 차출해주었다.

빠르게 이동해야 하는 터라 녹도병의 차출은 서른 명으로 제한했다. 여기에 소식을 듣고 온 김수천이 자원했다. 어차피 수군의 훈련을 받지 못해 전선에 오를 수 없던 그는 추격대에 합류하길 강력하게 희망했다.

앞서 김수천과 영산포에 다녀왔던 착호갑사 두 명이 수색병으로 포함됐다. 정예병의 구성이었으나 안심할 순 없었다. 진송의 말에 의하면 시노비는 전원 사무라이에 준하는 검술 실력을 갖췄다고 했다. 그렇다고 많은 병력을 보낼 수는 없으니 검술에 일가견이 있는 자들이 필요했다.

이순신은 당포 전투에서 적장의 목을 벤 자를 떠올려냈다. 칼을 다루는 게 예사롭지 않은 자였다. 서둘러 알아보니 사도첨사 김완의 군관이라 했다. 본래 겸사복*에 지원하려고 무예를 연마하던 자로 능히 자격을 갖추었음에도 무슨 이유에선지 스스로 포기했다고 들었다.

김완의 명령을 받은 진무성이 합류하면서 추격대가 어느 정도 위용을 갖추었다. 이순신은 송희립과 변존서에게 추격대를 이끌게 했다. 부족한 형편에도 전원에게 말을 제공했다.

"내 개인사로 수령들에게 큰 빚을 지게 됐습니다."

동문루에 오른 이순신이 멀어지는 추격대를 보며 말했다.

"빚이라뇨. 무슨 말씀을 그리 섭하게 하십니까?"

정운이 걱정스러운 표정으로 이순신을 바라봤다.

"아슬아슬하겠습니다. 늦지 않아야 할 텐데."

권준 또한 수심이 가득한 낯이었다. 이순신은 개인사라고 말했으나 그렇지만도 않았다. 식솔에게 변고라도 생긴다면 아무리 이순신이라 해도 평정심을 유지하기 쉽지 않을 일이었다. 다음 출정은 왜군 수군의 본거지인 부산진이 목표일 수밖에 없었다. 그런 상황에서 수사에게 심적 동요가 생긴다면 조선 수군 전체의 위기였다.

"헌데 정말로 그자를 믿는 것입니까?"

그자란 진송을 두고 하는 말이었다. 사절단을 추포한 이후 진송의 처분을 두고 이순신과 권준 사이에 논쟁이 있었다. 결과적으로 권준은 이순신의 뜻에 따르기로 했으나 영 내키지 않는 선택이었다. 진송이란 자는 추격대가 떠나기 한발 앞서 먼저 수영을 떠났다.

---

* 임금과 왕궁의 호위, 친병 양성 등을 담당한 금위군. 임용에 있어 신분보다 무재(武才)가 더 중시됐기에 서얼과 양민은 물론이고 향화인이나 왜인들까지 포함되기도 했다.

이순신이 전적으로 책임을 지겠다며 보내준 것이었다.

"믿을 수밖에 없었소. 허나 막연히 바람만으로 그런 것은 아니니 지켜봅시다."

이순신도 진송의 제안을 반신반의했다. 그는 추격대보다 앞서가며 길을 내겠다고 했다.

현재로서 추격대가 자객단보다 아산에 먼저 당도하기는 불가능한 상황이었다. 그러니 아산에 도착한 이후부터가 진짜 추격전이 시작될 것이다. 그러려면 그들의 사정을 잘 아는 자가 필요했다. 이순신은 진송의 제안을 뿌리치기 어려웠다.

그러나 그게 진송의 제안을 수락한 진짜 이유는 아니었다. 진송 또한 누군가를 살리고 싶어 했다. 그 마음에 거짓이 없어 보였다.

***

아사코가 이끄는 신우대는 닷새를 달려 아산 남쪽에 자리한 황산 자락에 이르렀다. 조선군의 주둔지를 피하며 이동하다 보니 생각보다 진격 속도가 더뎠다.

예상대로라면 이제 반나절 안에 목적지에 이를 수 있었다. 그러나 아사코는 대기하라 명령했다. 앞서 보낸 정탐조가 돌아오기를 기다려야 했다. 본격적으로 움직이는 건 날이 어두워지고 난 이후였다.

다행히 사사키가 오지 않는 걸 보아 추격대와의 거리는 한나절 이상 벌어져 있는 듯했다. 아직 시간적으로는 여유가 있는 셈이었다. 다만 민가가 모여 있는 장소이니 주의를 기울여야 했다. 자칫 관군이 몰려들 수 있었다.

"대장님, 누군가 접근 중입니다."

경계를 서던 다카하시가 달려오며 보고했다.

"사사키가 아니냐?"

"조선인 행색이었습니다만 사사키는 아닌 것 같습니다."

"지켜보도록 하자."

신우대 전원은 소나무 둥치에 몸을 숨기고 만일의 상황에 대비했다. 잠시 뒤 말발굽 소리가 들리기 시작했고 오솔길 굽이에서 한 기의 인마가 나타났다.

말 탄 사내는 도포 차림에 갓을 눌러쓰고 있었다. 행색으로 보아 군인 같지는 않았으나 말을 타는 모습이 예사롭지 않았다. 아사코는 사내의 얼굴이 갓에 반 가까이 가려져 있음에도 한눈에 알아보았다.

'스즈란?'

사내의 정체가 스즈란임을 확인하자 아사코는 머릿속이 복잡해졌다. 스즈란이 신우대의 뒤를 쫓아올 거란 계산은 없던 것이다. 좌수영에서 추포되었거나 그게 아니더라도 최소한 발이 묶여 있어야 정상이었다.

"어떻게 할까요?"

다카하시가 가까워지는 스즈란을 응시하며 명령을 독촉했다. 아사코는 대답 대신 오솔길로 걸어 나갔다. 이제 스즈란 또한 아사코를 보고 있었다.

거침없이 달려오던 진송은 아사코 앞에서야 말을 세웠다. 말이 내쉬는 더운 숨이 아사코의 얼굴로 훅 끼쳤다.

본래대로라면 현시점에서 진송이 신우대를 따라잡는 건 불가능했다. 그러나 이순신이 내어준 통행허가서가 있었기에 관문을 회피해 진격해야 하는 신우대보다 짧은 동선으로 이동할 수 있었다.

"무사하셨군요."

진송이 말에서 내리며 말했다.

'스즈란, 너도 무사했구나!'

정황이 어떻든 아사코 역시 무사한 모습이 반가웠다. 그러나 그런 속내를 고스란히 드러내기에는 보는 눈이 많았다.

"네가 어떻게 여기 있는 것이냐?"

"이야기가 길어질 듯하니 장소를 옮기시지요."

그러는 사이 다카하시를 비롯한 신우 대원들이 아사코 좌우로 도열했다.

"적진에 오래 있던 자입니다. 무장부터 풀게 하시지요."

다카하시의 말을 듣고 진송이 양팔을 펼쳐 들어 보였다.

"지니고 있는 거라면 비상식량이 전부다. 확인해보거라."

아사코가 고개를 끄덕이자 다카하시가 진송의 몸을 수색했다.

"비무장입니다."

"따라오거라."

아사코가 먼저 길을 벗어났다. 신우대와 진송이 그녀의 뒤를 따라 숲으로 들어갔다.

아사코는 스즈란의 입에서 나올 말이 두려웠다. 그를 처음 보았을 때도 그랬다. 제 심장이 차가운 쇠붙이 같다고 생각했으나 스즈란과 있으면 그렇지 않았다.

스즈란은 늘 목숨을 내어놓고 사는 사내 같았다. 결과적으로 그런 저돌적인 면이 주군의 눈에 든 것이지만 아사코는 두려웠다. 늘 그의 입에서 나오는 말이 그를 죽이게 될까 염려됐다.

"설명해보아라. 네가 어찌하여 여기에 있는지."

"살고 싶었습니다."

아사코는 제 귀를 의심했다. 살고 싶다니. 절대 그의 입에서 나올 말이 아니었다. 등 뒤로 스즈란을 향한 싸늘한 시선들이 느껴졌다. 스즈란과 함께 훈련받았던 자들도 있던 터라 대부분 그의 태생이 조선인임을 알았다. 그들에게 스즈란은 조선인도 일본인도 아니었다.

"설마 임무를 뒤로하고 도망쳐온 것이라 고하는 것이냐?"

"임무라면 완수하는 과정입니다."

"과정?"

"이순신은 제 말을 믿지 않았습니다. 자객단이 아산으로 향했다고 거듭 말했음에도 유언비어로만 여기더군요."

"제 처자식 목숨이 달렸는데도 유언비어로만 취급했단 말이냐?"

"말로 움직일 수 있는 자가 아니었습니다. 그래서 제가 그의 손이 닿지 않는 곳으로 떠나야 그를 흔들 수 있을 거라 판단했습니다."

그때 묵묵히 듣고만 있던 다카하시가 나섰다.

"들을 가치가 없는 변명입니다. 부하들을 두고 비겁하게 혼자 도망쳐온 자입니다."

진송이 다카하시를 노려보았다. 다카하시 또한 물러서지 않았다. 두 사람 사이에 냉기가 흘렀다.

"다카하시!"

신우대에서는 판단도 책임도 오로지 대장과 조장이 할 뿐이었다. 다카하시는 이 이상 아사코의 심기를 거슬렀다가는 제 목숨이 위태롭다 느꼈다. 그는 아사코에게 고개를 숙이고는 뒤로 물러났다.

"그래서 이순신을 움직였느냐?"

아사코가 다시금 스즈란에게 물었다.

"제 눈으로 추격대가 출발하는 걸 확인하고 오는 길입니다. 그길로 밤낮 가리지 않고 달려왔으니 놈들과 하루 이틀은 거리가 벌어져 있을 것입니다."

"시간은 충분한 셈이군. 허나 우리의 목적은 이순신을 회유하는 것이다. 그 점을 잊지는 않았을 테지?"

"제 손으로 이순신의 혈육 중 한 명의 목을 들고 돌아갈 것입니다. 그자를 회유하는 건 그때부터가 될 테지요."

아사코는 뚫어져라 스즈란의 눈을 쳐다보았다. 그는 분명 살고 싶어서 여기에 왔다고 했다. 그런데 다시 돌아가겠다니. 그것도 이순신의 살기를 불러올 목을 들고 돌아가겠다니. 살겠다는 것인지 죽겠다는 것인지 알 수가 없었다.

아사코는 문득 순천의 송치재에서 사사키에게 들었던 말이 생각났다. 스즈란이 조선 계집 하나를 마음에 품은 것 같다고 했던 말. 혹 그것과 상관이 있는 건 아닐까. 그러나 확인할 길이 없었다. 확인하고 싶지 않았다.

상황이 일단락되면서 다들 본래의 자리를 찾아 흩어졌다. 서서히 해가 저물고 있었다. 산속의 밤은 조금 더 이르게 찾아들었다.

아사코는 진송의 곁에 와 너럭바위에 걸터앉았다. 아사코는 둘만 있는 상황이 되자 막상 입이 떨어지지 않았다.

스즈란과 떨어져 지낸 세월이 어느덧 칠 년이 넘었다. 그를 다시 만나면 묻고 싶은 말들이 많았다. 그러나 막상 그를 보자 그중 어느 것도 입 밖으로 나오지 않았다.

다시 만날 때는 더 좋은 세상이 되어 있을 거라고, 가벼운 대화들만 나누어도 되는 날들일 거라 막연하게나마 생각했다. 지금처럼 조선의 숲속에서 재회하리라고는 미처 생각하지 못했다.

"그자에게 돌아가겠다는 말이 진심이냐?"

진송은 말없이 눈앞의 소나무를 바라만 봤다.

"정말 죽으려는 것이야?"

진송이 발치의 나뭇가지를 집어 들며 말했다.

"살고 싶어졌다고 말하면 믿겠습니까?"

"내가 네 살길을······."

"그럴 수 없다는 걸 알고 계시지 않습니까. 대신 다른 부탁을 드려도 되겠습니까?"

너무 오랜 세월이 흐른 탓일까? 아사코는 눈앞의 스즈란이 그녀가 알던 스즈란이 아닌 것 같았다. 그녀가 아는 스즈란은 부탁 따위를 하는 사내가 아니었다.

"때가 되면 주저하지 마십시오."

진송이 아사코의 대답을 기다리지 않고 먼저 말했다.

"무슨 때를 말하는 것이냐?"

"때가 되면 알게 될 것입니다."

진송이 들고 있던 나뭇가지를 꺾었다. 그에게 아사코는 은인이었다. 일본으로 건너가서도 사는 일은 녹록하지 않았다. 그녀가 아니었다면 길바닥에서 죽었어도 이상하지 않았다.

출세가 목표라고 생각한 적도 있었다. 아니, 일본으로 건너간 이후로는 줄곧 그 목표가 있었기에 멈추지 않고 달려왔다.

그는 구멍 난 가죽 부대처럼 무엇으로도 채워지지 않았고, 채워지지 않는 무언가를 채워보고자 앞만 보고 살아왔다. 그러는 동안 처자식도 생겼고 제법 사람처럼 사는 것 같기도 했다. 그러나 삶의 외피만 커질 뿐 여전히 그의 가슴은 채워지지 않았다.

뚫린 구멍을 막는 게 먼저였을 터이나 그 구멍이 어디에 뚫린 것인지조차 알지 못했다. 결국 돌고 돌아 조선에 와서야 제 뚫린 가슴을 보게 된 심정이랄까.

"스즈란, 아직 내 말에 답하지 않았다. 정녕 사지로 돌아가려는 것이냐?"

그때 경계를 서고 있던 인원이 달려왔다.

"정탐조가 돌아옵니다."

진송은 끝내 아사코의 질문에 답하지 않고 일어섰다.

밤이 이슥해지면서 뻐꾸기 울음이 들리기 시작했다.

어둠을 틈타 이순신의 처가 뒤에 있는 방화산으로 이동했던 신우대는 민첩하게 하산을 시작했다.

이십여 명의 신우대는 정탐조가 가리킨 민가를 빠르게 포위했다. 그들은 아사코의 수신호가 떨어지자 일사불란하게 담을 넘었다.

"누, 누구요?"

뒷간에 가던 종 하나가 다카하시를 보고 떨리는 목소리로 물었다. 다카하시는 대꾸 없이 종의 목을 베었다.

신우대는 발소리를 죽인 채 기민하게 움직였다. 산개해 방들을 수색하기 시작하자 곧 여기저기서 비명과 탄식이 흘러나왔다. 그러나 하나같이 잠결에 입막음을 당한 터라 소리는 담장을 넘을 새가 없었다.

입에 재갈을 물린 자들은 마당으로 끌려 나와 서로를 두리번거렸다.

이순신의 노모인 변 씨와 본처임 상주 방 씨를 비롯해 이순신의 어린 자식들이 차례로 무릎이 꿇렸고, 이순신이 먼저 간 형을 대신해 슬하에 두었던 조카들 또한 끌려 나왔다.

진송은 아직 방을 수색하는 중이었다. 계집아이 하나가 이불로 몸을 만 채 벽 구석에 웅크리고 있었다.

"쉿!"

진송은 계집아이에게 소리 내지 말라 명령하며 다가갔다. 그는 품에서 붉은 댕기를 꺼내 계집아이에게 내밀었다.

"이르면 새벽 중에, 늦어도 내일 중으로 군사들이 올 것이다. 그들에게 이 댕기를 따라오라고 전하거라. 알아듣겠으면 고개를 끄덕이거라."

계집아이가 떨리는 눈으로 고개를 끄덕였다. 그때 신우대 한 명이 진송이 있는 방으로 다가왔다. 진송은 열린 방문을 몸으로 막아섰다.

"여긴 없다. 다른 곳을 수색해."

대원은 미심쩍었으나 조장인 진송의 말을 거역할 수는 없었다. 그는 곁눈질로 방안을 흘깃거리며 다른 방으로 건너갔다.

진송은 그대로 인질들이 모인 마당으로 나섰다. 마당에는 열 명이 넘는 사람들이 무릎을 꿇고 있었다. 장정이라고는 종들이 전부였고 나머지는 아녀자들뿐이었다.

"재갈을 풀어라."

아사코가 가장 연장자로 보이는 노파를 가리키며 명령했다. 나이가 지극했지만 눈빛이 형형한 게 총기가 있어 보였다.

"왜놈들이냐?"

노파는 의외로 침착했다. 그러나 눈빛에는 노기가 짙게 묻어났다.

"사람의 탈을 쓰고 이 무슨 짐승만도 못한 짓이냐!"

"이순신의 어미인가?"

진송이 묻자 노파의 얼굴에 당혹감이 스쳤다.

"우리 여해*를 어찌 아느냐?"

"맞나 보군. 재갈을 물려라."

"이놈들! 애들은 풀어주거라. 애들은……."

변 씨가 몸을 뒤틀며 저항했으나 이내 재갈이 그녀의 입을 막았다. 두툼한 헝겊이 입안을 채워 혀를 깨물 수조차 없었다.

"이동한다."

진송을 지켜보던 아사코가 명령을 내리자 자객들은 신속히 인질들을 일으켰다.

수색조가 사다리를 찾아내 뒤뜰의 담장에 기댔고 인질들이 사다리를 통해 담을 넘도록 했다. 그 과정에서 인질들 몇이 소리를 지르며 저항하려 했으나 허사였다.

추격대는 최소한의 수면 시간만 빼고 줄곧 내달렸다. 예산에 이르렀을 때는 밤이 너무 깊어 짧은 잠을 청하고 다음 날 동이 트기도 전에 다시금 달렸다. 그리하여 출발하고 나흘 만에 아산에 도착했다.

그러나 추격대가 도착했을 땐 남아 있는 사람이 없었다.

"젠장, 한발 늦었군."

---

* 이순신의 자(字). 성인이 된 후 지은 이름.

송희립이 분을 참지 못하고 말했다.

"서둘러 따라잡아야 합니다. 목격자가 있는지 수소문해봐야겠소."

변존서가 녹도병들을 불러 근처를 돌아보라 일렀다. 김수천과 진무성도 빈 가옥의 방들을 뒤지며 혹시 모를 남은 자를 찾기 시작했다.

잠시 뒤 김수천의 다급한 목소리가 퍼졌다.

"여기 사람이 있습니다."

송희립과 변존서가 서둘러 목소리가 들린 곳으로 달려갔다. 계집 아이 하나가 부들부들 떨고 있었다. 당장이라도 왈칵 눈물을 쏟을 것 같은 얼굴이었다.

"사또의 서녀인 듯한데."

평소 이순신의 가족을 잘 아는 송희립이 말했다. 이순신의 본부인에게도 딸이 있으나, 맏이이니 나이가 더 있어야 했다. 눈앞의 계집애는 열 살도 안 되어 보이니 서녀일 것이다.

"우리는 네 아비의 사람들이다. 다들 어디로 끌려갔는지 아느냐?"

소녀는 좀처럼 경계를 풀지 않았다. 도리어 투박하게 생긴 송희립의 낯을 보고는 더 겁을 먹은 듯했다.

아이의 마음을 읽은 김수천이 나섰다.

"애야, 이제 안심해도 된단다. 혹 앞서 왔던 사람들이 어디로 갔는지 아느냐?"

"방에만 있어서 몰라요."

김수천의 부드러운 어조에 마음이 놓였는지 아이가 조심스레 입을 열었다. 그러나 추격에 아무런 도움도 되지 않는 의미 없는 말일 뿐이었다.

송희립은 아직 기대하고 있는 게 따로 있었다. 그래서 부하들에게

278

인근을 샅샅이 조사하라고 했지만 특이사항은 들려오지 않았다.

그는 추격대를 꾸릴 때 이순신의 부름을 받고 은밀히 따로 뵈었다. 당시 영감은 숨겨둔 패가 있으니 도착하면 알게 될 것이라 했다. 그러면서 그 패가 사절단의 단장이란 말을 덧붙였다.

이해할 수 없는 말이었다. 이 사태를 초래한 장본인을 조력자라고 하는데 어찌 믿을 수 있겠는가. 수사 영감은 자세한 설명 대신 그자를 믿는 수밖에 없다는 걸 강조했다. 그러나 송희립이 보기에 그 믿음의 결과는 실패 같았다.

그냥 실패가 아니라 오히려 더 곤란한 상황일 수도 있었다. 사절단의 단장이 자객들에게 합류했다면 이쪽의 정보만 넘겨준 셈이 아닌가.

하지만 다른 누구도 아닌 수사 영감의 판단이었다. 범인이라면 제 식솔이 위험한 상황에서 온전한 판단을 내리기 어려울 것이나 수사 영감이라면 다르지 않을까. 곁에서 지켜본 그는 누구보다 냉철하고 신중한 인물이었다. 그런 영감이 진송이란 자를 아무런 근거도 없이 신뢰하진 않았을 것이다.

이순신의 저의를 헤아려보던 송희립의 뇌리에 문득 의문 하나가 스쳤다.

"헌데 넌 어찌해 잡혀가지 않은 것이냐?"

아이는 은밀한 곳에 숨어 있지 않았다. 그저 제 방에 있었을 뿐이고 방에는 딱히 몸을 숨길 곳이 없었다. 그런데 왜 이 아이만은 잡혀가지 않은 것일까.

계집아이는 송희립의 다그치는 목소리에 겁을 먹고는 울먹거렸다.

"나무라는 것이 아니다. 편히 말해보거라."

이번에도 김수천이 송희립의 말을 한결 나긋하게 풀어냈다. 그러자 소녀가 생각났다는 듯 이불 속을 뒤졌다. 이불을 빠져나온 손에는 생뚱맞게도 홍매화처럼 붉은 댕기가 들려 있었다.

　"댕기는 왜?"

　송희립이 영문을 몰라 물었다.

　"이걸 따라오라고 했어요."

　추격대 사람들의 시선이 일제히 댕기에 집중되었다. 송희립만이 소녀의 말을 추측할 수 있었다.

　'저것이 사또가 말한 패인가?'

　김수천이 소녀가 내민 붉은 댕기를 받아들어 송희립에게 건넸다.

　"이게 뭐라는 걸까요?"

　"표식일세. 자세한 설명은 가면서 하지. 모두 이 표식을 찾거라."

　송희립이 부하들에게 이른 뒤 이번에는 한결 부드러운 어조로 소녀에게 물었다.

　"식구들이 언제쯤 끌려갔는지 알겠느냐?"

　"다들 자고 있을 때였어요. 해시(亥時: 오후 10시경)나 자시(子時: 오전 12시경)쯤 됐을 거예요."

　일행은 소녀를 데리고 방을 나섰다. 송희립은 아이를 혼자 둘 수도, 그렇다고 데리고 갈 수도 없기에 일단 사정을 말하고 이웃집에 맡겼다.

　잠시 후 표식을 찾았다는 보고가 들렸다. 모두 표식이 묶인 뒷산 초입으로 달려갔다. 나뭇가지 하나에 붉은 댕기가 묶여 있었다. 아이가 전해준 것과 같은 것이었다.

　전원 합류한 걸 확인하자 송희립이 입을 열었다.

"자객들과 반나절 거리니 서두른다면 하루 이틀 새 따라잡을 수 있을 것이다. 말을 타고 이동하고 있다고 하나 인질들이 있으니 속도가 느려졌을 테지. 하지만 왜군의 점령지에 들어가고 나면 추격 자체가 어려울 수 있으니 지체 말고 움직이자."

송희립의 명령이 떨어지자 수색병 역할의 착호갑사 둘이 앞장섰고, 전원 그 뒤를 따랐다.

"이제 표식에 대해 알려주시지요."

이동 중에 변존서가 송희립에게 물었다.

"믿기 힘들 것이오. 나도 댕기를 보기 전까지는 그랬으니까."

송희립은 출발하기 전 이순신과 나눈 밀담의 내용을 전했다. 변존서와 최우만의 얼굴에 놀라운 기색이 감돌았고 반면 진무성은 표정에 변화가 없었다.

송희립의 말을 듣고 잠시 생각에 젖었던 김수천이 입을 열었다.

"함정일 가능성도 있겠습니다."

"함정?"

송희립이 되물었다.

"추격을 늦출 요량으로 표식을 다른 방향으로 남겼을지 어찌 압니까?"

김수천의 말에 송희립의 표정이 백지장처럼 하얗게 질려갔다. 진송이란 자는 왜국의 간자였다. 그것도 명의 사절단으로 파견될 만큼 뛰어난 능력자였다. 사또가 그에게 놀아난 게 아니라 장담할 수 없었다. 어쩌면 그편이 더 설득력이 있었다.

"젠장, 왜 그 생각을 못 했지!"

"상황이 급박해서겠지요."

그때 앞서 나아가던 갑사들이 돌아왔다. 표정이 좋지 않았다.

"이 앞 갈림길에서 두 무리로 나누어졌습니다."

"표식은?"

송희립이 곧장 물었다.

"표식은 한 방향에만 남겨져 있습니다."

거침없이 달리던 추격대는 갈림길을 두고 멈춰 섰다. 두 길 중 하나를 선택하든지, 추격대를 둘로 나누어야 했다. 그러나 추격대를 나누면 자객들을 따라잡아도 전투에서 이길 가망이 현저히 낮아질 수밖에 없었다.

사사키는 예상보다 빠른 추격대의 진군 속도에 내심 당황했다. 신우대는 조선군 관문을 피해 움직여야 했고 추격대는 관문을 통과해 지름길로 질주해갔다. 이대로라면 따라잡히는 건 시간문제로 보였다.

추격대보다 한발 앞서 예산에 이른 사사키는 쉬지 않고 아산으로 말을 몰았다. 아사코 대장은 추격대와 한나절 거리로 좁혀지면 본대에 합류하라 했다.

본대와 추격대의 정확한 시차를 알 길은 없으나 평소 알던 신우대의 이동속도와 추격대의 추격 속도를 비교해 계산했다. 이미 반나절, 혹은 그 안쪽으로 좁혀들었을지도 모른다는 생각에 말이 거품을 물도록 달렸다.

이미 두 필의 말을 도중에 버렸고 역참의 말을 탈취해 달리는 중이었다. 아산에 이르렀을 때는 새벽 중이었다. 그는 폐가 하나를 찾아 쪽잠을 자고 사위가 푸르스름해지자마자 다시 움직였다.

이순신의 식솔이 기거하던 가옥은 비어 있었다. 방들마다 문이 열려 있는 걸 보고 이미 신우대가 다녀갔음을 확인한 그는 흔적을 쫓아 달리기 시작했다. 사람들의 눈을 피해야 하니 일단 인접한 산으로 이동했을 것이다.

주위를 둘러보니 가옥 뒤편으로 야트막한 산이 보였다. 사사키는 곧장 그리로 향했다. 지게꾼 한 사람이 겨우 지나갈 만한 길이라 말을 끌고 걸어야 했다. 갈림길이 나오거나 길이 막히면 주위를 살폈다. 그럴 때마다 어김없이 발목 높이의 삼 층 돌탑이 보였다. 사사키는 돌탑을 발견하면 허물고 밑을 살폈다.

돌탑이 깔고 있던 자리에 풀매듭이 보였다. 후발대에게 남기는 신우대의 표식이었다. 돌탑이 있던 자리를 중심으로 조약돌 하나가 한 뼘 거리에 놓여 있었다. 조약돌의 위치는 신우대가 이곳을 지날 당시의 시간을 의미했다. 축시(丑時: 오전 2시경) 방향이었다. 사사키는 풀매듭을 돌로 감추고 다시 본대를 따라 이동했다.

본대는 북동쪽으로 이동하고 있었다. 곧 천안이었고 그 옆의 진천부터는 일본군의 점령지라고 볼 수 있었다.

표식은 천안의 성거산으로 이어졌다. 산길을 오르던 사사키는 말을 쉬게 할 요량으로 사방이 트인 곳을 찾아 후방을 살폈다. 손으로 차양을 만들고 먼 곳을 살펴보던 그의 눈이 커졌다.

'어떻게 이리도 정확히 쫓아올 수 있는 거지?'

제법 거리가 있다지만 추격대는 진로를 성거산 방면으로 잡고 곧장 달려오고 있었다. 설마 추격대에 신우대의 표식을 아는 자가 있는 걸까? 그럴 리는 없었다. 설사 놈들이 표식을 안다고 해도 사사키 본인이 앞서가며 제거하고 있질 않은가. 뛰어난 수색병이 있다

283

고 볼 수밖에 없으나 아무리 그래도 이렇게 빨리 추격해오는 건 상식을 벗어나는 일이었다.

'서둘러 본대에 알려야 한다.'

사사키는 곧장 말을 매어둔 장소로 달렸다.

쉴 틈도 없이 본대의 뒤를 쫓는 사사키는 돌탑 표식을 제거하는 한편 주위를 경계하는 데도 신경을 곤두세웠다. 분명 뭔가 더 있을 것이다.

사위를 면밀히 살피며 달리던 사사키의 눈에 녹음 진 주위와는 다른 색감의 뭔가가 들어왔다.

처음에는 붉은 꽃인 줄 알았다. 다가가서 보니 아니었다.

'댕기?'

붉은 댕기가 나뭇가지에 묶여 있었다. 사사키는 댕기를 풀어 품에 넣고 다시 달렸다. 한참을 달리다 보니 다시 앞서와 같은 댕기가 보였다.

'이거였나! 도대체 누가?'

신우대 내부에 변절자가 있다! 그러나 도대체 누가, 무슨 이득이 있다고 변절을 한다는 말인가. 이해할 수 없는 일이지만 번번이 붉은 댕기가 나타났다. 그저 하찮은 임무나 맡게 됐다고 생각했건만, 큰 공을 세울 기회였다.

19
전선과 수레

하루가 일 년 같았다. 전란이 터진 뒤로는 시간이 줄곧 제자리였다.

전란은 사람이 평생에 걸쳐도 겪지 못할 폭력의 총체였다. 육신의 고달픔은 차치하더라도 정신적인 피로감이 극심했다.

더 이상 길어질 수 없을 것 같던 하루는 추격대가 떠난 후로 더 길어졌다. 이제 하루가 십 년 같았다. 하루가, 헤아릴 수 없이 길었다.

이순신은 제대로 잠을 이루지 못했다. 탕약조차 소용 없었다. 자중하던 술기운에 기대서야 겨우 잠들고는 했다. 힘들게 이룬 잠은 악몽으로 그를 괴롭혔다. 나이 든 어머니와 어린 자식들이 자꾸만 눈에 밟혀 당장이라도 말에 오르고 싶었다.

셋째 아들 이면(李葂)을 떠올리다 보면 어릴 적 자신의 모습이 생각났다. 나무를 깎아 만든 칼과 대나무를 휘어 만든 활을 들고 놀이 전투를 벌이고는 했다. 그때는 뭐가 그리 즐거웠는지 하루가 어떻게 가는지도 몰랐다. 그런데 지금은 그렇게 뛰어놀아야 할 아이들이 놀이 전투가 아닌 실제 전란에 휘말려 있었다.

형님의 조카들 생각도 들었다. 어린 나이에 아비를 잃은 딱한 아이들이었다. 부족하나마 아비 노릇을 대신해주려 했건만 도리어 위험에 처하게 하고 말았다. 계사년에는 아산의 식솔을 수영으로 부르려 했건만 이제는 그 또한 장담할 수 없었다.

"탕약이옵니다."

관주청 계집의 목소리였다. 이순신의 얼굴에 수심이 짙어졌다.

"잠시 기다리거라."

며칠 새 부쩍 수척해진 이순신이 대청으로 나왔다. 계집이 사발이 올라간 개다리소반을 들고 있었다.

"요새는 네 탕약도 듣지 않는구나."

"송구합니다. 명일부터는 약을 더 진하게 달여볼까 합니다."

"올라오거라."

이순신이 먼저 대청에 앉으며 말했다. 박예진의 얼굴에 당혹감이 스쳤다.

"소인이 어찌……."

"잠이 오지 않을 것 같으니 말동무나 되어주거라."

결국 대청에 올라 이순신과 마주 앉았다. 사실 그사이 수척해진 건 이순신만이 아니었다. 박예진 또한 통 먹지도 자지도 못했던 터라 눈에 띄게 말랐다.

"앞으로 탕약을 올리지 않아도 된다."

박예진이 슬쩍 눈을 들어 이순신을 바라봤다.

"일전에 네 아비의 불면은 끝났다고 했지?"

박예진은 대답이 없었다. 두 사람 사이의 정적을 풀벌레 울음이 채웠다.

"내 불면의 이유는 지난날에도 있고 앞날에도 있다. 결국 해결되지 않는 염려들이 불면을 초래하는 것일 테지."

박예진은 가만히 듣기만 했고 이순신은 혼잣말처럼 말을 이어갔다.

"널 어디서 보았는가 가만히 생각해보았다. 아무리 생각해도 기억에 없더구나. 그러다 문득 수레가 생각났다."

박예진은 흠칫 놀랐다. 수레라니. 설마 싶으면서도 이어질 말이 예상될 것만 같았다. 그의 입에서 그 말이 나온다면 자신의 감정이 어떻게 너울거릴지 예상할 수 없었다.

"이곳에서 첫 출전을 앞두었을 때 수군 하나가 탈영했다. 나는 그자를 잡아다 참수했지. 그자의 머리를 사람들 앞에 효수했는데 머리 없는 아비의 시신을 운구하겠다며 여식이 수레를 내어달라 청했다 들었다. 나는 수레는 내어주었지만, 아비의 머리는 주지 않았다. 병사 한 명의 탈영은 그걸로 끝이 아니라 시작이 될 수 있으니 그리할 수밖에 없었지."

이 나라 사람들은 천성적으로 겁이 많았다. 걸음마를 떼자마자 생고기를 씹어먹는 북방 오랑캐들과 사람 죽이는 일을 업으로 삼는 자들이 넘쳐나는 왜국과 달리 조선 사람들은 붓과 곡괭이를 들고 살았다.

전장에 스스로 뛰어들 자는 열에 한둘이나 될까 싶었다. 해서 출전을 앞둔 지휘관들은 전투가 시작되기도 전에 도망가는 병사들을 관리하는 게 중한 업무 중 하나였다.

수전은 육전과 달리 달아날 곳 없는 바다 위에서 이뤄지니 일단 출전하고 나면 겁쟁이조차 살기 위해 죽기 살기로 싸우는 법이다.

그러나 달아날 곳이 없는 전장임을 알기에 출전을 앞두고 느끼는 두려움 또한 극심할 수밖에 없었다. 달아날 기회는 배에 오르기 직전뿐이라 한 명의 탈영은 삽시간에 대규모 탈영으로 이어질 수 있었다. 그 점이 육군보다도 군율을 엄히 해야 하는 이유였다.

"그렇다고 한들 부하의 목숨을 그리 쉽게 거두신다면 너무 비정한 처사가 아닙니까?"

박예진이 이순신을 쏘아보았다. 이순신은 그 눈빛을 받기가 괴로웠지만 피하지 않았다.

"그 수군의 이름은 황옥천이었다. 잊고 있던 네 아비의 이름을 며칠 전 일기에서 다시 찾았다."

이순신의 입에서 제 아비의 이름을 듣자 박예진은 부들부들 떨었다. 사무친 원한이 알 수 없는 다른 감정들과 섞여 넘실거렸다.

상상조차 하지 못했다. 이순신이 아비 이름을 일기에 적어두었을 줄은. 호랑이 같은 얼굴로 참수를 명하던 사내가 그날 일을 기록해 뒀을 거라고는 생각할 수 없었다. 문득 자신이 이순신의 곁을 맴돈 이유를 알 것도 같았다.

막연히 원한을 갚기 위해서라고, 복수를 위해서라고만 생각했다. 그리고 그럴 기회라면 이미 탕약을 올린 횟수만큼 있었다.

그 수많은 기회를 살리지 않았던 이유를 이제야 알 것도 같았다. 허망하게 아비를 잃은 비통함이야 여전했지만, 그녀의 심장에 박혀 있던 무겁고 날카로운 돌 하나가 모래알처럼 부서져 풀어지고 있었다.

"네 아비의 이름을 되찾은 뒤로 줄곧 수레를 떠올렸다. 머리 없는 아비를 싣고 집으로 돌아갔을 너를 말이다."

거짓이 아니었다. 이순신은 그 수레를 떠올리며 자신의 전선과 비교하기도 했다.

수많은 목숨을 책임지고 전선을 이끄는 무게와 피가 마른 시신 한 구를, 그것도 머리 없는 시신을 싣고 가는 수레의 무게를 비교해 보고는 했다. 전선의 무게가 그 수레보다 무겁다고 할 수 없었다.

"적을 향한 내 노여움이 나를 향한 네 노여움보다 크다 할 수 없을 것이다. 인정하마. 그날 내가 벤 것은 네 아비 황옥천이 아니라 내 안의 무력함이어야 했다. 내가 무력하기에 네 아비를 베어서야 군기를 바로 잡을 수 있었다."

이순신은 잠시 숨을 고르고는 말을 이어갔다.

"네게 위로가 될 말은 아니겠으나 네 아비 한 사람의 죽음으로 여기 수많은 장졸의 죽음을 막았다고 말하겠다. 황옥천의 죽음은 결코 헛된 게 아니다."

"어찌, 어찌하여 제게 이런 말을 하시는 겁니까? 그저 죄책감을 덜기 위함이 아닙니까?"

끝내 박예진이 울먹였다. 말이 울음 같았다.

"황옥천의 죽음이 죄라면 나는 앞으로도 더 많은 죄를 지을 것이다. 나는 나대로 그 죗값을 치러야 할 테지. 이 지리멸렬한 전란을 끝내고 저 바다 위에서 스스로 벌하겠다."

박예진은 생기가 돌지 않는 이순신의 눈빛을 이해할 것도 같았다. 그는 매일 조금씩 자신을 죽여가고 있던 거였다. 그의 죽음은 그렇게 유예되고 있었다.

이제 남은 건 자신이었다. 그러자 한 사람, 진송이 생각났다. 살라고, 서로에게 살라고만 말할 뿐 화답하지는 않던 밤이 생각났다.

"때론 사는 게 빚인 목숨도 있는 법이다. 허나 그 빚도 살아야 갚을 수 있을 테지. 나도 너도 네 아비에게 빚을 진 목숨이니 각자의 방식으로 갚아야 하지 않겠느냐."

박예진은 이순신의 생기를 잃은 눈이 불편했다. 부하에게 참수형을 내리던 그 난폭함은 어디에 숨겨두고 있는 걸까. 어느 쪽이 이 사람의 참모습일까.

박예진은 이순신에게서 제 식솔이 죽을지도 모른다는 두려움과 절망을 보고 싶었다. 그리해 그녀의 아비를 벌할 때처럼 그 본모습을 드러냈으면 싶었다. 슬픔과 분노에 차 그녀의 주리를 틀었으면 했다. 그러면 그게 그 어떤 말로도 감출 수 없는 당신의 난폭함이라고, 인정하라고 따지고 싶었다.

"자객들이 어떻게 나리의 식솔이 사는 곳을 알아냈는지 궁금하지 않으습니까?"

박예진이 한결 차가워진 표정으로 물었다. 그녀가 살기 위해서는 진송이 스스로 알아냈다고 고해야 했다. 그러나 그녀는 살고 싶지 않았다.

"제가 알려주었습니다."

박예진의 자백에도 이순신은 동요가 없었다.

"제가 나리의 서신에서 찾아냈단 말입니다."

여전히 이순신의 표정은 아무 것도 듣지 못한 것처럼 그대로였다. 그녀가 기대하던 폭력은 그의 얼굴에 드리워지지 않았다. 이전보다 더 쓸쓸해 보였다.

무거운 침묵을 지키던 이순신이 나지막이 말했다.

"알고 있다."

오히려 가슴이 요동치는 건 그녀였다. 알고 있었다니? 진송이 고발했을 리는 없었다.

"내 책가의 서신은 온 순서대로 놓여 있다. 잠이 오지 않는 밤이면 이미 읽은 서신들은 다시 꺼내 읽고는 하는데 순서가 흐트러져 있더구나."

"알면서도 모른 척하셨다는 겁니까?"

"추격대가 출발하기 전에 알았다면 그러지 못했을 테지. 허나 이미 엎질러졌으니 널 탓한들 달라질 게 없었다."

박예진의 얼굴이 일그러졌다.

"이미 너무 많은 죽음이 있다. 오늘 밤은 그 죽음을 더하고 싶지 않다. 너에게는 군령이 닿지 않으니 이만 돌아가거라. 돌아가 남은 식구를 보살피거라."

박예진의 어깨가 떨렸다. 수영에 들어왔을 때부터 살기를 포기했다. 그저 어떻게 죽을지를 고민했다. 그런데 관주청의 주모도, 진송과 이순신도 다들 살라고만 했다. 어떻게 살라는 말일까.

박예진은 새삼 잊고 있던 옥만이와 어머니가 생각났다. 두 사람 또한 여태 슬픔에 잠겨 있을 것이다. 그 슬픔을 돌보라는 걸까. 식은 탕약에 그녀의 얼굴이 비쳤다. 탕약 위로 떨어진 눈물이 그 얼굴을 지웠다.

***

부산진 왜군사령부로 속속 왜의 수군 장수들이 집결하고 있었다.

용인전투에서 적은 병력으로 삼도근왕군을 격파한 와키자카 또한 막 부산진에 합류한 상태였다.

본토의 다이코로부터 긴급명령서가 날아들었다고 했다. 자세한 내용은 모르지만 골자는 부산진의 함대를 이끌고 여수로 진격하라는 내용이었다. 새롭게 수군 총사령관으로 임명된 구키 요시다카가 본토로부터 함대를 이끌고 부산으로 오고 있다고도 했다.

"왔는가! 와키자카, 용인에서의 승전 소식은 잘 들었소. 대단한 전투였다지?"

회의실에 들어선 와키자카를 보며 가토 요시아키가 웃음을 머금었다.

"너무 일방적이어서 전투랄 것도 없었소. 대군이라고는 하나 오합지졸에 불과했지."

"하하, 그런가."

와키자카는 지금의 상황이 그리 탐탁지 않았다. 지금 내로라하는 왜군 수군 장수들을 집결시킨 건 조선의 이순신이란 자를 상대하기 위해서라고 했다.

부산진에 도착하고 보니 이순신이란 자에 대한 소문은 부풀려질 대로 부푼 상태였다. 와키자카가 생각하기에 소문은 소문일 뿐이었다. 여태 조선에서 장수다운 장수를 본 적이 없었다. 지장도 용장도 없었다.

이순신에 대한 소문이라면 이미 용인에서 접했다. 그래서 와키자카는 부산진으로 집결하라는 소집통지서를 받기 전 이미 홀로 남해로 향할 계획이었다. 그는 본래 수군 장수였다. 자신의 함대만 추슬러 진격해도 이순신 정도는 가뿐하게 상대할 수 있을 일이었다.

듣자 하니 지금껏 이순신의 승전은 일본군의 정박한 함대를 기습하는 형태가 대부분이었다. 정상적인 상황에서 전투를 벌였다면 세

계 최강의 함대가 조선 함대 따위에 질 리 없었다.

"일단 부르니 오긴 했으나 고작 조선 수군을 상대로 우리가 다 모일 일인가 싶소."

와키자카의 빈정거리는 말투에 지켜보던 총사령관 우키타 히데이에의 표정이 일그러졌다.

"다이코 전하의 명령이다. 이순신은 그대 생각처럼 만만한 자가 아니야."

와키자카와 달리 조선 수군과의 연전연패로 골머리를 앓던 우키타는 신중했다. 물론 패전 장수와 패잔병들이 제 패배를 정당화시키고자 이순신을 부풀린 부분도 없잖아 있을 것이다. 그러나 단순히 그렇게만 여기기에는 누적된 패배가 너무 많았다. 더군다나 대등한 병력으로 치른 전투에서조차 패하고 말았으니 마냥 상대를 얕잡아볼 수 있는 처지가 아니었다.

우키타로서는 피가 마르는 날들이었다. 육전은 연전연승을 거듭하는 가운데 자신이 총지휘를 맡은 수군은 개전 초반의 승리를 제외하고는 내리 패배를 거듭하고 있었다.

상황이 이렇다 보니 우키타 자신을 대신할 수군 총사령관으로 구키가 오고 있다는 사실이 반가울 지경이었다. 이미 자존심은 내려놓은 지 오래였고 이제는 승리가 고팠다.

"우리 수군의 소식을 들은 다이코 전하의 분노는 내 입으로 차마 전할 수 없을 지경이다. 당장이라도 바다를 건너와 우리를 요절내고 싶은 심정이라고 하셨으나 마지막으로 한 번의 기회를 더 주겠다고 하셨지. 그게 우리를 이곳에 집결하라 명하신 이유다. 곧 본토에서 구키 장군이 올 것이다. 그가 나를 대신해 작전을 수행할 테니 그전에 출전 준비를 완비해두라는 관백 전하의 명이다."

우키타가 다이코를 들먹이자 와키자카도 더는 툴툴거릴 수 없었다. 이렇게 된 이상 선봉장으로 나서 본대가 끼어들 틈도 없이 조선 수군을 박살 내버릴 생각이었다. 물론 그러자면 몇 가지 준비가 필요했다.

희의실을 나선 와키자카는 곧장 자신의 부대로 돌아갔다.

육전이고 해전이고 우두머리만 해치우면 끝날 일이었다. 그리고 그의 부대에는 그에 최적화된 병사들이 있었다.

"자에몬!"

와키자카의 부장인 자에몬이 달려왔다.

"부르셨습니까?"

"조만간 이순신을 치러 간다. 오늘부터 출전 당일까지 정예사수대의 훈련 양을 배로 늘리거라."

"분부대로 하겠습니다."

와키자카는 용인에서 맛본 황홀했던 전투의 기억을 떠올렸다. 조선군의 병력이 워낙 많았던지라 그로서도 긴장하지 않은 바는 아니었다. 그러나 그의 핏속에 녹아 있는 수많은 전투의 기억이 말했다.

적들의 창끝은 무디다. 그저 오합지졸일 뿐이다.

적들은 바위에 부딪히는 파도처럼 스스로 부서져 갔고 쓸려가는 모래탑처럼 저희끼리 무너졌다.

이번에도 그의 감이 말하고 있었다. 그의 함대는 빠르고 날카롭게 돌진할 것이고 적의 선봉에 치명타를 입힐 것이다. 예봉이 꺾인 적은 어찌할 바를 몰라 허우적거릴 테고 적장은 소용없는 명령만 토해낼 것이다. 그 명령에 반응하는 건 와키자카 자신의 정예 저격

사수들이 될 터였다.

　신우대는 성거산과 양달산 사이의 계곡을 따라 이동 중이었다. 인질들을 데리고 이동하느라 속도가 느려지고 있었다.

　진송은 여태 추격대가 모습을 보이지 않아 초조했다. 이대로 한 나절만 더 가면 진천이었고 곧 충주였다. 아사코는 안정권인 진천에 이르면 볼모 중 하나의 목을 베어 그 수급을 좌수영으로 보낼 계획이라 했다.

　진송과 한 말에 탄 변 씨가 장시간 이동에 기운이 부치는지 휘청거렸다.

　"말이 지쳤으니 잠시 쉬는 게 어떻겠습니까?"

　진송의 말에 아사코가 손을 들어 정지신호를 내렸다.

　말들이 거친 숨을 내쉬며 계곡물을 마셨다.

　대원들도 계곡물로 목을 축이고 빈 가죽부대에 물을 채웠다.

　"이제 반나절 남았나."

　아사코가 혼잣말처럼 말했다.

　"거의 다 왔습니다. 이번 임무가 끝나면 본국으로 돌아가실 계획입니까?"

　"아니다. 부산으로 내려가 주군의 명을 기다려야 할 테지. 너는……."

　아사코가 뒷말을 삼켰다. 스즈란에게도 부산으로 합류하라는 말을 하고 싶었다. 그러나 그는 인질의 수급을 들고 여수로 가야 했다. 거기서 살아남을 가능성은 희박했다.

　"너는 임무를 완수하는 대로 명나라로 돌아가거라."

아사코도, 진송도 불가능한 임무라는 걸 알았다. 볼모를 확보했다고는 하나 이순신이 포섭될 거라 장담할 수는 없었다.

"그럴 리는 없겠지만 만약 임무에 실패한다면 어쩌실 겁니까?"

"글쎄."

진송은 제 질문이 무의미함을 깨달았다. 그 질문에 답할 수 있는 존재는 주군 한 사람뿐이었다. 다른 기회를 받거나, 문책당하거나, 둘 중 하나였다.

"평범한 여인으로 살아보고 싶진 않았습니까? 그저 꽃으로 말입니다."

"꽃? 나와 꽃이 어울린다 생각하느냐?"

진송은 답하지 못했다. 아사코가 꽃과 어울리지 않아서가 아니었다. 그녀는 그가 본 어떤 꽃보다도 아름다웠다. 그러나 그녀는 꽃이 아닌 칼이 되는 쪽을 택했다.

"어쩌면 애초에 선택할 수 있는 인생 같은 건 없는 게 아닐까? 너나 나뿐만 아니라 주군 같은 사람조차도."

진송은 아사코 또한 지난한 고뇌 속에서 지내왔음을 알고 있었다. 일본 역시 오랜 전국시대*를 겪었고 그 여파는 지금껏 이어졌다. 아사코는 그 폭력의 시대가 낳은 상흔이자 칼이었다. 선택이되 선택 아닌 삶이란 점에서 아사코와 진송은 같았다. 사는 내내 알 수 없는 불가항력에 끌려다닌 것 같다고나 할까. 지루하고 하염없었다. 그러나 벗어날 수 없었다.

"살면서 누군가에게 빚을 졌다고 생각해본 적이 없었습니다. 단

---

* 센고쿠 시대. 일본에 15세기 중반부터 16세기 후반까지 사회적, 정치적 변동이 계속된 내란의 시기.

한 사람을 제외하고는 말입니다."

"그 한 사람이 누구지?"

진송은 대답 대신 흐르는 계곡물을 바라보기만 했다. 그에게 고마움을 느끼게 해준 유일한 사람. 그 사람이 그 사람에 대해 묻고 있었다. 그래서 답할 수 없었다.

그때 후미에서 경계를 서던 대원 하나가 경계신호를 보냈다. 신우대는 일사불란하게 방어 태세를 갖췄다.

말발굽 소리가 가까워지더니 잠시 뒤 계곡의 굽이를 돌아 한 기의 인마가 보였다.

'사사키!'

사사키를 본 진송은 머리끝이 쭈뼛했다. 그러고 보니 신우대에 합류한 뒤로 쭉 그를 보지 못했다. 후방에 있던 건가.

"추격대가 오고 있습니다!"

사사키가 말에서 뛰어 내리며 보고했다.

"얼마나 떨어져 있느냐?"

아사코가 되물었다.

"확실치는 않으나 한 시진, 어쩌면 한두 식경 거리일지도 모릅니다."

"분명 한나절 거리를 유지하라 했을 텐데?"

"저도 그러려고 했습니다만……."

"병력은?"

급한 마음에 아사코가 사사키의 말을 자르고 물었다.

"서른 명이 조금 안 되는 것 같았습니다."

아사코의 등 뒤에서 실소가 들렸다. 사사키의 등장에 긴장했던 신우대 대원들이 적의 병력 규모를 듣고는 긴장이 풀린 것이다.

최소한 백여 명은 예상했건만 서른 명도 안 된다니. 신우대 대원들은 추격대가 결코 그들의 상대가 될 수 없다고 여겼다.

"그런데 추격대가 이렇게 빨리 오다니. 이상하군."

아사코는 미심쩍었다. 예상보다 인질이 많아 이동속도가 늦어질 것을 우려해 작은 꼼수를 써둔 상태였다. 방화산을 빠져나올 때 갈림길이 있었는데 대원 두 명을 본대와 다른 쪽으로 이동하게 했다. 얼마간 시간도 벌고 추격대의 병력도 나누려는 의도였다. 그런데도 이렇게나 거리를 좁히다니.

수상스러워하는 아사코를 보며 사사키가 기다렸다는 듯 입을 열었다.

"저도 이해할 수 없었습니다. 이걸 보기 전까지는요."

사사키의 손이 품으로 들어갔다.

거기서 빠져나온 붉은 댕기들을 보자 진송은 당황했다. 낭패였다.

"그건 댕기가 아니냐?"

"아산에서부터 오는 길에 줄곧 이 표식이 있었습니다. 무슨 의미겠습니까?"

사사키의 시선이 아사코에게서 떨어져 주위를 둘러보았다. 그러다 진송에게서 머물렀다.

아사코는 보지 않아도 사사키의 시선이 누구에게 닿아 있는지 알 것 같았다. 문득 순천 송치재에서 사사키가 했던 말이 떠올랐다.

스즈란이 조선 계집을 마음에 둔 것 같다던. 그러자 여수로 돌아가겠다던 스즈란의 말이 생각났다. 설마 그런 이유였던가.

진송은 계획이 틀어졌음을 인정해야 했다. 어떻게든 무마시켜야 했다. 그는 단걸음에 아사코의 등 뒤로 접근했다. 그런 뒤 순식간에 아사코의 등에 묶인 칼집에서 칼을 빼 들었다.

"사사키 네 이놈!"

진송의 칼끝이 사사키의 목에 닿았다. 신우대 대원들이 둘을 에워싸며 칼을 빼 들었다.

"조선 계집의 미인계에 빠졌단 말이 사실이었구나."

"무, 무슨 소립니까? 조선 계집에 빠진 것은 조장 당신이……."

당황한 사사키가 말을 더듬었다. 진송은 이 틈을 놓치지 않고 더욱 압박했다.

"네놈이 자청해 수영을 나선다고 할 때 의심했어야 했다."

"이 조센진 새끼가 무슨 헛소리를 지껄이는 거냐! 대장, 아닙니다. 이자가 거짓말을 늘어놓는 것입니다."

"그렇다면 설명해보아라. 추격대가 턱 끝까지 쫓아온 뒤에야 보고해 온 이유를. 아니, 추격대가 이토록 빨리 쫓아올 수 있었던 이유를 말이다. 네놈이 조선군에 포섭되어 길잡이 역할을 한 걸 모를 줄아느냐!"

진송과 사사키의 언쟁에 신우대 대원들도 갈피를 못 잡는 눈치였다. 진송은 이대로 쐐기를 박기로 했다. 진송이 품에서 사사키의 것과 같은 붉은 댕기를 꺼냈다.

"보이느냐, 내가 심문한 조선 계집에게서 받아온 증좌다."

사사키는 그저 진송이 발뺌을 할 거라고만 예상했었다. 그런데 오히려 제 배신의 증좌가 될 표식을 스스로 보이니 환장할 노릇이었다.

"저, 저것 보십쇼, 대장님. 저놈 손에 이 표식이 들려 있질 않습니까!"

사사키가 억울하다는 눈빛으로 바라보았으나 아사코의 표정은 건조하기만 했다. 아사코가 진송에게서 제 칼을 뺏어 들었다.

"내가 분명히 말했을 텐데. 또다시 하극상을 벌이면……."

검이 햇빛을 튕김과 동시에 사사키의 목에서 피가 품어져 나왔다.

"목을 베겠다고 말이다."

사사키가 제 목을 부여잡고 쓰러졌다. 사사키의 편을 들려던 다카하시는 입을 꾹 다물고 뱉으려던 말을 삼켰다.

"쓸모없는 놈 하나 때문에 혈흔을 남기게 됐군."

"지우겠습니다."

다카하시가 나섰으나 아사코가 고개를 저었다.

"그럴 필요 없다. 어차피 볼모를 데리고 가야 하니 따라잡히는 건 시간문제다. 네가 남아 시간을 벌어야겠다. 몇이면 되겠느냐?"

"여덟, 아니 일곱이면 충분합니다."

다카하시가 아사코의 눈치를 살피며 대답했다.

"다섯이면 되겠군. 최대한 시간을 벌어라. 전멸시키면 좋겠지만 그게 어렵다며 부상을 입히는 데 주력하라."

"하이!"

아사코는 다카하시에게 다섯 명을 할당해준 뒤 남은 대원들을 이끌고 이동하기 시작했다.

이제 그녀의 곁에 남은 신우대 대원은 진송을 포함해 열셋 뿐이었다.

20
매복

성거산과 양달산 사이 계곡에 한 무리의 인마가 출현한 건 신우대가 지나고 한 시진쯤 흘렀을 때였다. 추격대는 속도를 높이면서도 경계를 늦추지 않았다.

계곡 양옆이 숲이어서 복병이 우려되는 상황이었다. 매복 중인 적이 일제히 철포탄이라도 쏜다면 낭패였다. 그러나 추격 속도를 늦출 수 없었다. 어느 정도 위험은 감수하고 나아가야 했다.

그사이 병력은 서른 명에서 다섯이 빠진 상태였다. 앞서 갈림길을 두고 의견을 나눈 끝에 수사의 감을 믿기로 했다. 해서 본대로는 붉은 댕기의 표식을 따르고 혹시 몰라 변존서가 녹도병 넷을 이끌고 갈림길의 다른 방향으로 떠났다. 피차 표식을 남기기로 했으니 늦더라도 쫓아올 것이다.

"여전히 댕기는 보이지 않는군요. 어째서 갑자기 사라진 걸까요?"

최우만이 찝찝하다는 듯 주위를 두리번거리며 물었다. 일정한 시차를 두고 보이던 표식이 언제부턴가 보이지 않았다.

"난들 알겠나."

송희립도 생각이 복잡했다. 어쩌면 사절단 단장이 제 무리로부터 의심받고 있는 건지도 몰랐다.

"저기 표식이 있습니다!"

착호군 한 명이 외쳤다. 정말로 한동안 끊겼던 붉은 댕기가 계곡 건너편의 소나무 가지에서 나부끼고 있었다.

"건널 수 있겠느냐?"

송희립이 계곡을 살피는 착호갑사에게 물었다. 착호갑사가 직접 계곡으로 들어갔다. 계곡물은 순식간에 육 척 거구인 가슴팍까지 올라왔다.

착호갑사는 난감한 표정을 지으며 돌아왔다.

"며칠 전 내린 비로 물이 불었습니다. 돌바닥인 데다 물살이 세서 위험하겠습니다."

김수천도 계곡을 유심히 살폈다. 수심은 둘째치고 물살의 위세가 상당했다. 더군다나 물색이 흙빛이라 육안으로는 수심을 가늠할 수조차 없었다.

김수천은 자객들 또한 이 지점에서 계곡을 건너기는 어려웠을 거라 판단했다. 볼모들까지 데리고 이동하고 있는 처지가 아닌가.

"상류로 올라가다 보면 건널 만한 곳이 있을 것입니다."

"가자!"

추격대는 곧장 계곡의 상류로 이동했다.

얼마나 이동했을까. 부쩍 물 밖으로 나온 바위들이 많아졌다. 그만큼 수심이 얕아진 것이다. 여전히 물살이 거세긴 했으나 말과 함께 이동한다면 떠내려갈 정도는 아니었다.

"여기서 건너자. 말에 의지해 떠내려가지 않도록 해야 한다."

송희립의 명령에 진무성과 착호군이 앞장서 도하를 시작했다.

진무성이 계곡의 중간 지점에 이르러 괜찮다는 수신호를 보내자 나머지 인원들도 차례로 계곡에 몸을 담그기 시작했다.

송희립 곁에서 계곡을 건너던 김수천은 앞서 본 댕기가 자꾸만 머릿속에 맴돌았다. 어딘가 찝찝했다. 그 찝찝한 기분의 원인을 찾고자 댕기가 묶여 있던 곳의 지형을 떠올리려 애썼다.

댕기가 걸려 있던 곳 주위는 수풀이 몹시 우거져 말이 지나갈 만한 진입로가 없었다. 그로부터 한참 이동했을 때야 계곡과 연결될 오솔길이 있었다.

자객들도 인질을 데리고 이동하는 이상 계곡을 건넜다면 지금 위치거나 오히려 더 상류여야 했을 것이다. 그런데 굳이 그 하류까지 되돌아가 숲으로 들어갈 이유가 있었을까? 더군다나 사라졌던 댕기의 표식이 갑자기 나타난 것도 수상했다.

혹 무리해서라도 계곡을 건너게 하기 위한 함정이 아닐까? 생각해보면 지금 계곡을 건너는 건 전적으로 앞서 본 계곡 건너의 댕기 표식 때문이었다.

위기감을 느낀 김수천은 다급히 고개를 들어 계곡 건너편의 우거진 수풀을 살폈다. 움직임이 수상한 수풀이 보였다. 그리고 그 수풀 사이로 튀어나온 총부리가 보였다.

"전방에 매복입니다!"

탕탕!

김수천의 외치는 것과 동시에 총성이 계곡을 뒤흔들었다. 소리에 놀란 새들이 날아올랐다.

"산개하라! 서둘러 벗어나라!"

송희립이 외치자 추격대는 흩어지기 시작했다. 막 계곡에 진입하던 자들은 오던 길로 몸을 돌렸고 애매하게 계곡 가운데 있던 송희립과 김수천은 물속으로 몸을 숨겼다. 위치에 따라 저마다 신속히 몸을 놀린다고 했으나 몸의 반절이 물에 잠겨 있는 터라 움직임이 제한될 수밖에 없었다.

탕탕!

그러는 사이 연거푸 총성이 울렸다. 총성의 간격으로 보아 최소한 두 개의 철포에서 쏘아지는 곳이었다. 선두에 있던 착호갑사 하나가 총에 맞고 쓰러졌다. 다른 착호갑사가 붙잡으려 했으나 중심을 잃은 그는 속절없이 떠내려갔다.

다들 우왕좌왕하는 외중에도 진무성은 차분했다. 그는 냅다 제 말의 볼기짝을 칼집으로 내리쳤다. 놀란 말이 물을 튀기며 계곡을 빠르게 가로질렀다. 진무성은 달려나가는 말을 방패막이 삼아 바짝 뒤따랐다. 그러자 그의 의도를 알아챈 착호갑사와 녹도병 하나가 그를 뒤쫓았다.

철포탄을 재장전하는 데 얼마간의 시간이 필요한 법이다. 조금 전 발포했으니 아직 시간이 있었다.

진무성이 막 계곡을 건넜을 때 또다시 총성이 울렸다. 앞세운 말이 탄에 맞았으나 바로 고꾸라지지 않고 피를 튀기며 이리저리 날뛰었다.

말이 총을 대신 맞음으로써 다시 얼마간 시간을 번 셈이었다. 그러나 이제 가림막이 사라졌으니 다음 총성이 울리면 누군가 쓰러질 터였다.

진무성은 화약 연기가 나는 수풀을 향해 날랜 범처럼 달려나갔다. 거의 수풀에 이르렀을 때 주위의 수풀이 흔들린다 싶더니 칼을 든 신우대 대원 둘이 튀어나왔다.

진무성은 앞에서 파고드는 칼을 몸을 회전시켜 흘려보내고 옆에서 다가온 칼은 칼등으로 막아냈다. 그러면서도 수풀 쪽 상황을 놓치지 않았다. 재차 화약 심지에 불을 붙이는 사수가 보였다. 그러나 두 명의 자객과 맞서는 상황이라 더는 전진이 어려웠다.

진무성은 겸사복에 지원했다면 충분히 합격하고도 남을 실력자였다. 무장한 왜병을 셋까지도 동시에 대적할 수 있었다. 그러나 이번엔 상대가 만만치 않았다. 고도로 훈련된 자들이었다. 칼의 형태도 일반적인 왜도와 달랐고 검의 형태에 맞게끔 검술도 특화되어 있었다. 이제껏 본 적 없는 검술이었다. 더군다나 진무성은 옷이 젖은 터라 몸이 무거웠다.

두 자객의 전광석화 같은 공격이 연이어졌다. 둘이서 하나처럼 움직였다. 반면 진무성은 발이 젖어 밑이 불안했다.

결국 뒷걸음치던 진무성의 오른발이 반질반질한 돌을 밟고 미끄러졌다. 그 틈을 놓치지 않고 뒤쪽에서 칼이 찌르고 들어왔다.

이미 중심을 잡기 늦었다고 판단한 진무성은 몸이 기운 방향으로 바닥을 굴렀다. 숨돌릴 틈도 없이 이번에는 옆쪽에서 칼날이 번뜩였다.

챙!

피할 수 없다고 생각하던 찰나 진무성을 뒤쫓아온 착호갑사의 월도가 진무성의 옆구리를 노리던 칼을 쳐냈다.

"가시오!"

착호갑사가 턱으로 수풀 너머를 가리키며 말했다. 육 척의 거구인 그는 앞서 동료 착호갑사가 철포에 맞은 탓에 몹시 흥분한 상태였다.

"죽어라, 이놈들!"

착호갑사의 엄청난 기세에 놀란 신우대 두 명은 무작정 달려들기보다는 신중하게 협공하기로 마음먹고 눈빛을 주고받았다.

그사이 수풀에 숨은 사수의 조총 심지에 다시금 불이 붙었다. 막 총이 발사될 때 진무성의 칼날이 총부리를 쳐내며 방향을 틀었다. 자객은 조총을 버리고 등 뒤의 검을 빼 들었다. 그러는 사이 어디선가 다시 한 발의 총성이 울렸고 착호갑사를 도우러 달려오던 녹도병 한 명이 쓰러졌다.

바위 뒤에 몸을 숨기고 있던 다카하시도 전투에 합류했다. 대원 하나도 함께였다. 둘은 물가로 달려가 막 계곡을 건너오는 자들을 막아서기 시작했다.

녹도병들이 다가오는 적을 보며 칼을 들고 응수했다. 그러나 다카하시는 녹도병 두 명을 두 번의 칼질만으로 쓰러트렸다. 다른 대원도 막 녹도병 하나의 옆구리를 베었다.

"여기서 일망타진한다!"

다카하시의 분전에 신우대 대원들의 움직임은 더욱 민첩해졌다.

진무성과 착호갑사가 힘을 내고 있었으나 신우대에는 피해가 없었다. 반면 추격대는 착호갑사 한 명과 녹도병 넷이 총칼에 맞아 숨졌고 당황한 나머지 발을 헛디뎌 급류에 휘말린 자들도 있었다.

"이 육시랄 놈들!"

어느덧 송희립과 김수천도 계곡 반대편에 닿았다. 기다렸다는 듯 다카하시 일행이 달려들었다. 또 한 번의 총성이 울렸고 계곡을 건너던 녹도병 하나가 쓰러졌다.

네 배가 넘는 머릿수에도 전세는 빠르게 기울기 시작했다. 선두에서 버텨주고 있던 착호갑사도 신우대 두 명의 협공에 자상이 늘어가고 있었다.

허벅지를 베이면서 중심이 무너진 착호갑사의 목으로 칼이 날아들었다. 다행히 진무성이 던진 칼이 아슬아슬하게 신우대 대원의 등에 꽂혔다. 진무성의 발치에는 그가 상대하던 신우대 대원의 수급이 떨어져 있었다. 여섯 명의 신우대 대원 중 두 명을 진무성이 없앤 셈이었다.

"버틸 수 있겠나?"

진무성이 적의 등에 꽂힌 제 칼을 뽑아 들며 착호갑사에게 물었다.

"문제없소."

진무성은 가볍게 고개를 끄덕인 뒤 다시 화약 연기가 나는 곳을 찾아 달려 나갔다.

다카하시와 몇 차례 검을 부딪친 송희립은 만만치 않은 상대임을 직감했다. 왜놈들의 검술이 뛰어나다고는 들었으나 짐작한 바를 훌쩍 뛰어넘는 솜씨였다.

기본적으로 검을 다루는 데 불필요한 힘을 들이지 않았다. 그러면서도 빠르기가 믿기 힘들 정도였다. 그의 칼을 힘들이지 않고 빗겨낸 뒤 어느새 급소를 노리고 파고들었다.

연속된 빠른 공격에 송희립은 어느새 다시 물가까지 밀려났다. 이끼 긴 돌을 밟고 있으니 미끄러질 듯 영 불안했다.

"돌 위에서 싸우셔야 합니다!"

김수천이 송희립을 보고는 외쳤다. 송희립은 무슨 헛소린가 했다. 그렇잖아도 발밑이 불안한데 굳이 돌 위에서 싸우라니. 실전에서는 풋내기라 생각하려던 차에 자객의 발밑이 눈에 들었다.

자객의 주위가 모래로 덮여 있었다. 거리를 좁히는 공격을 하려면 보법이 빨라야 하니 바닥이 평평해야 한다. 돌밭은 자신에게도 불리하지만, 상대에게는 더 불리한 셈이었다.

뒤늦게 김수천이 한 말의 의도를 알아채고 송희립은 아예 서너 걸음 더 물속으로 물러났다. 그러자 놈이 곧장 따라붙지 않고 주춤했다.

"왜? 발이 안 떨어지냐?"

다카하시는 송희립의 말을 알아들을 순 없었으나, 조롱인 게 분명했다.

"이 멧돼지 같은 놈이!"

다카하시가 보기엔 놈이 추격대의 대장이었다. 힘이 좋으나 검세가 단조로워 곧 끝낼 수 있어 보였건만 용케 사지를 벗어났다. 발밑이 위태한 곳에서는 싸우고 싶지 않았지만, 이것저것 가릴 때가 아니었다.

조금 전부터 조총 소리가 나지 않았다. 엄호사격도 기대할 수 없으니 오래 끌면 불리했다. 먼저 대장의 목을 베는 게 상책이었다.

"이놈아, 겁먹었냐?"

"오냐! 소원이라면 죽여주마."

서로에게 알아들을 수 없는 말이 오갔고 다카하시가 물속의 송희립에게 달려들었다.

다카하시와 재차 칼을 교환한 송희립은 놈의 공격이 단조로워진 것을 분명하게 느꼈다. 새삼 김수천이란 젊은이가 달라 보였다. 유생 나부랭이인 줄 알았더니. 사또가 괜히 추격대에 합류시킨 게 아니었다.

그러나 지금 누구보다 긴장한 자는 김수천이었다. 남몰래 오래 무예를 연마했다지만 실제로 사람을 베어본 적은 없었다. 그래서 두어 차례 적의 급소를 노릴 만한 기회가 있었음에도 선뜻 칼이 나가질 않았다. 자연스레 방어만 하는 형세가 이어졌다.

"망설이다가는 네가 죽는다!"

이번에는 한결 여유가 생긴 송희립이 훈수를 주었다. 그러나 한 발 늦은 훈수였다.

김수천의 심장을 향해 칼끝이 다가왔고 피하기는 늦은 상황이었다. 김수천은 상체를 뒤틀어 어깨로 칼을 받았다.

"윽!"

칼에 찔리면서 몸의 중심이 무너졌다. 어깨에서 빠져나간 칼이 이번에는 가슴을 노리고 찔러 들어왔다. 피할 수 없으니 이게 끝이라 여겼다.

그러나 가슴팍에 닿은 칼은 깊이 들어오지 않았다. 자객이 스스로 칼을 놓고 있었다. 고개를 들자 자객의 목에 화살이 꽂혀 있었다. 달아난 줄 알았던 사부들이 계곡 건너편에서 활을 쏜 듯 보였다.

그사이 진무성이 조총을 쏘던 또 한 명을 제거했고 착호갑사와 대치 중이던 자 또한 협공 끝에 목을 벴다. 남은 적은 송희립이 맞서고 있는 한 명뿐이었다.

혼자가 된 다카하시는 승부가 났음을 알고 달아나기 시작했다. 계곡 건너편에서 대기 중이던 사부들이 시위를 당기기 시작했다. 여러 발의 화살이 연달아 쏘아졌고 다카하시를 향해 날아들었다.

다카하시는 피할 수 없는 화살들을 칼로 쳐내며 달아났다.

"멈춰라!"

송희립이 계곡 반대편의 사부들에게 소리쳤다.

"달아나도록 두어라!"

김수천과 진무성을 비롯해 살아남은 자들이 다가왔다.

"왜 붙잡지 않습니까?"

김수천의 물음에 송희립이 계곡으로 시선을 던졌다.

"동행한 역관이 보이지 않아. 급류에 휩쓸려간 것 같으니 놈을 생포한들 심문할 수가 없다. 차라리 달아나도록 놓아주고 추격하자."

그러자 진무성이 말했다.

"제가 뒤쫓을 테니 병력을 수습하여 따라오시오."

"그렇게 하지. 매복이 더 있을지 모르니 조심하게."

진무성은 곧장 다카하시가 사라진 숲속으로 뛰어들었다.

상황이 진정되자 계곡 건너편에서 대기 중이던 인원들도 다시 급류를 건너기 시작했다. 전원 합류하자 송희립은 피해 상황을 살폈다. 역관과 착호갑사 한 명을 포함해 여덟 명이 죽거나 실종됐다.

다들 표정이 무거웠다. 특히 책임자인 송희립의 얼굴에는 수심이 짙었다.

직접 상대해본 자객들의 실력은 예상을 웃돌았다. 물론 진무성과 김수천의 실력도 그의 예상보다 뛰어나긴 했다. 문제는 이쪽은 실력자가 드문 반면 적은 하나같이 뛰어나단 점이었다. 두 명의 갑사 중 한 명을 잃은 데다 남은 한 명마저 부상이라는 점도 뼈아팠다.

녹도병도 수영 내에서는 손꼽히는 정예병이라고는 하나 어디까지나 병사들이었다. 적과 같은 인원이라면 정면으로 붙어서는 승산이 없었다.

"피해가 크군."

"그래도 매복을 만난 것 치고는 양호한 편입니다."

김수천의 위로에도 송희립은 마음이 무거웠다. 복병이 여섯이었으니 본대는 최소한 두 배 이상일 것이다. 변존서와 합류해 출발한다면 그나마 나을 테지만 그럴만한 시간은 없었다.

"그런데 놈들이 댕기 표식을 작전에 써먹은 건 어떻게 받아들여야 할까요?"

김수천이 물었다.

"사절단 단장이 우리를 배신했거나 아니면 우리에게 협조한 사실을 들켰거나 둘 중 하나겠지."

"저희로선 어느 쪽이든 달갑지 않은 상황이군요."

"그러게. 그나마 위안이 되는 건 놈들을 거의 따라잡았다는 사실이지."

"서두르시지요."

추격대는 숨진 병사들의 시신을 추후 수습하기로 하고 한곳에 모아둔 뒤 다시 추격을 개시했다.

21
인질

진천에 가까워질수록 산세는 더 험해졌다. 다카하시는 숨겨둔 말을 타고 달리는 중이었다.

본래는 본대에 합류하는 대신 추격 경로에 혼선을 주는 방식을 택할까도 싶었다. 그러나 조선군에 추격술에 뛰어난 자가 있는 것 같았다. 어차피 이렇게 된 이상 서둘러 본대에 합류하는 편이 나았다.

추격대를 막아내지 못했고 휘하의 대원들도 모조리 잃었으니 책임을 피하긴 어려웠다. 그래도 지금으로서는 서둘로 본대로 돌아가야만 했다. 적의 구체적인 전력을 파악했으니 그 사실을 알려야만 했다.

어느덧 해가 기울고 있었다. 도처에서 산짐승들의 울음이 들리기 시작했다. 정신없이 말을 몬 끝에 마침내 동료들이 보였다.

도착한 다카하시는 땀과 피로 뒤범벅이 된 상태였다. 본인의 피는 아닌 듯했다.

"추격대가 지척입니다. 십여 명 정도를 제거했고 남은 병력은 스무 명이 넘지 않습니다."

다카하시의 보고를 듣고 아사코의 미간이 일그러졌다.

"신우대 여섯이서 고작 그 정도 병력을 막지 못했다는 것이냐?"

"상당한 실력자들이 포함돼 있었습니다."

"한심하군."

다카하시는 더 이상의 변명은 화를 자초할 수 있다는 걸 직감하고 말을 아꼈다.

"거기다 꼬리까지 달고 왔나 보구나."

"그, 그게 무슨……."

다카하시가 황급히 뒤를 돌아보았다. 추격대 한 명이 말 위에서 신우대를 바라보고 있었다.

진무성은 십수 명의 적을 앞에 두고도 차분히 활시위를 당겼다. 퉁! 화살은 다카하시의 보고를 듣던 아사코를 향해 날아갔다.

아사코는 슬쩍 상체만 틀어 화살을 피했다. 신우대 대원 세 명이 순식간에 아사코 앞을 막아서며 조총을 꺼내 들었다. 그러자 진무성은 말을 몰아 숲으로 사라졌다.

잠시 뒤 화살 한 발이 다시 아사코 쪽으로 날아들었다. 날아든 화살을 호위 병력이 칼로 쳐냈다.

"한 놈뿐인가?"

"시간을 벌려는 수작일 겁니다."

진송이 아사코에게 말했다.

"어차피 이대로는 꼬리가 잡힐 수밖에 없다. 여기서 결판을 낸다."

아사코의 손짓에 신우대 대원 세 명이 진무성을 쫓아나갔다.

진송의 예상대로 진무성은 시간을 벌 요량으로 움직이고 있었다.

날이 어둑해지고 있으니 시야가 사라지면 수가 적은 쪽이 유리했다. 또한 이 지역의 산세는 처음이라고는 하나 그건 적들도 마찬가지였다. 그렇다면 아무래도 조선의 산세에 익숙한 진무성이 유리했다. 그리고 유리한 점이 하나 더 있었다.

진무성을 쫓기 시작한 세 사람은 곤도, 이노우에, 요시다였다. 신우대 대원 중에서도 말을 특별히 잘 모는 자들이었다. 그런데도 진무성이란 자는 미꾸라지처럼 방향을 바꾸며 달렸고 좀처럼 거리가 좁혀지지 않았다. 거기다 달리는 중에도 마상에서 활을 쏘아대니 답답할 노릇이었다. 화살은 달리는 말 위에서 쏜 것임에도 번번이 위협적으로 날아들었다.

마음 같아서는 조총으로 응수하고 싶었으나 말 위에서는 심지에 불을 붙일 수 없었다. 어떻게든 거리를 좁혀야만 했다.

"이노우에, 요시다. 세 방향으로 흩어지자."

곤도의 말에 이노우에와 요시다가 각자 왼쪽과 오른쪽으로 말을 몰았다. 이노우에와 요시다가 퍼져나갈 때 다시금 곤도에게 화살이 날아들었다. 곤도는 말고삐에 의지해 상체를 눕혀 화살을 피해냈다.

곤도가 다시 자세를 바로잡았을 때였다. 진무성이 말머리의 방향을 백팔십도 바꾸어 그에게로 돌격해오고 있었다.

'한번 해보자는 거냐!'

다가오는 진무성을 보며 곤도는 자신의 승리를 의심치 않았다. 그는 품에서 독이 묻은 단도를 꺼내 들고는 거리를 쟀다.

'지금이다!'

곤도가 팔을 휘두르자 단도가 진무성의 심장을 노리고 날아들었다. 심장이 아닌 어디에라도 스치기만 한다면 곧 몸이 마비될 것이었다.

진무성은 날아오는 단도를 보며 말 위로 바짝 엎드려 피했다. 단도는 아슬아슬하게 투구를 스쳤다. 계곡에서 싸우며 놈들이 쓰는 칼을 파악한 터였다. 마상 전투로 사용하기에는 짧은 칼이었다. 더군다나 진무성은 검사복의 주특기인 마상무예를 쉼 없이 수련해왔다. 그런 탓에 땅에 발을 딛고 싸우는 것보다 오히려 말 위가 편할 정도였다.

곤도는 기습적으로 투척한 단도를 상대가 가볍게 피해내자 너무 얕잡아보았다는 생각이 들었다. 그러나 깨달았을 때는 이미 늦었다.

진무성과 곤도가 교차한 순간, 곤도의 칼은 허공을 갈랐고 진무성의 칼날은 곤도의 옆구리를 갈랐다. 두 말의 달리는 속도가 더해진 공격이었기에 파괴력이 더 컸다. 말에서 떨어진 곤도의 옆구리로 창자가 빠져나오며 김이 피었다.

"인질들을 모아라."

아사코의 지시에 수하들이 인질들을 한곳에 모으고 등을 맞대게 앉혔다. 그런 뒤 한 몸이 되도록 칭칭 감았다.

진송은 변 씨의 몸에 끈을 묶으며 그녀의 손에 날카로운 돌 하나를 쥐여주었다.

"곧 전투가 시작될 것이오. 때를 보아 달아나시오."

진송이 간신히 변 씨에게 들릴 만한 목소리로 중얼거렸다. 진송의 조선말에 놀랄 법도 했지만, 노파는 침착하게 대처했다.

노파의 곁을 떠나 아사코에게 돌아온 진송은 그녀를 흘깃 보았다. 아사코의 표정이 읽히는 것만 같았다. 그녀는 죽을망정 물러서지 않을 것이다.

"이순신은 인질을 다 죽인다 해도 넘어오지 않을 것입니다."

"스즈란, 판단은 우리 몫이 아닌 걸 모르나?"

"비록 판단은 주군의 몫일지라도 대장의 목숨은 대장의 것입니다."

아사코가 스즈란을 돌아봤다.

"지금 날 회유하려는 것이냐?"

"찾게 하려는 것입니다. 아사코 당신의 인생을 말이오."

"그대에게 이런 감상적인 면이 있는 줄 몰랐군. 지금 같은 때가 아니라 더 일찍 알았더라면 좋았을걸."

"늦지 않았습니다."

"아니, 늦었어. 놈들이 왔다."

진송 또한 사방에서 기척을 느꼈다. 포위당하고 있었다. 추격대 입장에서는 무엇보다 인질의 안전이 중요하니 섣불리 공격해오지는 못할 것이다.

이미 해는 저물었으나 달빛이 밝았다. 피차 표적이 될 순 없으니 신우대와 추격대 어느 쪽에서도 횃불은 밝히지 않았다.

"큭!"

어둠을 뚫고 화살들이 날아들기 시작했다. 화살은 인질을 지키고 있던 인원들에게 집중됐다. 인질을 지키고 있던 네 명 중 한 명이 목에 화살을 맞고 즉사했고 다른 한 명은 다리에 맞았다. 동시에 김수천과 착호갑사를 필두로 추격대 병력이 뛰쳐나왔다. 다카하시가 보고한 것보다 두세 배는 많은 병력이었다.

"싸워라!"

아사코가 수하들에게 명령하며 그 자신도 인질들이 있는 곳으로 달려나갔다. 어둠 속에서 난전이 벌어졌다. 곳곳에서 쇠붙이들이 부딪치면서 불꽃이 튀었다.

"지금이오. 달아나시오!"

진송이 인질들을 향해 소리쳤다. 이미 줄을 끊고 때를 기다리던 인질들이 서로를 부축해 움직이기 시작했다.

"인질들이 달아난다. 쫓아라!"

아사코가 날아드는 화살을 칼로 쳐내며 명령했다. 막 제 앞의 녹도병들을 베고 여유가 생긴 대원 둘이 인질을 뒤쫓아 달렸다. 진송은 아사코의 뒤를 노리던 녹도병 하나를 쓰러트리고 아사코와 함께 인질들을 쫓았다.

조선군들이 잇따라 앞길을 막아섰다. 진송과 아사코는 협력해 막아선 자들을 처리하며 나아갔다. 그런데도 계속해서 막아서는 자들이 나타났다.

"더는 가망이 없습니다."

"싸우다 죽으면 그만이다."

더 지체하다가는 손쓸 수 없는 상황이었다. 그런 진송의 눈에 변씨가 보였다. 나이 든 몸으로 힘에 부친 그녀는 소나무 둥치에 몸을 숨기고 있었다.

"대장, 내가 살면 일본의 내 처자식이 죽습니다. 그러니 나는 여기서 죽어야 합니다."

"무슨 헛소리를!"

"그러니 나와 대장 둘 중 하나가 살아야 한다면 대장이 살아야 합니다. 내 처자식을 부탁합니다."

"스즈란!"

그 말을 끝으로 진송은 변 씨에게 달려갔다. 변 씨는 다가오는 진송을 보고도 달아나지 않았다.

"한 사람만 살리게 도와주시오."

변 씨는 저항하지 않고 물끄러미 진송을 바라봤다.

"뜻대로 하시게."

진송은 변 씨의 목에 칼을 대고 소리쳤다.

"인질을 살리고 싶다면 무기를 버려라!"

진송의 외침에 뒤엉켰던 추격대와 신우대 병력이 떨어지기 시작했다. 이미 피차 많은 목숨을 잃은 상황이었다.

"아사코, 가십시오!"

"스즈란!"

진송은 아사코가 순순히 물러나지 않을 것임을 알았다. 그래서 명령의 대상을 바꾸었다.

"너희들 대장을 데리고 떠나라! 임무는 내가 완수한다!"

신우대 대원들이 서로의 눈을 보며 망설였다. 그러다 추격대의 병력을 보며 하나둘 뒷걸음치기 시작했고 그들 중 몇이 아사코를 데리고 멀어지기 시작했다.

그사이 추격대는 진송을 포위했다.

"다 끝났다. 칼을 내려놓아라."

송희립이 진송에게 칼을 겨눈 채 말했다.

"추격부터 멈추어라."

송희립이 주위를 둘러보며 고개를 끄덕였다. 그러자 활시위를 당기던 병사들이 동작을 멈추었다.

진송이 고개를 돌려 아사코가 떠난 방향을 살폈다. 무사히 달아났는지 보이지 않았다.

진송은 변 씨의 등을 슬쩍 밀었다. 변 씨가 진송의 품에서 벗어나자 병사들이 포위망을 좁혀들기 시작했다.

"칼을 버려라!"

송희립이 다시 한번 외쳤다. 진송은 칼을 내려놓는 대신 치켜들었다. 그러자 화살이 사방에서 날아들었다.

무릎을 꿇은 진송이 뭔가 말하려 했으나 입안에 피가 고여 피거품만 일었다. 송희립이 그의 유언을 듣고자 다가갔다.

***

차올랐던 달이 야위고 있었다. 달이 야위어 갈수록 이순신의 희망도 줄어갔다. 추격대가 돌아오지 않을까 두려웠고 또한 돌아올 것이 두려웠다. 돌아온 추격대가 들려줄 이야기가 무엇일지 몰라 밥이 넘어가지 않았다.

그러는 사이 수영으로 순찰사의 공문이 날아들었다. 의주의 행재소에서 전라감영을 경유해 온 출동명령서였다.

속히 출전해 적을 섬멸하라는 내용이었다. 같은 내용의 공문이 이억기와 원균에게도 도착하면서 이억기가 7월 4일 여수에서 합류하기로 했다.

추격대가 돌아온 것은 출전을 이틀 앞둔 오후에 이르러서였다.

"그자의 조선 이름이 이희량이었던가. 제 이름을 유언으로 남긴 셈이로군."

"그렇습니다. 결과적으로 왜군의 간자인 건 사실이었습니다만,

그자의 협력이 없었다면 인질들을 구하지 못했을 것입니다. 도대체 어떻게 설득하신 겁니까?"

송희립이 여전히 이해할 수 없다는 듯 물었다.

"내가 설득한 게 아니네. 이희량, 그자의 설득에 내가 응했을 뿐이지."

"그자가 먼저 협력하기로 했단 말입니까?"

이순신은 설명 대신 옅은 미소만 내비쳤다.

이희량에게도 식솔이 있었다. 국적이 다른 식솔이라고는 하나 그 무게가 가벼울 리 없었다. 이희량이 본토의 식솔을 살릴 방법은 둘뿐이었다. 이순신 자신을 포섭하거나 그게 아니면 자신이 임무를 수행하다 죽어야 했다. 애초에 그가 살길은 없었다.

결정적으로 이희량의 마음을 움직인 건 박예진이었다. 그가 박예진에게서 본 게 무언지는 모르나 그 무엇이 그의 마음을 움직였다. 어쩌면 두 사람의 절망과 절망이 만난 결과는 절망이 아니었을지도 몰랐다.

"때마침 변 군관이 의병부대를 이끌고 왔기 망정이지 위험했습니다."

"천운이라고 할 수밖에 없겠군."

송희립의 보고에 이순신은 현장에 없었음에도 급박했던 순간들이 눈앞에 펼쳐지는 듯했다. 이미 지난 일임에도 가슴이 철렁했다.

"복귀하자마자 출전을 앞두고 있으니 남은 오늘 하루만이라도 쉬게나."

"마음은 고맙습니다만 어디 혼자 쉴 수 있겠습니까. 서둘러 출전 준비를 마치도록 하겠습니다."

"고맙네."

이제 이틀 뒤였다. 이번에야말로 부산진까지 치고 들어갈 생각이었다. 조선 전역에서 의병들이 일어나기 시작했다. 부산진의 적을 몰아낸다면 겨울이 오기 전에 전세를 뒤집을 수도 있을지 몰랐다.

22
유인

미륵도의 김천손은 본래 군마를 기르는 목장에서 일하고 있었다. 그러나 두 달여 전부터 미륵도 일대에 왜적이 출현하면서 난을 피해 산간 고지대로 피신해 지내야 했다. 왜적의 출현은 점점 잦아졌고 섬은 초토화되어 갔다.

산 것들이라면 날아서 달아날 수 있는 새들을 빼고는 모조리 위태로운 목숨이었다. 목장에서 일하던 자들도 뿔뿔이 흩어져 제 살길을 찾아 떠난 지 오래였다. 섬 안의 숨을 곳을 찾아 산으로 오르는 자들이 많았고, 섬을 벗어나 달아난 자들도 적지 않았다.

김천손은 지금도 그날 일만 생각하면 가슴이 미어졌다. 왜군의 함대는 바다 위를 미끄러지듯 해안으로 들이닥쳤다. 왜선들을 막아낼 조선의 전선은 한 척도 없었다.

무혈 상륙한 왜적들은 야차처럼 날뛰며 무고한 양민들을 학살하기 시작했다. 미처 달아나지 못한 자들은 칼을 맞고 죽거나 포로가 됐고 여인들은 수모를 당했다. 날이 지날수록 민가들이 비어갔고, 왜적들은 더 이상 약탈할 것이 없어진 고을에 불을 질렀다. 섬 곳곳에서 불길과 연기가 피어올랐다.

왜군의 함대가 나타나는 걸 조금만 더 일찍 알았더라도 더 많은 사람이 난을 피할 수 있었을 것이다. 김천손은 그날 이후 미륵도의 망루가 되기로 마음먹었다. 적선은 미륵도의 동쪽과 북쪽의 물길을 타고 오기 마련이기에 미리 알기만 한다면 섬의 서쪽까지는 말을 탄 김천손이 더 빠르게 이동할 수 있었다.

미륵도에서 가장 고지대에 속하는 미륵산의 산봉우리에서는 날이 맑으면 거제도는 물론이고 견내량 너머 바다까지 훤히 내다보였다. 김천손은 매일 미륵산 산봉우리에 올라 바다 상황을 주시했다.

한 달여 전 조선 수군이 미륵도 인근의 왜군 함대를 섬멸하면서 한동안 왜선은 보이지 않았다. 그러나 집을 잃은 사람들은 돌아갈 곳이 없었다. 매일 같이 왜군이 들이닥치고 있다는 헛소문들이 떠돌았다.

이후로는 두어 척, 혹은 서너 척의 왜선들이 한산도와 견내량 주변 바다에 나타나기는 했지만, 상륙은 하지 않고 돌아갔다. 아무래도 조선 수군에게 호되게 당한 뒤로는 조심하는 눈치였다.

"천손 형님, 우리도 이 짓거리 그만하고 이 기회에 전라도로 피란을 가는 게 어떻겠소?"

"여기 사람들 다 두고 우리만 살자는 거냐?"

"어차피 남은 사람도 얼마 없지 않소. 그나마 남은 사람들도 산속에 숨어들었고. 말이 나와서 말이지. 왜선들을 발견해도 보고할 곳이나 있소?"

최장호는 김천손과 마찬가지로 목자(牧子: 목장 일꾼)였다. 목장을 떠날 때 그 역시 말 한 마리를 끌고 왔다. 본래는 제 살길을 찾아 섬을 떠나고자 했으나 김천손의 설득에 남은 것이었다.

"어차피 고성도 왜놈들 천지 아니냐. 전라도까지 가기도 전에 잡혀 죽을 거다."

"여기서 굶어 죽느니 칼 맞고 죽는 게 낫겠소."

"고놈 참, 말을 해도."

김천손은 전라도로 물러난 조선 수군이 곧 다시 오리라 믿고 있었다. 그때가 되면 자신의 첩보가 도움이 될지도 모를 일이었다.

이날도 김천손과 최장호는 미륵산의 산봉우리에 올랐다. 바람이 세게 불었으나 날이 맑아 북쪽 견내량 너머 바다까지 훤히 보였다. 바다에 변화가 인 건 미시(未時: 오후 2시경) 무렵이었다. 하나둘 배들이 보인다 싶더니 이내 견내량 앞바다가 새까맸다.

"형님, 저게 다 왜선 아니오?"

최장호가 제 눈을 믿을 수 없다는 듯 손등으로 눈두덩을 문질렀다.

"영등포 쪽에서 오는 건가 보다. 어디로 가는지 지켜봐야겠다."

김천손이 나뭇가지를 주워 땅바닥에 왜선의 수를 기록하며 움직임을 지켜봤다. 칠십 척이 넘는 대규모의 전선들은 견내량 위쪽의 오목한 지형으로 들어가며 시야를 벗어났다.

"저기서 주둔하려나 보다."

"겁나게 몰려온 걸 보니 이번에는 정찰만 하려는 게 아닌가 보네요."

"큰일이다. 어서 알리러 가자."

두 사람은 뛰다시피 하며 말을 메어 둔 산 밑으로 내달렸다.

좌수영의 함대는 여수 앞바다에서 이억기와 합류해 동진을 시작했다.

이틀 뒤 노량에서 원균의 함대가 합류했다.

원균도 한 달 사이 제법 전열을 정비했는지 거느린 판옥선이 일곱 척으로 늘어 있었다.

판옥선 육십여 척을 중심으로 포작선과 협선들까지 도합 구십여 척의 함대는 줄지어 창신도에 이르렀다. 임진년 왜란이 발발한 이래 가장 대규모의 선단이었다.

부산진에 모여 있는 왜군 함대를 섬멸하는 목표를 세운 출전이었기에 각 함대의 지휘관을 비롯해 말단의 격군에 이르기까지 하나같이 비장한 모습이었다.

연합 함대는 창신도에서 밤을 보내고 다음 날 미륵도의 당포로 향했다. 동풍이 거세게 불어 격군들은 이동하는 내내 노를 저어야 했다. 역풍 속의 항진이었던 탓에 미륵도 서쪽인 당포에 이르러서는 다시 날이 저물었다.

이순신은 격군들이 몹시 지친 데다 본격적인 전투를 앞두고 충분한 휴식을 취하게 할 요량으로 뭍에서 숙영하기로 했다.

이순신은 부관들을 대동하고 순시를 돌았다. 병사들이 저녁을 짓고자 땔감과 물을 길어오는 가운데 여기저기서 무용담들이 오갔다. 아무래도 승전의 기억이 있는 당포에서 숙영하다 보니 그 영향을 받는 듯했다.

한참 밥 짓는 연기가 피어오를 때 보초를 서던 병사 하나가 급히 이순신에게 달려왔다.

"무슨 일이냐?"

"미륵도의 목장에서 일하던 자가 보고할 게 있다고 찾아왔습니다."

"목장? 당장 데리고 오너라."

잠시 후 사라진 보초병이 사내 한 명을 대동하고 돌아왔다.

"보고할 게 있다고 했는가?"

"네, 소인은 이 섬에서 목장 일을 보던 목자로 김천손이라고 합니다. 금일 왜선들을 보았기에 급히 달려온 길입니다."

왜선이란 말에 이순신과 부관들의 이목이 김천손에게 집중됐다.

"자세히 말해보거라."

"소인은 왜적들을 피해 미륵산에 숨어지내고 있었습니다. 헌데 금일 미시 무렵 견내량 앞바다로 왜선들이 몰려드는 걸 보고 소식을 전하고자 급히 내려온 길입니다. 적선의 수를 세어보니 칠십 척 남짓인데, 영등포 방면에서 내려와 견내량 앞바다에 정박하는 중이었습니다."

이순신은 김천손이란 자의 보고가 간결하면서도 구체적이기에 내심 감탄했다.

"그럼 왜선을 보고는 곧장 여기로 온 것인가?"

"민가에 들러 소문을 퍼트리다 조선 수군이 이곳에 있단 말을 듣고 곧장 달려왔습니다."

"큰 도움이 되겠다. 자네 이름을 기억해두겠네. 마침 병사들이 식사하던 중이니 함께 하게나."

이순신은 병사에게 김천손을 데리고 가 끼니를 챙겨주라 한 뒤 지휘관들로 하여 회의실로 모이라 일렀다.

"칠십 척이라면 이제껏 본 적 없는 규모군요."

권준이 나직이 말했다. 적의 규모를 듣고도 초조하거나 불안해하는 자는 없었다.

"명일 이른 아침에 발선할 것이다. 상황이 급박하니 우선 내가 생각해둔 전략을 듣고 난 이후에 귀관들의 첨언을 들었으면 한다."

이순신의 말에 모두 고개를 끄덕였다. 유독 원균만 불만이 담긴 얼굴이었으나 당장은 말을 아끼고 있었다.

"적선의 규모로 보아 이번에는 단단히 벼르고 출전했을 것이다. 우리는 적의 규모와 위치를 알지만 적은 아직 우리의 규모를 모르니 이는 우리에게 유리한 부분이라 할 수 있다."

이순신은 잠시 말을 멈춘 뒤 해도를 펼쳤다. 당항포 전투 당시 사용했던 것인데, 이후 이순신이 직접 세밀하게 수정한 것이었다.

"보다시피 견내량은 지형이 협착하고 암초 또한 많다. 다수의 전선이 싸우기에는 적합하지 않은 지형이지. 해서 이번에도 유인 작전을 펼치고자 한다. 적선이 많으니 소수의 전선을 밀어 넣으면 달려들 것이다. 적당히 응전하는 시늉을 하다 이곳……."

이순신의 손에 들린 지휘봉 끝이 견내량 해협을 따라 내려갔다. 물길의 폭이 급격히 넓어졌고 그 아래 삼각주처럼 여러 섬이 나타났다. 그중 화도와 한산도가 가장 컸다.

이순신의 지휘봉은 화도와 방화도 사이를 통과해 한산도의 왼편 바다에서 멈췄다.

"한산도 앞바다까지 적을 끌고 오면 일망타진할 것이다."

이순신의 시선이 이억기와 원균을 번갈아 살폈다.

"여기서 원 공과 이 공의 역할이 막중합니다. 두 수사께서 양쪽에서 매복하고 있다 좌수군이 적의 앞을 막으면 퇴로를 막아주셔야 합니다."

이순신의 시선이 유독 원균에게 오래 머물렀다.

이번 전투는 3차 출정길의 끝이 아닌 시작이 되어야 했다. 적도 대규모 선단을 꾸려온 만큼 한산도 앞바다에서 적을 섬멸하면 부산진까지 나아가는 길에 마주치는 적선은 거의 없을 터였다. 그러니 이번 전투에서 최대한 많은 적선을 가라앉혀 수를 줄여둘 필요가 있었다.

이억기야 신뢰할 수 있다지만 원균이 또다시 사사로운 공명심에 사로잡혀 적의 수급 따위에 연연하다가는 일을 그르칠 수 있었다. 그러니 이순신은 원균에게서 확답을 받고 싶었다.

이순신의 심정을 아는지 모르는지 원균은 여전히 탐탁지 않은 표정이었다.

"내게 고작 퇴로나 차단하라는 것이냐?"

"고작이 아닙니다. 사실상 두 수사의 임무가 이번 작전에서 가장 중합니다. 너무 빨라서도 늦어서도 안 됩니다. 퇴로를 너무 일찍 차단하게 되면 도리어 두 수사께서 적에게 포위되어 사면초가의 형국이 될 수 있습니다. 또한 포위망에 갇히지 않은 적선이 무사히 달아날 수도 있을 테지요. 그렇다고 너무 늦게 차단한다면 포위 작전 자체가 무위로 돌아갈 수도 있습니다."

"유인 작전이라면 이미 여러 차례 사용하질 않았느냐. 적들이 매번 같은 수에 당하겠느냐? 더군다나 우리의 전함이 적선보다 부족함이 없는 판국에 괜히 실패할 작전을 쓰는 것보다야 단숨에 전 함대로 치고 들어가는 편이 낫지."

이순신이 듣기에 원균의 주장은 병법을 모르는 소리라고 생각할 수밖에 없었다. 물론 전면전으로도 이길 순 있을시 모른다. 허나 이기더라도 아군의 피해 역시 커질 수밖에 없었다.

"원 공, 이번 출정의 목표는 부산진의 적을 섬멸하는 것임을 모르십니까. 그저 승리하는 것이 아니라 압도적으로 승리하여야 합니다. 아군의 피해를 최소화하면서 적에게 치명타를 가해야 한다는 말입니다."

이순신은 원균에게 생각할 틈을 주지 않고자 재차 말을 이었다.

"원 공께선 누구보다도 부산진 탈환을 바라지 않았습니까. 이번 작전을 성공적으로 수행하고 힘을 합해 경상도의 바다를 되찾을 것입니다. 그리된다면 조선 팔도의 전세는 필시 뒤집힐 겁니다."

원균으로서도 더는 반박할 수 없었다. 어차피 지위상 이순신의 결정을 따를 수밖에 없는 위치였다.

이제 남은 건 작전상의 함대 배치였다.

"이번 작전에서 가장 중요한 역할은 적을 유인하는 것이다. 누가 맡겠는가?"

"제가 맡지요."

이억기가 가장 먼저 자청했다.

"뜻은 고마우나 앞서 말했듯 이 수사께선 우수군을 이끌고 적의 퇴로를 차단해주셔야 합니다. 허니 본 임무는 저희 좌수영에서 맡았으면 합니다."

이억기가 알았다는 뜻으로 고개를 주억거렸다.

"이 지역 물길을 잘 아는 소관이 맡지요."

이번에는 전라좌수군 소속인 광양현감 어영담이 나섰다.

이어 사도첨사 김완이 유인부대의 선봉에 서기를 자청했다.

"좋소. 허나 앞서 원 수사의 우려를 새겨들어야 하네. 직들이 이미 여러 번 유인 작전에 당했던 터라 쉽게 걸려들 거라 속단할 수 없으니 상당한 위험을 감수해야 할 걸세."

"반드시 성공해내겠습니다."

김완이 의지를 불태우며 다짐했다.

이순신은 김천손의 보고가 꽤 신빙성 있는 거라 믿고 있었다. 그러나 김천손이 본 게 적선의 전부가 아닐 여지는 충분했다. 또 하나 염려되는 건 적들이 주둔한 위치였다.

적들이 견내량을 통과하지 않고 그 북쪽에서 대기하고 있다면 견내량 어귀에 조선 수군이 매복할 것을 염려하고 있을지도 모른다. 대신 견내량을 통과하고도 매복이 보이지 않는다면 그 경계심이 급격히 줄어들 여지도 있었다.

"적은 주둔한 위치로 보아 우리 수군이 견내량에 매복하고 있으리라 생각할 것이다. 우리는 그 점을 역이용할 것이다."

이순신의 머릿속에 그간 갈고 닦은 진법 하나가 떠올랐다. 이전 전투에서 사용한 일자진들은 모두 이때를 위한 것이었다.

연합 함대는 다음 날 이른 아침에 발선해 한산도에 이르렀다. 견내량을 빠져나와 방화도 근처에서 탐망 중이던 적선 두 척이 보였다. 적은 견내량 주위의 매복을 의심하고 있는 듯 보였다. 두 척의 탐망선은 대규모 조선 수군을 보자 다급히 선수를 틀기 시작했다.

이순신은 곧바로 지시를 내렸다.

"잘 됐다. 저 탐망선들을 쫓으면 유인 작전이 한결 자연스러워 보일 테지. 어영담과 김완에게 추격 명령을 내려라."

기함에서 나팔이 울렸고 어영담과 김완이 이끄는 다섯 척의 판옥선에서 노들이 분주히 움직이기 시작했다.

적 탐망선이 견내량에 접어들자 이억기와 전라우수군은 화도로, 원균의 경상우수군은 한산도로 갈라져 매복 장소로 이동했고, 이순신이 이끄는 전라좌수군만 단독으로 항진해 견내량 어귀까지 접근했다.

"여기서 대기하자."

전라좌수군의 함대는 견내량 어귀에 이르자 해협으로 진입하지 않고 멈춰 섰다. 이제부터는 선발대가 작전에 성공하기를 기다릴 수밖에 없었다.

애초에 판옥선으로는 안택선의 속도를 따라잡을 수 없었다. 그걸 알면서도 선발대는 계속해 적선들을 뒤쫓았다. 해협을 빠져나가면 최소한 칠십여 척 규모의 대선단이 기다리고 있었다. 그간의 해전에서 혁혁한 공을 세운 어영담과 김완으로서도 초조할 수밖에 없었다.

"겸사복에 지원해볼 생각은 아예 접었는가?"

김완이 곁을 보좌하는 진무성에게 물었다.

"지금은 배 위가 편합니다. 애초에 이곳이 제가 있을 자리였을지도 모르지요."

"자네가 아산에서 활약한 일은 익히 들어 알고 있네. 자네가 고작 내 밑에 있을 정도의 그릇이 아니란 것도."

"그런 말씀이라면 삼가시지요. 그저 영감과 함께 싸울 수 있어 영광일 뿐입니다."

"그렇게 생각해주니 고맙네. 이번에 복귀하면 내 술벗이 되어주게나."

진무성이 가볍게 고개를 숙였다. 그러는 사이 선발대는 견내량을 빠져나왔고 시야에 들어오는 적선들이 급격히 늘어가고 있었다.

다섯 척, 열 척, 서른 척, 쉰 척……

진무성은 적선의 수를 세다 그만뒀다. 그저 다가오는 적과 맞서면 그뿐이었다. 활이 닿을 거리면 활시위를 당기고 칼이 닿을 거리면 칼을 휘두를 뿐이었다. 다행히 판단을 믿고 맡겨도 좋을 상관을 두었으니 그는 그저 부러지지 않는 칼이 되면 그만이었다.

수십 척의 적선이 다섯 척의 선발대를 향해 다가왔다. 선발대는 어망에 갇힌 고기떼처럼 서서히 에워싸이고 있었다.

그런데 무슨 이유에선지 포위망이 거의 완성되었다 싶을 무렵부터는 더 이상 접근하지 않았다. 후방의 조선 수군 본대가 오기를 기다리려 일망타진하려는 작전 같았다.

이순신이 전날 전략회의 때 이미 예견했던 부분이었다. 어영담은 적들이 생각을 깊이 하기 전에 선제공격을 가하기로 했다.

어영담이 탄 판옥선에서 나팔이 울렸다. 공격 개시 신호였다.

"선수포, 방포하라!"

어영담으로부터 공격 신호를 받은 김완이 포수들에게 명령했다. 아직 직사포를 쏘기에는 거리가 있었으나 적선의 파괴가 아닌 도발이 목적이었다.

판옥선들의 선수에서 일제히 포연이 치솟다. 곡사포는 명중률은 떨어지지만 대신 사정거리가 늘어난다. 포탄 대부분이 왜선들과 가까운 바다에 떨어졌다. 왜적들의 비웃는 소리가 들렸다. 동시에 왜선들이 기동하기 시작했다.

"우로 선회하라! 좌현 방포를 준비하라!"

틈을 주지 않고 접근하겠다는 듯 왜선들은 빠르게 거리를 좁혀들었다. 이전의 왜선들과는 확연하게 움직임이 달랐다. 일단 기동을 시작하자 조금도 머뭇거림 없이 저돌적으로 돌진해왔다. 풍향도 북풍인 터라 선발대에게 불리했다.

"좌현 발포하라!"

좌현의 포들이 일제히 포성을 터뜨렸고 이번에는 다가오는 적선을 향해 직사포가 쏘아졌다. 일직선으로 날아간 포탄들은 앞서 발포한 곡사포에 비해 한결 명중률이 높았다. 그럼에도 적선들은 속도를 줄이지 않고 돌격해왔고, 판옥선들과 안택선들의 거리는 눈에 띄게 좁혀져 갔다.

견내량 너머의 상황은 보이지 않았다. 그저 연이어 들리는 포성과 철포 소리에 전투가 시작됐음을 짐작할 수 있었다. 들리는 소리로 보아 꽤 치열한 접전이 벌어지고 있는 듯했다.

전날 전략회의를 할 당시 이순신은 어영담과 김완에게 적당히 때를 보아 물러나라고 했다. 그러나 그 적당한 때란 전적으로 두 수령이 알아서 판단하는 수밖에 없었다.

"포위망에 갇힌 게 아닐까요? 지금이라도 구원을 나서야 하는 게 아닌지 모르겠습니다."

생각보다 선발대의 전투 시간이 길어지자 나대용이 초조한 기색을 감추지 못하고 물었다.

이순신 또한 초조하기는 마찬가지였다. 그러나 지금으로서는 선발대의 역량을 믿는 수밖에 없었다. 지금 본대를 이끌고 구원을 나섰다가는 오히려 적의 유인책에 당하는 형세가 될 터였다.

어영담과 김완은 앞서 여러 번의 전투에서도 선발대로 나서고는 했다. 어영담은 물길을 잘 알았고, 김완은 해전 능력이 뛰어난 데다 담대했다. 그러면서도 무모한 자들은 아니니 선발대에 서기 더할 나위 없는 인물들이었다.

그래도 이순신 역시 못내 초조했다. 선발대가 무사히 돌아올 수 있을까? 혹여 작전이 틀어진다면 어찌해야 할 것인가? 나대용의 말처럼 지금이라도 구원을 나가야 하는 게 아닐까?

아산의 식솔이 생사의 갈림길을 빠져나온 뒤로 조급증이 심해졌다. 한시라도 빨리 적을 몰아내야 한다는 조바심이 수시로 찾아 들었다. 차라리 말을 타고 싸우는 육전이었다면 이런 울분을 토해내기가 나았을지도 모른다. 그러나 그가 싸우는 전장은 바다였다.

문득 어머니가 생각났다. 처와 슬하의 아들딸 얼굴도 차례로 떠올랐다. 적의 칼날에 놀랐을 그 심정들을 생각하니 가슴이 아렸다.

전장을 누비는 아들을 둔 어미는 좀처럼 감정을 드러내지 않았다. 꾸역꾸역 억누르고 있을 그 심정을 헤아리기란 바다의 속을 헤아리는 것처럼 아득했다.

식솔을 향한 이순신의 염려는 조선 백성들에 대한 염려로 확장됐다. 자신의 식솔은 살아남았으나 그렇지 못한 조선의 백성들이 넘쳐났다. 혼은 죽고 가죽만 남은 목숨이 헤아릴 수 없었다. 차마 죽지 못해 살아가는 백성들, 따지고 보면 진송과 박예진도 그런 백성들 가운데 하나였다.

진송과 박예진은 이순신에게 크나큰 과제를 내준 셈이었다. 일개 백성임에도 그들은 끝내 조선이란 나라를 택했다. 제 안의 슬픔과 상실감을 대(大)를 위해 묻었다.

의지할 곳 없는 자들은 하늘과 바다를 보며 기도했다. 천신과 해신, 부처에게 기도했고 길가의 작은 돌탑만 봐도 합장했다.

이 거대한 폭력에 끝이 있을까. 배가 가른 물살은 곧 바다가 지운다지만 가슴에 맺힌 비통함은 어찌 지울 것인가. 전란이 끝나더라도 그 후유증은 지속될 터였다.

이순신은 그 아물지 않을 상처를 생각하자니 가슴이 찢어질 것 같았다. 뱃전에 부딪히는 파도 소리가, 가까워지는 포성이 다 통곡으로만 들렸다.

이순신은 다시금 어머니를 생각했다. 두 아들을 먼저 보냈고, 홀로 남은 아들은 매일 생사를 넘나드는 전장에 나섰다. 그런 자식을 둔 어미의 마음과 수많은 병사들을 이끄는 자신의 마음을 비교해보았다.

한없이 무심해 보이고자 하는 그 심중을 헤아리다 보면 자신이 나아가야 할 길이 보일 것만 같았다. 지금 그 무심이, 고요가 필요했다.

이순신은 견내량의 물 어귀를 차분히 응시했다. 조선의 근해에는 섬이 많기에 자연스레 물목도 많았다.

그의 눈에 그 물목들은 수룡의 아가리 같았다. 아가리가 닫히기 전에 나오면 살 것이나 닫히기 전에 빠져나오지 못하면 짓뭉개질 것이다. 물목이 숨기고 있는 날카로운 이빨은 아군과 적군 모두에게 부담스러울 수밖에 없었다.

수가 적다면 그 위험부담을 떠안고 싸울 것이다. 그러나 대등한 수라면 달랐다.

"기다리자. 기다려야 한다."

이순신은 손등이 하얗게 질리도록 칼자루를 움켜쥐며 말했다. 명령이라기보다는 다짐 같은 말이었다.

그 어느 때보다도 심장이 빠르게 뛰었다. 이번에 적을 섬멸한다면 부산진 탈환에 절반 이상 다가섰다고 봐도 무방할 것이다. 부산진의 적을 몰아낸다면 왜군의 다리 하나를 잘라낸 것과 진배없다. 그러니 기필코 승리해야만 했다. 그냥 승리가 아니라 압도적인 대승이 필요했다. 그러기 위해서 지금은 이를 악물고 기다려야 할 때였다.

"포성이 가까워지는 것 같습니다."

변존서의 말대로였다. 선발대의 피해 상황은 알 수 없으나 어쨌든 적을 끌어오고 있었다.

"돛을 올릴 준비를 하자."

견내량을 사이에 두고 팽팽한 긴장감이 흘렀다.

직사포가 닿는 거리는 이백 보였다.

직사포에 맞는 적선들이 생기기 시작했으니 이미 이백 보 안쪽이었다.

일반적으로 활은 적과 삼십 보 이내일 때 쏘게 되어 있었다. 물론 더 멀리 있을 때도 표적을 노릴 순 있으나 명중률이 현격히 떨어졌다. 화살이 제한적이니 최적의 거리를 삼십 보 이내로 규정하는 것이다.

선발대의 판옥선들에 탄 사부들은 이미 활을 쏘고 있었다. 삼십 보 이내로 근접한 적선들이 여러 척이었다. 적선들에서 쏜 철포탄들이 투두둑 선체에 박히기 시작했다.

"더는 버틸 수 없습니다."

"그래. 이만하면 됐다. 전 함대에 퇴각 명령을 내려라!"

김완의 명령에 다섯 척의 전선이 선수를 틀어 퇴각하기 시작했다. 그러나 퇴각하는 방향에서 적선 두 척이 가로막고 있었다. 적들을 무리해 유인하려다 보니 뒤가 막힌 것이다.

이대로 가다가는 충돌할 수밖에 없었다. 그러나 회피기동을 하기에는 따라붙는 적선의 속도가 너무 빨랐다.

"제가 뚫겠습니다. 그 틈에 먼저 가십시오!"

김완이 오십여 보 뒤쪽에서 바짝 따라오고 있는 어영담을 향해 외쳤다. 어영담의 판옥선 뒤로 세 척의 판옥선들이 따르고 있었다.

김완의 판옥선은 앞을 막은 안택선 한 척 곁으로 부딪힐 듯 접근하며 나아갔다. 회피기동을 한다면 뒤를 잡히게 될 것이니 최단 거리로 뚫고 나가는 게 상책이었다.

안택선은 거침없이 다가오는 판옥선을 보고도 물러서기는커녕 오히려 배를 바짝 붙였다. 등선육박전을 시도하려는 것이었다.

"적선의 노를 부러트려라!"

김완은 우선 왜선의 기동력을 죽일 생각이었다. 판옥선의 격군들이 바짝 붙은 안택선의 노들을 쳐내기 시작했다.

판옥선의 노는 격군 대여섯 명 이상이 붙어 젓는 거대한 노였다. 이에 반해 왜선의 노들은 개인별로 젓는 용이기에 상대적으로 가늘었다. 판옥선의 노들이 닿자 왜선의 노들이 수수깡처럼 부러졌다.

노가 부러진 안택선의 적들은 이대로라면 조선군 전선을 따라잡기 어렵다는 걸 알고 일제히 갈고리를 던지기 시작했다. 달아나지 못하게 붙잡으려는 의도였다.

안택선의 노들이 부러졌으니 가능하다면 판옥선에 승선한 조선 수군을 궤멸시키고 배를 빼앗으려 들 것이다.

"갈고리를 떨궈라!"

판옥선의 전투원들이 달려들어 갈고리에 연결된 줄들을 잘라냈다. 그러나 갈고리는 잘라낸 만큼 계속해서 날아들었고 철포탄까지 날아들어 훼방을 놓았다. 판옥선의 사수들도 응사하면서 양 전선으로 철포탄과 화살이 빗발쳤다.

그러는 사이 판옥선에 걸린 갈고리들이 배를 당기기 시작했고 결국 사다리가 걸릴 만큼 가까워졌다.

격군들이 노를 이용해 적선을 밀어내고자 했으나 역부족이었다. 사다리가 걸쳐지자 장도를 든 왜병 전투원들이 넘어오기 시작했다.

"우리도 가자!"

장대에서 지휘하던 김완이 진무성과 함께 갑판으로 치달렸다. 왜병들이 사다리를 건너면 끝이었다.

김완과 진무성이 갑판으로 내려왔을 때 이미 왜병 몇이 조선 수병과 칼을 맞대고 있었다. 아직 이쪽의 수가 많으니 조선 수병들은 섣불리 달려드는 대신 왜병들을 둘러싸고 대치하는 중이었다.

진무성은 아군 병사들과 맞서느라 뒤가 열린 적병들을 위주로 빠르게 베어갔다.

"사다리를 걷어내라!"

김완 또한 맹렬하게 칼을 휘둘렀고 그러는 와중에도 지휘를 멈추지 않았다. 그러나 속속 사다리가 걸쳐졌다. 왜병들이 줄지어 사다리에 올랐다.

위기다 싶은 순간 왜선이 기우뚱거렸다. 먼저 퇴각하라는 김완의 말에도 불구하고 어영담의 판옥선이 안택선의 반대쪽으로 접근한 것이었다.

"우현 발포하라!"

어영담이 지휘하는 판옥전선 우현의 총통들이 일제히 불을 뿜었다.

불과 이십 보 남짓한 근거리에서 발포한 탓에 안택선의 선체에 구멍이 숭숭 뚫렸다. 그 여파로 선체가 거칠게 흔들리면서 사다리를 건너던 왜병들이 후두두 추락했다.

"지금이다! 노를 저어라!"

굳이 적을 상대할 필요는 없었다. 지금은 적과 싸우는 게 아니라 퇴각이 임무였다.

막아서던 적선은 이미 노들이 부러진 데다 선체의 파손 또한 커 추격해오지 못했다. 그사이 다른 세 척의 판옥선 또한 선수포를 쏘며 막아선 안택선을 비켜나게 했다.

판옥선 갑판 위의 왜병들은 수적으로 열세인 데다 더 이상 배를 건너올 동료들이 없음을 알고 바다로 뛰어들었다. 헤엄치는 적들을 향해 사부들이 활을 당겼다.

"전 함대 간격을 유지하라! 절대 뒤처지지 마라!"

김완이 뒤쪽의 판옥선들을 향해 소리쳤다. 이제 이대로 적을 달고 견내량을 빠져나가기만 하면 됐다. 지금부터는 격군들의 싸움이었다.

23
학익진(鶴翼陣)

와키자카는 꽁지 빠지게 달아나는 조선 함대들을 보며 호탕한 웃음을 터트렸다.

이순신이란 자는 용인에서 싸운 이광의 수하라고 했다. 이순신의 상관을 상대로 그야말로 대승을 거둔 전력을 가진 와키자카였다.

이미 이순신과 싸워본 자들이 워낙 경계심을 내비치기에 내심 신경이 쓰였는데 지금 보니 기우에 불과했다. 놈들이 쏜 포탄 중 어느 것 하나 제대로 명중된 게 없었다. 이전에 이순신에게 당한 놈들은 지레 겁을 먹은 탓에 패배를 자초했던 게 분명했다.

"돛을 올리고 노를 저어라! 젖 먹던 힘까지 쥐어짜거라!"

그때 거대한 안택선 하나가 와키자카의 기함 옆으로 다가왔다. 참모장인 가토 요시아키가 탄 배였다.

"아무래도 유인 같다. 추격을 멈추는 게 어떻겠는가."

가토가 와키자카를 향해 외쳤다. 유인술이라면 와키자카 역시 이미 예견하고 있는 부분이었다. 그의 가문은 대대로 아와지섬을 지배해온 유서 깊은 해군 집안이었다. 본의 아니게 육전에 뛰어들었으나 수전이야말로 가장 자신 있는 전투였다. 이 따위 빤히 보이는 유인 작전에 당할 그가 아니었다.

적이 유인 작전을 펼치는 거라면 필시 이 좁은 해협의 어귀에 매복하고 있을 것이다. 그렇다고 한다면 제법 위험하긴 했다.

하지만 설사 매복이 있다고 한들 물러날 생각은 없었다. 전투는 늘 위험부담이 따를 수밖에 없다. 전장에 안전한 장소 같은 게 있을 리 없다.

와키자카는 북풍을 받아 불룩해진 돛을 보며 필승을 자신했다. 본래도 기동력이 뛰어난 안택선인데 순풍까지 불고 있었다. 거기다 더해 조류의 흐름도 자신의 편이었다.

설사 적선이 매복하고 있다고 한들 빠르게 파고들 수 있었다. 선두의 전선 몇 척이 위태로울 수는 있겠으나 그건 압승을 위한 미비한 희생일 뿐이다. 이순신은 이제껏 경험해보지 못한 근접전에 의해 무너질 것이다.

서서히 전방의 바다가 넓어지고 있었다.

"조선군의 본대가 보입니다!"

이미 와키자카도 부관이 본 것을 보고 있었다. 서른 척 가까운 조선의 대선들이 퇴각하는 자신들의 함대를 맞고 있었다. 그 대열을 훑어보고 나서 와키자카는 껄껄 웃었다.

"이순신이란 자는 이리도 병법을 모른단 말인가."

도저히 매복이라고 할 수 없는 매복이었다.

빠르게 다가오는 일본군 함대를 발견한 조선 함대는 다급히 선회하기 시작했다. 싸우려는 의지를 찾아보기 힘든 움직임이었다.

전투는 누가 먼저 예봉을 꺾느냐의 싸움이었다. 선발대야 유인을 위해 꽁무니를 보였다지만 본대가 뒤를 보인다는 건 이미 예봉이 꺾였다는 의미였다.

"전 함대 전속력으로 적의 본대를 쫓아라!"

병사들의 사기가 고양되면서 여기저기서 함성이 터져 나왔다. 용인에서 삼도근왕군의 주둔지를 급습했을 때와 유사했다.

용인에서 맞붙어본 조선군은 한심하리만치 무력했다. 조선인들은 천성적으로 겁이 많았다. 일격을 당하면 쓰나미에 쓸리듯 속절없이 무너졌다.

와키자카는 수군으로의 출전을 앞두고 철저하게 조선 수군의 전술에 대해 파악해왔다. 그에 대해 잘 모르는 자들은 그를 두고 그저 앞만 보고 달려드는 부나방 같은 장수로 여기기도 했으나 그건 착각이었다. 그는 수전에서 전술이 차지하는 비중이 얼마나 큰지 누구보다도 잘 알았다.

조선 수군의 주력 무기는 함포였다. 활을 다루는 실력도 출중하긴 하나 활이라면 조총으로 충분히 대응할 수 있었다. 하물며 검을 다루는 솜씨는 일본의 어린애 수준에 불과했다. 그러니 백병전으로 끌고 간다면 지고 싶어도 질 수가 없었다.

"왔습니다!"

눈이 빠져라 전방을 응시하던 나대용이 외쳤다.

"다섯 척 모두 무사한 것으로 보입니다!"

선발대를 걱정하던 나대용은 전원 무사한 모습에 감격한 나머지

울컥했다. 그러나 안심하기는 일렀다. 다수의 적선이 바짝 추격하고 있어 위태로워 보였다. 나대용은 당장이라도 구원을 나가고 싶은 심정을 억누르느라 주먹을 불끈 쥐었다.

이순신은 침착하게 선발대와 적선의 거리를 가늠했다.

아슬아슬하긴 하지만 선발대의 전선에는 격군을 더 많이 배치했으니 버틸 수 있을 것이다. 이제 본대가 유인 작전에 가담할 때였다.

이순신은 신중히 적선의 속력과 아군의 거리를 가늠하며 퇴각할 시점을 기다렸다.

"이만 물러나자."

"전 함대 퇴각하라! 선회하라."

초조하게 이순신의 명령을 기다리던 부관들이 다급하게 복창했다.

기라졸이 돛대에 매달린 초요기를 내리며 전 함대에 퇴각 신호를 보냈고, 나팔수들이 나팔을 불어 재차 신호를 퍼트렸다.

조류와 순풍을 타고 왜선들이 빠르게 추격해왔다. 선회를 마친 조선 함대의 각 전선에서 연달아 돛이 펼쳐졌다. 동시에 격군들이 부지런히 노를 저었다.

같은 상황이라면 배의 바닥이 날렵한 왜선이 더 빠를 수밖에 없었다. 그러나 거리는 좀처럼 좁혀지지 않았다. 왜선의 격군들이 견내량을 통과하며 쉼 없이 노를 저었던 반면 좌수영의 본대에 승선한 격군들은 힘을 비축하며 대기한 덕분이었다.

다만 미끼 역할을 한 선발대 다섯 척 판옥선의 격군들은 몹시 지친 상태였다. 평소보다 많은 수의 격군을 승선시켜둔 터라 수시로 교대해가며 노를 젓고 있을 것이니 잘 따라오길 믿는 수밖에 없었다.

좌수영의 함대는 미리 봐둔 한산도의 서쪽 앞바다를 향해 쉼 없이 남진했다. 선발대의 경우에는 적을 달고 삼십여 리나 되는 거리를 항진해온 셈이었다. 선발대의 격군들은 수시로 교대하고 있다지만 이미 손바닥의 살갗이 다 벗겨진 상태였다.

뱀섬과 방화도를 지나 화도를 지날 때가 되어서는 왜선들과의 거리가 부쩍 줄어들었다.

"이대로라면 따라잡히겠습니다. 선미포를 발포할까요?"

"참자. 더 끌어들여야 한다."

이순신이 초조해하는 송희립을 달랬다. 아직 포격이 닿을 거리는 아니었다. 적선의 추격 속도를 늦추고자 하기 위해서라 한들 위협 사격이 먹힐 것처럼 보이진 않았다.

"적의 후미가 보이느냐?"

이순신이 눈이 밝은 변존서에게 물었다.

"아직 방화도를 지나지 못하고 있습니다."

전속력으로 추격하다 보니 왜군 함대의 대열은 종대일 수밖에 없었고 배들의 간격이 멀었다. 장사진이었다. 최대한 많은 적선을 가두려면 더 끌어들여야 했다.

"조류는 어떠한가?"

"꽤 약해진 듯합니다. 곧 흐름이 역전될 것입니다."

"이제 곧이다. 격군들을 독려하거라."

이순신은 조류가 바뀌는 순간을 기다리고 있었다. 조류가 지금의 반대 방향으로 바뀌는 순간 좌수영의 전 함대는 바뀐 조류를 타고 순식간에 선수를 틀 것이다.

이미 적들은 조선 전선의 선회 능력이 뛰어남을 알고 있었다. 그러니 그들이 겪어온 것보다 더 빠르게 선회해야 했다. 기동진형인 첨자진*을 최단 시간 내에 전술 진형인 학익진으로 전환해야 했다.

결코 말처럼 쉬운 일은 아니었다. 진형을 짜는 전 함대의 속력이 일정해야 하며 각 전선 간의 간격도 일정해야 했다. 이를 위해서는 풍향은 물론이고 조류의 방향과 세기를 모두 계산해 내야 했다.

무엇보다도 수없이 잦은 반복 훈련이 필요했다. 이순신이 다른 수영이 아닌 자신의 좌수영에게 이 역할을 맡게 한 것도 그런 이유였다.

이전에도 학익진과 유사한 일자진을 사용하고는 했다. 그러나 진정한 학익진이 되려면 적지 않은 전선이 있어야 하며 넓은 바다가 필요했다. 지금에 이르러서야 그 모든 조건을 충족시키는 상황이 온 것이다. 남은 건 적장이 학익진의 파훼법을 모르기를 바라는 것뿐이었다.

어떤 진형도 완벽하진 않았다. 존재하는 모든 진형은 상대성에 의해 우세하거나 열세가 될 뿐 절대적인 건 없었다. 그래서 이순신은 설사 적장이 학익진의 파훼법을 안다고 해도 실행에 옮길 여지를 두지 않고자 했다. 적선과 가까운 거리를 유지하는 건 그런 이유였다.

"지금이다. 선수를 돌리자!"

마침내 진형을 전환하라는 명령이 떨어졌다.

이순신이 탄 대장선에서 군악이 울려 퍼지기 시작했다. 3열 종대로 퇴각하던 함대의 양쪽 두 열이 분항(分航)하며 날개를 벌리기 시작했고, 가운데 열은 좁은 반경으로 선회하여 선수와 선미의 위치

---

* 첨(尖)자 형태의 진형으로 배의 이동이나 적군 공격에 용이한 진이다. 조선 수군이 자주 사용한 진형이다.

를 바꾸었다.

좌수군의 학익진이 일사불란하게 완성되어가자 당황한 적선들이 속도를 줄이기 시작했다. 그러면서 저희끼리의 간격이 좁아져 갔다.

"신기전을 쏘아라!"

이순신이 탄 대장선에서 신기전이 연기를 뿜으며 하늘 높이 쏘아졌다. 매복한 이억기와 원균에게 보내는 신호였다.

화도에 숨어 있던 이억기의 함대와 한산도 고둥산 너머에 숨어 있던 원균의 함대가 신호를 보고 움직이기 시작했다.

두 수사의 함대는 매복한 채로 장시간 쉬고 있던 터라 힘을 비축해둔 상태였다. 격군들의 힘찬 노질을 받고 전선들이 빠르게 나아갔다.

그사이 전라좌수영 함대는 학익진을 완성했다. 두 겹으로 된 학익진이었다. 함대 간 삼십 보의 간격을 유지한 채로 이제 모든 전선의 선수가 다가오는 적선을 정면으로 바라보고 있었다.

"선수포, 방포하라!"

이순신의 명령이 부관들의 입을 타고 포수장들에게 전달됐다.

각 판옥선의 선수에서 두 문의 총통들이 일제히 불을 뿜었다.

"우로 선회한다. 좌현 포수들은 준비하라!"

총통은 한 번 방포를 하고 나면 열기를 식힐 시간이 필요했다. 열을 식히지 않고 쏘아대다가는 총통이 견디지 못했다. 그래서 끊임없이 배를 선회시키며 선수와 좌현, 선미와 우현의 포를 교대해가며 쏘아야 했다.

적선과의 거리가 직사포를 쏘기에 충분했다. 적선들이 포격에 두들겨 맞기 시작했다.

그러는 사이 이억기와 원균의 함대도 적의 퇴로를 막으면 학익진을 펼치고 있었다.

앞과 뒤에서 쌍학익진이 펼쳐졌고 각 수영의 학익진 간에 날개 끝이 가까워지고 있었다. 학익진과 학익진들이 만나 거대한 원형진이 만들어져 갔다.

'모조리 가두진 못했는가.'

왜선들의 장사진이 너무 길게 늘어져 있던 탓에 십여 척 조금 더 되는 적선들이 막힌 퇴로의 후방에 놓였다. 그러나 조선군의 진형에 당황했는지 섣불리 달려들지 못하고 주춤거리는 모습이었다.

원형진은 안에 가둬둔 왜선들을 향해 조금씩 거리를 좁혀들며 쉼 없이 총통을 쏘아댔다.

이미 포에 맞은 십여 척의 왜선이 가라앉거나 불타고 있었다.

왜선들은 불이 붙기 쉬운 돛을 급하게 내리기 시작했다.

이순신은 이미 전세가 조선군에게 유리하게 흐르고 있음을 직감했다. 그러나 아직 안심할 순 없었다. 일단(一團)의 왜선들이 예상과 다른 움직임을 보이고 있었다.

왜선의 기함을 중심으로 서른 척 내외의 전선들이 유사 첨자진의 형태로 돌진해왔다.

'설마 학익진의 파훼법을 아는 것인가?'

이순신은 적장의 지휘술에 짐짓 놀랐다.

학익진은 적을 포위하고 화력을 응집할 수 있다는 장점이 있지만, 기동력이 떨어지고 대열이 얇아진다는 단점 또한 존재했다. 갇힌 적이 한 곳을 노리고 돌파를 감행한다면 위험했다. 어디가 됐든 한 지점만 뚫리게 되면 순식간에 진형이 흐트러지고 오히려 역공을 당할 수 있었다.

그런 단점을 보완하고자 최대한 전선들의 간격을 가깝게 유지하고, 두 겹으로 대열을 짠 것이었다. 그러나 많은 수의 적선이 작정하고 한 지점을 노린다면 막아내기가 만만치 않을 터였다.

"장군, 적선이 돌격해옵니다. 기세가 상당합니다."

송희립의 말대로였다. 충분히 전의가 꺾일 만한 상황이었음에도 달려드는 기세가 맹렬했다. 지휘관의 지휘술이 보통이 아니었다.

"귀선을 투입하자!"

"귀선 세 척만으로는 버거워 보입니다만."

"우리에게는 세 척뿐이지만 적에게 보이는 귀선은 더 많을 수도 있겠지."

송희립이 이순신의 의도를 간파하고 서둘러 갑판으로 내려갔다. 귀선 투입을 알리는 나팔 소리가 길게 울렸다.

곧 양 날개에서 귀선들이 출격했다. 그런데 이전 전투에서 세 척에 불과하던 귀선이 일곱 척으로 늘어나 있었다. 사실 추가된 네 척의 귀선은 귀선이 아니었다. 판옥선 위로 대나무를 휘어 지지대를 만들고 그 위에 거적을 씌운 것으로 일종의 위장 귀선이었다.

기본적으로 귀선은 판옥선을 기반으로 건조한 것이었다. 그러니 개판만 얼추 비슷하게 올린다면 귀선처럼 보이는 게 가능했다. 자라 보고 놀란 가슴 솥뚜껑 보고 놀란단 말도 있지 않은가.

위장 귀선은 실제 귀선과 같은 돌격전을 벌일 수는 없겠으나 적이 귀선에 대한 두려움이 크니 심리적인 타격을 줄 수 있을 터였다.

"전 함대 귀선을 엄호하라. 적선의 선두를 집중 포격하라!"

귀선은 다가오는 적선의 측면을 파고들고 있었다. 자연스레 왜군 함대의 전방은 열려 있었다. 직사포를 쏘는데 장애물이 없었다.

부챗살들이 손잡이로 모이듯 학익진 날개에서 쏜 포들이 돌격해 오는 왜선 함대의 선두로 응집됐다. 순식간에 선두의 안택선이 깨졌다. 그러자 뒤따르던 적선들은 충돌을 피해 회피기동을 해야 했고 그러면서 속도가 죽었다.

그러는 사이 귀선들이 적 함대 진형의 허리를 끊어내고 있었다. 두 동강은 세 동강, 네 동강으로 나누어졌다. 그런데도 적선들은 악착같이 기함을 호위하면 돌진해왔다.

나대용은 적들이 사력을 다해 돌진해오는 모습이 어딘가 불길했다. 공멸이라도 하겠다는 작전인가. 새삼 사천포에서 총상을 입었던 왼쪽 허벅지가 욱신거렸다.

24
한산

와키자카는 눈앞에서 벌어지는 적선들의 변화를 믿을 수 없었다.

어떻게 저렇게나 유려하게 진형을 변환한다는 말인가. 수없이 많은 해전을 겪어왔다. 일자진 형태의 진형도 여러 번 상대해봤다. 그러나 기동 진형이 이렇게 짧은 시간 만에 전술 진형으로 전환되는 사례는 보지도 듣지도 못했다.

"퇴로가 막힙니다!"

아뿔싸! 부관의 다급한 외침에 뒤를 돌아보자 아키자카의 눈에 또 다른 조선 함대가 보였다. 학익진에 의해 뒤가 닫히고 있었다.

엎친 데 덮친 격이었다. 설마하니 이 넓은 해역에서 매복을 당할 줄이야. 와키자카는 이순신에게 생각을 모두 읽히는 듯한 착각이 들었다.

"장군, 어찌할까요? 명령을 내려주십시오."

일자진이라고는 하나 학이 날개를 펼친 것 같은 포위진이었다.

앞뒤에서 날개가 서서히 조여들고 있었다.

이 이상 갇혀서는 속수무책이었다. 이미 아군의 여러 전선이 포격을 맞고 침몰하고 있었다.

"돌파한다!"

와키자카는 다른 지휘관들이 우왕좌왕하는 와중에도 가장 현명한 판단을 내렸다. 일자진을 깨트리는 유일한 방법은 병력을 한 지점으로 집중시켜 돌파하는 것뿐이었다. 돌파에 성공한다면 조선 수군의 진형을 부수는 것도 가능할지 몰랐다.

와키자카는 호위함들을 창끝처럼 앞세우고 전방의 포위망을 향해 돌진하기 시작했다. 선두의 호위함들이 피격되겠지만 지금으로서는 얼마간의 희생은 불가피했다.

와키자카의 함대가 최대 속력으로 돌진해 들어가자 조선 함대의 포격도 한결 빨라졌다. 그러면서 가장 선두에 선 안택선 한 척에 불이 붙었다. 그래도 와키자카는 멈출 생각이 없었다.

"멈추지 마라! 속력을 더 올려라!"

불이 붙은 안택선은 추가로 피격되면서 가라앉기 시작했다. 침몰한 안택선의 자리를 그 뒤에 있던 다른 안택선이 대체했다.

다른 지휘관의 수하들이라면 전의를 상실하고도 남을 상황이었지만 와키자카의 통제하에 있는 병력은 달랐다. 여전히 강렬한 전의를 불태웠다. 조선을 침략한 이래 패배한 기억이 없는 탓이었다.

서서히 가능성이 보였다. 조금만 더 가면 조선의 전선에 닿을 수 있었다. 설사 돌파하지 못한다 한들 근접하기만 하면 배를 탈취할 수 있을 것이다.

조선 수군에 패한 자들의 변명이 지금은 이해가 갔다. 그게 지금 와키자카의 솔직한 심정이었다. 변명이 아니었다. 이순신이란 자의 지휘는 실로 놀라운 수준이었다. 그러나 그건 어디까지나 전함의 운용에 한정된 것일 뿐 여전히 조선의 칼은 무뎠다. 칼을 맞댄다면 아직은 이길 기회가 있었다.

와키자카의 꺾여가던 희망이 다시 차오르고 있을 때 부관의 외침이 들렸다.

"장군, 저건 소문으로 들었던 특공선이 아닙니까?"

"소경선 말이냐?"

"네. 그 소경선이 맞는 것 같습니다!"

와키자카는 학익진의 양 날개에서 튀어나오는 특수전함을 뚫어져라 바라봤다. 얼마나 대단한 배이기에 다들 벌벌 떠는지 한 번쯤은 두 눈으로 직접 보고 싶었다.

다가오는 소경선을 노려보던 와키자카는 당혹스러웠다. 어딘가 듣던 소문과는 달랐다.

"조선군의 소경선은 세 척뿐이라 하지 않았더냐?"

"분명 그렇게 들었습니다만……."

세 척이 아니었다. 총 일곱 척의 소경선이 와키자카를 막아서려는 듯 맹렬한 기세로 돌격해오고 있었다.

먼저 도달한 소경선들이 와키자카 함대의 허리를 끊어내기 시작했다.

"장군, 정면에서도 옵니다!"

와키자카의 기함 정면으로도 귀선 한 척이 다가오고 있었다. 그러나 그의 눈에 두려움은 담겨 있지 않았다. 그에게는 아직 감춰둔 비장의 무기가 있었다.

"정예 조총수들을 대기시켜라!"

용인 전투를 비롯한 육전에서도 그 역할을 톡톡히 한 정예 조총수들이 일사불란하게 움직였다. 스무 명의 정예 조총수가 기함의 좌현에 도열하고 다가오는 소경선을 기다렸다.

"길을 열어주거라!"

"어쩌려고 그러십니까?"

"잔말 말고 시키는 대로 해!"

와키자카의 명령에 대장선 좌측을 호위하고 있던 호위선 한 척이 거리를 벌렸다. 그러면서 소경선이 대장선으로 파고들 수 있는 여지가 만들어졌다. 아니나 다를까 소경선은 거침없이 기함의 좌현을 향해 돌진해왔다.

와키자카는 거대한 거북이를 연상케 하는 소경선을 넋을 잃고 바라봤다. 함교는 고사하고 승선원의 머리카락 하나 보이지 않았다. 그런데도 바깥의 상황을 훤히 내다보고 있는 듯 기민하게 움직였다. 마치 배에 혼이 있어 스스로 움직이는 것 같았다.

"조총수들은 소경선의 총좌를 노려라!"

와키자카가 흐트러진 정신을 붙잡고 외쳤다. 그는 소경선의 단단한 등껍질에 뚫린 몇 안 되는 틈을 노려봤다. 조선의 병사들이 그 틈으로 연신 활을 쏘고 있었다.

"집중하라!"

와키자카가 재차 고함을 지르며 독려하자 비로소 조총들이 발사되었다.

귀선에 탄 병사들에게는 활을 쏘기에 충분한 크기의 구멍이었으나 상대하는 입장에서는 작은 과녁의 중심처럼 비좁은 구멍일 수밖에 없었다. 함교를 찾아내면 더 좋겠지만 지금으로서는 이렇게라도 타격을 입히는 수를 써봐야 했다.

정예 조총수들의 저격이 좁은 총포 구멍을 파고들었다. 마침내 총알에 맞고 나뒹구는 조선 병사들이 보였다.

그러는 사이 거리를 벌렸던 와키자카의 호위선들이 다시 거리를 좁혀들며 소경선을 압박했다. 예상치 못한 반격에 부담을 느꼈는지 소경선이 와키자카의 기함을 스칠 듯이 지나갔다.

"성공이다!"

반신반의했던 작전이 먹혀들자 와키자카가 체통 없이 탄성을 내뱉었다.

"이대로 진격한다."

와키자카는 다음 목표인 전방의 조선군 대장선을 노려봤다. 그곳에 조선 수군의 수장인 이순신이 기다리고 있었다.

나대용은 적의 기함에 접근했던 귀선이 물러나는 모습을 보며 예사롭지 않다고 여겼다. 확실히 이전까지의 적들과는 달랐다. 이미 판단 능력을 상실하고도 남을 상황이었지만 적장의 지휘는 여전히 병사들에게 영향력을 발휘하고 있었다.

"장군, 적장이 보통내기가 아닌 듯합니다. 조심하셔야겠습니다."

나대용이 어느새 오십 보 거리까지 다가온 적선을 응시하며 말했다.

이순신 또한 긴장의 고삐를 늦추지 않았다. 그의 시선은 어느 한 곳도 전세를 놓치지 않으려 집중해 있었다.

그때였다. 어디선가 날아온 철포탄이 이순신의 투구를 스치고 날아갔다.

"방패를 들어라!"

놀란 나대용이 황급히 방패를 들며 소리쳤다. 비로소 기함을 노리던 귀선이 물러난 이유를 알 것 같았다.

"괜찮으십니까?"

"괜찮다."

"적의 기함에 정예 사수들이 있나 봅니다."

"저자가 적장인가."

이순신이 방패 너머로 전방을 응시했다. 적의 대선들 가운데서도 유독 큰 안택선의 장대에 우뚝 선 적장이 보였다. 적잖이 불리해지는 전세임에도 불구하고 적장은 흔들림이 없었다.

그러나 왜장이 탄 기함에도 서서히 포격이 미치기 시작했다. 대장군전 하나가 왜장이 탄 안택선의 옆구리를 깊숙이 뚫었다. 그러나 구멍 뚫린 위치가 흘수선(吃水線: 선체가 물에 잠기는 한계선) 위쪽인 덕에 배에 물이 차진 않았다.

받은 걸 되돌려주겠다는 듯 왜선의 기함에서도 조총이 연속해서 발사되었다.

쏘아진 탄환들은 여지없이 이순신이 있는 장대로 날아들었다. 방패를 든 병사 하나가 악, 비명을 내지르며 어깨에 총을 맞고 쓰러졌다.

이순신은 슬슬 결판을 낼 때라고 판단했다. 지금부터는 시간을 끌수록 불필요한 희생만 늘 뿐이었다.

"협선을 투입하자."

나대용이 이순신의 말에 고개를 끄덕인 뒤 목청이 좋은 병사에게 협선들을 부르라 명령했다.

협선은 격군을 포함해 정원이 서너 명에 불과한 소형 전선이었다. 전투가 시작된 이후 줄곧 판옥선들 뒤에 숨어 있던 협선들이 마침내 판옥선 앞으로 나서기 시작했다.

전투가 벌어지는 해역 일대에서는 대선들의 기동으로 인해 파도가 너울거렸고 곳곳에서 소용돌이가 일고 있었다.

수십 척의 조각배들은 출렁이는 바다를 위태롭게 뚫고 나갔다. 돌격해오는 왜의 대선들을 향해 거침없이 달려나갔다. 대선과 스치기만 해도 뒤집히거나 부서질 테지만 망설임 없이 나아갔다.

전진하는 협선들의 후방에서는 판옥선의 포수들이 연신 총통을 쏘았다. 철포환들이 협선의 위를 날아 왜선들의 선체를 피격했다.

본래 협선의 주 임무는 적선의 탐망과 대선들의 연락선 역할이었다. 거기에 더해 전투가 끝난 후 바다에 떠다니는 적의 생존자들을 사살하는 임무도 수행하고는 했다. 그러나 이번만은 그 임무가 달랐다.

조선과 왜군의 함대 모두 전투를 앞두고 선체에 해수를 끼얹은 탓에 불이 쉽게 붙지 않았다. 협선에 탄 수병들은 좀처럼 불이 붙지 않는 왜선에 근접해 화공을 가하는 임무를 맡았다.

협선들은 철포환을 맞고 선체에 구멍이 난 왜선들을 집요하게 노렸다. 선체의 겉은 물에 젖었다고 하나 내부는 사정이 달랐다.

협선의 사수들은 적선들 사이를 헤집고 다니며 함포에 피격되어 노출된 내부를 향해 발화탄을 단 화전들을 쏘았다. 숨겨진 불씨가 바람을 받고 되살아나듯 안에서부터 타오른 불길이 층루들을 태우며 솟구쳤다.

대장군전에 맞고 구멍이 뚫린 와키자카의 기함도 협선의 표적이

됐다.

와키자카는 타오르는 자신의 안택선을 보며 망연자실했다. 이순신과 남은 거리는 불과 서른 보 남짓, 그러나 더 이상 배가 움직이지 않았다. 적장이 눈에 담겼지만 닿을 순 없었다.

"장군, 배를 버리셔야 합니다."

장대로 달려오던 부관의 뒤로 머리만 한 철환이 날아들었다. 부관은 비명조차 지르지 못하고 즉사했다.

부관을 관통한 철환이 와키자카가 올라서 있는 장대의 하단을 부수었다. 와키자카는 균형을 잃고 갑판 위로 굴러떨어졌다.

꿈틀거리는 와키자카를 수하들이 일으켜 투구와 갑주를 벗겼다. 무장을 해제한 와키자카는 바다로 뛰어들었다. 한여름임에도 조선의 바다는 차가웠다.

지휘관을 잃은 왜군은 걷잡을 수 없이 무너졌다. 남은 장수들의 지휘는 병사들에게 미치지 못했고, 동서남북으로 제각기 살길을 찾아 뿔뿔이 흩어졌다.

"날개를 조이자."

이순신의 명령에 세 수영의 학익진이 포위망을 보다 좁히기 시작했다. 어망에 갇힌 고기떼처럼 왜선들은 사방에서 날아온 포탄을 맞고 부서졌다.

좀처럼 볼 수 없던 백병전이 벌어지는 곳도 있었다. 사도첨사 김완이 지휘하는 판옥선이 달아나려는 왜선의 앞을 들이박으며 막았다. 전의를 상실한 왜적들은 바다 위로 달아났으나 일부는 결사 항전 태세로 버텼다.

김완과 진무성을 필두로 전투원들이 왜선으로 건너가 칼을 휘둘렸다. 진무성이 고군분투하던 왜장의 목을 베자 남은 왜병들도 모두 바다에 뛰어들었다.

헤엄치는 왜적들을 갈매기가 고기를 낚아채듯 장병겸이 내리찍었다.

일 만에 가까운 왜적들이 목숨을 잃고 한산도 앞바다에 가라앉고 있었다. 그들의 피에 한산도의 푸른 앞바다가 붉은빛을 띠고 출렁였다.

적의 대장선으로 넘어간 군관 중 하나가 와키자카의 투구를 치켜들며 포효했다. 비록 빈 투구였으나 전투의 끝을 상징하기에는 충분했다.

애초에 포위망 뒤편에 남아 있던 열네 척의 왜선은 구원을 포기하고 뱃머리를 돌려 달아나기 시작했다. 포위망 안의 적선은 대부분 수장되었고 소형선 몇 척만이 한산도로 달아났다.

"쫓지 말자. 내버려두어라."

한산도는 무인도였다. 상륙하게 두고 탈출하지 못하도록 감시만 철저히 한다면 굶어 죽을 수밖에 없을 터였다.

물살이 잦아들고 있었다.

전투 또한 끝나가고 있었다. 끝이되, 시작이었다.

그제야 한산도 앞바다에서 거대한 날개를 펼쳤던 학이 서서히 날개를 접었다.

해가 고성 땅으로 넘어가고 있었다.

기운 해가 전선들의 그림자를 길게 늘어트렸다.

그림자들은 마치 조선 함대가 나아갈 방향을 가리키듯 동녘으로 향했다. 이순신의 시선이 그 그림자들을 좇았다.

이순신은 이미 부산 앞바다에 가 있었다. 그곳에선 지금 가라앉은 것보다 많은 적선이 기다리고 있었다.

두렵진 않았다. 두려운 게 있다면 다만 시간이었다.

더는 지체할 시간이 없었다. 겨울이 오기 전에 적의 발목을 잘라내야만 했다. 그리할 수만 있다면 나머진 조선의 겨울이 도울 것이다.

두려움은 역병과도 같았다. 조선인들이 느끼던 두려움이 이제 저들에게도 역병처럼 번져나갈 것이다. 최소한 이 바다에서는 그럴 것이다.

이번 승리로 전란의 국면은 바뀔 것이다.

조선은 반격할 것이고, 그 반격의 서막은 부산에서 열릴 것이다.

마지막 포성이 울리고 포성이 사라진 자리를 승리의 함성이 채웠다.

함성은 쉬 그치지 않았다. 식어가던 몸뚱이들이 그 함성에 다시 열기를 품어갔다.

병사들의 일부는 승리의 기쁨보다 여전히 분노가 컸다.

함성을 뚫고 화살이 날아가는 소리가 간헐적으로 이어졌다. 물에 빠진 왜병들은 화살에 맞아 죽기보단 스스로 지쳐 가라앉는 자가 많았다.

압승하였다고는 하나 몹시 치열했던 전투였다. 아군의 사상자도 수십은 될 것이다.

바다는 전투의 잔해를 품은 채 잔잔해졌다. 바다의 여린 껍질이 단단한 쇠붙이들을 품고 아물어갔다.

얼마 지나지 않아 부서진 배의 파편들은 해안으로 떠밀려가거나 조류를 타고 견내량을 거슬러 오를 것이다. 이 바다에서 격전이 벌어졌던 흔적은 생각보다 빠르게 지워지리라.

그러나 바다가 지웠다고 해서 사람이 잊어서는 안 될 일이었다.

기억하고 또 기억해야 했다.

노질이 멈춘 배는 옆으로 흔들렸다. 일정하게 끊임없이 흔들렸다.

아직 전란은 끝나지 않았으니 이 흔들림은 곧 앞뒤의 흔들림으로 바뀔 것이다.

멀리 고성 땅의 해안에 모인 백성들이 보였다. 산 능선을 따라서도 흰옷을 입은 백성들이 보였다.

그 모습이 거대한 학이 날개를 펼치고 있는 것도 같았다.

백성들의 함성이 군사들에게까지 닿았다. 비록 잠깐의 기쁨일 터이나 그 기쁨은 이 전란을 극복할 수 있다는 희망이 되어 조선 팔도로 퍼져나갈 것이었다. 그리하여 머지않아 반격의 불씨가 되어줄 것이다.

바람이 군사들의 땀을 말려갔다. 군사들의 구릿빛 얼굴 위로 소금기가 희끗희끗 묻어났다.

석양이 피에 물든 바다와 군사들의 표정을 같게 만들었다.

승리의 환희에 찬 표정들이 서서히 결기로 바뀌고 있었다. 다들 이 싸움이 끝나지 않았음을 알았다.

진정한 전투는 지금부터였다.

작
가
의
말

—

430년 전 피로 물들었던
한산 바다의 기억을 건져내다

작가의 말

소설을 쓰기에 앞서 한산도에 다녀왔다. 통영은 여러 차례 방문했지만 배를 타고 한산도에 들어가 본 건 처음이었다. 섬 안에 있는 제승당을 들르고자 했다.

선착장에서 내리자 우측으로 제승당 가는 길이 있었고, 좌측으로는 한산도의 다른 장소들로 향하는 길이 있었다. 배에서 내린 사람 중 부자지간으로 보이는 일행과 나를 제외하고는 모두 좌측으로 떠났다.

영정에 참배를 올리고 본격적으로 사당 내 시설을 둘러보았다. 활터에서 본 과녁은 생각한 것보다 멀었다. 그곳에 서서 소설 속 장군이 처음 등장하는 장면을 떠올렸다.

이순신 장군은 평소 활쏘기를 게을리하지 않았다. 단순히 훈련의 목적만이 아니었다. 생각을 정리거나 부하들과의 소통의 수단으로도 활쏘기를 활용하고는 했다. 사천포 전투에서 어깨에 총상을 입은 뒤 유성룡에게 보낸 편지에서도 팔의 부상보다, 그로 인해 활을 당길 수 없음을 안타까워하는 심정을 담았다. 장군에게 활은 단순히 무기가 아닌 흐트러지는 정신을 가다듬는 신앙과도 같았을 것이다.

수루에서 본 한산도의 쪽빛 바다는 평화롭기만 했다. 이 바다에서 1592년 여름에 있었던 치열한 전투를 상상하기는 쉽지 않았다. 달아날 곳 없는 바다에서, 흔들리는 전선에서의 전투라니. 그 압박감은 상상조차 하기 어려웠다.

일반적으로 한산대첩이라 하면 학익진과 거북선을 떠올리기 쉽

362

다. 조선 수군의 장점을 극대화한 학익진과 거북선의 위용은 우리의 가슴을 벅차오르게 하기에 충분하다. 그러나 한산대첩이 진주대첩, 행주대첩과 더불어 임진왜란 3대 대첩 중 하나로 불리는 건 한산대첩이 지닌 의의가 남다르기 때문이다.

임진왜란 초기의 조선은 도저히 전세를 뒤집을 수 없을 정도로 열세에 처해 있었다. 안일한 전쟁 대비로 왜군이 부산에 상륙한 지 이십일 만에 한성이 점령됐고 선조는 몽진길에 오르기에 이르렀다.

바다에서 또한 상황은 좋지 않았다. 경상좌수영은 왜군을 보자마자 와해됐고, 경상우수영 수사인 원균 또한 제 손으로 전선들을 가라앉히고 달아날 길을 모색하다가 휘하 이운룡의 설득으로 이순신에게 구원을 요청했다. 그리하여 마침내 이순신의 전라좌수군이 움직이기 시작했고 조선의 반격은 이때부터 시작됐다고 봐도 무방할 정도였다.

이순신은 전시 상황 전에도 전시 상황처럼 엄격하게 수영을 통제하며 전란에 대해 대비 태세를 갖추고 있었다. 그중에서도 귀선(거북선)이 완성된 날짜를 살펴보면 마치 왜란이 터질 것을 예측이라도 한 것만 같다. 귀선은 임진왜란 발발 하루 전에 극적으로 완성됐다.

이순신은 매 전투에서 다음 전투를 고려해야 했다. 왜군은 본토로부터 끊임없이 보급을 받지만, 조선 수군에게는 물러날 곳도 추가로 가용할 군사 자원도 없었다. 그래서 단 한 번의 패배도 용납되지 않았고, 모든 승리를 압도적으로 해내야 했다.

누구보다 이런 상황을 잘 아는 이순신은 매번 엄청난 부담감을 떠안고 전투에 임해야 했다. '난중일기'에 등장하고는 하는 장군의 꿈과 그에 대한 해몽을 번복하고는 하는 모습에서 그런 심적인 압박감을 느낄 수 있었다.

2차 출전과 한산대첩이 있던 3차 출전 사이에는 약 한 달간의 공백이 있다. 그 공백기에 관한 고증은 찾기가 쉽지 않았다. 따라서 소설 중 그 기간에 벌어진 일들은 대체로 허구에 가깝다. 역사적 사실에 부합하지 않는 부분이 제법 있겠으나, 작중 가상 인물들은 전란이 낳은 비극을 상징하는 인물로 봐주었으면 한다.

이미 이순신에 관한 훌륭한 소설이 많다. 여기에 무얼 더할 수 있을까. 처음 집필을 시작할 때만 해도 망설임이 적지 않았다. 이순신을 인생의 스승으로 여기는 이들이 많은데 그런 분들에게 누가 되지 않아야 한다는 부담이 컸다.

허구가 아닌 부분에 한해서는 최대한 사실에 근거하고자 노력했다. '난중일기'와 '징비록', '이순신역사연구회'의 책자들을 비롯해 임진왜란과 관련한 여러 서적과 온라인 사이트들의 도움을 받았다. 일일이 열거할 수 없으나 오랜 기간 역사를 연구해온 분들의 헌신에 감사와 존경을 표한다.

여러 사료에 근거하였음에도 『한산 : 태동하는 반격』은 기본적으로 소설임을 이해해주었으면 한다. 독자분들에게는 즐거운 독서가 되기를 바라며 그런 가운데 느껴지는 무언가가 있다면 작가로서 더할 나위 없는 기쁨이 될 것이다.